푸른 별의 노래

이종숙

✳

제3회 법계문학상 수상작

푸른 별의 노래

초판1쇄 인쇄 2019년 05월 30일 ｜ **초판1쇄 발행** 2019년 06월 05일

지은이 이종숙 ｜ **펴낸이** 정창득 ｜ **기획** 법계문학상 운영위원회 ｜ **편집** 전현서 박영준 박진아
펴낸곳 도서출판 얘기꾼 ｜ **이메일** batistaff@naver.com ｜ **디자인** 1920잡화점
연락처 T 070.8880.8202 ｜ F 0505.361.9565 ｜ **주소** 서울 종로구 삼일대로 30길21,703호
ISBN 979-11-88487-03-5 03810 ｜ **출판등록** 2013. 10. 28 [제300-2013-124호]

ⓒ 이종숙. 2019

푸른 별의 노래

이종숙 장편소설

프롤로그

주인 잃은 팔 하나가 장마당에 떨어졌다. 예리한 검에 베인 팔에서 뿜어져 나온 피가 흙바닥을 적셨다. 태극기를 들고 만세를 외치던 사람들은 뒤엉킨 채 그곳을 벗어나려 사방으로 몸을 틀었다. 그러나 갈 곳이 없었다. 앞에는 군중의 물결이, 뒤에는 총을 든 일본 헌병과 경찰이 가로막았다. 흙바닥에 떨어진 팔은 군중에게 짓밟혀 이곳저곳으로 떠밀렸다. 쓰러진 사람 하나가 그 팔을 보았다. 주인이 누구인지 알 수 없었다. 그가 할 수 있는 일은 그것을 바라보는 일뿐이었다. 짙은 남색 양복에 시계를 찬 팔. 피범벅이 되어 나무토막처럼 뒹굴던 그 팔은 밟히고 또 밟혔다.

시간이 흘렀다. 시계는 사라졌고 손목은 꺾였다. 흙투성이가 된 팔뚝은 길옆 풀밭으로 밀려났다.

하루, 이틀, 사흘 쉬파리가 슬어놓은 알에서 작고 하얀 구더기가 나와 구물구물 살을 파고들었다. 살은 떨어져 나가고 마른 버드나무 같은 뼈만 남았다. 아이의 발길질에 뼈는 냇가로 굴러떨어졌다. 비를 맞고 눈을 맞았다. 흩어져 물이 되고 가루가 된 뼈는 검고 고운 흙 속으로 스며들었다. 봄이 되었다. 그 자리에 쇠뜨기가 자라고 민들레가 피고 버드나무 묘목이 새순을 내밀었다.

목차

✹

프롤로그			04
제 1 부	1920년~1925년		09
제 2 부	1926년~1930년		101
제 3 부	1931년~1935년		191
제 4 부	1936년~1940년		255
제 5 부	1941년~1946년		337
심사평			422
작가의 말			426

제 1 부

1920년 – 1925년

✸

1

정오가 되려면 한참이 남아 있는 때였다. 동쪽 숲에서는 생의 마지막이라는 듯 매미가 가열차게 울어대고 있었다. 효인은 숨 막히게 열기를 뿜어대는 길에서 벗어나려 주변을 둘러보았다. 마땅히 해를 피할 만한 곳은 없었다. 한 시간 넘게 걸은 탓에 몸은 땀으로 흠뻑 젖어 있었다. 구월이 코앞인데 더위는 꺾일 줄 몰랐다.

"이쪽으로 오라니까."

앙칼진 여인의 음성이 들렸다. 돌아보니 아이 손을 잡은 여인이 그의 뒤를 따르고 있었다. 윗옷이 한쪽으로 쏠려 앙상하고 그을린 아이 어깨가 반쯤 드러나 있었다. 홀쭉한 몸에 검은 고무신을 신은 아이의 발이 눈에 들어왔다. 여인은 보따리를 이고 있었다. 스물 서넛이 되었을까. 들어 올린 팔 아래로 옆구리 살이 훤히 보였다.

"얌전히 좀 있어."

그녀는 손목을 비틀고 몸을 까불대는 아이를 놓치지 않으려 애를 쓰다가 또 소리를 질렀다. 행색으로 보아 그녀도 감옥에 면회를 하러가는 길인 듯했다.

"짐을 좀 들어 드릴까요?"

그를 본 여인의 표정이 싸늘했다. 별 우스운 남정네가 다 있다는 듯 고개를 휙 돌렸다. 그녀는 여전히 아이의 손을 잡아끌며 감옥 쪽으로 걸어갔다. 낯선 남자의 도움을 거절한 여인의 마음은 충분히 이해할 수 있었다. 서대문 감옥을 오가는 여인이라면 별별 일을 다 겪었을 테니까. 감옥 앞에는 안 되는 면회를 시켜준다며 돈만 챙겨 도망치는 사기꾼도 있고, 잘 아는 간수를 통해 수인의 편리를 봐주겠다며 돈을 요구하는 사람도 있었다.

효인은 감옥 울타리에 바짝 붙어 걸었다. 감옥 둘레에 옮겨 심은 나무는 아직 어렸고 담장 그림자 말고는 해를 피할 만한 곳이 없었다. 한낮에 벽돌이 달구어지면 안에서는 더욱 견디기 어려울 텐데. 만세를 부르던 사람, 독립자금을 댄 사람, 부치던 땅을 빼앗겨 억울한 마음에 낫을 휘두른 사람, 태극기를 감추었다 발각된 사람, 혹은 아무 죄도 짓지 않은 이조차 끌려와 갇힌 곳이 서대문 감옥이었다. 세상은 새삼스럽게 어떤 것이 나쁘다고 말할 수 있는 상황이 아니었다.

통감부가 들어오고 총독부가 들어와 대한의 백성을 괴롭힌 것이 무려 이십여 년이었다. 그동안 일본 제국주의자들이 원한 것은 단 하나였다. 저들이 원하는 대로 대한 사람들이 움직여 주는 것. 대륙으로 가는 땅을 내어주고 물자를 대주고 총알받이가 되어 주는 것이었다. 저들의 신을 믿고, 저들의 편의를 도우며 살아주는 일이었다. 악랄한 술수가 거듭되는 동안 대한의 땅은 어느새 일본인의 차지가 되었고 저들의 물건이 전국각지에 퍼져 대한의 상권을 잠식해 갔다. 나라가 이 지경이 되고 보니 이 땅에 대한의 것은 남아 있지 않았다. 풍속도 음식도 교육이나 예절도 모두 저들의 방식과 관습이 뒤범벅되어 원래의 모습을 찾기 어려웠다.

효인은 얼마 전 강연에 나갔다가 참담한 일을 겪었다.

"여러분이 나라를 위해 할 수 있는 일은 무엇이 있을까요?"

"천황폐하께 충성해야 합니다."

아이의 대답에 말문이 막혔다. 얼굴이 하얗게 질린 사람들이 아이를 주저앉히려 했지만 그냥 두게 했다. 한순간도 망설이지 않고 자랑스럽게 답하던 아이의 모습은 보는 것만으로도 괴로웠으나 그것이 이 땅의 현실이었다. 그것은 아이의 잘못이 아니었다. 아이는 어른의 행동을 보고 듣고 익힌 대로 좇을 뿐이다. 그 아이 옆에는 민족의 사명이나 대한 백성의 나갈 길을 옳게 일러줄 진정한 선생이 없었다. 일제에 충성하며 입신양명을 목표로 삼는 어른들만이 있었다.

지난해 기미만세운동의 태풍이 나라 전역을 휩쓸었지만, 그토록 원했던 독립은 이루어지지 않았다. 수많은 사람이 길에서 감옥에서 죽어갔다. 애국지사는 고문과 학대에 죽어갔고 용케 목숨을 건진 이들은 국경을 넘었다. 연해주와 만주, 유럽과 미주로 도피한 사람들은 끝이 보이지 않는 투쟁을 시작했다. 그리고 이 땅에 남은 사람들은 일경의 칼날 아래 숨죽이며 하루하루를 살고 있었다. 사람들은 아이처럼 고개 숙이는 일에 익숙해졌다. 그것만이 살길이라고 믿었다.

이래서는 안 된다. 효인은 밀려드는 좌절감 속에서도 새로운 의기가 솟았다. 자신이, 아니 이 땅의 모든 어른이 가르쳐야 할 아이들이 여기에 있고 또 태어나고 있지 않은가. 잘못된 것을 고쳐주고 모르는 것을 알려 주어야 할 기회가 남아있었다. 그렇지만 지금의 내 모습으로 할 수 있는 일이 무엇인가. 외팔이가 되었는데 지금까지 해왔던 일을 계속할 수 있을까. 강연회를 열고 학교를 세우고 어린 학생들에게 민족정신을 일깨우고 나갈 길을 알려주는 것이 가능할까. 일제는 교육마저도 저들 입맛대로 바꾸려 하고 있었다. 만세운동이 일어나기 전까지 그는 학교를 세우고 아이들이 있는 곳이면 어디든 찾아가 강연했다. 마을 사랑방도 마다하지 않았다. 그곳에서 자신의 이야기에 귀 기울이는 사람들에게 많은 이야기를 들려주었다.

만세를 부른 이후 목숨은 부지했지만 그는 죽은 것과 같았다. 하고자 하는 의지는 있었으나 실행하지는 못한 채 머뭇거린 것이 반년에 이르렀다. 어떻게 해야 할까. 고민하던 그는 마음속에 담아 두었던 사람을 만나러 서대문 감옥으로 가는 중이었다. 그 사람을 만나면 자신이 나갈 길을 찾을 수 있을 것 같았다.

2

효인은 상규의 어릴 적을 떠올렸다. 자신보다 두 살 많은 고향의 형, 둘은 형제처럼 자랐다. 상규는 일찍부터 글을 잘 짓고 머리가 명석해 어른들의 칭찬을 많이 받았다. 부족함이 없는 집안의 장남으로 태어난 그는 집안의 희망이었다. 효인 또한 엇비슷한 가정의 둘째로 유복한 생활을 누리며 공부했지만, 상규보다 좋은 평을 받는 일은 거의 없었다. 가끔은 칭찬받지 못하는 자신이 화가 나고 약이 오르기도 했지만 그것은 순간의 감정일 뿐이었다. 상규 형과 어울리는 일은 즐거웠다. 효인에게도 상규를 앞서는 한 가지가 있었다. 마음만 먹으면 밤을 새워서라도 그를 따라잡으려 노력하는 집념, 또는 오기였다. 그의 아버지는 그런 태도에 칭찬을 아끼지 않았다.

"부족한 것을 알고 채우려 노력하는 사람은 언젠가 원하는 곳에 이를 수 있으니, 좌절하지 말고 용기를 내야 한다."

아버지는 효인이 써낸 시문을 소리 내어 읽으며 후한 점수를 주었다. 부족한 줄 뻔히 알면서도 칭찬을 했다. 그런 덕분에 효인은 원만하고 부드러운 성정을 가진 아이로 자랐다. 한학을 함께 배우던 상규와 효인은 두 살이라는 나이 차에도 서로를 존중하는 진정 우애 깊은 면모를 갖추고 자랐다. 어른들이 일일이 가르치지 않았지만, 둘에게는 사람을 대하는 품격이 있었다. 스승과 양가 부모들은 그런 둘의 모습을 대견해 했다. 세 살이 많은 효인의 친형은 일찍부터 근동의 큰 스승 댁에서 수학했기 때문에 상규가 형의 빈자리를 대신했다.

그런 사이였지만 들판에만 나가면 효인은 상규와 힘겨루기를 했다. 한번은 황소처럼 머리를 들이밀고 씨름을 하다 효인의 코뼈가 부러진 일이 있었다. 그때도 어른들은 나무라지 않았다.
언제까지 함께할 것 같던 둘에게 이별의 날이 찾아왔다. 효인의 집이 경성으로 이사를 하게 되었다. 상규가 열한 살, 효인이 아홉 살이 되던 해였다. 효인의 아버지는 가산 일부를 정리해 경성으로 이주했다.

"상규 형, 우리 이사 간다."

"알아. 내일 가는 거."

"나 가는데 괜찮아?"

"그래도 할 수 없잖아. 내가 따라 갈 수도 없고. 경성은 진짜 멀겠지?"

"형도 같이 가면 좋겠다. 아저씨께 보내 달라고 하면 안 돼? 아저씨는 형이 해달라는 건 다 해 주시잖아."

"회초리나 맞을걸. 철없는 소리 한다고."

효인이 이사 가는 날, 짐을 실은 소달구지가 동네 길목을 가득 채웠다. 효인은 상규가 동네 어귀까지 배웅해 주길 기대했지만, 무뚝뚝한 상규는 어디에 박혀 있는지 보이지 않았다. 둘이서 자주 놀던 언덕배기며 풋밤을 털어먹던 밤나무 근처를 훑어보아도 형은 없었다.

그 시간 상규는 뒷산 바위 뒤에 숨어 있었다. 이삿짐을 실은 달구지가 멀어지고 있었다. 저 많은 짐을 다 어떻게 싣고 가지? 상규는 엉뚱한 생각을 했다. 그러다 효인이 자신을 찾으려고 이리저리 고개 돌리는 모습을 보았다. 가서 인사를 할까? 아니야. 인사는 어제 했는데 뭘. 효인이가 형, 하고 부르면 눈물이 날지도 모르는데. 사내 녀석이 그만한 일로 눈물을 보인다고 어른들게 욕이나 들을 텐데. 상규는 바위에 기대앉아 풀포기를 당겼다. 뽑힌 풀뿌리에 흙이 잔뜩 붙어있었다. 할아버지 수염같이 길고 뻣뻣한 뿌리가 흙을 움켜쥔 것도 같았다.

"에이 귀찮아."

상규는 뿌리에 묻은 흙을 몇 번 털어내다 던져버렸다.

상규의 마음 한구석에는 경성으로 가고 싶은 마음이 있었다. 넓은 세상이 궁금하기도 했고 새어머니에게서 벗어나고도 싶었다. 요즘 새어머니는 부쩍 화를 많이 냈다. 책을 읽으려고 앉아 있으면 들에 할 일이 쌓였다고 들으라는 듯 잔소리를 했다. 그때마다 그는 어디론가 떠나고 싶었다.

사람은 죽는다. 정해진 때도 없다. 그런데 왜 죽는 것일까. 어떤 사람은 젊어서 죽고 어떤 사람은 호호백발이 되어 죽는다. 어머니처럼 착한 사람은 왜 그렇게 빨리 죽는 것일까. 그런 생각을 하다 보면 세상 떠난 어머니가 눈앞에 어른거렸다. 어머니와 산으로 고사리를 꺾으러 다니던 추억도 생각났다.

어머니, 왜 그렇게 일찍 떠나셨습니까. 흘러가는 흰 구름을 보다가, 떨어져 뒹구는 낙엽을 보다가, 때로 활짝 핀 꽃을 보다가도 상규는 죽음에 대해 생각했다. 하늘 높이 날아가는 새처럼, 마음껏 세상천지를 떠다니는 바람처럼 자유롭게 살고도 싶었다.

비어져 나온 눈물을 닦고 마을길을 보았다. 긴 이사행렬은 어느 새 보이지 않았다. 바위에서 싸늘한 냉기가 끼쳤다. 상규는 일어나 옷에 묻은 흙을 탁탁 털었다. 의복을 더럽혔다고 꾸중을 들을 일이 신경 쓰였다.

결국 떠났구나. 언덕을 내려와 터덜터덜 집으로 가는 길이 낯설게 느껴졌다. 대문을 들어서는데 새어머니 지청구가 날아들었다.

"이렇게 무정한 아이를 다 보았나. 친동생처럼 지내던 효인이가 떠나는 길에 배웅은 하지 않고…어찌 그리 차가운지. 쯧쯧."

새어머니의 질책은 비수가 되어 가슴을 찔렀다. 아, 이대로 떠나고 싶다.

3

1875년 효인의 아버지 김학철은 전라북도 장수에서 경성으로 이주했다. 조상으로부터 물려받은 땅으로 부족한 것 없이 살던 고향을 떠났다. 조상님의 혼백을 모신 사당과 선산을 돌봐야 할 종손이 고향 들녘과 종갓집과 가문의 뿌리를 놓고 경성으로 온 것이었다.

고종을 대신해 나라를 다스리던 흥선대원군이 오랑캐와 손잡을 수 없다며 모든 외국과의 무역을 거부했다. 나라 구석구석에는 양인을 받아들일 수 없다는 비석이 세워졌다. 혼란한 시기를 지나 왕의 그림자로 실권을 휘두르던 대원군이 물러났다. 조정에는 새바람이 불고 있었다. 고종은 진정한 왕권을 가지려 했으나 쉽지 않았다. 왕의 권한은 약하기 이를 데 없었고 신하들은 각기 다른 뜻으로 왕을 염탐했다. 서양 열강들은 대문에 빗장을 지른 작은 나라, 조선을 간절히 원했다. 대륙을 지배하던 거대한 중국, 세상의 중심을 자부하던 청나라가 문을 열었다. 정확히 말하자면 열강에 의해 문이 열렸다. 일본 또한 그런 과정을 거쳐 유럽의 여러 나라와 통상을 시작했다. 마침내 한통속이 된 열강들은 작은 보물섬, 조선을 두고 힘겨루기를 시작했다. 대륙과 해양 사이에 낀 조선반도는 그제야 긴 잠에서 깨어나고 있었다. 잠들어있는 동안 조선은 아무것도 하지 못했고 아무것도 갖지 못했다. 그것을 누구보다도 잘 알고 있던 일본은 조선의 대문을 열기 위해 큰 배를 몰고 왔다. 조선은 문을 열지 않으면 그대로 부서지고 말 운명적인 폭풍 앞에 놓여 있었다.

1875년 일본의 운요호는 서해안을 거슬러 올라 강화도로 들어왔다. 여러 대의 보트에 나누어 탄 일본군은 강화도 초지진에 상륙하려 했다. 놀란 조선 수비병들은 보트를 공격했고 기다렸다는 듯 일본군은 강화도에 포격을 가했다. 신식무기를 갖춘 일본군은 영종도에 상륙했다. 마을에 불을 지르고 사람을 죽이고 약탈을 일삼았다. 그들은 사람과 물자를 가리지 않았다. 조선을 침탈하기 위한 일본의 오랜 작전이 마침내 실행에 옮겨지는 순간이었다.

경성으로 온 효인은 아버지의 뜻에 따라 공부에 매진했다. 그의 아버지 학철은 개방적인 사상에 관심이 있었고 정계의 중심인물들과 활발하게 교류했다. 사랑채에는 늘 손님이 드나들었다. 아버지는 집안 식구들을 사랑채에 오지 못하게 했다. 어린 효인은 어렴풋하게나마 나라에도 집안에도 거대한 태풍이 몰아치고 있다는 것을 느꼈다. 본 적도 들어본 적도 없는 낯설고 기이

한 바람이었다. 아버지는 밤늦게 안채에 들어왔다 이내 밖으로 나갔다. 그때마다 어머니는 불안한 기색으로 식구들을 단속했다. 언제부터, 누구를 통해 들어왔는지 몰랐지만, 집안에는 처음 보는 물건들이 놓이기 시작했고 점점 더 많은 낯선 얼굴들이 들락거렸다.

어느 날, 아버지가 효인과 그의 형을 불렀다.

"귀한 책이니 열심히 익히도록 하여라."

그는 아버지의 명에 따라 낯선 책을 읽기 시작했다. 책 속에는 처음 보는 지도가 들어있었다. 끝없이 넓은 바다, 태평양, 인도양 같은 낯선 이름이 적혀 있었다. 바다 건너 일본, 큰 나라 중국, 서양의 많은 나라 이야기가 책 속에 있었다. 자신과는 생김이 다른 얼굴들, 신기한 이야기, 낯선 복식, 처음 보는 거대한 산과 길고 긴 강, 우거진 삼림이 있는 숲, 그들의 예절에 관한 것도 있었다. 책은 효인에게 보물섬이었고 신기한 마법의 세계였다. 펼치기만 하면 믿기지 않는 일들이 벌어지는 놀라운 환상과도 같은 세상이었다.

그에게 새 학문을 가르친 사람은 머리를 짧게 자르고 안경을 쓴 젊은이였다. 서양 복식을 단정하게 차려입은 선생을 경외에 찬 시선으로 바라볼 때 효인의 머릿속에는 언뜻언뜻 상규가 떠올랐다. 새로운 것에 호기심이 많던 상규와 함께한다면 오늘의 공부가 훨씬 더 재미있고 쉬웠을 것이라는 아쉬움이 들었다.

한동안 알 수 없던 상규의 소식을 들은 것은 가을에 고향에서 올라온 친지를 통해서였다. 아버지는 필요에 따라 고향 마을에 연통을 보내 숙부나 당숙 등을 불러올렸다. 며칠씩 걸려 경성에 올라오는 그들은 빈손으로 오는 법이 없었다. 절기에 맞춰 곡물이나 과실들이 함께 왔고 때로는 고향 땅을 정리한 돈이 오기도 했다. 아버지는 십 대 중반에 이른 효인 형제를 앞혀 놓고 고향 소식을 함께 들었다. 그때마다 숙부는 집안 어른 중 유명을 달리한 분이 누구이고 짐을 싸 고향을 떠난 사람은 누구인지 알렸다.

"그 사람은 어디로 간다고 했나?"

"만주로 갔다는 이야기도 있고 경성 어디에 자리를 잡았다는 말도 있습니다."

아버지는 삶의 터전을 옮긴 사람들의 이야기를 들을 때마다 안타까움으로 짧은 한숨을 쉬거나 허어, 하는 탄식을 했다. 어른들 틈에 앉은 형제는 그들이 왜 고향을 떠났는지 묻고 싶었다. 사실 묻고 싶은 사람의 안부는 따로 있었지만, 어른들이 말하는 중간에 끼어들 수가 없어 기회만 보고 있었다.

상투를 틀고 갓을 쓴 당숙은 손질해 입고 온 두루마기를 한쪽으로 모으고 앉아 오랫동안 이야기했다. 육촌 아무개가 취중에 실수로 사람을 다치게 해 감옥에 갔다는 이야기, 효인이 어릴 때 얼굴만 몇 번 보았던 친척 여자아이가 동네 총각과 결혼했다는 이야기도 전했다. 그때 이야기를 듣던 아버지는 그 집안 셋째 아들이라면 믿을 만하지, 아주 잘됐군, 하며 흡족해했다.

어머니가 내온 다과상에서 식혜를 한 모금 들이켠 당숙이 못다 한 이야기를 다시 시작했다. 지난해 물싸움이 났던 보를 보수해 수로를 넓혔더니 물 걱정을 덜게 되었다는 소식에 아버지는 그런 장한 일을 했느냐며 당숙 어른을 칭찬했다. 그 틈에 형과 효인은 접시에 놓인 약과를 집어 소리 나지 않게 오물거렸다.

집안 대대로 벼슬을 하던 집안이 어떻게 몰락하고 있는지, 새로 권세를 잡아 세상의 질서를 뒤집은 사람들은 누구인지, 거센 세태의 풍랑을 맞아 어떻게 대처해야 하는지 난상토론이 이어졌다. 아버지는 가끔 역정을 내며 못된 놈, 급살을 맞을 놈 같은 험한 욕을 했다. 마을 사람들에게 못 할 짓을 한 사람이 밤새 짐을 싸 야반도주를 했거나 세상 이치를 몰랐던 사람들의 재산을 가로챈 이가 벌을 받지 않고 피해를 본 사람이 억울한 일을 당했다는 소식을 들었을 경우였다.

효인은 상규의 소식이 궁금했다.

"정말 상규 형이 가야산으로 들어가 중이 되었습니까?"

의심할 바 없는 사실이라고 했다. 이미 2년 전에도 교룡산성의 덕밀암에 들어갔던 그를 식구들이 붙잡아왔었다고 했다. 그곳은 효인도 아는 절이었다.

"그 녀석 고집이야 누가 꺾을 수 있겠나?"

효인은 절친한 동무를 영원히 잃은 것 같아 허전함이 몰려왔다. 열여섯밖에 안 된 상규가 왜 산속으로 들어가 머리를 깎았는지 그로서는 이해할 수가 없었다. 마음 한편에서는 한심하기 그지없는 바보 같다는 생각도 들었다.

고향을 떠날 때 둘은 다시 만나기로 약속했다. 분명 다시 만날 거라고 상규 형이 말했었다. 몸은 헤어져 있지만, 언제고 형과 만나기를 고대하던 효인에게 상규의 출가 소식은 매우 충격적이어서 놀랐다기보다 그를 화나게 했다. 형은 이미 자신의 존재 따위는 안중에도 없었다. 모든 것을 훌훌 털고 산으로 가버린 인정머리 없는 사람이었다. 생각할수록, 지난 추억을 떠올릴수록 상규가 미워졌다. 세상을 향해 장부의 꿈을 펼칠 나이에 고작 제 몸 하나 편해지자고 산으로 들어갔다니, 절대 받아들이고 싶지 않은 일이었다.

깊은 잠을 자던 나라에 새로운 문물이 밀려들어 오고, 과거에는 머리를 조아리던 왜놈들이 신식무기를 앞세워 나라와 조정을 위협하는 이때 한가하게 그런 선택을 하다니, 듬직한 목소리로 경서를 읽던 상규의 모습을 비웃어주고 싶었다. 산에나 들어가 살 생각이었으면 무엇 때문에 그토록 열심히 글을 읽었단 말인가.

석 씨의 가르침이라는 것이 이미 부패할 대로 부패해 생명을 잃었다고 하지 않았던가. 중들은 도성에도 들어오지 못하고 천민과 다름없는 취급을 받기도 했는데, 도대체 무엇 때문에 중이 되었을까. 토굴에 들어앉은 채 제 한 몸 도라는 것을 깨치면 그다음엔 무엇을 하겠다는 말일까. 허연 수염을 매만지며 자족하여 혼자 무아지경에 들어있겠다는 것인가. 그러면 제 한 몸이, 이 땅이 편안하게 된단 말인가.

계절이 수없이 바뀌고 해가 바뀌었다. 열여덟 청년이 된 효인의 가슴에는 새 세상을 맞이하겠다는 큰 꿈이 들어찼다. 그 후로 효인은 한동안 상규의 소식을 듣지 못했다. 각자의 삶은 너무도 다른 곳을 향해 있었기에 관심조차 없었다. 그로부터 십여 년이 흐른 뒤, 산속에 든 그가 득도했다는 소식을 전해 들었다.

"도가 무엇인데. 산속 인사들이 헛소리하는군."

그로부터 아득하게 시간이 흘렀다. 그동안 효인은 그를 잊고 있었다.

4

　동대문에 자리 잡은 학철은 재산을 털어 가난한 학생들의 학비를 대고 서양 서적을 구해왔다. 좁은 울타리 안에 갇힌 조선의 젊은이들에게 세상의 변화를 알려주고 싶었다. 지금까지와는 다른 세계가 눈앞에 있다는 것을 보여주고도 싶었다. 신식교육을 통해 낯설고 새로운 것을 만나게 하고 싶었다. 세계의 열강들과 나란히 걷는 일이 필연이며 실존이라고 생각했다. 그런 학철을 막아서는 사람들이 나타났다. 자신들이 쥐고 있는 강력한 권력을 지키고 싶은 사람들, 한때 그들은 동지였다. 서로를 믿고 존중하며 사심 없이 서로의 마음을 받아들였던 사람들이었다. 그들의 대립은 민족학교 건립을 추진하는 과정에서 본격적으로 시작되었다. 자금 문제로 틀어진 사이는 회복할 수 없는 지경에 이르렀고 어느 때 부터인가 비극적 결말을 예고했다.
　일제의 교육정책은 대한의 정신을 소멸시키는 것이었다. 조선의 학문발전과 문화의 발달과는 거리가 멀었다. 오직 복종을 강요하고 생산을 위한 노동자로 길러내는 것이 목표였다. 이에 반발한 사람들은 민족학교 세우는 일에 앞장섰다. 처음에는 찬성했던 동지들이 본격적으로 재산을 추렴하는 때가 다가오자 하나둘 발을 뺐고 남은 사람은 열 명 중 세 명뿐이었다. 더구나 중도에 빠진 사람 중 둘은 총독부에 협력하며 벼슬을 얻고 본격적인 친일행위를 하기 시작했다. 재산을 지키기 위해 학교 세우는 일에서 등을 돌린 그들이 총독부에 돈을 냈다는 소식이 들렸다. 학철은 배신감에 치를 떨었다. 몇 날 며칠을 갈등하던 학철은 극단적인 계획을 세우고 실천에 들어갔다.

어느 날 저녁을 먹은 효인이 사랑채로 나갔다. 며칠 동안 아버지를 만날 수 없어서 마음먹고 나간 길이었다. 사랑에는 손님이 와 있었다. 발목에 행전을 묶고 팔에는 토시를 두른 깡마르고 날렵해 보이는 남자였다. 용건을 말하기도 전에 아버지가 말했다.

"너는 내일 아침에 오너라."

효인은 사랑채에서 물러 나왔다. 그렇다고 그냥 안으로 들어가고 싶지는 않았다. 그는 사랑채 그림자에 숨어서 안에서 새어 나오는 소리를 들으려 애썼다. 두런두런 들리는 말소리에서 정확한 뜻을 알아들을 수 없었지만, 창호에 생긴 그림자가 무엇인지는 알아볼 수 있었다.

분명 긴 총이었다. 산을 누비며 멧돼지를 잡는 사냥꾼들이 쓰는 총. 뒤이어 작은 물건을 들어 올린 아버지의 뭉툭한 손이 창호에 비쳤다. 말로만 듣던 권총이라고 효인은 단정했다. 아버지와 방문자는 한동안 이야기를 주고받았다. 그는 가슴이 벌렁거렸다. 자신도 당장 방으로 들어가 총 다루는 법을 배우게 해달라고 말하고 싶었다. 몇 번을 망설이다 제 방으로 돌아온 효인은 밤새 벼랑에서 떨어지는 꿈을 꾸었다. 다음날 효인이 사랑채로 나갔을 때 아버지는 벌써 외출하고 난 뒤였다.

"아버지는 며칠 후에 돌아오실 거야."

"어디 가셨는데요?"

"아버지께서 하시는 일이다."

그건 어머니도 잘 모르신다는 뜻이었다. 하지만 효인은 미루어 짐작이 갔다. 그것은 아버지가 사격훈련을 시작했다는 뜻이었다. 경성 외곽 어디 깊은 산 속으로 들어가셨을 테지.

봄이 오는 길목이었다. 얼음 녹은 냇가에 하얗게 버들강아지가 피었고 아낙네들은 빨랫방망이를 두드리며 시린 손을 불었다. 아이들은 아직 녹지 않은 땅에서 자치기하고 연을 날렸다. 높은 하늘에 방패연 두 개가 날고 있었다. 그 이후에도 학철은 꿩을 잡으러 간다, 멧돼지를 잡으러 간다며 집을 나섰다. 길게는 열흘 가까이 집을 비우는 때도 있었다. 그렇게 몇 달이 지났다.

어느 날, 학철이 가족들을 불러 모았다.

"학교를 세우는 일이 순조롭지 않구나. 재산을 내놓는 일은 강제할 수 없으나 일본 놈들의 손을 잡고 충성을 맹세하는 자들을 보고만 있을 수는 없다. 내가 집을 나가 후일을 기약하지 못한다 해도 너희들은 이 아비의 뜻을 잊지 말아라."

효인은 아버지의 총 쏘는 실력을 본 적이 없었으므로 몹시도 불안했다. 아버지가 가는 길을 막아서고 자신이 대신하고도 싶었다. 그러나 모든 것은 마음뿐이었다. 학철은 본이 되는 것을 중히 여겼다. 잘못된 길을 가는 친구들, 한때 동지였으나 배신한 그들에게 본보기가 필요하다고 했다.

다음 날 아침, 학철은 가족들의 배웅을 받으며 집을 나섰다. 멀리 흥인지문 처마 아래로 뽀얀 아지랑이가 피어올랐고 퇴색한 단청 빛은 하얗게 부서졌다. 효인은 희끗희끗하게 구름이 흩어지는 하늘을 바라보았다. 아버지와 눈이 마주치면 가지 말라고 앞을 막아설 것만 같았다.

"걱정하지 말아라. 마음 아파하지도 말아라. 나는 해야 할 일을 하는 것이다."

그때 이미 그는 돌아올 희망 같은 건 버린 후였다. 근엄함과 비장함이 엇갈린 얼굴로 헛기침을 한 뒤 학철 일행은 대문을 나섰다. 그들의 뒷모습이 점점 멀어지더니 시야에서 사라졌다. 해는 정남향에 높이 솟았고 바람은 고요한 낮이었다. 울타리 너머로 가지를 뻗은 감나무에 무성한 잎이 그날처럼 고요한 적이 있었던가. 약속했던 모임을 뒤로 미루고 효인은 밖에서 전해올 소식을 기다렸다. 그의 어머니는 물린 아침상을 치우며 행여 그릇을 깨지는 않을까 조심 또 조심했다. 대청마루를 닦고 봉당을 쓸고 마당을 쓸었다. 하루가 그렇게 길게 느껴진 적은 없었다.

광화문이 훤하게 보이던 광장에서 학철은 주머니 속에 넣었던 총을 꺼내 배신자의 심장을 향해 방아쇠를 당겼다. 탕탕, 햇살은 눈부셨고 의지는 강했으나 손은 떨렸다. 발사된 총알은 성문의 둥근 아치를 향해 날아갔다. 배신자들은 가슴이 철렁 내려앉았을 뿐, 털끝 하나 다치지 않고 집으로 돌아갔다. 그들을 호위무사처럼 따르던 일본 경찰이 학철을 향해 조준 사격했다. 그날 밤, 학철은 집으로 돌아오지 못했다. 개화파의 지지를 받으며 배신자를 처단하기 위해 나섰던 그의 계획은 실패로 끝났지만 아무런 성과가 없던 것은 아니었다. 총소리는 어느 누군가에게는 자각의 기회가 되었을 것이다.

다음 날, 학철은 주검이 되어 집으로 돌아왔다. 그의 가족도, 따르던 사람들도 그의 몸에 박힌 총알이 모두 몇 개인지 헤아리지 못했다. 총알은 살 속 깊이 파고들었다. 죽은 이의 몸을 칼로 헤집어 쇳덩이를 골라내는 일은 허락되지 않았다.

그 후, 효인은 아버지가 하던 일을 이어가기로 했다. 그의 형은 어머니와 가족들을 데리고 고향으로 내려갔다. 그는 경성에 남아 공부를 이어갔고 사람들을 모아 학교 세울 돈을 모금했고 강연을 이어나갔다.

5

1919년 3월 1일, 탑골공원에서 시작된 만세운동은 들불처럼 전국으로 퍼져나갔다. 경성에서의 거사가 알려지자 지방에서도 용기를 냈다. 그 소식을 들으며 효인은 새로운 희망에 차 있었다. 성난 파도와도 같이 모두 움직인다면 이 땅에서 일본을 몰아내는 일이 그리 오래 걸리지는 않을 것 같았다.

3월 11일, 그는 부산으로 갔다. 그곳에서 사람들을 만난 뒤, 동래로 갔다. 동래고등보통학교 강연이 예정되어 있었다. 그는 수학 교사 이환으로부터 놀라운 소식을 들었다.

"경성고등공업학교 재학생 곽상훈이 독립선언서를 가지고 왔습니다."

"이미 계획되었던 일입니까?"

"그건 아니지만 경성에서 왔다는 소식에 학생들이 적극적으로 참가하기로 했습니다. 지금은 선언서를 등사하고 있어요."

"거사일은?"

"13일 동래 장날입니다."

참으로 가슴 벅찬 소식이었다. 학생들이 주축이 되어 모든 일을 준비하고 있다니 과연 교육의 힘은 놀라웠다.

"선생님, 드디어 이곳에서도 만세를 부르게 되었습니다."

기다리던 동래 장날이 되었다. 물건을 사려는 사람, 팔려는 사람, 옷 보따리를 든 사내들, 황소의 고삐를 틀어쥐고 우시장으로 가는 농부와 만물상 장꾼들이 몰려들었다. 자리를 잡고 앉은 장꾼들이 골목길을 빽빽하게 채웠다. 학생들은 태극기와 선언서를 나누어주기 위해 곳곳에 숨어들었다. 효인도 학생들과 함께 장터 길목에서 사람들에게 태극기를 나누어 주었다.

"갖고 계시다가 신호가 울리면 꺼내 주세요."

학생들은 태극기를 나누어주며 간곡하게 일렀다. 정오가 되자 엄진영이 군청 앞 망미루에 올라가 목이 터지게 만세를 불렀다. 곳곳에 선언서가 뿌려지고 만세 소리로 장터가 들썩였다. 단 몇 분 만에 말을 탄 일본 경찰과 수비대가 출동하여 시위대에게 총을 쏘기 시작했다. 경성의 거사 소식이 전해진 후 지방에서는 경찰과 군인들이 늘 경계태세를 갖추고 있었다.

놀란 군중은 흩어져 우왕좌왕 갈 길을 찾지 못했다. 골목으로, 천변으로 장터 어귀로 달아나는 사람들을 향해 무자비한 폭행과 체포가 시작되었다. 효인은 간신히 체포를 면하고 범어사의 명정학교로 피신했다. 그곳은 다음 강연회가 열릴 곳이었다. 범어사에는 중등학교 과정인 지방학림이 있었다. 그곳에도 반가운 소식이 기다리고 있었다. 한용운의 부탁을 받은 경성 중앙학림 학생 김법린, 김상헌 두 사람이 거사를 위해 내려와 있었다. 효인은 그곳에서 처음으로 불교계의 독립운동 현장을 목격했다. 중앙학림은 불교계에서 전문 포교사를 양성하기 위해 만든 학교였다. 그때까지 그가 알던 불교계는 시찰단이라는 이름으로 일본을 오가며 총독부 눈치나 보고 주지들이 사사로운 이익을 얻기 위해 한심한 짓이나 일삼는 종교집단에 불과했다. 그런 그들이 목숨을 걸고 조직적인 만세운동을 벌이는 것을 보니 놀라움을 넘어 충격으로 다가왔다.

"두 사람은 언제 경성에서 내려왔소?"

"파고다 만세 시위를 마치고 기차를 탔습니다. 부산으로 가면 발각될 것 같아 양산에서 미리 내렸습니다."

"양산 물금역에서 내려 고달재를 넘고 청련암으로 오는데 남녘이라 그런지 진달래도 피고 봄이 제법 깊어졌습니다."

법린과 상헌은 자신들의 노정을 전하며 동래 장터에서 있었던 만세 시위를 치하했다.

"참으로 현명했소. 이제부터는 어떻게 할 계획이오?"

"오늘 동래의 일을 보니 진실로 희망이 보입니다. 우리는 18일에 거사를 하기로 했습니다."

효인은 강연회를 열었다가 문제가 생길 것을 염려해 명정학교 강연을 미루고 다시 부산으로 향했다.

"여러분, 18일에 다시 만납시다."

범어사에 남은 사람들은 독립선언서 5천여 매와 대형 태극기 1개, 그리고 작은 태극기 1천여 개를 준비했다. 거사 하루 전인 3월 17일 저녁에는 명정학교와 지방학림졸업생을 위한 송별회가 조촐하게 열렸다. 재학생 대표 차상명이 앞으로 나섰다.

"이 자리에 계신 모든 분은 경성에서 있었던 만세운동을 알고 계실 겁니다. 우리 재학생들은 거사준비를 마쳤습니다. 독립선언서와 태극기도 준비해 두었습니다. 부디 이 자리에 계신 선배님들께서 함께해 주시기를 간곡히 부탁드립니다."

그는 작지만 강한 어조로 말했다.

"물론입니다. 우리 졸업생 모두는 재학생들과 뜻을 같이하겠습니다."

그 자리에서 마음을 모은 학생들은 송별회를 마치고 범어사를 떠나 선리 뒷산을 넘었다. 삼월이었지만 밤바람은 여전히 온몸을 움츠러들게 할 만큼 추웠다. 그들이 어둠을 뚫고 동래 향교를 지나 복천동 불교 포교당에 도착했을 때는 한밤중이었다. 새벽이 되자 젊은 학생들은 배가 고팠다.

"장터 분위기를 살피고 요기할 만한 것이 있으면 구해 오겠습니다."

김한기가 시장의 분위기를 살피기 위해 나갔다 돌아오는 길에 곶감 다섯 접을 사 왔다. 그들은 허기진 배를 곶감으로 채우며 거사 시간을 기다리고 있었다. 얼마쯤 시간이 흘렀을까. 난데없이 일본 헌병과 군인들이 포교당으로 들이닥쳤다. 헌병들은 주동자를 연행하고 학생들을 해산시켰다. 하지만 그들은 그냥 돌아갈 수 없었다. 18일 밤, 강제 해산되었던 학생 40여 명과 군중들은 동래읍 서문 부근에서 동래시장까지 행진하며 만세를 불렀다.

"조선독립만세, 조선독립만세!"

만세운동은 19일에도 이어졌다. 학생들은 동래시장 남문 부근에서 다시 한번 시위를 전개하였다.

"여러분, 동래경찰서로 가 동지들을 구합시다. 조선독립만세… 조선독립만세."

시위대는 태극기를 흔들며 경찰서로 향했다. 놀란 경찰이 총을 쏘기 시작했고 몇 사람이 쓰러지자 앞장섰던 학생이 외쳤다.

"여러분, 더 이상의 희생은 없어야 합니다. 오늘은 모두 돌아가십시오."

그날의 만세운동은 그렇게 끝이 났다. 시위 현장에서 경찰에 붙잡힌 31명은 6개월에서 2년의 징역형을 받고 고통스러운 옥고를 치러야 했다.

한편 새벽에 포교당으로 출동했던 일본 경찰을 부른 것은 일본인 교사였다. 송별회에 참석했던 학생 오계운은 만세 시위를 한다는 소식을 듣고 고민에 빠졌다. 그러다 학생들을 그대로 두면 큰일이 일어나리라 판단했다. 다음 날 계운은 아침 일찍 일본인 교사를 찾아가 만세 시위 계획을 털어놓았다.

6

면회실 문은 굳게 닫힌 채 열리지 않았다. 효인은 이곳에 들어와 근 한 시간을 기다리고 있었다. 안에는 검은 제복을 입은 경찰들이 주변을 오고갔다. 그는 다시 기미년의 거대한 태풍

속으로 들어가 있었다.

　그해 동래에서만 두 번의 만세 시위에 참여했던 그는 밀양으로 향했다. 총독부의 방해에도 불구하고 효인의 주변에는 함께 하는 사람들이 많이 있었다. 그들은 학교를 세우고 아이들을 가르치는 일에 최선을 다했다. 가난한 아이들, 여자들, 신분차별로 교육의 기회를 얻지 못한 사람들을 위한 학교를 세우기 위해서였다. 더 많은 학교를 세워야 했지만 운영의 어려움 때문에 문을 닫는 학교가 늘어갔다. 번듯하게 건물을 지을 수 없는 곳이면 어느 집 마루를 얻어 야학이라도 열어야 했다. 동네 사랑방이 학교가 되고 작은 암자가 글방이 되게 하는 것이 그들의 일이었다.

　밀양에서 그는 일합사 회원들을 만났다. 일합사는 겉으로 보기에는 젊은이들의 단순한 친목 단체였으나 사실은 항일무장 단체였다. 문맹에서 깨어난 젊은이들은 민족의 독립을 위해 결연히 일어섰다. 그들뿐 아니라 밀양을 대표하는 절 표충사에서도 만세운동을 준비하고 있었다. 표충사는 임진왜란 때 왜적에 맞서 싸운 사명당 유정 대사의 정기가 살아있는 절이었다. 표충사의 승려 이장옥은 서기 김종석을 불러 은밀하게 지시를 내렸다.

　"이 선서를 등사해 주시오."

　종석은 잠시 놀랐으나 곧 등사판에 선서문을 새기기 시작했다. 때는 엄혹하여 전국 어디고 일본인과 밀정의 감시가 없는 곳이 없었다. 임진왜란이나 병자호란과 같은 전쟁에서 큰 활약을 한 승군의 산실이며 호국불교의 전통이 살아있는 표충사에서는 그 일을 하기가 더욱더 어려웠다.

4월 4일, 단장에 오일장이 서는 날이었다. 장꾼들은 속속 들어와 터를 잡고 짐을 풀었다. 울긋불긋한 옷감이며 농사지은 물건들, 곡식들이 장마당에 널렸다. 장마당이 열리자 승려와 학생 등 30여 명이 다가와 사람들에게 태극기를 나누어 주었다.

"신호가 있을 때까지 기다려 주세요."

"보이지 않게 잘 감춰 두셔야 합니다."

사람들은 장보따리 속에, 옷 속에 태극기를 감추고 태연하게 기다렸다. 점심때가 되자 넓은 장터에 약 5천여 명에 이르는 군중이 모여들었다. 승려 이장옥과 이찰수가 깃발을 높이 들어 올렸다. 그들은 목이 메고 눈물이 났다. 얼마나 기다렸던 일인가. 조선독립만세라는 여섯 글자가 선명하게 쓰인 깃발이 사월 하늘에서 펄럭였다. 장옥은 두 손을 높이 치켜들고 장터를 돌기 시작했다. 오천여 군중의 함성이 거대한 소리의 태풍을 일으키며 그를 따랐다. 찰수는 반대편으로 두레패의 상쇠가 진을 치듯 전진했다. 여자와 남자와 노인, 장돌뱅이와 시골 아낙과 학생, 농투성이들이 어우러져 외치는 만세 소리가 단장의 들판으로 퍼져 나갔다. 때맞춰 학생들은 선언서를 뿌렸다. 나부끼는 종이를 주워든 사람들이 소리 내어 그것을 읽다가 만세를 불렀다.

일경의 기마경찰이 달려와 칼을 휘둘렀다. 앞에 섰던 사람들이 피를 흘리며 쓰러졌지만, 사람들은 물러서지 않았다. 한 번도 누구 앞에 나서본 적 없는 사람들이 태극기 물결을 따라 장터 가운데로 나가 일본 경찰과 뒤엉켰다. 경찰은 무차별적으로 칼을 휘둘렀다. 사람들이 뒤로 물러섰다. 찰나의 순간이었다. 효인은 서늘한 기운이 자신의 몸을 스쳐 갔다고 생각했다. 추운 겨울 아침, 마당에 나가 처음으로 맞는 바람의 느낌이 그럴까. 아주 서늘하지만 짧은 순간에 그를 휘감아간 것 같은 바람이었다. 그러고는 아무 일도 일어나지 않았다. 그때 누군가 외쳤다.

"선생님, 빨리 피하세요."

너무 늦었다. 그는 멈칫하며 뒤로 물러섰다. 앞에 섰던 청년의 몸에서 피가 흘렀다. 효인은 청년의 상처를 살피려고 한 발짝 다가가다 자신의 몸이 한쪽으로 쓰러지는 것을 간신히 지탱했다. 외나무다리에서 균형을 잃은 것처럼 몸이 흔들렸다. 몸이 자꾸만 한쪽으로 기울었다.

"선생님, 팔이, 한쪽 팔이…."

"이쪽으로…어서요."

또다시 누군가 그를 불렀고 몇몇 사람들이 그를 부축해 달리기 시작했다. 좁은 시장 골목을 지나 작은 집들이 밀집한 곳으로 들어섰다. 한참을 달리는데, 대문이 열린 집이 있었다. 마당에 있던 사람들이 사색이 되었다. 마루 끝에 앉은 그를 사람들이 둘러쌌다. 그때야 효인은 자신의 왼쪽 팔이 사라진 것을 알았다. 사람들이 지혈을 하려고 애썼지만 소용없었다. 효인의 기억은 거기에서 멈추었다.

장터를 돌던 군중들이 헌병주재소로 몰려갔다. 거대한 물결, 파고를 짐작할 수 없는 해일과도 같은 거친 물결이었다. 사람들은 주재소에 돌을 던졌다. 유리창과 지붕과 벽이 깨졌다. 일본 헌병 하사관도 때려눕혔다. 시위 소식을 듣고 밀양 헌병대에서 급파한 헌병들이 총을 쏘며 들이닥쳤다. 사상자는 늘어났고 시위대는 해산할 수밖에 없었다. 군중들은 다음날 오후 2시까지 여러 번에 걸쳐 주재소를 습격했다.

7

효인이 정신을 차렸을 때 그는 병원에 누워 있었다. 칭칭 동여맨 짧은 왼팔, 어깨가 떨어져 나가는 것 같은 통증이 계속되었다. 낯선 얼굴들이 근심 가득한 표정으로 그를 보고 있었다.

"선생님, 어쩌면 좋습니까?"

흐느끼는 사람들을 보며 그는 아무 말도 할 수 없었다. 차마 괜찮다는 말은 나오지 않았다. 장터에서 있었던 일과 골목을 달리던 기억이 생생하게 떠올랐다. 그는 두려웠다. 여기에서 삶이 끝나는 것은 아닌가. 이제 아무것도 할 수 없는 것일까. 마음속에서 내전이 일어난 듯했다. 수많은 생각이 머릿속을 들쑤셨다. 절망감과 함께 뾰족한 바늘로 쑤시는 것 같은 실제적인 통증이 찾아왔다. 밤이면 온 몸이 절단되어 각기 다른 방향으로 떨어져 나가는 것 같은 고통이 느껴졌다. 자신은 의식하지 못했지만 끝없는 신음이 그의 입에서 흘러나왔다.

그는 한동안 병원에 있었다. 그나마도 그는 운이 좋은 편에 속했다. 만세운동 때 거리에서 상처를 입은 사람들은 한두 달 후에 생명을 잃는 경우가 부지기수였다. 비위생적인 환경에 놓인 그들은 파상풍에 걸리거나 세균에 감염되어도 치료할 방법이 없었다. 살이 썩어 문드러져가는 것을 바라보다 죽음에 이르는 경우가 허다했다.

그 후 경성 집으로 돌아온 효인은 한동안 집 밖으로 나가지 않았다. 반년이 넘도록 그의 투병 생활은 이어졌다. 환지통,

아직도 왼팔이 남아있는 듯 가끔 통증이 느껴졌다. 팔꿈치가, 손목이, 손가락 마디마디가. 있지도 않은 팔이 아프다고 느껴질 때마다 그는 자리에 주저앉았다.

효인은 상규, 아니 용성 스님의 소식을 들었다. 자신의 안위만을 위해 산속으로 들어갔다고 생각했던 상규가 민족대표 33인으로 독립선언서에 서명했다는 소식이었다. 그것도 불교계를 대표하는 인물로. 천지가 개벽할 만큼 놀라운 소식이었다. 일경의 총칼 앞에 목숨을 부지하려 눈감고 귀 닫은 이가 얼마나 많았던가. 일신의 영화를 위해 양심을 버린 수많은 인사가 얼마인가. 그중에는 다수의 승려도 포함되어 있었다. 그런 사람들의 이야기를 들으며 효인은 좌절했었다. 문맹을 깨기 위해 만났던 사람들, 작은 위협에도 고개를 숙이고 무릎을 꿇었던 사람들, 해야 할 일이 무엇인지 알면서도 두려움에 굴복했던 사람들의 면면이 그의 눈앞을 스쳐 갔다.

효인에게 용성의 소식은 무엇보다 강력한 치료제가 되었고 집 밖으로 나올 용기를 주었다. 내가 따르고 귀히 여겼던 그 사람이, 그런 훌륭한 선택을 했다. 그는 떨리는 가슴으로 그를 만날 수 있기를 기대했다. 그를 만나러 오기까지 너무도 많은 시간이 흘렀다. 이 자리에 오기까지 그는 얼마나 고통스럽고 참담한 시간을 견뎠을까.

8

  면회실 문이 열렸다. 간수 뒤로 들어선 용성의 모습은 잘 알아볼 수 없었다. 밤 가시처럼 자란 백발과 튀어나온 광대뼈, 야윈 몸, 고문의 후유증인지 조금은 굽은 등, 걸을 때는 다리가 불편해 보였다. 용성은 조금 뚱한 얼굴로 효인을 바라보았다.
  "형님, 참으로 오랜만입니다."
  잠시 무표정한 얼굴로 효인을 살피던 용성의 얼굴에 웃음이 번졌다.
  "자네가 효인인가? 몰라보겠네."
  "그럼요, 형님, 사십 년 만입니다."
  효인은 잠시 용성의 얼굴을 들여다보았다. 몇 십 년 만에 만난 그의 얼굴에서 유일하게 어릴 적 모습을 생각나게 한 것은 변함없이 깊은 눈빛이었다. 속을 헤아릴 수 없는 눈빛, 그러나 동굴 속처럼 어둠을 품은 눈빛은 아니었다. 그것은 웅숭깊고 사려 깊은 눈빛이었다.
  "얼마나 고생이 많으십니까?"
  "나야, 사지 멀쩡하게 들어앉아 있지만, 자네 모습은 어째 그렇단 말인가?"

"밀양에서 일이 있었습니다."

"그래도 다행일세. 이생에서 이렇게 만나니."

"오래전에 형님의 명성을 듣고 찾아갔더니, 한번은 중국에 가셨다 하고 다시 가니 북청에 가셨다 하더이다. 오늘에서야 서대문에 와 이렇게 뵙습니다."

"고생 많았네. 지난번 홍 거사를 통해 이야기를 들었지. 지금은 어떤가?"

용성은 오십 중반을 넘긴 효인을 눈앞에 두고 잠시 어린 시절을 떠올렸다.

"아우는 형님, 형님 부르면서도 승패가 걸린 놀이에서는 절대로 지지 않으려 했지."

용성이 먼저 입을 열었다.

"그래도 형님이 더 많이 이기셨습니다. 봐주지도 않고 번번이 그 통나무 같은 몸으로 밀어붙여서. 코뼈 부러진 일 기억하십니까?"

둘은 어릴 적 이야기 몇 마디로 헤어졌던 시간을 봉합했다. 수인번호 89866, 효인은 그 숫자를 물끄러미 바라보았다.

"그랬었나. 자네는 몸이 날렵해 어디 한 군데도 미련스러운 부분이 없었지. 나는 덩치만 컸지 쓸 만하지가 않았어."

"힘이 좋으셨지요."

"그런 큰일을 당하고도 견뎠으니, 효인이 자네가 참으로 장한 사람일세."

용성은 그 말을 해 주고 싶었다. 몇 십 년 만의 만남이 이런 상황이어서 안타까웠지만, 이것만도 고마운 일이었다. 정신이 멀쩡하니 육신의 아픔이 무어 그리 중하냐는 허황된 말을 할 수는 없었다. 하지만 고통의 시간을 견디고 오늘을 맞은 효인에게 활력을 불어넣을 일이 필요하다는 생각이 들었다.

십 대 초반, 소년기에 헤어져 지금에야 만났다. 눈을 지그시 내리뜨고 용성은 자신을 따르던 아홉 살 아우의 모습을 생각하며 미소를 머금었다.

"그 개구진 아이는 어디 가고 머리 허연 노인이 내 앞에 있는가."

수형생활을 하는 용성도, 한쪽 팔을 잃은 효인도 무엇을 불평하거나 괴로운 내색 없이 평온한 얼굴로 우스운 농을 주고받았다. 그런 두 사람 옆으로 간수가 다가왔다 멀어져 갔다.

"지금은 무엇을 하고 지내나?"

"한쪽 팔로 무엇을 할 수 있을지 고민 중입니다."

"그래, 생각하다 보면 좋은 생각이 떠오르겠지. 우리가 기다리는 새날도 분명 올 거야."

"암요. 반드시 오겠지요. 올 수 있도록 우리가 만들어야지요."

"그렇지. 그날을 위해 우리 각자가 해야 할 일이 있지."

"…예,"

"내 밖으로 나가면 홍 거사를 통해 연락할 테니 건강 잘 살피고 지내시게."

짧은 면회가 끝났다. 번득이는 간수의 눈길 때문에 속 시원한 대화를 할 수 없어 아쉬웠으나 다음을 기약하기로 했다. 효인은 녹슨 쇳덩이 같던 마음이 큰 불길에 닿아 새로운 철로 제련된 것 같았다.

"이곳에서 나가면 꼭 연락하겠네."

효인은 거듭 들리는 용성의 목소리에 잠깐 아득해졌다. 부드럽지만 강하고 차분했지만 뜨거운 기운이 그의 가슴속으로 전해졌다.

"면회 끝, 어서 일어나라. 어서!"

재촉하는 간수를 따라 용성은 문밖으로 사라졌다. 매정한 간수는 눈곱만큼의 아쉬움도 없이 옥사로 통하는 문을 닫아걸었다. 효인은 먼지가 뽀얀 복도를 걸어 음습한 감방 안으로 들어가는 용성의 모습을 그려보았다.

면회실을 나왔다. 눈이 붉어진 아낙이 칭얼대는 아이를 둘러업고 문을 나서고 있었다. 늙은 어머니는 아들이 사라진 감옥을 보며 눈물을 닦았고 지팡이를 짚은 노장도, 젊은이도 시린 햇살에 눈물을 말리려는 듯 무연히 하늘을 보고 서 있었다.

과연 새날을 위해 내가 할 수 있는 일이 무엇일까. 지금까지 효인은 말로써 하는 일을 했다. 강연을 다니고 사람들을 설득하고, 이제 그는 몸으로 할 수 있는 일을 찾고자 했다. 그는 정상적이지 않은 자신의 겉모습이 사람들의 마음을 불편하게 할 수 있다는 생각이 들었다. 한쪽 팔이 없는 몸으로 할 수 있는 일이 당장은 떠오르지 않았지만, 그래도 희망을 버리지는 않으리라. 죽은 듯이 웅크리고 있던 그의 몸속 세포들이 크게 기지개를 켜고 있었다. 봄을 맞아 대지를 뚫고 나온 뾰족한 새싹처럼 온몸이 들썩이는 것만 같았다.

9

가족들이 고향으로 내려간 뒤 효인은 작은 집 한 채를 받아 머물고 있었다. 그마저도 안채는 임대를 놓아 관계하는 단체를 이끄는 비용으로 쓰고 자신은 작은 문간방 하나만을 쓰고 있었다. 그의 집으로 홍영철이 찾아왔다.

영철을 만난 것은 학교 건립을 함께하던 이영준을 통해서였다. 그들은 청년 불교 운동을 이끄는 사람들이었다. 왜색불교와 총독부의 정책에 협조하는 일부 스님들에 맞서 불교개혁을 외쳤다. 용성이 조선불교 월보에 기고한 글을 읽고 몇 사람이 그를 찾아가 가르침을 청했다. 그 후 중요한 일이 생길 때마다 용성은 그들에게 나갈 길을 찾아주는 나침반 같은 역할을 했다.

영철은 경성 토박이로 일찍부터 아버지에게 돈 버는 방법을 배웠다. 그의 부친은 골동품점을 운영해 많은 돈을 벌었다. 돈이 될 만한 물건을 헐값에 사들여 비싸게 되팔았는데, 물건을 보는 눈이 뛰어났고 장사수완도 좋았다. 외국인이 경성 거리에 들어오자 영철의 부친은 골동품의 가치가 높아질 것을 알았다. 그는 국적을 가리지 않고 비싼 값을 부르는 사람에게 물건을 팔았다. 일본인, 러시아인을 비롯해 그의 표현에 따르면 코쟁이들도 가리지 않았다.

"장사하는데 코쟁이든 누구든 사람을 가릴 필요는 없다."

"우리 물건이 밖으로 나가는 일이잖아요."

"괜한 걱정이다. 우리도 코쟁이들 물건을 쓸 날이 올 거다. 한 가지 명심해야 할 것은 물건은 꼭 제값을 받아야 한다. 헐값에 팔았다가는 너는 물론 다른 사람들까지 손해를 보게 되니까."

영철 부친의 목표는 오로지 재산을 모으는 데 있었다. 그렇다고 그가 구두쇠, 수전노 등과 같이 인정 없는 사람을 뜻하는 별호를 얻을 정도는 아니었다. 제법 마음을 써서 주변 사람들의 인심도 얻고 있었다.

어느 해 겨울, 그의 아버지는 괴한의 공격을 받고 쓰러졌다. 이천에서 꽤 값나가는 물건을 구해 돌아오던 길이었다. 과정이야 어떻든 결과적으로 죽음의 원인은 동사였다. 정신을 잃고 쓰러진 뒤 깨어나지 못한 그의 아버지는 비명횡사했다. 영철이 아버지가 남긴 골동품점, 우미화랑을 물려받았다.

화랑은 구국단 제1 거점이었다. 청년 불교도들이 모여 회합을 열었다. 처음에는 단순한 친목과 종교 모임이었지만 횟수를 거듭하며 항일에 앞장서는 단체로 변화했다.

"스승님께서 긴한 말씀을 주셨습니다."

그렇지 않아도 효인은 용성을 만나고 돌아와 몇 날을 고심하고 있었다.

"태극기를 그리시는 건 어떻겠냐고 하셨습니다."

"태극기라고 했소?"

효인은 망치로 뒤통수를 얻어맞은 듯 멍해졌다. 자신이 처한 상황에서 그보다 나은 일은 없었다. 역시 보통 사람은 아니야. 형님은 어떻게 그런 생각을 했을까. 뜻밖의 제안이었지만 효인은 마음으로 이미 수락했다.

"마음의 결정을 내리시면 제가 돕겠습니다."

"그런데 어떻게 그려야 할지 생각을 좀 해 봐야겠소."

영철이 돌아간 후 효인은 두 가지로 생각을 정리했다. 태극기를 그리게 된다면 그에 알맞은 장소가 필요하다. 집을 정리하고 적당한 곳을 찾아야 했다.

그는 아내와 아이를 고향으로 보낸 뒤, 일 년에 한 번 정도 그들을 찾았다. 그마저도 만세운동 이후에는 찾지 않고 편지로 소식을 주고받을 뿐이었다. 자신은 국경을 넘은 사람이라 생각하라 일렀다. 그것이 가족이 위험해지는 것을 막는 방법이었다.

다음에는 자신이 해왔던 외부활동을 정리해야 했다. 학교 강연과 관련 단체 운영도 다른 사람에게 맡겨야 한다. 태극기를 그리는 일에만 전념해야 한다고 생각했다. 그는 아버지에게 배운 대로 인재를 기르는 일이 나라를 다시 찾는 지름길이라는 생각에서 그 길을 걸어왔으나 이제 새로운 길을 가려는 것이었다.

시골 작은 마을에서 벼슬도 없이 살던 그의 부친이 어떻게 세상을 보는 안목을 키웠는지 그는 알지 못했다. 그렇지만 아버지의 삶을 따라가며 한 번도 후회한 적이 없었다. 자신의 재산을 늘리거나 지키기 위해 소작료를 함부로 올리고 고리채를 놓는 일은 생각도 못했던 아버지였다. 고향에서 그의 집안은 인심이

후하다는 평을 들었다. 아이들은 어릴 적부터 종친들이 모여 회의하는 모습을 지켜보았다. 또래의 사내아이들은 집안 어른에게 교육을 받으며 자랐다. 집안을 이끌어 가는 방법, 농토를 관리하는 법, 주변 사람들과 함께 어울려 살아가는 방법 등, 그저 귀찮은 형식처럼 느껴졌던 일들이 매우 필요했던 것임을 나이 들면서 깨닫게 되었다.

어쨌든 경성으로 이주한 후 아버지는 부끄럽지 않은 삶을 살기 위해 애썼다. 그 점은 효인도 자랑스럽게 생각했다. 학교를 짓고 학생들을 가르치고 일본 유학도 보냈다. 그중에는 방황하다 다른 길로 들어서는 사람도 있었지만, 대개의 학생은 공부를 마치고 독립을 위해 제 역할을 충분히 했다. 효인이 부친을 존경하는 또 다른 이유는 여학생에게도 교육의 기회를 준 사실이었다.

"남녀가 살아가는 방식이 크게 다르지 않다. 여자들도 교육을 통해 큰일을 할 수 있으니 정성껏 배우고 익히도록 해야 한다."

효인은 영철을 만나 자신의 결심을 전했다.

"이 집을 처분해 작은 곳으로 옮기고 나머지는 필요한 곳에 쓰도록 하시오."

"집을 구하고 나머지는 좋은 방법을 찾아보겠습니다."

보름이 지난 후 영철은 효인의 짐을 옮겼다. 마포 집은 작은 방이 두 개에 부엌과 우물, 변소가 있었다. 몸이 불편한 효인이 모든 것을 집안에서 해결할 수 있도록 꼼꼼하게 신경 써 구한 집이었다.

"인왕산이나 삼각산 아래 한갓진 토막이면 될 것을 내게는 과한 집이오."

"그런 곳은 불편하십니다. 밥 짓는 사람을 두었으면 싶지만, 밖으로 이야기가 새나갈 것 같아 그러지 못했습니다."

"당치않은 말이오. 그 정도야 내가 할 수 있으니 마음 쓰지 마시오."

"선생님, 가끔은 동지들이 이곳에서 머물 수도 있습니다."

영철은 구국단원이 급히 숨을 장소로 이곳을 이용할 수도 있다고 했다. 짐 정리를 마치고 둘은 동네를 한 바퀴 돌아보았다.

"저기 불당이 있었소?"

"예, 삼각산 아래 진관사라는 절이 있는데, 그 절 포교당입니다."

지금까지 효인에게 절은 낯설고 이질적인 공간으로만 보였는데 오늘은 작은 도심 속 불당이 친근하게 느껴졌다. 두 쪽짜리 나무 대문 안으로 아담한 법당과 나무들, 돌계단이 눈에 들어왔다.

"다음에는 한번 들어가 보아야겠네."

"그러십시오."

좁은 길을 따라 오밀조밀 들어선 초가집 사이에 기와집 서너 채가 옥니처럼 박힌 동네가 효인은 마음에 들었다.

10

한용운과 백용성이 감옥에 있는 동안 한국 불교계는 여전히 어지러운 상황에서 벗어나지 못하고 있었다. 해인사 주지 이회광은 조선의 마지막 대강백으로 기록될 만큼 명망이 높은 승려였으나 친일 행적을 보이며 불교계의 이완용이라고까지 불렸다. 그는 두 번에 걸쳐 조선불교와 일본불교를 연합하려는 책동을 벌여 불교계의 분열을 심화시켰다. 이에 젊은 승려들이 들고일어났다.

"우리는 30본산으로 흩어진 불교계를 통일해야 합니다."

그들은 조선불교청년회를 창립하고 개혁을 단행할 조선불교유신회를 탄생시켰다.

총독부는 그들대로 일을 추진하고 있었다.

"한국 불교를 장악하기 위해 총본산을 만들고 친일파를 관장에 앉히도록 하시오."

총독부의 총본산제와 조선불교유신회는 모든 것이 일치하지 않았으므로 정면충돌하게 되었다. 교육과 포교사업, 교계 운영을 민주적으로 진행하고자 하는 불교유신회의 개혁요구 사안은 총본산 제도를 따르는 본사주지회의에서 번번이 반대에 부딪쳤다. 시간이 지날수록 갈등은 깊어졌다. 그 일은 결국 명고축출이라는 치명적인 사건으로 이어졌다.

수원 용주사 주지 강대련은 황실의 후원을 받아 많은 불사를 하고 경전도 간행하였다. 하루는 궁에서 나온 임 상궁이 용성 스님에게 물었다.

"국운을 되돌리고 황실을 살리기 위해 어떤 정성을 들이면 좋겠습니까?"

"호국불교의 상징인 대장경을 보수하십시오."

이에 소식을 들은 고종황제는 강대련에게 해인사의 대장경판 보수 불사를 감독하게 했다. 그런 강대련이 극렬한 친일파가 되어 있었다. 불교유신회의 개혁을 번번이 반대하며 총독부 권력과 타협하던 그를 향해 질타가 이어졌지만 분열된 교계에서는 마땅히 처벌할 방법이 없었다. 이에 개혁파 젊은 승려들이 들고 일어났다.

"강대련을 처단해야 합니다."

"그의 등에 북을 메게 하시오."

"자신의 잘못을 대중 앞에서 참회하도록 합시다."

1922년 3월 26일 참다못한 불교유신회 회원들이 행동에 나섰다. '불교계 대악마 강대련 명고축출'이라 쓴 깃발을 높이 들고 젊은 수좌들이 행진을 시작했다. 행렬은 남대문에서 종로 네거리를 지나 동대문까지 이어졌다. 길 양쪽에는 한 번도 본 적 없는 희한한 광경을 구경하려는 사람들이 가득했다.

"저기 북을 멘 자가 강대련이군. 그 옆에 이름도 붙어있고."

"어쩌다 저런 험한 꼴을 당하게 되었는가?"

"일본 놈들과 한패가 되었다지 않던가?"

그는 작은 북을 등에 메고 걸었다. 둥둥 북소리가 울릴 때마다 구경꾼들은 야유를 보냈다. 한쪽에서는 수좌와 젊은 불자들이 강대련은 참회하라는 외침을 이어갔다. 그는 자신을 쫓는 무수한 시선을 피해 땅을 보고 걸었지만, 그 후에도 그의 친일 행각은 멈추지 않았다. 이 사건은 총독부 권력에 빌붙어 사익을 쫓고 한국불교의 정통성을 훼손하는 본사 주지들에게 각성을 촉구하는 불교개혁파의 경고이며 단죄였다.

그 시각, 영철과 구국단 일행도 행렬에 끼어 동대문으로 들어서고 있었다. 그들 모두는 누구보다 한국불교의 전통이 되살아나기를 바랐다. 그러기 위해서는 더 많은 사람이 젊은 수좌들과 힘을 합해야 했다.

명고축출은 백용성과 한용운, 백초월 등을 비롯한 선사들이 항일투쟁을 무색하게 하고 한국불교의 전통을 훼손하는 타락한 승려를 심판하는 자리였다. 둥둥, 둥둥 도심에 울려 퍼지는 북소리를 들으며 영철은 용성의 가르침을 생각했다.

세속에 있어도 도를 닦고 세속에 물들지 말며 마음을 밝혀 본래의 성품을 깨닫고 어지러움에 빠지지 말라. 강한 것을 막되 두려워함이 없고 약한 것을 넘보지 말고 공적인 일에 목숨을 바치고 사적인 일로 핑계를 삼지 말라. 널리 남을 위하여 덕을 펴고 자신만을 위하지 말라.

그는 가슴에서 뜨거운 것이 치밀어 올라 목청껏 외쳤다.

"강대련은 참회하라, 참회하라."

쉬지 않고 외치는 사람들의 목소리가 귓전을 때렸다.

"일이 이렇게까지 되다니, 모두가 한마음으로 뭉쳐도 모자랄 지경인데, 참으로 안타까운 일이오."

"저 자에게 그런 것을 기대할 수는 없소. 참회는커녕, 자신은 이깟 일로 겁먹을 위인이 아니며 뼛속까지 일본인이니 자세히 보아 두라고 했답니다."

"그것뿐이 아닙니다. 스스로를 북 치는 산 사람, 명고산인이라 칭한답니다."

　감옥 밖에서 젊은 승려들이 개혁을 이끄는 동안 용성은 차가운 감옥 안에서 한국불교의 나갈 길을 생각했다. 천도교인도 기독교인도 조선말로 된 경을 읽는데, 불교는 한글로 된 경전이 없었다.
　"이를 쉬운 우리말로 바꾸어야만 한다. 그들은 누구나 쉽게 자신들이 믿고 따르는 교주의 가르침을 읽고 암송할 수 있다. 우리 불교 신자들은 그렇지 못하다."
　한글이 창제된 조선 초기부터 역경 사업은 이루어졌지만, 그것은 왕실의 안녕과 발전을 위한 목적이 있었을 뿐이었다. 민중을 위한 배려는 조금도 없었다. 전에도 젊은이들은 말했었다.
　"소리도 뜻도 알 수 없는 경전이 무슨 소용이 있습니까?"
　"그저 한 마음으로 염불하라 하시지만, 그것만으로는 채워지지 않는 갈증이 있습니다."
　"맞다. 우리말로 된 경전이 필요하다."
　차가운 감옥에 들어와서야 그들의 말이 확연하게 다가왔다. 일반 대중은 그저 손을 모으고 허리나 굽힐 뿐 경전이 품은 뜻이 무엇인지 알지 못했다.
　"스님, 경전을 번역하는 일은 돈이 많이 듭니다. 어떤 방법으로 충당하시겠습니까?"

"한문을 번역할 학자도 스님도 부족합니다."

"경전이 출간된다고 해도 누가 그것을 사서 읽겠습니까?"

"사전검열에 통과할 수 있을까요? 사사건건 일본인들이 막을 것입니다. 스님의 깊은 뜻은 알지만 한 번 더 생각해 보십시오."

용성의 생각은 매번 벽에 가로막혔다. 그렇다고 그대로 주저앉을 수는 없었다. 그는 어려운 일이기에 그 일이 자신에게 주어졌다고 생각했다. 누구나 할 수 있는 일이었다면 지금까지 아무도 하지 않았을 리 없다. 용성은 감옥 안에서 역경 사업을 자신의 새로운 사명으로 받아들였다.

어느새 봄이 다가왔다. 효인과 영철은 삼각산 진관사로 향하고 있었다. 그들은 차에서 내린 후에도 한참을 걸었다. 계곡에 흐르는 물은 투명한 옥빛으로 바라보는 것만으로 눈이 맑아지는 듯했다. 민가 몇 채가 들어선 산 아랫마을을 지나 언덕을 넘으니 무성한 나무 사이로 보일락 말락 검은 기와지붕이 눈에 들어왔다. 정면에는 삼각산의 여러 봉우리가 솟아있고 오른편 바위 절벽에는 진달래가 한창이었다.

효인이 태극기를 그리기로 하자 영철은 진관사로 그를 데리고 갔다.

"백초월 스님께 인사를 드리러 가는 길입니다."

"그분은 어떤 분인가?"

무작정 따라나선 효인이 물었다.

"용성 스님처럼 민족애가 강하고 한국불교의 전통을 되찾으려 애쓰는 분입니다. 마음을 하나로 뭉치면 반드시 나라가 독립할 수 있다는 믿음으로 항일에 앞장서는 분이지요. 경찰에 잡혀갔을 때 당한 고문으로 지금은 건강이 좋지 않습니다."

짙푸른 소나무 숲이 눈에 들어왔다. 작은 전각이 들어선 절마당에는 떨어진 나뭇잎 하나가 없고 일주문서 법당까지 길게 이어진 빗자루 자국이 선명했다.

"스님께 태극기를 보여 달라 하십시오."

영철이 마당에 서서 말했다.

"그렇지 않아도 태극기를 어떻게 그려야 할지 고민하고 있었네."

효인은 그때까지 태극기를 자세히 본 적이 없었다. 다만 손에 들고 만세를 외쳤을 뿐이었다. 괘의 방향도, 둥근 원도 생각할 겨를 없이 그저 흔들었다. 더구나 만세운동 후에는 볼 수도 없었다. 기억 속에서 태극의 무늬가 혼란스러웠고 괘의 방향도 그리는 사람마다 달라 무엇을 본으로 해야 할지 알 수 없었다.

영철과 효인이 초월에게 절을 올리고 마주 앉았다. 깡마른 체구의 초월은 가부좌하고 앉은 채 두 사람의 말을 들었다. 영철이 말을 하면 그는 고개를 끄덕였고 효인의 이야기를 들을 때는 눈을 지그시 감았다. 둘의 이야기가 끝나자 초월이 깊숙이 넣어두었던 태극기를 꺼냈다.

"자, 보시게."

그의 목소리가 간신히 들렸다.

"이것은 누가 그린 것입니까?"

"원래는 일장기였던 것을 내가 대한의 국기로 바꾼 것이오."

"어떻게 그런 생각을 다 하셨습니까?"

"이 자들이 하는 짓이 너무 역겹지 않은가. 그래 내가 두고 두고 그들을 욕보이고 싶었네."

태극기에는 얼룩이 졌고 붓 자국이 삐져나와 있었다. 그 태극기를 보는 순간 효인은 환지통을 느꼈다. 아무것도 없는 왼팔이 저릿저릿 쑤셨고 손가락 끝을 바늘로 찌르는 듯했다. 가슴 속에서는 한 장의 태극기에 깃든 초월의 기개와 애국심을 충분히 느끼고도 남았다. 일심으로 나라를 독립시키겠다는 초월을 향한 존경심으로 둘은 합장했다.

"지난 번 고초를 겪으신 뒤 건강은 어떠십니까?"

"참을 만해. 그렇지 않더라도 참지 않으면 무슨 방도가 있나.

기도의 힘으로 버티고 있지."

초월은 지난번 잡혔을 때 고문을 당한 뒤 한동안 기력이 쇠해 아무것도 할 수 없었다. 얼굴색은 거무죽죽하고 고개를 제대로 가누지 못할 정도로 한쪽으로 쏠렸다.

두 사람은 초월과 짧은 만남을 뒤로하고 진관사를 나왔다.

"선생님, 삼각산입니다."

영철이 가던 걸음을 멈추고 뒤로 돌아섰다. 절 뒤로 크고 작은 봉우리들이 눈에 들어왔다. 산봉우리에 바람이 지나가는지 숲이 일렁일렁거렸다.

"저 봉우리마다 얼마나 많은 이야기가 들어있겠나. 지금은 숨죽인 저 산이 반드시 깨어나 우리를 도와줄 걸세."

물을 따라 냇둑을 걷던 영철이 말문을 열었다.

"두 분 스님께서 감옥에 계신 동안 우리의 구심점은 초월 스님이십니다. 오늘 보신 바와 같이 세 분 모두 달리 말이 필요 없는 강백이자 애국자시지요."

초월은 민족대표로 서명할 수 없었지만 구국당, 일심교 등을 통해 항일에 적극적으로 앞장섰다. 그는 적극적인 행동주의자였다.

"스님에게는 스무 개나 되는 이름이 있답니다. 인영, 최승, 의수, 의호 등."

"상황에 따라 가명을 쓰며 활동하셨다는 뜻이군."

영철의 이야기를 들으며 효인은 작은 체구에 간신히 버티고 앉았던 그의 모습을 떠올렸다. 그리고 생각했다. 당신들이 가는 길, 그 뒤를 저도 망설임 없이 가겠습니다. 폭포수처럼 흐르던 물소리는 이내 멀어졌고 멀리 마을에서 밥 짓는 연기가 하늘로 치솟고 있었다.

1921년 5월 5일 용성은 서대문 감옥에서 나왔다. 그의 나이 58세였다. 그는 감옥에서 결심했던 바를 실천하기 위해 삼장역회를 출범시키며 역경 사업에 몰두했다. 그리고 약속대로 효인을 불렀다. 용성과 효인은 어린 시절 고향이야기를 주고받았다. 까마득한 과거로 돌아가 언덕을 타고 넘고 문장을 겨루던 그때를 추억하며 잠깐 세상 걱정을 잊었다.

"초월 스님을 만났다고?"

"홍 거사의 주선이 있었습니다. 태극기를 보여 주셨습니다."

"그래 어쩌기로 했나?"

"초월 스님의 태극기를 본으로 하여 태극기를 그리겠습니다. 그것이 임정의 공식 깃발이라고 합니다."

"잘하셨네. 초월 스님이 중국으로 자금을 보내고 단체도 만들어 일인들에 대항한다는 소식을 들었네. 효인 자네는 대한이 독립할 것을 믿는가?"

"물론입니다. 시기가 문제 될 뿐 그날은 분명히 오리라 믿습니다."

용성은 잠시 침묵했다.

"자네가 불문에 드는 것은 어찌 생각하는가?"

"생각해 본 적이 없습니다. 전에는 염세가들이 몰려있는 곳이 산중 절이라 생각했지만, 지금은 그렇지 않다는 것을 압니다."

"불교를 염세적이라 하는 것은 짧은 지식으로 잘못 이해하는 것이네. 불도야말로 인류의 고통을 해결할 방안을 제시한 가르침이지. 그것을 깨닫기 위해 앞으로 나가는 것이 우리고. 사람들이 그토록 원하는 평화와 진리의 최상승계가 이 안에 있다네."

"어째서 그렇습니까?"

"궁금하신가? 그 길을 알기 위해 직접 나서볼 의향은 없는가 이 말이네. 내가 자네에게 줄 수 있는 가장 큰 위로가 이 길을 함께 하자 권하는 것이네. 어떠신가?"

효인은 용성이 권하는 한마디에 멍해졌다. 태극기 그릴 것을 권유받던 그때와 같은 느낌의 충격이었다. 당황스러우면서도 깊이 생각할 시간이 필요하다는 판단이 들었다.

"제 나이 올해 쉰여섯, 중늙은이에 팔 병신이지요. 가당치 않습니다. 그뿐인가요. 제 생활이 불목하니와 같지 않습니까?"

"그렇지 않네. 무명초를 끊어내고 계를 받는 일은 아주 중요한 일이네."

"그러시다면 제게 생각할 시간을 주십시오."

"그러지. 태극기를 그리기로 했다니 참으로 기쁘네. 자네 학문의 깊이와 사회에 이바지하는 능력을 생각하면 방에만 앉았기는 아깝네만 태극기를 그리는 일 또한 그에 못지않게 중요한 일이지. 기미년 거사 때 얼마나 많은 깃발이 거리에서 휘날렸나. 그 깃발을 신호로 사람들이 모였고 덕분에 걷잡을 수 없는 물결이 파도같이 일어난 것 아니겠나? 어느 한 사람의 목소리, 한 무리의 움직임에 불과했다면 그렇게 어마어마한 힘은 만들어내지 못했을 것이네. 다시 나라를 되찾는 날, 효인 자네가 그린 태극기가 거리에 나부낄 것을 생각해 보게. 이 얼마나 가슴 뛰는 일인가?"

"짧은 시간에 많은 태극기를 인쇄할 수 있는 세상이 되었습니다. 그런데 새삼 태극기를 그리는 것이 도움이 되겠습니까?"

"모든 일에는 정성이 필요하네. 간절함이 깃든 정성, 지금 같은 세상에 누가 어디서 위험을 무릅쓰고 태극기를 인쇄할 수 있겠나. 설령 그런 태극기가 있다 해도 한 사람의 열과 성을 바쳐 그린 태극이 갖는 힘은 어마어마할 걸세."

효인은 봉익동 좁은 골목을 나와 낙원동을 지나고 인사동

길로 들어섰다. 봄을 맞은 거리에는 환한 햇살이 눈부시게 비추었으나 사람들의 얼굴은 근심 덩이에 짓눌려 있었다. 그는 혼을 다해 그린 태극기가 이 거리에서 힘차게 나부끼는 그 날이 올 때까지 온 정성을 다하리라 다짐하며 광화문을 향해 걸었다.

11

1923년 4월 25일 경상남도 진주에서는 백정의 인권 운동인 형평운동이 일어났다. 신분 계급이 철저하게 나뉘었던 조선 시대 이후, 근대화를 위한 개혁이 몇 차례 있었지만, 천민으로 멸시받던 백정들의 상황은 조금도 달라지지 않았다. 평등은커녕 민적에 붉은 점을 찍거나 도한(屠漢)으로 기재하여 백정임을 표시하는 경우도 있었다. 학교에 내는 입학원서나 관공서에 제출하는 서류에도 신분을 표시하여 백정을 차별받게 하는 일이 빈번하게 일어났다.

고려 시대에 백정은 평민을 가리키는 말이었다. 그러던 것이 조선 시대에는 도살을 전문으로 하는 천민계층을 뜻하는 말로 변질하였다. 백정은 망건을 쓸 수 없었기 때문에 머리를 풀어 헤치고 다녔다. 가죽신도 못 신고 명주옷도 입을 수 없었다. 나이 어린 평민에게도 존댓말을 쓰며 머리를 조아려야 했고 함께 걸을 때는 몇 걸음 뒤에서 걸어야 했다. 외출할 때도 상투를 틀지 않은 채 '패랭이'를 써야 했고 장례 때는 상여조차 사용할 수 없었다. 그들은 태어나서 죽을 때까지 평민들이 누리는 것을 누릴 수 없었다. 백정은 그야말로 모든 것에서 철저하게 소외되었고 멸시받았다. 학교는 물론 평등을 주장하던 교회에서조차도 그들은 차별받았다. 일제가 들어오면서는 그 정도가 더 심했다. 마침내 백정 스스로 자신들의 권익을 위한 투쟁 운동을 시작하였다.

형평운동이 일어난 지 두 해가 지났다. 이천복은 동대문에서 한참을 벗어난 경성의 끝자락, 허연 바위가 천지사방에 깔린 골짜기에 살고 있었다. 그의 아들 덕신은 며칠째 돌아오지 않는 아버지를 기다리며 울타리 없는 마당을 서성거렸다. 손바닥만 한 봉당에는 천복의 처가 끊어진 짚신을 손보는 중이었다. 그녀는 생각대로 짚신이 고쳐지지 않는지 새 지푸라기를 넣었다 빼기를 반복하고 있었다.

"아버지가 떠나신 지 벌써 보름이에요. 무슨 일이 생긴 건 아니겠죠?"

덕신은 어머니를 향해 물었다.

"일이 있었으면 누군가 연통을 하지 않았겠냐? 좀 더 기다려 보자."

천복은 회합이 있다는 연통을 받은 뒤 커다란 쇠망치를 들고 집을 나섰다. 무리를 따라 길을 나선 것은 확실한데 어디에도 소식을 물을 만한 곳이 없었다. 덕신의 형 덕배는 장작 패던 도끼를 마당에 던지고 좁은 마루에 벌렁 드러누웠다. 미처 털어내지 못한 나무 부스러기가 바닥에 쏟아졌다.

"덕배야, 어여 마저 패고 쉬어라. 아버지에게 무슨 일이 생겼으면 어떡하니. 장작이라도 준비해 둬야지."

"무슨 일이 생긴다고 한들 우리가 뭘 할 수 있겠어요? 그냥 때리면 맞고 쫓으면 쫓기고 그런 거지. 나 좀 그냥 두세요."

더 두었다가는 모자간에 또 일이 생길지도 모른다고 걱정하던 덕이가 눈치 빠르게 나섰다.

"쑥떡 먹어요, 쑥떡. 그리구 큰 오라버니는 화 좀 내지 마요."

여린 쑥을 뜯어다 아침부터 애를 쓰던 덕이가 개떡을 만들어 내왔다. 야무진 손끝으로 이것저것 엄마가 하는 일은 뭐든 잘도 배우는 덕이는 집안에서 사랑을 듬뿍 받았다.

"역시 우리 덕이가 으뜸이다. 고생했네, 우리 이쁜 덕이."

천복의 아내는 탐스럽게 땋아 내린 덕이의 머리채를 잡았다 놓아 주었다. 돌아오지 않는 가장에 대한 걱정으로 신경이 곤두선 그들은 덕이 덕분에 평온을 찾는 듯했다. 덕배는 아버지가 집을 떠나기 전 속을 긁어댄 것이 마음에 걸렸다. 이럴 줄 알았으면 입이나 꽉 다물고 있을걸. 형평사 조합원으로 가입한 뒤 아버지가 겪었던 많은 일이 생각나 한마디 했던 것뿐인데···.

"이날 이때까지 싸워도 달라진 게 없잖아요. 뭣 하러 그런 데는 쫓아다닌다고 그래요? 몰매 맞고 누울 게 뻔한데."

덕배는 자신의 행동을 후회하며 아버지가 무사히 돌아오기를 바랐다. 형평운동에 발을 들여놓은 천복은 언젠가는 자신들이 승리할 것이라고 말했다. 그날도 연통이 오자마자 산자락 돌밭을 개간하다 말고 집을 떠났다. 어느새 해는 산 아래로 숨어들었고 저녁 바람이 고개를 들자 어깨가 써늘했다. 덕신은 서릿골 입구까지 내려가 아버지를 기다렸다. 다섯 가구가 들어선 서릿골에 어둠이 내려앉기 시작했다. 정희네 굴뚝에서 저녁 짓는 연기가 피어올라 구물구물 흩어졌다.

그들은 오 년 전 이곳으로 왔다. 아랫마을 사람들은 천한 것들이라며 그들을 쫓아냈다. 마땅히 갈 곳이 없었던 그들은 산 중턱으로 올라왔다. 매몰차게 백정을 쫓은 이후에도 마을사람들은 상전 행세를 하려 들었다. 가축을 잡고 가죽을 만지며 고개를 숙이고 살면 문제 될 것이 없었다. 그런 그들에게 아이들을 학교에 보내고 예배당에도 갈 수 있다는 소식이 들려왔다. 천복은 자신의 소원이 이루어져 가슴이 벅찼다. 두 아들을 차근차근 공부시킨 뒤 막내까지 어떻게 해서든 공부시킬 생각이었다. 그런 날을 생각하니 모든 것이 기쁘고 환희에 찼다.

"감히 백정 놈들이 학교엘 다닌다고?"

"턱없는 소리지."

다른 마을에서 백정이 사람을 죽였다는 소문이 돌았다. 사실인지는 알 수 없었으나 소문은 사실로 굳어졌다. 마을 사람들은 백정들을 향해 몽둥이를 들었다.

"유비무환일세. 저놈들을 그냥 두었다가는 우리가 어떤 봉변을 당할지 모르네. 저것들을 마을 밖으로 몰아내세."

얼마 전까지 같은 우물에서 물을 긷고 빨래를 했던 사람들이 적으로 돌아섰다. 천복의 가족과 인근에 살던 백정들은 살던 집을 나올 수밖에 없었다. 그렇다고 백정들이 원하는 곳, 어디든 갈 수 있는 것도 아니었다. 마을 사람들에게는 필요할 때 불러다 마음껏 부릴 일손이 필요했다. 그들은 산골짜기로 쫓겨났다. 물도 없고 땅도 없는 바위산 자락에 살 곳을 만들었다. 덕신네를 비롯해 네 집이 어깨동무하듯 옹기종기 움집을 짓고 자리를 잡았다. 그런 꼴을 당한 뒤에도 백정들은 마을에 일이 생기면 불려갔다. 잔치가 열리면 가축을 잡고 고기를 손질하고 마을 사람들의 수족처럼 부림을 당했다. 죽어라 일을 해 주어도 돌아오는 것은 없었다.

덕신은 집을 한번 올려다보았다. 어둑한 마당 끝에 서서 손을 흔드는 덕이가 보였다. 그만 돌아오라는 손짓이라는 것을 알지만, 덕신은 발이 떨어지지 않았다.

'저 애만은 지켜 주리라.' 동네 아이들에게 험한 꼴을 당하지 않게. 얼마 전부터 서릿골 여자아이들은 혼자 마을에 내려가서는 안 된다는 철칙이 생겼다. 동네 아이들이 머리채를 잡고 침을 뱉는 것은 예사였다. 옆집 정희가 동네 녀석들에게 몹쓸 짓을 당하고 돌아왔다. 남자아이들은 그놈들에게 똑같이 갚아주자고 몽둥이를 들었지만 이내 주저앉았다. 뒷일을 생각하면 함부로 행동할 수 없었다. 순간의 복수극이 가져올 파장은 불 보듯 뻔했다. 복수는 기약 없이 미루어졌다. 아홉 살 덕신은 언젠가 그놈들에게 마땅한 갚음을 해 주리라 다짐했다.

덕신의 꿈은 학교에 다니는 것이었다. 얼마 전에도 나란히 줄을 서서 학교에 가는 아랫마을 아이들을 따라간 적이 있었다. 물론 눈치채지 못하게 멀찍하게 떨어져서 갔다. 아이들이 교실로 들어간 뒤, 빈 운동장에 서 보았다. 기분이 이상했다. 덕신은 자신이 뭔가 훌륭한 일을 한 것처럼 자랑스러웠다. 학교운동장에 서니 자신도 다른 아이들과 똑같은 사람이 된 것 같았다.

사람들이 다 지나갈 때까지 머리를 조아리고 뒤로 물러서지 않아도 되는 사람, 하기 싫은 일을 싫다고 말할 수 있는 사람, 학교에 다니면 그렇게 할 수 있을 것 같았다. 저 아이들과 똑같은 옷을 입고 똑같은 방향으로 걷고 똑같이 소리치고 노래 부르고 어딘가를 향해 고개를 숙이고 싶었다. 그의 소원은 남들과 같아지는 것이었다. 다른 사람과 똑같다는 것을 인정받을 수 있다면 아무것도 바라지 않을 생각이었다. 그는 운동장 가운데 있는 구령대에도 올라가 보았다. 높은 단에 서니 많은 것들이 한눈에 보였다.

누군가에게 얻어터져 입술이 깨지고 어깨가 늘어진 아버지의 모습이, 지겟작대기에 맞아 종아리가 퍼렇게 멍든 형 덕배와 마을 아주머니들의 눈치를 보느라 허리 한번 펴지 못한 어머니가 앓는 소리를 하며 돌아눕던 모습들이 하나씩 스쳐 지나갔다.

백정이란 어떤 존재인가. 똑같은 사람으로 태어났건만 무엇 때문에 백정이니 천민이니 구분하며 억압하고 괴롭히는 것일까. 그에게는 그런 본질적인 물음을 할 곳이 아무 데도 없었다.

언젠가 마을 아이들에게 당한 부당한 일에 관해 물었을 때 아버지는 말했다.

"생각하지 말고 그저 예, 하고 대답하면 된다. 고개를 똑바로 들지 말고 그저 알겠습니다, 하고 대답하면 돼."

그런 것을 지키지 못했을 때 덕신은 매를 맞았고 욕을 먹었고 땅바닥에 무릎도 꿇렸다.

어둠이 짙어졌다. 저녁과 밤의 경계에 선 시간이었다. 자신의 목소리를 온전히 들을 수 있는 그 시간은 덕신에게 통제 불능의 시간이었다. 옳다고 생각하는 일, 억울함을 풀고 싶은 심정이 극대화되어 자신의 가슴과 머리와 손발을 움직이게 하는 시간이었다. 그는 냉정함을 되찾고 주변을 경계했다. 자칫 잘못했다가는 자기 자신의 목숨은 물론 다른 가족들의 생명까지 위험하게 할 수도 있는 시간이었다.

덕신은 아랫마을 쪽으로 걸었다. 집으로 오던 아버지가 마을에서 일을 당한 것은 아닐까, 아니면 다른 소식이라도 들을 수 있지 않을까, 하는 실낱같은 기대감을 안고 걸었다. 보름이라는 시간은 큰일이 일어나고도 남을 시간이었다. 그저 맥없이 손을 놓고 기다릴 수만은 없었다. 내일은 아버지를 찾아 나서볼까. 아홉 살밖에 안되었지만, 덕신은 이미 아버지와 형을 따라 한차례 세상 구경을 하고 돌아왔다. 기차가 생기고 새로운 문물이 들어와 사람들에게 어떻게 쓰이는지 그 모습도 보았다.

지난해에는 도살장에도 들어가 보았다. 얼룩무늬의 건장한 소가 커다란 두 눈을 껌벅이던 모습이 아직도 그의 머릿속에 선명하게 남아있었다. 살아있는 짐승을 죽이는 것, 생명을 끊는 일은 덕신이 생각했던 것보다 훨씬 마음 아프고 어려운 일이었다. 소의 목덜미를 쓰다듬으며 아버지는 뭐라고 중얼거렸다. 소의 눈을 마주하고 말없이 서 있던 아버지의 모습은 소리 내어 부를 수도, 말을 시킬 수도 없을 만큼 엄숙해 보였다. 이제껏 어떤 누구도 소에게 해주지 못했던 위로와 기원의 말을 아버지가 하는 것이라고 덕신은 믿었다. 아버지는 한순간에 모든 것을 끝내야 했다. 멈출 수 없는 살의, 어느 때보다 강력한 살기로 고통 없이 보내주는 것이 소에게 베푸는 최소한의 배려였다. 아버지가 치르는 모든 의식이 끝날 때까지 덕배도 덕신도 아무것도 하지 않고 있었다. 그저 고요한 상태에서 소의 영혼이 새로운 세상으로 갈 수 있기를 바라는 마음으로 가만히 있었다.

"사람이나 짐승이나 죽을 때는 같은 마음일 거다. 두고 가는 것들이 마음에 걸리겠지."

퍽, 쇠뭉치를 맞은 소가 그 자리에서 단박에 거꾸러지자 아버지는 분주하게 움직였다. 뒤를 이어 가죽을 벗겨낼 아저씨와 살과 뼈를 해체할 아저씨들이 들어왔다. 둘은 아저씨들이 본격적으로 움직일 때까지 옆에서 기다렸다. 부들부들 떨리던 소의 움직임이 멎고 바짝 긴장했던 털이 가라앉았다. 소의 몸에서 온기가 사라질 때까지 덕신은 오줌을 지릴 것만 같은 긴장과 두려움에 떨며 소의 임종을 지키는 어린 장의사가 되었다.

그런 날 아버지는 집에 돌아와 탁주를 마셨다. 어머니가 조와 수수로 거칠게 빚은 술을 마시고 거나한 상태에서 아랫목을 차지했다. 깊은 잠에 빠진 아버지는 코를 골았다. 세상에서 가장 서글픈 삶을 사는 사내의 죽음과도 같은 잠이었다. 덕신의 눈에 비친 아버지의 모습은 생명이 끊어진 소의 얼굴만큼이나 아프게 다가왔다. 하지 않을 수만 있다면, 대를 이어 내려온 도살자의 멍에를 풀어놓을 수만 있다면 그들은 더 바랄 게 없었다.

어둠은 완벽하게 세상을 덧씌웠고 하늘에는 별들이 하나둘 검은 휘장을 들추고 얼굴을 내밀었다. 덕신의 머리 위에도, 저만큼 비껴간 산봉우리에도, 한여름에도 냉기가 돈다는 서릿골 하늘에도 별이 파랗게 빛났다.

12

형평운동의 목적은 계급 타파에 있었다. 백정에 대한 모욕적인 칭호를 폐지하며 그들에게도 교육의 기회를 주어 참다운 인간으로 살게 하는 것이었다. 진주 본사를 중심으로 각 도와 군에 지사와 분사를 두는 전국적인 조직망이 구성되었다. 다음 해 2월에는 지사와 분사 대표 300여 명이 부산에 모여 형평사 전조선임시총회도 개최했다. 그 후 본사를 이전하는 문제로 대립하던 그들은 사회주의 노선에 따라 계급해방운동을 주장하는 혁신파와 인권운동을 유지하려는 보수파로 나뉘었다. 두 세력의 노선 차이로 내분을 겪던 그들은 경성부에서 전조선형평대회를 열게 되었다.

  1925년 4월 효인은 형평대회에 참여하기 위해 마포 집을 나섰다. 모든 외부 활동을 접고 태극기 그리는 일에 몰두하던 그가 모처럼 밖으로 나온 것이다. 그는 천복과 인연이 있었다. 학문을 접해본 적이 없는 천복이 논리정연한 말로 형평운동의 당위성을 설명했을 때 효인은 감복했다. 자기 행동에 그런 확신을 가진 사람을 만나기는 쉽지 않았다. 그 후에도 그들은 몇 번 만났다.

  한자리에 모인 백정들의 모습에서 효인은 만세운동이 일어나던 때의 모습을 떠올렸다. 자신들의 살길을 찾기 위해 나온 사람들이었다. 그들에게는 오늘이 만세운동의 날이었다. 연설이 끝나고 행진이 시작되었다. 그들은 평화롭게 길을 걷고자 했다. 그러나 갓 쓴 양반과 상민들이 행렬을 막아섰다. 나아가려는 자와 막으려는 자들이 부딪쳤다. 그렇지 않아도 부당한 처우로 원한이 깊었던 사람들이 물러날 리 없었다. 삽시간에 몽둥이와 칼, 돌멩이가 거리에 난무했다. 행렬은 흩어졌고 평화롭게 진행되던 형평대회는 유혈사태로 변질되었다.

앞장섰던 사람들이 나서서 대화를 시도했지만, 현장은 이미 걷잡을 수 없는 불지옥으로 변했다. 막으려는 자들과 뚫고 나가려는 자들은 한 치의 양보도 없었다. 천복과 함께 있던 효인은 이마와 눈가에 상처를 입었다. 어디선가 날아온 돌멩이에 얼굴을 맞았다. 욕설이, 홧김에 내지르는 고함이, 동지를 부르는 소리가 뒤엉켰다. 쓰러진 사람을 끌어안고 갈팡질팡하는 사람들 사이에서 누군가 효인을 불렀다.

"어서 빠져나가세요."

효인은 흐르는 피를 닦으며 천복을 찾았지만, 보이지 않았다. 쇠망치를 들고 날뛰던 그를 시야에서 놓치고 말았다. 처음에 그는 쇠망치가 든 바랑을 메고 묵묵히 걸었다. 그러다 돌멩이가 날아오고 몽둥이가 오가는 것을 보고 가만히 있을 수가 없었다. 결국 쇠망치를 꺼내 들었다.

"저놈을 쳐 죽여라."

상투를 튼 사람들이 달려들었다. 천복의 쇠망치가 높이 솟아올랐다. 누구를, 어디를 향하는지 몰랐지만, 그것은 허공을 가르고 아래로 내리쳐졌다. 앞 냇가의 돌을 부수고 겁먹은 소의 정수리를 향해 내리치던 쇠망치를, 천복은 사람을 향해 휘둘렀다. 맙소사, 그 모습에 달려들던 사람들이 뒤로 물러섰다. 제풀에 넘어진 누군가가 삐끗한 다리를 끌어안고 외쳤다.

"어이쿠, 저 인간 백정. 저 백정 놈을 어서 치시오."

사내들의 몸이 뒤엉켰다. 생의 마지막을 각오한 듯 서로의 몸을 할퀴었다. 상투를 튼 자와 머리를 풀어헤친 자, 무기를 든 자와 들지 못한 자, 도포를 입은 자와 홑겹저고리를 걸친 자가 뒤엉키다 길바닥에 누웠다. 고통으로 일그러진 얼굴을 가격하는 자와 발에 깔려 신음하는 자, 부러진 다리를 세우지 못해 주저앉는 자, 그 속에서 깨지고 바스러진 몸뚱이를 추슬러 무리에서 이탈하는 자가 늘어갔다.

한참 만에 효인은 쇠망치를 휘두르는 천복을 찾아냈다. 그는 다리를 질질 끌며 천복을 향해 나갔다. 몇 발짝 앞에 있는 그를 잡기까지 시간이 정지된 것 같았다. 천복에게 가는 길은 멀기만 했다. 영원이라는 수렁에 빠진 것처럼 그 길이 아득해 효인은 허우적거렸다. 다리가 끊어져 나가는 것 같은 고통이, 온몸의 뼈마디가 부서지는 것과 같은 아픔이 계속되었다.

그의 왼쪽 팔이 순식간에 사라졌던 것과 달리, 이 싸움은 백년이고 천년이고 계속될 것만 같았다. 눈물도, 다급히 부르는 목소리도, 절규도 소용없었다. 그렇게 도저히 닿을 수 없을 것 같던 둘의 몸이 만났다. 효인의 팔이 천복의 어깨에 얹히는 순간, 그가 뜨거운 입김을 토해내며 무릎을 꿇었다. 짚신은 언제 벗겨져 나갔는지 두 개의 맨발이 피로 물들어 있었다. 그의 몸 위로 수많은 발이 날아들었다. 효인은 천복을 가로막고 달려드는 발길을 고스란히 받았다. 천복의 몸 위로 그의 몸이 겹쳐졌다.

"여보게 천복이, 어서 일어나게."

코뼈는 주저앉고 입술은 찢어져 너덜거리는데도 천복은 외쳤다.

"안 됩니다, 여기서 물러서면 끝장입니다."

둘은 사람들의 도움을 받아 간신히 몸을 세웠다. 천복의 오른팔이 허리 아래로 길게 늘어졌다. 쇠뭉치를 들었던 그의 팔은 싸리나무 가지 하나도 들어 올릴 수 없을 지경이었다. 어깨에서 빠진 팔이 건들거렸다. 한눈을 파는 사이 누군가의 팔이 천복을 낚아채 바닥으로 팽개쳤다. 길게 배를 깔고 엎어진 천복의 등위로 가죽신을 신은 발이, 고무신을 신은 발이, 짚신을 신은 발과 발이 무수히 날아들었다.

조합원들이 사람들을 몰아낸 후에도 천복은 꼼짝하지 못했다.

"천복이, 정신 차리게."

흠씬 두들겨 맞은 그는 제정신을 잃은 지 오래였다. 산발한 머리 사이로 검붉은 피가 흘렀다. 그의 얼굴과 몸은 도살장 안에 들어있는 것처럼 붉은 피로 물들었다. 핏물이 밴 몸에서 제 위치를 벗어난 뼈가 멋대로 살을 뚫고 튀어나왔다.

"이제 집으로…이젠…가야겠어요. 서릿골 집으로…"

13

효인과 천복은 조합원의 집에서 이틀을 보냈다. 다행히 백정들이 모여 사는 거주지 안이라 다른 불상사는 일어나지 않았다. 인정사정없이 달려든 사람들에게 짓밟힌 몸은 뼈마디가 부서졌고 찢어진 상처에는 피딱지가 말라붙었다. 쏟아져 나왔던 사람들은 집으로 돌아갔지만, 거리는 여전히 긴장감이 감돌았다.

"그만 떠나기로 하세."

"선생님, 이렇게는 안 됩니다. 며칠 더 머무십시오."

"집주인에게 피해가 갈까 걱정이오. 이만 가봐야겠소."

"동지, 고마웠소. 미련한 애비를 찾으러 아이들이 집을 나설까 걱정이오. 집에 연통을 주지 못했소."

천복은 아이들이 해코지라도 당할까 걱정이었다. 제정신이 돌아올 때마다 그는 집으로 갈 것을 재촉했다. 그에게 시간이 얼마 남지 않았다. 효인은 거스를 수 없는 책임감을 느꼈다. 무슨 일이 있어도 그의 가족들에게 지아비와 아비의 마지막 모습을 보여줘야 한다. 더는 망설일 시간이 없었다.

"자, 여기에 눕히시오."

긴 작대기에 이불을 두르고 천복을 뉘었다. 환자를 옮길 마땅한 방법이 없었다. 효인도 환자와 다름없었지만, 그는 두 발로 걸을 수 있어 다행이었다. 앞뒤에 둘씩, 사람들이 천복을 들었다. 그들이 걸음을 옮길 때마다 천복은 지축이 흔들리는 것만 같았다. 정신이 혼미한 가운데서도 그는 식구들의 얼굴을 하나씩 떠올렸다. 여기서 죽을 수는 없다. 물려 준 것이라고는 온갖 멸시와 설움 받는 백정의 피밖에 없는데. 이렇게 허망하게 생을 마감할 수는 없다. 소와 돼지를 잡는 일, 산목숨을 끊는 것을 업으로 삼게 된 것은 애초에 자신이 선택한 것이 아니었다. 그의 부모 탓도 아니었다. 따지고 보면 잘못된 세상을 만든 나라님 탓이고 그것을 당연하다, 옳다, 손뼉 치며 동조한 사대부의 잘못이었다.

그들은 무슨 권리로 사람과 사람 사이에 높낮이를 두었을까.

오백여 년 전, 아니 그보다 더 오래전으로 거슬러 올라가 최초로 힘센 자와 힘없는 자를 나눈 그들, 청동방울을 흔들며 무소불위의 권력을 휘두르던 먼 조상들의 잘못에서 비롯된 것인가.

　지나간 날이야 어떻든 이제는 바꿔야 했다. 천복의 눈에서 눈물이 쏟아졌다. 백정의 삶이란 하나도 변하지 않았다. 이유 없이 맞았고 끝없이 부림을 당했다. 이렇게 비참한 삶은 자신의 대에서 끝내야만 한다고 그는 소리 없는 절규를 쏟아냈다. 그러다가 그는 선생과 동지들의 거친 숨소리를 들으며 미안함과 고마움에 할 말을 찾지 못했다. 여린 물풀처럼 가녀리고 선한 덕이와 영특한 덕신, 퉁명스럽지만 듬직한 덕배, 그 아이들만은 자신과 다른 삶을 살게 하고 싶었다. 세상에서 싸우지 않고 거저 얻을 수 있는 것은 아무것도 없었다. 한 그릇의 밥은 그만큼의 노동을 해야만 얻을 수 있었다. 밥걱정 없이, 남의 눈치 보지 않고 살 수 있다면 이깟 몸뚱이야 얼마든지 저들에게 던져 줄 수 있었다. 그 날을 앞당길 수 있다면 제 몸의 살을 발라 저들의 양식으로 삼아도 좋았다. 죽기를 각오하고 대항했지만, 자신이 꿈꾸는 날은 아직 멀리 있었다. 그래도 천복은 포기하지 않았다. 자신의 아이들이 학교에도 가고 새처럼 자유롭게 오가며 넓은 세상을 볼 수 있는 날이 온다면 더 바랄 것이 없었다.

　머리를 풀어헤치고 앞섶도 제대로 여미지 않은 백정의 무리를 앞에 두고 선생이 말했다. 죽고자 하면 살고 살고자 하면 죽는다고. 아, 나는 살고자 싸웠지만 죽어가고 있다. 천복은 두 눈을 크게 떴다. 하늘이 흐린 것인지 자신의 눈이 잘못된 것인지 눈앞에 보이는 것은 안개처럼 뿌연 장막뿐이다.

얼마나 걸었는지 알 수 없었지만, 날이 저물었다. 어둑한 하늘에 뭇별들이 얼굴을 내밀었다. 그래, 이제 별이 보인다. 나의 별, 아이들의 별, 우리들의 별이 보인다. 천복은 그 많은 별 중 하나와 눈을 맞추었다. 별 중에는 제자리를 알려 주려는 듯 유난히 반짝이는 푸른 별이 있고 그저 작은 심지를 돋운 호롱불처럼 은은히 비추는 주홍별도 보였다. 천복은 또 식구들을 그려보았다. 아내와 아이들도 지금 자기처럼 별을 보고 있지는 않을까. 새벽마다 정화수를 떠놓고 기도하던 아내가 오늘쯤은 지쳐 모든 것을 놓아버린 것은 아닐까. 새로운 희망이나 부풀었던 기대는 모두 쓸데없는 망상이었다고, 집을 떠나 보름이 되도록 돌아오지 않는 남편과 아버지를 잊기로 한 것은 아닐까. 몹쓸 생각을 하니, 어느 순간 숨이 콱 막혔고 목구멍 깊숙한 곳까지 물기가 바싹 말라 버렸다.

"조금만 더 힘을 내게. 자네를 기다리는 식구들이 있지 않은가?"

쉬는 틈에 누군가 개울물을 떠다 입에 흘려 넣었다. 칡잎이었을까. 까슬까슬하게 입술을 긁는 감촉으로 자신이 살아있다는 것을 확인했다. 고맙습니다, 머릿속에 가득한 그 말은 밖으로 나오지 않았다. 간신히 손을 내밀어 보지만 뼈마디가 부러진 팔은 꼼짝하지 않았다. 옆에서 함께 걷던 선생은 자꾸만 눈이 감기고 까부라지는 그의 몸을 떠받치며 중얼거렸다.

"정신 차리게. 곧 집에 도착하네."

지친 사람이 자신만은 아니라는 것을 천복은 잘 알았다. 그 먼 길을 들것을 들고 온 그의 동지들, 그들이 지금 얼마나 위험천만한 길을 가고 있는지, 한쪽 팔을 잃은 선생은 또 얼마나 고된 걸음을 옮기고 있는지. 아, 이 은혜를 갚을 날이 있을까.

선생에게는 참으로 면목이 없었다. 힘없는 백정의 편이 되어달라고 그에게 매달린 것도 자신이었고 말로만 평등한 세상이 있다고 외치지 말라고 대든 것도 자신이었다. 많은 사람이 등을 돌렸지만 뜻을 함께한 귀한 사람 중 하나, 선생은 자신들로 인해 생명의 위협까지 느끼게 되었다. 그런 선생이 이제 자신에게 주어진 생의 마지막을 위해 밤길을 가고 있었다.

학생들을 가르치며 존경받아야 마땅한 사람이 성난 사람들에게 몰매를 맞고 발길에 차이는 봉변을 당했다. 선생이 자신들과 함께 저울처럼 평등한 세상을 만들자고 무리의 앞으로 나섰을 때 천복은 희망을 믿기로 했다. 하늘에 빛나는 별처럼 반짝이는 희망이 그의 가슴 속으로 들어온 순간이었다.

선생은 말했다. 한 사람이 변하면 두 사람, 세 사람이 변할 수 있고 더 많은 사람도 변할 수 있다고. 그날 날이 번득이는 칼과 쇠몽둥이밖에 모르는 무지렁이 백정들, 도축한 가축의 피로 범벅이 된 백정들은 서로의 눈빛을 보며 좁쌀 한 알만큼의 희망이지만 믿기로 했다. 그 이후로 선생은 한 번도 천복의 기대를 저버리지 않았다.

드디어 서릿골이 보이는 마을 입구에 닿았다. 조합원들은 거기서 돌아가기로 했다. 낯선 사람들이 동네에 발을 들였다가 발각되면 일이 커질지도 모를 일이었다. 그들을 돌려보내고 효인과 천복은 서로에게 의지해 걸었다. 처음 걸음을 옮길 때 두 발로 걷던 천복은 얼마 가지 못해 한쪽 팔을 효인의 목에 감았다. 왼쪽 팔이 없는 효인으로서는 그의 무게를 감당하기 어려웠다. 지팡이 삼아 들었던 작대기조차 도움이 되지 않았다. 탄탄했던 천복의 육신은 허물어져 혼자 서는 것조차 어려웠다. 어깨에서 빠진 한쪽 팔, 나머지 한쪽 팔도 성치는 않았다. 걷는 것인지 기는 것인지 모를 정도로 둘의 몸은 땅바닥에 가까워져 있었다.

그들은 마을길로 들어가지 못하고 마을 앞 냇둑으로 길을 잡았다. 멀리서 인기척을 느낀 개가 짖어댔다. 최대한 소리를 내지 않으려 애썼지만, 걸음을 옮길 때마다 입에서는 절로 신음이 났다.

사람들은 천한 백정이라고 함부로 대했지만, 첫째 아이가 생겼을 때는 세상에 부러운 것이 없었다. 보잘것없는 피였으나 듬직한 사내아이의 울음소리만 들어도 든든했다. 둘째 덕신을 가졌을 때 천복의 아내는 별을 따는 꿈을 꾸었다. 서릿골 뒷산 천왕봉에 올랐다가 손에 닿을 듯 빛나던 푸른 별을 따 행주치마에 담았다. 백정 주제에 하늘의 별이 무슨 소용이냐고 빈정댔지만, 속으로는 한없이 기뻤다. 귀한 아이, 사람들이 우러러볼 리 없는 백정의 자식이지만 둘에게는 어느 별보다 빛나는 아이였다. 덕이는 그저 활짝 핀 채송화같이 수수한 아이였다.

천복은 연체동물처럼 흐느적거리는 몸을 버티며 아이들의 이름을 불렀다.

"여기서 좀 쉬세요."

커다란 밤나무 아래였다. 천복이 거친 숨을 헐떡이며 효인을 멈추게 했다.

아버지를 기다리던 덕신은 인기척에 귀를 기울였다. 좀 멀긴 했지만, 누군가 이야기를 나누는 듯했다.

"아버지? 아버지세요? 저 덕신이에요."

분명 덕신이었다.

"누구요? 천복의 아들인가?"

천복은 목이 메었다.

"덕신아, 여기다."

밤나무 아래 널브러진 아버지를 향해 덕신이 달려들었다.

"아버지!"

"식구들을 불러오너라."

효인의 말에 덕신이 집을 향해 달려갔다. 그 사이, 자신이 돌아오기 전에 아버지의 숨이 끊어지면 어떡하나, 덕신은 쉴 새 없이 흐르는 눈물을 훔치며 집으로 갔다.

효인과 천복은 서로의 손을 잡고 덕신이 돌아오기를 기다렸다.

잠시 후 세 식구가 모습을 드러냈다.

"어머니, 여기예요."

덕배가 등을 내밀어 제 아비를 업으려 했지만, 천복의 몸은 스스로를 지탱할 수 없었다. 덕신과 천복의 아내가 들고 온 이불을 땅바닥에 폈다.

"나보다 선생님께서 먼저 가셔야 한다."

효인은 손사래를 치며 이불에 들려가는 천복을 따라갔다. 발을 옮길 때마다 온몸에 통증이 왔다. 이불 가마를 탄 천복은 푸른 별에서 눈을 떼지 못했다. 집에 도착할 때까지 그들은 숨소리 말고 아무 소리도 내지 못했다. 고요한 밤공기를 타고 울음이 마을로 전해질까 두려웠다. 그 울음소리가 결코 아랫마을까지

들리지 않을 것을 알면서도 그들은 그렇게 했다.

천복의 아내는 물을 데우며 보리죽을 끓였다. 요기를 할 수 있는 것은 그게 다였다. 전에는 사람들이 잡은 고기를 가져가며 기름 덩어리라도 한 덩이 남겨 두었는데, 요즘에는 그마저도 없었다. 분주히 움직이던 천복의 아내는 낮에 덕이가 해 두었던 쑥개떡을 들여왔다.

"아버지가 오시면 드린다고 덕이가 만들었어요. 어르신도 드십시오."

입안이 깔깔한 중에도 천복은 막내 덕이가 만들었다는 말을 듣고는 작은 조각을 떼어 입안에 넣고 우물거렸다. 효인 또한 그것으로 허기를 달랬다. 천복을 보니, 자신이 중요한 임무를 마쳤다는 생각이 들었다. 뜨거운 물로 천복의 몸을 씻긴 가족들이 두 사람을 둘러쌌다. 천복이 가족들에게 효인을 소개했다.

"큰절을 올려야 한다."

아이들이 넙죽 엎드렸다.

"선생님이시다."

어느 때보다 공손한 말투로 효인을 소개하는 천복의 얼굴에 존경의 빛이 가득했다. '여기 그의 아이들이 있다. 가르치고 배우면 머지않아 세상을 이끌어갈 기둥이 될 소년들이 있다.' 그는 그의 아이들을 보며 생각했다.

그날 밤, 천복의 집에는 모처럼 편안히 잠자리에 든 천복과 효인의 기침 소리 말고는 모든 것이 고요하고 순조로웠다. 중간에 깨어나 남편의 빈자리를 쓰다듬으며 서늘한 가슴을 쓸어내리던 그의 아내도 그날만큼은 깊고 깊은 잠 속으로 들어갔다.

다음날, 효인은 세 아이를 불러 앉혔다. 그는 천복이 어떤 일을 당했는지, 무엇 때문에 그런 일을 겪었는지 알려 주었다. 이야기를 듣는 동안 두 아들의 얼굴은 고통스럽게 일그러졌다가 이내 분노로 타올랐다. 눈으로 보지 않았지만, 그곳에서 어떤 일이 벌어졌는지, 아버지가 겪은 고통의 크기가 어느 정도였는지 그들은 상상할 수 있었다.

"아버지가 회복되고 나서 너희 중 누구든 하고 싶은 일이 생기면 나를 찾아오너라."

아이들에게 집 주소를 적어 주려던 효인은 잠시 머뭇거렸다. 아무리 생각해 봐도 이 집안에 글을 쓸 만한 도구가 있을 리가 없었다. 아이들은 학교는 고사하고 글자를 배울 기회도 없었다.

"자, 나를 따라 해 보아라. 경성부 마포정…."

그는 아이들이 자신의 집 주소를 완전히 암기할 때까지 몇 번이고 따라 하게 했다. 천복의 아내가 옷을 내주었다. 그들에게 옷은 겨우 두어 벌이 있을 뿐인데 자신이 한 벌을 받아오는 것이 마음에 걸렸지만, 달리 방법이 없었다. 대신 입고 있던 옷을 두고 오기로 했다. 그의 몸에도 여기저기 상처가 남아있었지만, 하루라도 빨리 천복의 집을 떠나는 것이 그들을 돕는 길이었다. 양식 걱정에서 헤어날 수 없는 그들의 살림살이를 누구보다 잘 아는 효인이었다.

서릿골을 나서는 그를 향해 천복의 식구들이 큰절을 했다. 그의 아내와 어린 딸이 눈물을 보였다. 생명의 은인에게 고마운 마음을 전할 방법이 온몸을 낮추어 존경을 표하는 절, 그것뿐이었다. 방문을 활짝 열고 문턱에 기대앉은 천복이 떠나는 그를 배웅했다.

천복은 떠나는 선생의 뒷모습을 물끄러미 바라보았다. '또 만날 수 있을까요?' 걸을 때마다 앞뒤로 요동치는 빈 옷소매가 천복의 가슴을 아리게 했다. 머리는 허옇게 세었고 걸을 때마다 한쪽으로 중심이 쏠리는 그의 뒷모습은 영락없는 노인이었다. 천복은 온몸의 힘을 모두 써버린 효인의 몸에 새로운 힘과 열정이 차오르기를 소원했다. 천복의 눈에 물기가 어렸다. 함께 했던 날은 며칠에 불과했지만 태어나서 처음으로 차별 없는 세상을 살게 해준 그에게 복된 날만 있기를 그는 빌고 또 빌었다.

영철은 그동안 연락이 끊긴 효인 때문에 속이 탔다. 태극기 그릴 재료를 준비하고 그의 집으로 왔지만, 행방을 알 길이 없었다. 효인은 길을 떠나기 전 형평운동에 참여하는 것을 말하지 않앉다. 다만 볼일이 있어 닷새가량 집을 비운다고 했다. 그런 효인이 연락도 없이 보름이 넘도록 돌아오지 않았으니, 그의 생사를 염려한 것도 지나친 것은 아니었다.

여기저기 상처 입고 돌아온 효인을 본 영철은 깜짝 놀랐다.

"형평운동에 힘을 보태야지요. 그래도 위험한 곳에 가실 때는 말씀을 해 주셔야지요. 소문에는 여러 명이 죽었다고도 하고 전쟁터와 다름없었다고 하던데요."

"말해 무엇 하겠나. 나라를 빼앗겼으니 누가 그들을 살뜰히 살피겠나. 관청에서 일하는 사람들이야 말로만 떠들고 일본인들은 차별을 부추겨 사람들을 분열시키고 있지 않나."

영철은 약을 지어다주고 상처가 아물 때까지는 집 안에 머물라는 명령 아닌 명령을 내렸다. 효인은 몸이 괜찮아지면 고향에 다녀오겠다고 했다.

"이번에 가족을 만나면 다시는 가지 않을 생각이네."

장성한 자식들은 가정을 이뤘고 아내 또한 나이가 있으니 새삼 부부의 정을 애타게 그릴 나이도 지났다. 용성이 말한 대로 이제 자신에게 남은 시간은 태극기를 그리는 일로 마무리할 작정이었다.

효인은 고향 집 마당으로 들어섰다. 낮은 담 너머로 밭일을 하는 아내가 보였다. 푸성귀를 심은 밭에서 풀을 뽑는 모양이었다. 경성에 살 때는 노동이라고는 생각도 안 하던 아내가 머릿수건을 쓰고 일하는 모습을 보니 감회가 남달랐다.

팔을 잃고 사경을 헤매던 그를 보며 아내는 안타까운 심정에 눈물만 보였다. 워낙 차분한 성격이어서 어지간한 일에는 크게 놀라거나 감정의 변화를 보이지 않는 아내였다. 그런 아내였지만 한쪽 팔을 잃어버린 사실에는 큰 충격을 받았는지 며칠 동안 밥을 먹지 못했다. 그가 겨우 몸을 추스를 정도가 되었을 때 효인은 아내를 고향으로 보냈다.

연락도 없이 집 앞마당에 서 있던 그와 마주한 아내의 눈에 복잡한 감정이 얽혀 있었다. 함께 산 날이 있으니 말로 하지 않아도 서로의 속마음을 웬만큼 헤아릴 수 있었다. 그는 선산에 들러 절을 하고 친척들을 만났다. 아버지가 돌아왔다는 소식에 아들과 딸들이 식솔들을 거느리고 모였다. 천천히 가족들을 보며 효인이 입을 열었다.

"조상님들의 보살핌으로 너희들이 잘 지내니 고맙구나. 우리는 나라 잃은 식민지 국민이다. 내 식구 남의 식구 가리지 말고 어려울 때는 서로 도우며 살아야 한다. 그리고 지금까지 해온 것처럼 어머니를 잘 모시기를 부탁한다."

"아버님, 어째 다시 뵙지 못할 것처럼 말씀하십니까?"

장남이 그의 말을 끊었다. 그와 가족들은 처음으로 긴 시간 대화를 이어나갔다. 그는 가정을 제대로 돌보지 못한 부족했던 아버지 역할을 떠올리며 부끄러운 고백을 했다.

"돌아보니 나는 참 무정한 아비였다. 집 앞에 나무가 저렇게 자라도록 밖으로만 돌았구나. 모든 일을 너희 어머니에게만 맡겨두고 고생했다는 말 한마디도 하지 않은 뻔뻔하고 부족한 사람이었다."

그는 처음으로 가족 앞에 자신의 속마음을 내보였다. 동시에 그들에게 자신이 얼마나 작은 존재였을지 생각했다. 다른 사람들 앞에서는 거창한 민족애와 애국심을 종용하며 살았지만, 막상 자신의 자식들에게는 세상에 필요한 일이 무엇인지, 무엇을 생각하고 무엇을 향해 가야 하는 지는 한 번도 말해 주지 못했다.

"당신이 하고 싶은 말이 무엇인지 애들은 잘 알 겁니다. 여기 걱정은 마세요."

그의 아내는 언제나 그랬듯 그의 속을 훤히 들여다보는 듯 말했다.

큰아들에게 아버지는 양복에 중절모를 쓴 멋진 신사로 기억되었다. 그는 할아버지를 만난 적은 없으나 조부의 뜻을 이어 교육운동가가 되었다는 아버지의 뒤를 잇고 있었다. 아버지가 만세를 부르다 한쪽 팔을 잃었다는 소식을 들었을 때 그는 처음으로 눈앞이 깜깜하다는 감정을 느꼈다. 사지가 멀쩡하지 않다는 말은 불행이라는 말과 일치했다. 팔과 팔, 다리와 다리, 눈과 눈은 운명적으로 쌍태였다. 둘 중 하나를 잃는 것은 존재의 불안과 추락을 의미했다. 아버지는 조용히 칩거했고 연락이 끊어졌다. 그러나 오늘 아들은 아버지가 다시 일어섰음을 보았다.

"다시 만나지 못한다 해도 마음에 두지 말고 아이들 교육에 전념하여라."

그를 지켜보던 가족들은 이별을 직감했다. 가는 실오라기 같은 인연이라도 남겨 놓았을 때는 불시에 내려와 이렇게 얼굴이라도 보고 갈 수 있어 좋았다. 그러나 지금 그는 영영 돌아오지 않겠다고, 다시는 그런 행복을 느낄 수 없을 것이라고 가족들 앞에 선언하는 것이다.

"머리를 깎을 생각이다. 그렇다고 이 나이에 산중으로 들어가지는 않을 것이다. 부디 자기 역할에 소홀하지 말고 잘 살기 바란다."

다음날, 효인은 쑥과 쇠뜨기 등이 무성한 들판, 어린 시절 상규와 뛰놀던 그 언덕으로 나갔다. 경성으로 이사할 때 몇 번이나 돌아보았던 저 언덕에 상규는 보이지 않았다. 몸싸움을 벌이며 정상에 먼저 닿겠다고 네 발로 기어오르던 언덕이 여전히 그곳에 있었다. 누군가 심은 여러 그루의 과실수가 서 있는 것을 빼면 고향은 그의 기억 속 모습과 크게 달라지지 않았다.

효인은 열흘 만에 경성 집으로 돌아왔다. 몸에 상처도 회복 중이었고 무엇보다 마음이 가볍고 자유로웠다. 가끔은 서릿골에 두고 온 천복을 생각했다. 그는 태극기 그리는 일을 서두르지 않았다.

14

용성은 불경을 번역하고 대각교당을 여는 등 바쁜 나날을 보냈다. 영철은 우미화랑을 운영하는 일보다 구국단 활동에 더 많은 시간을 보냈다. 그에게는 구국단을 이끄는 일에 효인을 보좌하는 임무까지 주어졌다. 구국단은 무장투쟁을 경계하며 생명을 함부로 해치지 않는다는 원칙을 지켰다. 누군가는 소극적이며 비겁한 투쟁이라고 몰아붙이기도 했지만, 그의 생각은 흔들리지 않았다. 그런 행동강령은 용성의 가르침에 기반을 둔 것이었다. 그들은 자금을 모아 다른 독립 운동가들이 활동할 수 있게 돕는 것을 목표로 했다. 독립운동을 하는 데는 무기를 들고 나가 싸우고 죽음으로 용맹함을 보이는 방법도 있지만, 그런 활동이 가능하도록 후원하는 사람도 필요했다. 자금이 없다면 싸우는 사람들이 한 발의 총알도, 한 끼의 양식도 구할 수 없었다. 더구나 남의 나라 땅에서 임시정부를 이끄는 그들에게 자금은 생명과도 같았다.

효인이 드디어 태극기를 그리기 시작했다. 한쪽 팔로 태극기를 그리는 일은 생각했던 것보다 어려움이 많았다. 바닥에 편 화지는 동그랗게 네 귀퉁이가 말려 올라갔다. 종이를 고정할 서진이 필요했다. 팔을 잃기 전이었다면 필방에 나가 그것을 구해왔을 테지만, 그마저도 사치라는 생각이 들었다. 마당으로 나가 울타리 밑에서 돌멩이 네 개를 주워 물에 씻었다. 화지 네 귀퉁이에 돌을 놓고 붓을 잡았다. 원을 그리려 했으나 제대로 된 모양이 잡히지 않았다.

한 획으로 원을 그렸다. 시작점에서 한 바퀴를 돌아 처음의 자리에 닿는 일이 쉽지 않았다. 보름달처럼 둥근 원형은 애초에 그려지지 않았다. 일그러진 달, 찌그러진 달, 가장자리가 지저분한, 원이라고 할 수 없는 원이 그려졌다. 화지가 아까워 한 장에 수십 개의 원을 그리고 또 그렸다. 다음에는 시작점에서 양방향으로 그려보았다. 서로 다른 반원이 같은 거리에서 만나고자 했으나 그것도 쉽지 않았다. 손목이 흔들렸고 붓끝은 떨렸다. 양손을 이용할 수 있으면 어떤 본이라도 대고 그릴 수 있을 텐데. 한 손으로는 불가능했다. 다시 원 그리기로 돌아갔다. 몇 날 며칠을 원 그리기에 몰입했다. 어느 때는 보름달이 되고 어느 때는 그믐으로 넘어가는 달이 되었다.

"원 그리기가 쉽지 않네. 어떤가? 아직도 원만하지는 않지?"

집으로 찾아온 영철을 잡고 효인이 물었다.

"선생님, 제가 보기에는 만월인데요?"

"스승님께서 간절한 마음으로 정성을 다하라 하셨는데. 아직 그것이 부족한 모양일세. 이쪽이 이지러지지 않았는가? 시작점과 마침점이 맞지 않아. 일그러지고 어긋난 것을 보니 다음 단계로 나갈 수가 없었네."

그렇게 시간이 흐르면서 자연스럽게 원이 그려졌다. 원을 제대로 그리는 일만큼 정신을 집중해야 하는 일이 또 있을까 싶을 정도로 많은 훈련이 필요했다. 우주 본체인 원 안에 음과 양의 융합을 상징하는 곡선을 그리고 순서대로 괘를 그렸다. 세 개의 괘 건乾은 하늘과 정의를, 여섯 개의 괘가 있는 곤坤은 대지의 풍요로움을, 다섯 개의 괘 감坎은 달과 물이 품은 생명력을, 네 개의 이離는 해와 불, 그리고 지혜를 상징한다. 태극기에는 우주와 더불어 끝없이 창조와 번영을 바라는 한민족의 이상이 담겨 있다. 그렇게 똑같은 모습의 태극기를 그리고 또 그렸다. 그때마다 어딘가 미진한 부분이 있어 사람들에게 내놓을 수가 없었다.

해가 바뀌었다. 영철은 마포 집의 낮은 담장을 대문 높이로 올리는 공사를 했다. 사람들이 집안을 함부로 들여다볼 수 없게 하려는 뜻에서였다. 가끔 구국단원을 보내 그의 안전을 확인하고 음식도 보냈다. 그림에 필요한 물감과 종이도 그의 세심한 배려와 준비 덕분에 제날짜에 도착했다.

효인은 초월이 보여주었던 태극기를 떠올리며 반복해서 그렸다. 그 외 시간에는 용성에게 받은 경전을 읽었다.

"선생님, 앉아만 계시면 안 됩니다."

영철이 알려 준 대로 효인은 마당을 맴돌고 댓돌에서 마당으로, 마당에서 댓돌로 오르락내리락 운동을 했다.

그는 아직 자신의 그림 솜씨가 초보적인 수준에서 벗어나지 못했다고 판단했다. 곧지 못한 선이, 일그러진 원이, 고르지 않은 괘의 굵기가 마음에 걸렸다. 귀한 종이와 물감을 한없이 낭비할 수 없어 어느 때는 흙바닥에 연습을 했다. 그러다 어느 순간 효인은 지금까지와는 다른 생각을 하게 되었다. 음과 양의 혼융으로 나타나는 우주, 천지의 형상을 상징하는 태극기의 모습을 지나치게 고정된 시각으로 본 것이 아닐까. 매 순간 움직이는 것들이 만나 새로운 것을 창조하고 변화하고 소멸하는 것이 만물의 이치라고 했다. 지금까지 나는 하나의 평면 위에 고정된 태극기만을 생각했다. 원 하나로, 괘의 길이와 넓이로 완벽함과 그렇지 못함을 판단하는 일이 과연 옳은 것일까.

    효인은 방으로 들어가 앉은뱅이책상에 화지를 펼쳤다. 에너지는 곡선이나 직선의 반듯함으로 나타나는 것이 아니다. 나의 몰입과 간절함이 정성으로 깃든 속에서 나타나는 것이다. 겉으로 보이는 외형에 시간을 낭비하지 말자. 그림 속에 투영된 나의 정성이 우주 만물을 작동시키는 것이다.

    자신만의 결론에 이른 효인은 시간 가는 줄 모르고 원을 그렸다. 그 어느 때보다 부드러운 손길로 선을 그리고 면을 채우고 괘를 그렸다.

제 2 부

1926년 – 1930년

※

15

작은 초가 마당에 작대기를 받친 지게가 세워져 있었다. 지게에는 무쇠솥과 이불 보따리, 옷 보퉁이가 올려져 있었다. 이엉을 갈지 못한 지붕은 가운데가 풀썩 주저앉았고 그 위로 마른 박 넝쿨이 뻗어 있었다.

아홉 살 초옥은 고향을 떠난다는 아버지 말에 짐을 꾸렸다. 하지만 어디로 가는지는 알 수 없었다. 동냥질이나 겨우 면하고 살던 집이지만, 막상 떠나면 머물 만한 곳이 있을지 걱정이었다. 지난 이월 중순 큰 마름에게 불려갔던 초옥의 아버지는 며칠을 꼼짝하지 않고 누웠더니 짐을 싸자고 했다.

"아버지, 우리 어디로 가요?"

일곱 살이 된 둘째 희옥이 물었다.

"오라는 곳은 없지만 경성으로 가보자."

김주산은 짧은 말을 던지고 뒤꼍으로 갔다. 그의 나이 서른일곱, 힘이 넘치고 왕성하게 일할 때였다. 작년 가을 추수가 끝나고 마름이 바뀔 때 이런 일이 생길 것을 짐작하긴 했었다. 가진 것이 없어도 한 번쯤은 찾아가 새 마름에게 고개를 숙였어야 했다. 하지만 그런 자리에 가려면 뭐든 마음을 채워 줄 만한 것을 가져가야 했다. 뒷산에 올무를 놓아 산토끼라도 잡으면 들러볼까 했는데 그마저도 운이 닿지 않았다.

"빈손으로 가느니 안 가는 편이 나아."

"그렇고말고. 마름이라고 어찌나 거들먹거리던지."

인사를 갔다 온 이들이 한목소리로 말했다. 그것은 살면서 체득한 진리였다. 그렇게 며칠이 지났고 결국 소작은 다른 이에게 넘어갔다. 그것도 주산과 앙숙이던 천가에게 넘어갔다. 그 땅을 받았다고 싱글거리던 천가의 꼴을 생각하니 또 부아가 치밀었다. 다시는 생각하지 않으려 했는데, 생각이 거기까지 미치자 뜨거운 불덩어리가 또 가슴 속에서 솟구쳤다.

"드러운 놈들, 지나 나나 남의 밑에서 비위 맞추고 눈치 보며 사는 건 매한가지인데 그까짓 권세가 언제까지 가나 보자. 카악."

분을 못 이겨 침을 뱉고 난 그는 움찔했다. 하필이면 가래와 뒤섞인 침이 터주 옆에 떨어졌다. 해마다 추수가 끝나면 어머니와 아내는 이곳에서 고사를 지냈다. 집터를 지켜 자손은 번성하게 하시고 재물은 노적가리처럼 쌓이게 해달라고 그렇게 손을 비볐는데, 터줏대감은 그중 한 가지도 이루어주지 않았다. 그건 지난 몇 년간 변변히 고사를 지내지 못했기 때문일지도 모른다. 대감이 드셔야 할 재물이 들어오지 않으니 화가 나 분풀이를 한 것일까. 떠나는 마당에 푸념하며 서 있는 자신의 처지가 한심해진 주산은 또 침을 뱉었다. 다행히 이번에는 터주에서 멀리 떨어진 앵두나무 아래에 떨어졌다.

터주에 끼워두었던 창호지는 새까맣게 곰팡이가 피어 있었다. 지난 삼 년 간 주산의 생활도 곰팡이가 핀 것과 다를 바 없었다. 당장 산 입에 거미줄 치게 생겼는데 다른 궁리가 없었다. 집은 오래전에 형이 빌려준 것이니 두고 가면 그만이었다. 어제까지도 그는 마을을 돌았다. 빈 항아리라도 팔면 몇 푼 건질까 싶어서였다. 흥정을 해 봤지만 실패했다. 수중에 가진 것은 길바닥에서 굶을 수는 없다는 심정으로 겨우 모아둔 몇 푼이 다였다.

마당으로 돌아온 주산은 지게를 지려다 말고 마루 끝에 걸터앉았다. 막상 떠나려니 발걸음이 쉽게 떨어지지 않았다. 저 어린 것들을 데리고 고향을 떠나는 것이 진정 잘하는 짓인가. 그의 마음은 또다시 갈팡질팡했다. 어제 선산에 들러 하직 인사도 하고 왔는데. 아내 무덤에서 마른 잔디를 움켜쥐고도 이별의 말은 못 했다. 무엇이 아쉬워 이렇게 미련을 두는지 도무지 모를 일이었다.

 형님 집에는 떠나는 것을 알리지 않았다. 새삼스럽게 형제의 정을 나눌 만큼 다정하게 지낸 사이도 아니었다. 오래전, 아버지가 돌아가신 그해에 둘 사이는 끝이 났다. 주산은 완전히 빈 털터리였다. 손바닥만 한 비탈밭 하나도 자신에게 내주지 않은 형에게는 쌓인 감정이 많았다. 떠나는 마당이니 쫓아가서 멱살이라도 잡아볼까. 그때 나누지 않은 유산을 늦게나마 정리하는 뜻으로 몇 푼 내어놓으라고 청해볼까, 갖은 생각을 다 했지만, 모든 것은 소심한 넋두리에 불과했다.

 초옥과 희옥은 기울어진 사립문에 몸을 기댄 채 일어설 줄 모르는 아버지를 기다렸다. 양력으로 삼월이었으나 겨울은 아직 긴 꼬리를 달고 있었다. 뼛속을 파고드는 바람에 홑겹 무명옷을 겹쳐 입은 두 아이의 몸이 햇살 만난 굼벵이처럼 잔뜩 움츠러들어 있었다.

 주산에게 가족은 두 딸과 자신뿐이었다. 아내는 애를 낳은 지 아흐레 만에 산후독으로 죽었다. 그토록 바라던 아들은 막내로 태어났지만, 백일을 넘기지 못하고 죽었다. 돌림병이 돌 때였다. 다섯 살, 세 살로 굶기를 밥 먹듯 하던 딸들은 그 난리 통에도 살아남았다. 양반의 손이라고는 했으나, 언제 벼슬이 떨어졌는지도 모르는 허울만 남은 가문이었다. 유산은 장손인 형이 받아 야금야금 축냈다.

"다시는 오지 않을 것이니, 잘 보아두어라."

벌떡 일어나 지게를 지며 주산이 말했다. 두 딸은 그런 아버지의 말에도 먼 산만 바라보았다. 진달래가 지천으로 피었던 뒷동산, 장맛비가 쏟아지면 시커멓게 변하던 높은 천둥산이 마치 어디로 가느냐고 묻는 듯했다. 마을 아주머니들을 따라 나물을 뜯고 더덕을 캐러 올랐던 골짜기가 조금씩 멀어졌다.

"아버지, 정말 다시 안 와요?"

"안 온다. 뭐가 있다고 다시 오겠냐. 너희들도 여기는 깡그리 잊고 양주의 양자도 생각하지 말어."

천둥산에서 내려온 눈 녹은 물이 앞 냇가를 따라 흘렀다. 농사철이 되면 논을 채우고 밭작물을 키울 물이다. 여름이면 냇가에 박힌 둥근 돌을 주워 작은 꽃밭을 꾸미고, 빨랫감이 나올 때마다 들고 내려가 방망이질을 하던 냇가였다. 작은 바위 사이에 가지를 뻗은 버들강아지가 흰 망울을 피우고 있었다.

"큰어머니가 조금만 도와주면 우리는 안 가도 될 텐데. 그치 언니?"

속없이 희옥이 잰걸음을 옮기며 말했다.

"그런 말 하지 마. 우리에게 큰어머니가 어딨니?"

초옥은 옹이진 말을 영글게 내뱉고는 앞서 걸었다. 그렇게 인정머리 없는 큰어머니는 아예 없다고 생각하는 게 편했다. 어제도 초옥은 아버지 몰래 큰댁에 다녀왔다. 걸어서 왕복 한 시간은 족히 걸리는 곳까지 무슨 정신으로 갔는지 몰랐다. 양식을 빌리러 갔지만, 용기가 나지 않았다. 큰댁 나무 대문 앞에서 한참을 서 있다 들어갔지만, 큰어머니는 갈 데가 있다며 입도 뻥긋하기 전에 나가버렸다.

주인 없는 마당에 서서 방 안에 있는 사촌 언니가 나오길 바랐지만 끝내 언니는 나오지 않았다. 초옥은 갔던 길을 되짚어 오며 울었다. 마른 풀 사이로 작은 싹을 내민 쑥이 눈에 들어왔다. 여린 싹을 잘라 입에 넣었다. 새순이었지만 쓴맛은 숨길 수 없었다. 진저리를 치며 입술을 앙다문 초옥은 큰집 식구들과는 인연을 끊기로 했다. 물론 혼자만의 결정이었다. 큰어머니, 우리는 이제 남남이에요. 저 하늘과 돌아가신 엄마에게 약속해요. 지금부터 저는 당신을 모르는 사람이에요. 눈물이 범벅된 얼굴로 몇 번이나 다짐하며 초옥은 집으로 왔다.

"아버지, 경성은 어떤 곳이에요?"

주산은 못 들은 척 대답이 없었다. 그러다 자신도 모르게 불쑥

한마디가 튀어나왔다.

"나도 가본 적이 없다. 그래도 사람이 태어나면 경성으로 보내라는 말이 있으니 너무 걱정하지는 말아라."

희옥은 말로만 듣던 경성으로 이사를 한다니, 알 수 없는 기대감에 들떴다. 앞으로도 산, 뒤로도 산, 논과 밭 말고는 아무것도 없는 양주보다는 얼마나 신기한 것들이 많이 있을까. 친구 옥순이와 민자에게 경성 간다는 이야기를 하고 왔으면 엄청 좋았을 텐데. 그 말을 못 하고 온 것이 조금은 아쉬웠다. 그렇지만 화가 난 것처럼 말이 없는 아버지와 언니를 보니 경성 가는 것을 마냥 좋아하면 안 된다는 생각도 들었다.

"언니, 우리 집을 두고 멀리 가니까 슬프다."

겨우 동구 밖을 왔을 뿐인데 희옥은 벌써 다리가 아픈 것 같았다.

16

주산 일가가 경성에 도착한 것은 1927년 5월이었다. 양력

3월 초순에 고향을 떠났으니 두 달 만이었다. 주산 일가의 모습은 거지와 다름없었다. 시커멓게 때에 전 낡은 옷, 머리는 언제 감았는지 모르게 엉겨붙어있었다. 한창 꽃처럼 피어날 여자 아이들은 숯 검댕을 바른 것처럼 얼굴이 검었다. 계절은 이미 꽃 피는 봄이 지났고 여름으로 접어들고 있었다. 경성으로 오는 동안 주산은 남의 집 일을 해 주고 밥을 얻었다. 겨우 열 살이었지만, 초옥은 이미 부릴만한 일꾼이 되어있었다. 주막에서 하루 이틀 일손을 덜어주고 필요한 것을 얻을 수 있었다.

그들은 경성에 도착했으나 어느 곳으로 가야 할지 막막했다. 그래서 자신들과 차림새가 비슷한 사람들을 따라 걸었다. 주산의 지게에는 여전히 무쇠솥과 때에 전 이불 보퉁이가 달려 있었다. 아이들의 손에 들린 옷 보따리 또한 남루한 티가 덕지덕지 붙어 있었다. 한참을 걷다 보니, 시퍼런 물이 찰랑거리는 강이 나왔다.

주산은 물을 보자 긴 한숨이 나왔다. 물이라도 넉넉히 쓸 수 있는 곳이면 살 만하겠다는 생각이 들었다. 강둑 너머, 먼 곳까지 헤아릴 수 없이 많은 움막이 삭은 나무에 기생하는 버섯처럼 자리 잡고 있었다. 셋은 강둑에서 멀거니 그 생경한 풍경들을 보고 있었다. 반 벌거숭이 차림의 남녀가 거적문을 열고 드나들었고 앙상하게 뼈가 드러난 아이들은 때 이른 물놀이에 빠져 있었다. 가벼운 바람이 불었다. 잔물결을 일으키며 강물은 서쪽으로 흘러갔다. 물을 차고 오른 제비가 흰 배를 보이며 강 하구 쪽으로 날아갔다. 물속에 고개를 박고 자맥질을 하던 새들도 고개를 길게 빼고 수면을 차고 올랐다.

"경성이란 이런 곳이구나."

주산은 아득한 심정으로 눈 앞에 펼쳐진 광경에 넋을 잃었다. 높고 푸른 하늘, 한창 자라나는 초록의 풀, 그것은 모처럼 대하는 평화로운 풍경이었지만, 그에게 닥친 여러 가지 문제를 해결하는 데는 별 도움이 될 것 같지 않았다. 아름답지만 무용한 것들을 바라보며 셋은 짧은 휴식 시간을 가졌다.

"아버지, 저 물은 흘러서 어디로 가요?"

"바다로 간다. 서쪽 바다, 그 바다 너머에 되놈들이 산다."

허리춤에 한 손을 푹 찔러 넣은 남자가 어느결에 다가와 대답했다.

"바다요? 바다가 뭔데요?"

"허어, 여기 촌사람들이 또 왔네. 바다는 끝없이 넓은 물의 땅이지. 가도 가도 끝이 없는 소금이 가득 든 물."

초옥과 희옥은 알 수 없는 말을 지껄이는 낯선 남자를 한동안 바라보았다. 바다라니, 그것이 무엇인지 모르지만, 그토록 물이 많은 곳이면 여름에도 가뭄 걱정은 없겠다는 생각이 들었다.

"그곳에는 비가 안 와도 되겠네요."

남자는 기가 막힌다는 눈빛으로 혀를 찼다.

"쯧쯧, 그건 그렇고 왔으믄 아무 데나 짐을 풀지 왜 그러고 섰소?"

"어디에다 말이오?"

"사람 참 답답하긴. 애나 어른이나 똑같군. 여긴 누가 어떻게 하라는 사람이 없어요. 먼저 자리 잡는 놈이 임자지."

주산은 퍼뜩 정신이 돌아왔다. 두 딸을 앞세우고 다리 아래로 내려가 강변 모래톱에서 멀지 않은 곳에 지게를 풀었다. 뭐가 어찌 되었든 달리 갈 곳도 없으니 서둘러 머물 곳을 마련하는 수밖에 없었다. 강으로 나가는 좁은 물길 옆으로 찔레 덩굴이 엉긴 풀숲이 있었다. 땅에는 발목 높이로 자란 풀이 파랗게 깔려 있어 걸을 때마다 푹신했다. 주산은 작대기로 풀밭을 몇 번 휘저어 길짐승이 있는지 확인했다. 두 아이는 풀밭 위를 부산스럽게 오갔다.

초옥은 고향 집 앞 냇가에도 이런 풀밭이 있었다는 것을 떠올렸다. 작은 웅덩이에는 올챙이 떼가 꼬리를 흔들고 어미 개구리가 폴짝거리던 풀밭. 초옥은 여기저기 걸어보았다.

"거적이라도 몇 장 있어야 할 거요."

"그건 어디서 구할 수 있는지……"

"저쪽 다리 아래로 가 보슈. 그냥은 구하기 힘들고, 뭐라도 가져가야 할 텐데."

가져갈 것이 무엇이 있단 말인가. 당장 서너 끼 나물죽이라도 쑤려면 남은 보리쌀을 아껴야 하는데. 어쨌거나 몸을 뉠 집은 지어야 했다. 주산은 형편이나 알아볼 요량으로 사람들이 몰려선 다리를 향해 걸어갔다. 강둑을 따라 걸으며 그는 어지럼증으로 머리가 흔들렸다. 잔물결이 이는 물 위로 물새 떼가 미끄러지듯 떠내려갔고 쏟아지는 햇살에 모래는 흰빛으로 잘게 부서졌다. 돌아보니 짐을 내려놓은 둑 아래, 모처럼 물을 만난 두 딸이 옷을 입은 채 물속에 들어가 있었다.

초옥은 차갑고 선뜩한 강물에 온몸이 식었다. 부르르 몸이 떨리고 소름도 돋았다. 그렇지만 얼마 만에 만난 강물인가. 두 손 가득 강물을 퍼 올려 얼굴을 씻었다. 이마와 콧등, 두 뺨을 박박 문질러 아프도록 씻었다. 초옥의 눈 주위가 금세 붉게 물들었다.

희옥은 씻는 일보다 물속에서 장난치는 것이 좋았다. 봄볕에 까맣게 그은 얼굴이 번득였다. 언제까지 집도 없이 떠돌아야 할까. 겨우 여덟 살이었지만, 그녀의 머릿속에는 너무나 많은 그림이 떠올랐다. 아버지가 경성으로 간다는 말을 했을 때 가장 먼저 생각한 것은 글공부하는 것이었다. 양주에서는 공부할 곳이 없었다. 언니는 보통학교에 입학해 글자는 익혔지만, 돈을 낼 수 없어 그만두었다. 희옥은 학교 문턱에도 가지 못해 글을 익히기 전이었다. 다리가 쑤시고 아플 때까지 걸으면서도 희옥이 견딜 수 있던 것은 경성과 학교라는 두 가지 말을 가슴에 품었기 때문이었다. 그렇게 멀고도 고단한 길을 지나 드디어 꿈꾸었던 경성에 도착했다.

전차가 다니고 높은 건물도 있는 경성에 왔지만, 자신들은 그런 중심에서 한참 벗어난 강가에 와 있었다. 길에서 만난 사람들은 희옥이 잘 알지 못하는 이야기를 했다. 그중에는 만주로 가는 사람들 이야기도 있었다.

"농사지을 땅이 없는 사람들은 만주로 가야지. 거기 드넓은 땅이 있다는데."

"거기도 땅임자는 있을 것이 아닌가?"

"아무렴, 그래도 얼마나 땅이 넓은지 마음껏 빌릴 수가 있다는구먼."

정말 그런 곳이 있다면 아버지는 왜 만주로 가지 않을까. 몇 번이나 그것을 묻고 싶었지만, 아버지가 무슨 말을 할지 희옥은 뻔히 알기 때문에 입을 다물었다. '경을 칠 것 같으니.' 아버지는 화가 나거나 마땅한 말이 생각나지 않으면 그렇게 말했다. 만주는 어떤 곳일까. 희옥은 느닷없이 만주가 궁금해졌다.

의정부를 지날 때는 너무도 무서운 풍경을 보았다. 굵은 포승줄에 묶인 여자 죄수를 보았다. 흰 저고리에 검은 통치마를 입고 머리를 짧게 자른 여자가 잡혀가고 있었다. 이마에서 흘러내린 피가 여자 입 주위에 말라붙어 있었다. 희옥은 여자가 자기를 보고 있다고 생각했다. 눈동자를 번득이며 이곳저곳 살피는 모습에 이유 없이 겁도 났다. 언니는 아무 말도 없이 여자의 얼굴을 피하고 걸었지만, 자신은 자꾸만 그 얼굴이 궁금해 저도 몰래 고개가 그쪽으로 향했다. 구경하던 사람 중에 누군가 말했다.

"세상에 저 여자가 폭탄을 던졌대. 겁도 없지 뭐야. 사람까지 죽었다네. 쯧쯧."

"그럼 살인죄인 인가?"

"사형이란 말이야? 젊은 여자가 안됐어."

불쌍하다는 사람, 벌을 받아 마땅하다는 사람, 나쁜 짓을 하는 놈들이 죽었으니 잘 됐다는 사람, 그들의 목소리가 뒤엉켜 있었다. 그때 여자가 큰소리로 외쳤다.

"여러분, 조선은 독립해야 합니다. 조선은 반드시 독립합니다. 대한독립만세, 만세…,"

희옥은 여자가 외친 말이 무슨 뜻인지 다 알지 못했다.

"독립이 무슨 말이야?"

언니 초옥은 고개를 저었다.

"나도 몰라. 쓸데없이 자꾸 그런 말 묻지 마."

희옥이 정신을 딴 데 파는 사이에 여자의 머리에는 짚으로 만든 모자가 씌워졌다. 얼굴 전체를 가리는 용수라고 했다. 앞을 볼 수 없게 되었지만, 여자는 여전히 포승줄에 묶인 채 걸어야 했다. 몇 발짝 가지 않아 여자는 돌부리에 걸려 넘어질 뻔했다. 희옥은 당장 뛰어가 그녀를 도와주고 싶었다. 그러나 마음뿐이었다. 여자의 고무신이 벗겨졌다. 호송하는 순사들은 못 본 척 그냥 걸어갔다. 구경하던 사람 중 하나가 신발을 주워들었다. 희옥은 끌려가는 여자가 가여워 눈물이 났다. 도와주는 사람도 없이 잡혀가는 여자가 엄마 개와 떨어져 다른 집으로 가는 새끼강아지 같았다.

그날 희옥은 가슴이 두근거려 밥을 제대로 먹지 못했다. 떨리는 가슴에 손을 얹고는 아버지와 언니 곁을 떠나지 않겠다고 다짐도 했다. 절대로 가족들과 헤어지지 않을 거야. 아무리 좋은 곳이 있어도 다 같이 가는 것이 아니면 혼자 가지는 않을 거야.

머리를 동그랗게 틀어 정수리에 올린 초옥이 깔깔대며 희옥에게 물을 뿌렸다. 키가 제법 자라 동그란 얼굴에 생기가 넘치는 초옥은 어느 누가 보아도 한눈에 들어오는 예쁜 모습이었다. 겨우 열 살이지만 두세 살은 위로 보이는 조숙하고 단정한 모습에 뚜렷한 이목구비까지 누구도 그녀를 그냥 지나치지 못했다.

게다가 그녀에게는 알 수 없는 체취가 있었다. 하지만 그것이 어떤 향인지 정확한 말을 찾지 못했다.

멀찍이 선 사람들이 둘의 물놀이를 지켜보고 있었다. 그들은 그 자리에 붙박인 듯 한참을 그렇게 서 있었다. 둘은 물속을 경중경중 돌아다녔다. 허벅지까지 말아 올렸던 검은 통치마가 풀어져 풍선처럼 봉긋하게 솟아올랐다. 검은 꽃송이 같은 치마 밑으로 강물은 여전히 흘렀다.

17

일제의 강압적인 정치는 계속되었다. 그에 따라 독립운동 방향도 무장투쟁으로 강화되었다. 총독부와 경찰서에 폭탄을 던지고 친일파를 비롯한 총독부 요인을 암살하는 의열단 활동이 활발하게 일어났다. 보이는 곳에서 보이지 않는 곳에서 나라를 되찾기 위한 노력은 계속되고 있었다.

효인은 마포 집에서 나오지 않았다. 영철이 필요한 물건과 양식을 준비해 다녀갔다. 하얼빈에서 온 청년 셋이 이틀을 머물다 돌아간 것 외에 찾아오는 사람은 없었다. 효인과 뜻을 같이했던 사람 중 대부분은 국내에서 활동이 어려워지자 만주로 떠났다. 그를 따르던 제자들도 마찬가지였다.

효인은 태극기를 그리고 금강경을 읽었다. 영철을 통해 들려오는 용성의 행보는 놀라웠다. 경전을 번역하고 수행정진하면서 일반 신도들을 모아 법회를 열었다. 법회에는 많은 사람이 모였고 궐에서도 최 상궁과 나인들이 다녀갔다. 용성이 생각하는 불교는 이 땅에 사는 사람들을 위해 보살행을 실천하는 것이었다. 우선은 잃은 나라를 되찾는 일에 앞장서야 하고 어려운 이웃에 관심을 갖고 도와야 한다고 설법했다.

하루는 영철이 마포 집으로 세간 오계를 들고 왔다. 나라에 생명 바쳐 충성하고 어버이에게 생명같이 효도하고 스승에게 생명 다해 공경하고 믿음으로 함께 사귀고 싸움에 생명 걸고 이겨라.

"용성 스님께서 주신 강령입니다."

"지난번 구국단 모임에서 하셨던 말씀이군."

"어떤 일을 할 때 생명을 다해야 한다는 것은 그 일에 전념하는 것이다. 한쪽 다리를 걸치고 이것도 저것도 아닌 모호한 태도로 무엇을 합네, 티만 내는 사람이 많은데 그렇게 하면 도모하는 일을 완성할 수 없다. 그러니 어떤 일이든 완성하고자 한다면 온 정성을 다해야 한다."

사람의 마음을 움직이고 일을 완수하는 데 필요한 덕목이 정성이라는 것은 어릴 적 서당에서도 들었던 말이다. 육십을 넘긴 나이에도 용성은 계율을 엄격하게 지킬 것을 강조했다.

"승려가 고기를 먹고 처자식을 거느리면 수행이 되지 않는다. 의식주를 해결해야 하는 일은 태산을 어깨에 짊어진 것과도 같은 일이니 마땅히 가족을 거느린 자는 계율을 지키기 어렵다. 원칙과 질서가 깨지면 가고자 하는 목적지를 잃고 방황하다 세월만 보내게 된다."

머리 깎고 산에 들어갔으니 면벽이나 하고 앉았으면 편할 것을. 스님은 어찌 세상 속으로 내려와 저리도 고단하게 움직이는 것일까. 효인은 용성이 무거운 짐을 진 노새와 같다고 생각한 적이 있었다. 왼쪽 어깨에는 속계를, 다른 어깨에는 법계를 짊어지고 좁고 가파른 길을 가는 늙은 노새, 온몸이 땀으로 범벅된 채 갈증으로 고통스러운 가여운 노새. 하지만 그런 생각이 얼마나 어이없는 자신의 착각이었는지 금세 알게 되었다. 그에게는 짐 진 자의 고통이 보이지 않았다. 오히려 보살행을 실천하고 있는 사람의 충만한 기쁨이 그를 둘러싸고 있었다.

용성으로부터 불도에 드는 것이 어떻겠냐는 권유를 받은

후에 효인은 대각사 법회에 몇 번을 참석했다. 용성은 사람들 앞에서 어린아이처럼 환하게 웃었다. 그에게서는 높은 경지에 오른 사람의 권위나 남이 보지 못한 세상을 보았다는 교만함은 티끌만큼도 없었다. 자신이 만든 찬불가를 함께 부르고 절 마당에서 노는 아이들의 손도 잡아주었다. 풍금을 치며 왕생가를 부르던 표정은 영락없는 아이의 얼굴이었다.

    궁에서 나왔다는 상궁과 나인들에게도 마찬가지였다. 그들은 많은 돈을 보시했고 용성은 그 돈으로 해인사 장경각을 손보고 독립자금으로도 보냈다. 그럼에도 그들을 대할 때는 어린아이를 대할 때와 똑같이 차등을 두지 않았다. 보시를 많이 낸 특별한 사람을 대하는 몸짓이 아니라 그저 웃는 얼굴로 바르게 사는 도리를 설했다. 그에게는 남녀노소도 신분의 귀천도 재물의 있고 없음도 어떤 자리에서 무엇을 하는 사람인지도 생각할 필요가 없었다. 모두가 평등한 길을 가는 사람들이었다.

18

 한여름이 되어 강변의 풀은 억세졌고 나뭇가지는 단단해졌다. 여린 순을 따서 끼니에 보태던 움막 사람들에게 여름은 또 다른 시련의 시작이었다. 초옥과 희옥은 다리를 건너가 채소와 쓸 만한 물건을 구해왔다. 점포가 끝나는 길모퉁이에 팔 수 없어서 버린 물건들이 있었다. 그곳 사람들은 먹지 않고 쓰지 않는 것을 움막 사람들은 먹었고 유용하게 썼다.
 희옥은 강 위에 가로 놓인 긴 다리를 건널 때마다 이상한 기분이 들었다. 다리 아래를 굽어보면 파란 강물이 어서 오라고 손짓하는 것 같았다. 깜짝 놀라 뒤로 물러설 때는 가슴이 조여 오는 것도 같았다. 강물 위로 튀어 오르는 물고기 비늘이 햇빛을 받아 반짝일 때는 황홀한 기분이 들어 한참을 보았다. 멀리 강 오른쪽에는 길게 늘어진 버드나무와 키 큰 풀들이 무성했고 왼쪽에는 다닥다닥 모인 집들이 큰 마을을 이루고 있었다.
 "언니, 저어기는 언제 가 볼 수 있을까?"
 "어디를?"
 "저어기 큰 집들이 모여 있는 동네 말이야."

"난 거기로는 절대 안 갈 거야."

"왜? 왜 안가? 여기보다 좋은 것들이 많을 텐데."

"우린 남이 버린 것만 쓰는 거지가 아니야."

"치, 언니는 처음 다리 건너올 때도 그러더니, 나는 꼭 갈 거야. 혼자라도 가서 거기 뭐가 있는지 보고 올 거야."

초옥은 사람들의 눈길이 싫었다. 버린 물건을 고를 때면 가자미눈으로 흘깃대는 사람도 있고 가끔은 도둑 취급을 하는 사람도 있었다. 어차피 버린 물건을 가져가는데도 소리 지르고 심지어는 물건을 가져가는 대가로 심부름을 시키려고도 했다. 양주에서 큰 마님이 아무 때나 아버지를 불러 일을 시켰던 것처럼 이곳 사람들도 똑같았다. 초옥의 눈에 이곳 사람들은 모두 욕심주머니를 주렁주렁 매달고 있는 것 같았다.

움막에는 온갖 벌레들이 기어들었고 밤에는 모기가 극성을 부렸다. 둘의 몸에는 빨갛게 발진이 생겼고 긁은 자리에는 고름이 들어있었다. 한낮의 더위는 강물에 들어가 식힐 수 있었지만 한밤의 찜통 같은 움막 안은 견디기 어려웠다. 모래밭을 달구었던 열기가 가시기 시작했다. 초옥은 널었던 빨래를 걷어 들였다.

"빨래 잘 개고 있어. 언니는 밥할게."

초옥은 작은 솥에 물을 붓고 된장을 풀었다. 맹물에 된장 두어 숟가락만 넣어도 한 끼 반찬을 해결할 수 있으니, 된장은 참

고마운 것이었다. 여름에 날것을 먹었다가는 배탈이 나기 십상이었다. 펄펄 끓인 장물에 들에서 뜯어 온 나물과 함께 보리쌀을 넣어 끓이면 든든한 한 끼가 되었다. 후텁지근한 강바람이 불자 화덕 밖으로 붉은 불길이 날름거렸다. 초옥은 하늘이 심상치 않다고 느꼈다. 해가 질 시간은 멀었는데, 왜 이렇게 어둡지. 그때 아침 일찍 지게를 지고 나갔던 주산이 움막으로 돌아왔다.

"아버지, 일찍 오셨네요."

"어서 짐 챙겨야겠다."

"왜요? 또 어디로 가야 해요?"

"저녁 먹을 시간 없으니 솥도 정리하고."

두 자매는 엉거주춤 선 채로 아버지를 바라보았다. 검붉은 얼굴이 몹시 지쳐 보였지만 그는 다급하게 몸을 놀렸다.

"큰비가 올 거다. 우선 다리 위로 짐을 옮기자."

"비요? 밥하던 거는 마저…."

"급하다는대두, 언제까지 조잘댈 작정이냐?"

주산의 움막이 짐을 챙기느라 부산한데 다른 집들은 평소와 다르지 않았다.

"우리 집만 옮겨요? 지난번에도 비가 많이 왔지만, 아무 일 없었는데."

여전히 짐 옮길 엄두를 내지 못한 초옥이 물었다. 희옥은 문가에 서서 아버지와 언니의 대화를 듣고 있었다. 조금 전까지 그저 지쳐만 보이던 주산의 얼굴이 딱딱하게 굳었다. 더는 말할 기운도 없다는 듯 방구석에 개어 놓았던 이불을 둘둘 말아 묶었다. 그 사이 하늘은 더 어두워졌다. 주산이 이불과 옷 보따리를 묶어 나왔을 때는 강물이 어디에 있는지 보이지 않을 정도로 세상이 암흑으로 변하고 있었다.

두 아이는 그때야 사태의 심각성을 눈치챘다. 막상 짐을 싸려고 보니, 별것 없을 것 같았던 살림이 꽤 되었다. 급하게 마련한 부엌살림 몇 개, 옷가지며 이불, 올망졸망 모은 작은 항아리도 있었다. 이곳에서 고작 몇 달을 살았는데 이렇게 짐이 늘어났다니, 새삼 놀라웠다. 움막 안에서 짐을 싸 밖으로 내놓는 모습을 본 이웃들이 다가와 무슨 일이 있느냐고 물었다.

"장마가 온대요. 아주머니도 짐을 싸세요."

"아이구, 비야 작년에 유난맞게 많이 왔지. 그때도 별일 없었어."

"괜히 헛고생하지 말고 짐 풀어. 우리가 잘 안다니까."

모여든 서너 명이 괜찮다고, 아무 걱정하지 말라고 입을 모았지만, 주산에게는 헛말로 들렸다. 이번 장마에 모든 것이 쓸려 내려가고 말 것이다. 주산은 정차장에서 사람들이 하는 말을 들었다. 경성부에서 일하는 사람이 한 말이니, 틀림없을 거라던 양복쟁이의 말이었다. 그 말을 듣고 주산은 돈 벌기를 포기하고 집으로 돌아온 것이다.

"곧 쏟아질 텐데, 어서 옮겨요. 나중에 후회할 땐 이미 늦을 거요."

주산이 힘주어 말했지만, 사람들은 코웃음을 치며 집으로 돌아갔다. 작은 짐을 다리 위로 옮기고 마지막으로 지게를 졌다. 움막에서 가져갈 수 있는 것은 모두 들고나왔다. 남은 장작 몇 개까지도 살뜰하게 챙겼다.

"아버지, 이제 어디로 가요?"

"비 피할 곳을 찾아야지."

주산은 문으로 쓰던 거적을 떼어 양 끝에 새끼줄을 묶었다.

"여기에 짐을 올리고 끌고 가거라."

"희옥아, 작은 짐을 가운데 놔."

"자, 당겨 보거라."

짐을 올린 거적이 직직 소리를 내며 끌려왔다.

"정말 비가 많이 오려나 봐요."

누군가 세상을 벌주려고 비를 보내는 걸까. 모든 것을 사라지게 할 것만 같은 캄캄한 어둠 속을 셋은 부지런히 걸었다.

"진짜 무슨 일이 생기면 어떡해요. 아버지, 무서워요."

희옥은 아버지 뒤를 바짝 따르며 새끼줄 잡은 손에 힘을 주었다. 누군가 어둠 속에서 튀어나와 뒷덜미를 잡아당길 것만 같았다.

"서두르자. 다리만 건너면 비를 피할 만한 곳이 있을 거다."

다리를 건넌 사람들이 어둠 속에서 튀어나왔다. 다리를 반도 건너지 못했을 때 툭, 첫 번째 빗방울이 머리에 떨어졌다. 그들은 빗방울이 조금 더 공중에 머물기를 바랐지만 이내 빗소리가 나기 시작했다. 툭, 툭, 항아리 뚜껑을 때리는 소리였다. 그것을 시작으로 비는 최고의 속도로 달려왔다. 비는 작은 폭포수처럼 쏟아졌다. 길바닥에는 곧 냇물처럼 빗물이 흘렀다. 거적 위에 올렸던 보퉁이들이 물을 먹어 더는 끌고 갈 수가 없었다. 셋은 짐을 나누어 들었다. 지게에 올린 이불도 빗물을 흡수해 무게가 늘어났다.

그들은 다리를 건너 정차장 옆 건물 처마 밑으로 들어갔다. 비에 흠뻑 젖은 아이들이 오들오들 몸을 떨었다. 땅바닥에서 낙숫물이 튀어 오르고 작대기를 받쳐놓은 지게에서도 물이 떨어졌다. 인적이 끊긴 거리에 번갯불이 번쩍이고 천둥이 쳤다.

"애비가 들어갈 곳을 알아보고 올 테니 꼼짝 말고 있어라."

주산이 자리를 비우자 비는 더 세차게 쏟아졌다.

기록적인 장마는 꼬박 일주일간 계속되었다. 전국에는 유례없는 물난리로 도시, 농촌 할 것 없이 수재민이 넘쳐났다. 한강

변에 자리 잡았던 움막들은 흔적도 없이 사라졌다.

주산은 일주일 동안 지게를 져서 번 돈으로 집을 빌렸다. 당장 갈 곳이 없으니 다른 것은 생각할 수가 없었다. 두 아이를 앞세워 남의 집 문간방을 어렵게 빌렸다. 방은 세 식구가 누우면 꽉 찰 정도로 작았지만, 아이들을 안전하게 건사할 수 있어서 다행이었다. 주인 여자는 끼니때가 되면 국물을 나누어 주고 마당에서 키운 푸성귀도 뜯어 주었다. 아이들은 집주인의 마음을 거스를까 애쓰며 없는 듯 살았다.

움막이 있던 강가로 나가 보았다. 강 가운데는 황토물이 빠르게 흘렀고 가장자리에는 삐죽이 고개를 내민 갈댓잎들이 물결에 흔들리고 있었다. 그보다 안쪽 움막이 들어앉았던 풀밭에는 수렁처럼 흙물이 고여 있고 떠내려온 잡다한 물건도 흩어져 있었다. 통째로 떠내려오다 무너진 집의 잔해, 뿌리가 뽑힌 큰 나무, 낡은 옷가지들, 검은 고무신 한 짝도 눈에 들어왔다. 주산은 아무것도 남지 않은 풀밭을 한동안 바라보았다. 서쪽 바다로 맹렬히 흘러가는 진흙탕 속에 형체를 알 수 없는 물건들이 떠올랐다가 이내 사라졌다.

날이 완전히 갰다. 마당에 젖은 이불이며 옷을 펴 널었다. 집을 구하기 전에 이불만이라도 말릴 수 있도록 이틀을 그 집에서 더 머물렀다. 해가 바짝 든 마당에 봉숭아와 채송화가 붉은 꽃잎을 달았고 밭에는 푸성귀보다 풀이 무성했다. 초옥과 희옥은 잡초도 뽑고 꽃밭도 돌보며 주인 여자와 가까워졌다. 그 집에는 어린아이가 셋 있었는데 아이가 울면 초옥이 달려가 업어주었고 큰아이들은 희옥이 놀아 주었다. 떠나는 날 안주인이 눈물을 보이며 찬거리를 챙겨주었다. 고작 열흘이었지만, 제대로 된 집에서 생활하다 나오니 움막 생활이 몹시도 낯설고 불편했다.

　새 집에서 바라보는 하늘은 감빛 노을에 물들어 있었다. 아이들은 짐을 들여놓고 저녁을 준비했다. 어둠이 찾아오자 와글와글 사방에서 개구리가 울었다. 무슨 대단한 모의라도 하는 듯 저녁 내내 울음소리가 그치지 않았다.

19

　태극은 우주 만물을 만드는 근본이다. 만물은 순일한 하나의 성분으로 만들어지지 않는다. 다양한 요소들이 모였다 흩어지기를 반복하며 형성되는 것이다. 고요한 무극에 한 줄기 바람

같은 작용이 일어나면 수많은 움직임이 일어 태극이 생긴다. 생겨난 모든 것은 영원할 수 없다. 시시각각 성하고 멸하기를 반복한다. 태극은 우리 대한 사람의 생활에 깊이 파고들어 있다. 생명을 지키는 보검, 기와지붕의 수막새, 삶의 기본을 이루는 다양한 사물에 태극무늬를 새겨 넣었다. 때로는 다투고 때로는 쓰러지고 대항하고 손잡으며 살아온 반만년의 문명 속에 태극이 들어있다. 지금은 나라의 깃발에도 그것을 쓰고 있다. 태극기는 다른 나라와 대한을 구분하는 기준이 되고 흩어졌던 민중을 모으는 표식이기도 했다.

지난 기미만세운동 때 글공부는커녕 제 이름도 쓰지 못하는 사람까지도 태극기 앞에서 하나가 되었다. 생명을 걸고 소리 높여 만세를 불렀다. 한 번도 본 적 없는 태극기 앞에서 그들은 망설이지 않았다. 장터에서 학교에서 신작로에서 팔이 아프도록 흔들며 독립 만세를 외쳤다. 나라의 깃발을 잊지 않는 한 우리는 이 땅의 주인이며 역사의 증인이며 미래에도 살아 있는 사람이 될 것이다.

흰 바탕은 평화를 사랑하는 깨끗한 사람을, 둥근 원은 인간 생명의 원천과 우주 만물의 근원을 나타낸다. 원을 채운 붉고 푸른 두 개의 빛은 음과 양의 융합을, 검은 괘에는 하늘과 땅, 물과 불, 정의와 풍요, 지혜와 광명을 상징하니 우주 만상의 근원이 태극기에 꽉 들어차 있다.

　효인은 지난날, 학교를 세우고 강연을 다니면서 이런 중요한 사실을 알리지 못했음을 반성했다. 태극기가 담고 있는 크고 깊은 의미를 바르게 전해야 했다. 아쉽게도 자신 또한 태극기에 대해 무지했었다. 총칼을 들고 적의 심장을 찌르는 일만큼 나라의 상징을 알고 지키는 일이 중요하다는 것을 태극기를 그리면서 깨달았다.

　아직은 이른 새벽이었다. 그는 마당으로 나가 맑은 공기를 들이마셨다. 며칠 전부터 마음을 무겁게 했던 제자 종원의 훼절은 그로서도 어쩔 수 없는 일이니 받아들일 수밖에 없었다. 만세 사건이 일어난 지 7년이 지났다. 효인은 제자들의 활동 소식에 대견하고 뿌듯했지만 훼절한 종원의 소식을 듣고는 그림에 집중하지 못했다. 안동에서 주요 거점을 관리하던 그가 변절했다니. 애국심에 있어서 누구에게도 뒤지지 않던 젊은 그에게 어떤 사정이 있었는지 알 수 없었다. 하지만 그것은 되돌릴 수 없는 사실이었다.

　밤새 풀어졌던 몸과 마음을 바르게 하고 책상 앞에 앉았다. 화지를 바르게 펴고 중심을 가늠해 보았다. 크고 작은 원을 그리고 또 그렸다. 수십 번, 수백 번 마음으로 그린 원이었다. 원 안에는 맑고 탁한 것, 바르고 그른 것, 뾰족한 것과 뭉툭한 것, 바른 것과 부정한 것, 모난 것과 원만한 것, 차가운 것과 뜨거운 것, 고요한 것과 소란한 것, 질서 있는 것과 혼란스러운 것 모든 것이 들어있었다. 이 모든 요소가 숨을 죽이고 한순간의 작용을 기다리고 있었다. 붓을 들어 왼쪽에서 오른쪽으로 원상을 완성해 갔다. 붓은 정확하게 시작점과 맞물렸다. 다음에는 음과 양을 구분하는 곡선을 그릴 차례였다. 처음에는 오른쪽으로 볼록했던 원이 중심을 지나면서 왼쪽으로 볼록한 원을 그렸다. 어느 한쪽에도 치우치지 않는 완벽한 형평을 위해 붓끝을 신중하게 움직였다. 등줄기에서 땀이 솟았다.

평소대로 아침을 먹고 운동을 시작했다. 댓돌 위에서 마당으로, 다시 댓돌 위로 오르내리자 이마에는 금세 땀이 솟았다. 몸이 쇠약해진 것인지 건강하다는 뜻인지 알 수 없었다. 담장 너머로 보이는 감나무 우듬지에 까치집이 눈에 들어왔다. 지난겨울에도 저것이 있었던가, 그는 가물거리는 기억을 더듬으며 한참동안 그것을 바라보았다. 새들은 둥지를 떠난 것인지 보이지 않았다.

"계십니까?"

대문 밖에 손님이 왔다.

수줍은 목소리로 누군가가 주인을 찾았다. 처음 듣는 목소리였다. 효인은 한 번 더 기다렸다. 이 시간에 영철 말고 자신을 찾아올 사람은 없었다.

"계십니까?"

이번에는 조금 더 큰 목소리였다.

"누구시오?"

"저는 이덕신이라고 합니다."

천복의 작은 아들, 덕신이 효인을 찾아왔다. 한동안 잊었던 천복의 모습이 되살아났다. 온몸이 꺾이고 피투성이가 된 그를 집에 두고 온 후에 해가 바뀌었다. 참으로 무심하게 보낸 시간이었다. 대문을 열자 의젓한 모습의 소년이 서 있었다. 무명 한복을 입고 앳된 티가 가신 얼굴이 붉게 상기되어 있었다.

"안녕하셨습니까? 선생님."

효인에게 절을 올린 덕신이 그와 마주 앉았다.

"아버지는 어떠시냐?"

"선생님께서 떠나시고 보름 후에 돌아가셨습니다."

그때 천복의 상처는 워낙 컸기 때문에 쉽게 떨치고 일어날 수 없었다. 간신이 몸을 움직이게 되었을 때 천복은 덕배에게 나무를 구해오라고 했다. 마루턱에 엉덩이를 걸치고 앉은 그는 상을 만들라고 했다. 덕배는 나무를 자르고 덕신은 매끈하게 다듬었다. 그는 사방으로 홈을 파내 다리를 끼워 넣는 것까지 차근차근 일러주었다.

"둥근 밥상이다. 이 상에 식구들이 둘러앉아 밥 먹는 모습을 보는 것이 나의 소원이었다."

사람들에게 두들겨 맞고 살던 곳에서 쫓겨난 그들에게는 변변한 상도 없었다. 그런 가족에게 천복은 밥상을 만들어 주고 싶었다. 상을 만든 뒤에는 책상도 만들게 했다.

"책상이요?"

눈을 크게 뜨고 묻는 덕배에게 천복은 이야기했다. 이번에는 네모반듯한 모양이다. 사람들은 이렇게 반듯한 책상에서 책을 읽는다. 머지않아 백정들도 학교에 가고 공부도 하게 될 것이다. 천복은 말을 쉬었다. 가슴 깊은 곳에서 뭉클하고 뜨거운 덩어리가 솟구쳤다. 숨이 가빠지고 말을 이어가기가 힘들었다.

세상에는 공부하는 백정도 있다. 그중에는 우리를 이끄는 지도자도 있다. 양반과 상민과 백정이 다르지 않다는 것을 그 사람들을 보고 알 수 있었다. 백정으로 태어난 것은 죄도 부끄러움도 아니다. 지금은 무지렁이지만, 언젠가는 반드시 글자를 배워 이름도 쓰고 책도 읽을 줄 아는 사람이 되어야 한다.

"아버지, 글자를 어디서 누구에게 배웁니까?"

잠자코 듣기만 하던 덕신이 물었다.

"세상은 변한다. 간절히 희망하고 기다리면 때가 올 테니 기다려라."

"언제까지요. 기다리다 지레 죽게요?"

덕배에게 다른 세상이 온다는 말은 거짓이었다. 자신이 태어난 이후 변한 것은 아무것도 없었다.

"빼앗긴 나라도 다시 찾을 수 있다고 선생이 말했다. 애비는 그 말을 믿는다."

"쳇, 나라 뺏긴 게 우리하고 무슨 상관이에요. 뺏기기 전이나 지금이나 우리는 여전히 백정일 뿐인데."

천복은 열이 올라 대드는 덕배를 바라보기만 했다. 화가 난 것도 그렇다고 덕배의 말이 옳아서도 아니었다. 응어리 진 속이 풀어지기를 기다리는 것이었다. 고기 한 덩이, 엽전 한 푼을 더 얻는 것이 무엇보다 중요하다고 생각했던 자신이 변한 것처럼 덕배도 변하기를 바라는 마음에서였다.

"봐요, 조선 놈이나 일본 놈이나 우리를 사람 취급 안 해요. 나라가 어떻다 하는 말도 우리는 필요 없어요. 그냥 소를 때려잡든 돼지 주리를 틀든 실컷 먹고 매나 안 맞으면 바랄 게 없다구요."

덕신은 아버지의 말을 다 믿을 수 없었지만, 그렇다고 덕배처럼 아버지 말을 깡그리 잘라버리고 싶지 않았다. 그 말을 믿지 않으면 죽을 때까지 이렇게 살아야 할 것 같았다. 그건 싫었다.

벌겋게 핏물이 든 손을 씻다가 생각했다. 자신은 아버지처럼 사람들을 향해 쇠몽둥이를 휘두르고 칼을 들기는 싫었다.

"아버지는 정말 그 선생님이 말하는 세상이 온다고 믿어요? 우리가 글도 배우고 나랏일도 하는 세상이 올 것을 믿냐구요?"

기침을 쿨럭이던 천복은 덕신의 말에 고개를 끄덕였다. 바투 나오는 기침으로 가슴이 터질 것 같았다. 하늘이 빙빙 돌고 몸에 있는 기운이 죄다 빠져나가는 것 같았다. 그는 벌써 며칠째 같은 증세를 겪고 있었다. 가끔 잠들었다 눈을 뜨면 낯설고 이상한 곳에 다녀온 것 같았다. 어두운 벼랑 아래를 기웃대며 슬픈 목소리로 어머니를 부르던 자신의 목소리도 생생하게 기억났다. 저승의 문턱이었을까. 그는 자신이 떠날 때가 되었다고 생각했다.

저 가엾은 어린 것을 두고 눈을 감아야 한다니. 덕이를 향한 애틋한 부성이 눈물을 불렀다. 조선 천지에 덕이만큼 가여운 아이가 있을까. 백정의 딸이란 살아도 산목숨이 아니었다. 숨만 제 의지로 쉴 뿐 몸뚱이도 제 것이라 할 수 없었다. 힘 있는 양반 눈에 띄기라도 하면 언제 어디로 끌려갈지 몰랐다.

덕배는 아버지의 생이 마지막을 향해 달리고 있음을 알았다.

아버지의 순해진 눈빛과 다정한 말이 그것을 알려주었다.

소는 생을 마감할 시각이 되면 귀신같이 알고 태도가 변했다. 전날까지 양껏 풀을 먹고 되새김질을 하던 소들이 죽을 날이 되면 식욕을 잃고 흐느꼈다. 크고 순한 눈망울에 그렁그렁 물기를 담고 덕배를 바라보았다. 한 걸음 한 걸음 발을 옮기는 속도가 늦어지고 반짝이던 눈빛도 생기를 잃었다. 싱싱한 풀을 던져주어도 고개를 저으며 먹이에서 고개를 돌렸다. 소는 새끼를 향해 애달픈 눈빛을 보내는 일 외에 아무것도 하지 않았다.

덕배는 마음을 가다듬었다. 상판으로 쓸 나무를 잘라 껍질을 벗기고 대패질도 했다. 책상다리로 쓸 나무 네 개만 다듬어 끼워 넣으면 된다. 앉은뱅이책상에서 덕이가 썩은 콩알을 고르고 바느질을 할지, 덕신이 공부를 하게 될지 모르지만, 이 책상은 완성하고 말리라. 톱을 들었다. 단단하고 붉은 기가 도는 상판에 노르스름하게 잘 마른 밤나무를 맞추어 잘랐다. 다리를 끼울 홈을 팔 때 자신이 없어 머뭇댔더니 맞지 않았다. 다시 끌을 대고 조금씩 홈을 넓혀갔다. 해가 넘어가 마당이 어둑해졌을 때야 책상은 완성되었다.

덕배는 책상을 들고 아버지에게 갔다. 천복은 겨우 눈을 뜨고 덕배가 만든 책상을 올려다보았다.

"드디어 만들었구나. 우리 집 장남."

어머니의 칭찬에 고개를 끄덕이는 천복의 눈가가 거무스름한 흙빛이었다. 덕배는 누군가 송곳으로 가슴을 찌르는 것 같았다.

그날 저녁 다섯 식구는 둥근 상에서 나물죽을 먹었다. 서로가 어떤 말을 해야 할지 몰라 침묵이 이어졌다. 먼저 입을 연 사람은 천복의 아내였다.

"둘째는 그 어르신을 찾아가거라. 당신은 그러길 바라지요?"

"그렇지, 꼭 갔으면 한다. 덕배도 원한다면 그렇게 하고."

"나는 여기 집이 좋아요. 거기 간다고 백정이 상민이 되는 것도 아닐 테고. 어머니하고 덕이는 어쩌고요?"

그날로부터 이레 만에 백정 이천복은 세상을 떠났다. 하늘이 주는 복을 받고 굶지 말라며 아버지가 지어준 이름, 그는 복중에 자식 복, 여편네 복은 타고났다고 입버릇처럼 말했었다. 백정은 상여도 쓸 수 없고 관도 쓸 수 없었다. 천복은 관도 쓰지 못한 채 서럽고 고달팠던 이승에서의 삶을 마쳤다. 서릿골 다섯 가족이 모여 장례를 치렀다. 그는 자신이 살던 오두막이 내려다보이는 양지바른 언덕에 묻혔다.

아버지가 돌아가셨지만 덕신은 바로 집을 떠나지는 못했다. 용기도 없었고 어머니와 덕이도 마음에 걸렸다. 그러다 봄이 되자 덕신은 집을 나섰다. 천복의 아내는 남편이 죽기 전에 했던 약속을 지키기 위해 덕신에게 떠날 것을 채근했다.

"나는 그 어른을 믿는다. 아부지 말씀대로 찾아가 보거라."

그녀는 죽음 직전에 놓였던 남편, 멸시받는 백정을 한쪽 팔이 없는 몸으로 부축해 왔던 그분이라면 덕신을 제대로 이끌어 줄 것이라는 믿음이 있었다.

덕신이 집을 나설 때 덕이는 누룽지를 긁어 주었다. 보퉁이에는 옷 한 벌과 효인에게 전할 약이 들어있었다.

"소화가 잘 안 되고 속이 불편할 때 드시라고 해라."

뒤를 따라나서던 덕배가 말했다.

"글 배우면 편지 꼭 써라."

"큰오빠도 나도 글을 모르는데 누가 읽어?"

덕이가 말꼬리를 잡았다.

"걱정 마, 누구한테든 부탁하면 된다. 꼭 편지해."

그러다 아무래도 자신이 없는지 말을 바꾸었다.

"아니다, 글자가 힘들면 잘 있다는 표시로 그림이라도 그려 보내."

어머니는 덕신의 손을 잡고 어떤 일이 있어도 목숨을 지키라고 당부했다.

"살아남는 게 이기는 거다. 몸 잘 살피고 공부를 마치기 전에는 돌아오지 말어."

인사를 마치고 대범한 사내처럼 돌아선 덕신은 언덕을 내려오며 눈물을 닦았다. 돌아보니 식구들은 여전히 마당가에 서서 그를 지켜보고 있었다. 지금 떠나면 다시 이 집에 올 수 있을까,

저 셋은 이곳에서 아무 일 없이 견뎌낼 수 있을까. 걱정은 되었지만 모든 염려는 두고 떠나기로 했다. 덕배 형이 있으니 어머니와 덕이를 지켜 주겠지.

덕신은 약해진 마음에 발길을 돌릴까 봐 뛰기 시작했다. 그때야 집을 떠나는 것이 실감 났다. 마을에서 한참을 벗어났다고 생각했는데 어디선가 툭툭, 소리가 들려왔다. 아랫마을 용길이가 밭둑에서 마른 덤불을 걷어내고 있었다. 덕신보다 세 살 위인 그는 툭하면 시비를 걸어 피하고 싶은 상대였다. 그가 일손을 멈추고 멀거니 덕신을 보고 섰다가 말을 걸었다.

"어디 가냐?"

"그건 왜 묻냐?"

"백정 놈이 대답을 안 하고. 니 애비 죽었다며?"

덕신은 생각이고 뭐고 할 겨를도 없이 밭둑으로 뛰어 올라갔다. 그러고는 망설임도 없이 용길의 멱살을 틀어쥐었다.

"아쭈, 백정 새끼가 어디서, 이거 안 놔?"

용길이 덕신의 손아귀에서 벗어나려 버둥거렸다.

"놔! 존 말 할 때 이거 놔라."

덕신은 틀어쥔 손을 놓지 않고 오히려 힘을 주었다.

"이 새끼가, 죽고 싶지 않으면 놔라."

용길의 말이 끝나기 무섭게 덕신이 그의 얼굴을 들이받았다.

"이 새꺄, 다음에 또 백정 어쩌구 하면 소 대갈통 갈기듯 네 골통도 부숴버릴 거다. 알았어?"

용길의 코에서 피가 났다. 흘러내린 피가 입안으로 흘러들었다. 덕신은 그까짓 코피를 본 척도 않고 보퉁이를 들고 둑 아래로 뛰어내렸다. 그렇게 기세등등하던 용길이 아무 말 없는 것을 보니 겁먹은 것이 확실했다. 다음에, 어쩌고저쩌고 하며 종알거리던 그의 목소리가 들리는 듯하다 사라졌다.

덕신은 마포로 오는 내내 효인이 일러주었던 주소를 중얼거렸다. 집을 떠나면서 그 주소는 수백 번, 수천 번도 더 외웠다. 아버지를 언덕에 묻고 내려오는 길에도 그 주소를 외웠다. 혹시나 잊어버릴까 봐 하루도 그냥 지나친 적이 없었다. 경성부로 시작하는 주소를 외울 때마다 비어있던 선생님의 왼쪽옷소매가 생각났다.

앞에 앉은 덕신을 빤히 바라보며 효인이 물었다.

"그래 앞으로 무엇을 하고 싶으냐?"

고개를 아래로 향한 덕신이 대답했다.

"공부하고 싶습니다. 학교에도 다니고…"

"공부는 해서 어디에 쓰려느냐?"

"높은 벼슬을 해서 우리 식구들을 괴롭힌 사람들을 벌주고 싶습니다."

"그 많은 사람에게 벌을 주려면 아주 높은 자리까지 출세해야겠구나. 그것을 다 할 수 있겠느냐"

덕신은 말문이 막혔다.

"다시 묻겠다. 공부를 해서 어디에 쓰겠느냐?"

덕신은 난감했다. 공부는 하고 싶었지만, 그 공부를 어디다 쓸지는 한 번도 생각해 보지 못했다. 그가 생각한 것은 공부하고 출세를 하면 복수할 수 있다는 것이었다. 그 외에는 아무것도 생각해 본 적이 없었다. 그런데 선생님은 당장 어디에서, 무엇을 하고 지낼지 묻지 않고 왜 공부를 어디에 쓰겠느냐 묻는 것일까. 그거야 공부를 마치고 물어봐도 되지 않을까. 덕신은 선생님을 이해할 수 없었다. 아버지 같았으면 당장 일을 해 밥을 구할 방법을 찾으라고 했을 텐데. 그런데 선생님은 별걸 다 물었다. 덕신은 머리가 터질 것 같았다. 어떻게 대답해야 할지 몰라 무안하기도 했고 자존심도 상했다. 솔직히 생각이 무엇인지도 몰랐다. 그냥 머릿속에 떠오른 대로 대답하면 선생님이 대견하다고 말할 줄 알았다. 그런데 자꾸만 생각하라고 했다. 아버지가 두레상을 만들고 책상을 만들게 한 뒤 죽음을 맞이한 것도 생각한 뒤에 얻은 결과일까. 덕신은 한낱 백정이었던 아버지가 너무도 많이 변했다는 것을 그때야 알았다. 옆집에 살던 아저씨들은 아버지와 똑같은 백정이지만 다른 모습으로 살았다. 가축을 잡고 가죽과 고기를 손질하고 사람들의 비위를 맞추며 살았다. 형평운동이니 독립운동이니 하는 것도 몰랐다. 모르기 때문에 관심도 가질 수 없었다.

"조선 사람이나 일본 사람이나 백정을 괴롭히는 것은 매한가지 아닌가, 그저 죽은 듯 납작 엎드려 살면 되지. 뭣 하러 명을 재촉하나."

아버지를 보고 아저씨들은 그렇게 말했다. 아버지는 같은 백정으로 그 사람들을 보면 가슴이 꽉 막힌다고 했다.

지금은 덕신 자신의 가슴에 말뚝이 박힌 듯 답답했지만, 어떻게 해결할지 알 수 없었다. 공부를 어디다 쓴다고 해야 할까.

20

영철은 우미화랑 문을 닫으며 이상한 낌새를 느꼈다. 순간적으로 골목 안쪽으로 사라지는 남자도 보았다. 그는 분명 이쪽을 주시하고 있었다. 뭔가 허술하게 관리한 점이 있었을까. 구국단 활동을 하면서 가장 주의한 것은 거점인 이곳이 드러나지 않게 하는 일이었다. 이곳이 벌써 노출된 것은 아니겠지.

    구국단은 용성을 따르는 사람들이 자체적으로 만든 불교청년 모임으로 영철의 주도로 활동하고 있었다. 주로 경성과 인근에 사는 사람들로 구성되었고 조금씩 단원이 늘어나 지금은 서른 명에 이르렀다. 그들이 하는 일은 독립자금 모금과 비밀 요원의 길 안내, 그리고 선전 투쟁이었다. 무장 투쟁을 주장하는 단원이 간혹 있었지만, 생명을 살상하지 않고 평화를 되찾는 것을 목표로 했기에 총을 들지 않았다.

    기미만세운동 이후 상해에 임시정부가 수립되었다. 불교계는 임시정부 지원 활동에 나섰다. 무장투쟁과 군자금 모집에도 적극적으로 나섰다. 중앙학림 학생 신상완, 백성욱, 김대용, 김법린 등이 상해로 밀항해 임시정부 요인들과 만났다.

    "불교계의 주요 인사들을 정부의 고문으로 위촉하겠소."

    "귀국하는 즉시 여러분의 뜻을 전하고 돌아오겠습니다."

    귀국한 신상완과 백성욱은 여러 동지와 협의하여 중앙학림 강사를 지낸 김포광을 비밀리에 상해로 파견하였다. 그뿐만 아니라 적극적인 무장투쟁 계획도 세웠다.

    "호국불교의 전통을 이어 의용승군을 조직합시다. 이것이야

말로 우리 불교가 해야 할 가장 시급한 일입니다."

"그렇습니다. 승군을 조직하여 임정과의 긴밀한 협조 아래 체계적인 항일투쟁에 나서야 합니다."

임시의용승군 조직에 많은 사람이 동의했고 준비에 들어갔다. 그러나 이 계획은 신상완이 일경에 체포되는 바람에 실행되지 못했다. 임진왜란과 병자호란 같은 국난에서 승군의 눈부신 활약을 생각할 때 이 일이 좌절된 것은 우리 민족에게 매우 큰 손실이었다.

그 외에도 해인사의 청년 승려 김봉률과 박달준, 해남 대흥사의 박영희는 만세운동 후 적극적인 항일투쟁을 위해 만주 신흥무관학교에 입교하였다. 졸업 후에는 귀국하여 해인사, 고운사, 대봉사, 범어사 등 사찰에서 독립자금을 모집하여 임시정부에 보냈다. 그런 불교계의 활동에 이어 불교 청년단체 구국단은 연통제를 부활하고자 했다. 일제의 강제 점령 기간이 길어짐에 따라 독립운동을 하던 사람 중에는 변절하는 사람이 늘어났다. 체포와 구금, 고문과 처형 등 그들에게 견딜 수 없는 고통이 가해진 까닭이었다. 그로 인해 독립단체에서는 심각한 피해가 생겨났다. 경성과 중국의 안동, 내륙과 산간을 안전하게 이어줄 끈이 필요했다. 구국단은 제1 거점인 인사동 우미화랑에 이어 제2 거점으로 대성운송, 제3 거점으로 종로설렁탕을 만들고 중국 안동에는 신미양행을 설립했다.

연통국 업무는 효인의 제안으로 시작했다. 꾸준히 교육 사업을 펼쳤던 효인에게는 많은 제자가 있었다. 국내외에서 투쟁하는 그들을 안전하게 지원하고 원활하게 활동할 수 있도록 도우려는 방안이었다.

효인은 태극기를 그리며 직접 나서지는 않았지만 구국단의 활동방향에 많은 도움을 주었다. 전국 도처에 맺었던 인맥을 통해 자금을 모금할 수 있게 했다. 또한 학생들을 가르치는 일 못지않게 나라 밖에서 일하는 사람들에게 많은 힘을 보태야 했으므로 수익을 낼 수 있는 경제활동의 필요성을 알고 준비하도록 했다.

초파일을 앞두고 영철이 찾아왔다.

"대각사 스님께 불도에 들겠다고 전해 주시게."

며칠 후 효인은 대각사 법당에서 용성과 마주했다.

"마음을 정했다는 소식을 듣고 기뻤네."

"제가 불도에 들기를 결심하고 두 가지 청을 드립니다."

"무엇인가?"

"저는 머리를 깎지 않고 절에 들어가 살지도 않겠습니다."

"연유가 무엇인가?"

"어려운 사람들 속으로 들어가 태극기를 그리며 그들과 함께 하겠습니다. 머리를 깎거나 승복을 입으면 사람들의 눈길을 끌어 제가 하는 일이 드러날 수도 있을 겁니다. 그런 이유로 지금과 같은 옷을 입고 머리도 기르겠습니다. 어찌 보면 반미치광이처럼 보일지도 모르겠습니다. 허락해 주시겠습니까?"

"장한 생각이네. 그런 생각이라면 나는 열 번이라도 허락하네."

그날 효인은 벽성(碧星)이라는 이름을 받았다. 그의 남은 생은 불연에 따라 벽성으로 살게 되었다. 그 순간부터 용성은 동향의 형님이 아니라 새 삶을 살게 한 불가의 스승이 되었다.

"인류의 큰 스승, 불타의 가르침을 믿고 따르겠느냐?"

"능히 믿고 따르겠습니다."

몇 번에 걸쳐 용성은 묻고 벽성은 대답했다.

"세상에는 큰 뜻을 품은 이름들이 많으나 그대에게는 벽성이 어울리지. 나라를 되찾겠다고 만세운동에 나서 한쪽 팔을 바쳤고 개인 재산을 털어 학교를 세우고 어린 학생들을 가르쳤네. 평등한 사람의 권리를 찾아주기 위해 백정들도 도왔지. 그대가 하루도 허투루 살지 않았음을 나는 알고 있네. 밤하늘에 빛나는 뭇별 중 왕성하게 빛나는 푸른 별과 같은 존재, 그대가 벽성일세. 길잃은 사람이나 마음에 위로가 필요한 사람은 하늘의 별을 보며 길을 찾고 슬픔을 이겨내 절망에서 벗어나지 않던가. 무겁고 큰 뜻을 품었지만, 그 무게를 이기지 못하고 건성으로 사는 사람들이 많은 세상에 그대야말로 참된 보살의 삶을 살아갈 것을 나는 굳게 믿네."

벽성은 용성의 찬탄을 들으며 강력한 자기장이 자신의 몸을 관통하는 것을 느꼈다. 그것은 예리한 검이 자신의 팔을 자를 때처럼 찰나의 순간에 스쳐 갔으나, 그 전율은 하나도 줄어들지 않고 심장까지 도달해 강력한 맥박으로 뛰게 했다. 부족했던 삶을 새로 시작하게 해 준 스승 용성을 향하여 그는 감사의 절을 올렸다. 한 손을 바닥에 놓고 오랫동안 엎드린 벽성을 용성이 일으켰다.

"나는 일하는 중이 중노릇 잘하는 중이라고 생각한다. 부처의 이름을 빌려 절집에 살면서 신도들이 내놓은 돈으로 편안한 삶을 살아서는 안 된다. 참선하고 농사지어 스스로 먹고살 수 있는 중이 스스로 도를 이룰 수 있다고 믿는다. 상좌 벽성은 그대의 길을 가도록 허락한다. 그 길, 태극기를 그리고 어려운 이들과 함께 하는 길 또한 선농의 길과 다르지 않다. 우리는 자주 만날 수 없을 것이나 만나는 것과 다르지 않다. 항상 하는 일에 정성을 다하라."

"스승님의 높고 깊은 뜻 잊지 않겠습니다. 자주 뵙지 못해도 늘 곁에 계신 듯 기억하겠습니다."

"한 가지 명심할 것은 절에 살지는 않지만 예불은 올려야 한다.

불당은 만들지 못하더라도 부처님은 시방세계 아니 계신 곳이 없으니 정좌하고 염불하도록 해라. 지극한 마음으로 나무아미타불을 염하는 것만으로도 숙세의 업을 씻는 일이니라."

벽성은 마포 집으로 돌아와 계를 받던 엄숙한 순간들을 다시 새겼다.

벽성이 부탁했던 대로 영철이 덕신을 자신의 집으로 데리고 갔다.

"이 아이는 아직 어리니 공부에 전념하게 해 주시게. 다른 어떤 활동에도 참여시키지 말고. 인재는 잘 키운 후에 쓰임을 찾아야 하네. 덜 자란 나무는 제대로 쓸 수 없다는 것을 명심하시게."

"학교에 보내 공부할 수 있게 하겠습니다."

벽성은 마포 집을 떠나는 덕신에게 일렀다.

"오늘의 도움을 갚아야 할 빚으로 여기지는 말아라. 큰 뜻을 품어 이 나라에 필요한 사람이 되는 것으로 충분하다. 그리고 한 달에 두 번은 이곳으로 오너라."

덕신은 손에서 책을 놓지 않았다. 공부하다 막히는 부분이 있으면 퇴근한 영철을 잡고 물었다. 영철은 그런 덕신을 보는 것이 뒤늦게 얻은 늦둥이를 보는 것처럼 기쁘고 대견했다.

21

나뭇잎은 연두에서 초록으로 변하고 과실나무에 열매가 맺히는 계절이었다. 사월이라 초파일, 나라 안 어디든 물자는 부족했고 너나없이 가난한 살림이었지만, 부처님이 태어나신 날을 맞이하는 절분위기만은 풍성했다. 깊어가는 봄 햇살이 대각사 앞마당에 가득했다. 모여든 사람들은 예불을 올리고 법문을 들었다. 절에서는 오늘 하루만이라도 배고픈 이웃에게 기쁨과 위안을 주고자 했다. 십시일반으로 모은 공양물로 음식을 만들어 사람들과 나누었다.

마포 포교당에서도 강가 움막 사람들에게 떡을 나누어주기로 했다. 영철과 벽성도 포교당에 나가 몇몇 신도들과 길을 나섰다. 햇살을 받은 강물이 은빛으로 출렁이는 강 건너편에 잠자는 짐승처럼 낮게 웅크린 움막촌이 있었다. 움막마다 입구에는 거적때기 한 장이 길게 늘어뜨려져 있었다. 강가 모래톱에는 물수제비를 뜨는 아이들이 몰려 있고 일자리를 찾지 못한 남자들은 강가를 어슬렁거렸다.

움막은 안과 밖을 나누는 경계가 허술했다. 더위와 추위를 막아주고 가족의 안전과 휴식을 위한 곳이라는 기본적인 집의 기능을 생각할 때 움막은 그 어느 면에서도 충분한 역할을 하지 못했다.

준비한 떡은 보릿가루와 수수 등 여러 잡곡을 가루 내 그 속에 무말랭이와 호박꽃이를 넣어 만들었다. 맛도 괜찮고 든든한 요깃거리도 되었으나 양이 충분하지 않은 것이 문제였다. 집집마다 문을 젖히고 떡을 전하던 일행은 한 남자의 앓는 소리를 듣고 걸음을 멈췄다.

"아버지, 아버지!"

다급하게 부르는 아이의 목소리가 들렸다.

영철은 인기척을 내며 거적문을 들어 올렸다. 안에서 두엄더미를 파헤친 것 같은 역한 냄새가 풍겼다. 사람들은 저도 모르게 인상을 찌푸렸다. 열린 문으로 잔뜩 웅크린 여자아이와 누워 있는 남자가 보였다. 영철이 아이를 향해 떡을 내밀었다.

"얘야, 받아 두어라."

초옥이 발딱 일어나 떡을 받고는 한쪽 구석에 붙박인 듯 앉은 희옥을 보았다. 영철이 떡 한 덩이를 더 내밀었다.

"동생이 있었구나. 너도 받거라."

영철의 말에도 구석에 앉은 희옥은 꼼짝하지 않았다.

"괜찮아. 배고프지 않니?"

희옥을 대신해 초옥이 다시 떡을 받아들었다.

"이분은 누구시니?"

"아버지예요."

"어디가 아프시니?"

아이는 할 말을 못 찾고 눈만 또록또록 굴렸다.

"하나 더 줄 테니 이따가 아버지 드려라."

초옥은 받은 떡을 아버지 머리맡에 놓았다. 초옥은 아버지가 사람들 앞에서 무슨 말이든 해 주기를 바랐다. 그렇지 않으면 이 사람들이 언제까지고 돌아가지 않을 것 같았다.

"누구시오?"

그 한마디조차 괴로운 듯 주산이 갈라진 목소리로 물었다.

"절에서 나왔습니다. 어디가 편찮으십니까?"

"지게를 지다가 허리를 다쳐 꼼짝할 수 없습니다."

걱정스러운 얼굴로 아버지를 지켜보던 초옥이 곁으로 다가앉았다. 묵묵히 움막 안을 지켜보던 벽성이 안으로 들어섰다.

"여러분들은 다른 집을 돌아보시오. 나는 이곳에 있을 테니.

사람들이 가고 벽성 혼자만이 움막에 남았다.

아이들에게 이름과 나이를 물었다.

"열 살 김초옥이에요."

아이의 옷은 천을 덧대어 꿰맨 곳이 여러 군데였다. 여덟 살

희옥은 간신히 고개를 들었다. 이 아이들이 이곳에서 겨울을 났다니. 불을 땔 수도 없고 그렇다고 화로를 놓았던 흔적도 보이지 않았다. 아이들은 받아든 떡을 조몰락거리며 낯선 노인을 보고 있었다. 작은 아이의 검고 작은 눈동자가 검은콩처럼 여물어 보였다.

"절에서 나오셨다구요? 정말 고맙습니다."

"아이들도 그렇고 뭘 좀 드시기는 했습니까?"

벽성이 물었지만 주산은 잠자코 있었다. 그는 보이고 싶지 않은 모습을 보여 무안한 심정에 어찌할 줄 몰랐다.

"상처를 좀 봐도 되겠소?"

벽성이 주산의 윗옷을 올리고 다친 곳을 보았다. 허리 왼쪽에 날카로운 것에 베인 자국이 있었다.

"아니, 어쩌다가 이런 상처를 입었소."

"언제 그랬는지도 몰랐습니다."

"고름이 차서 쉽게 나을 것 같지가 않소만."

"치료는 언감생심이죠. 며칠 있으면 나아질 겁니다."

부어오른 상처 주위에 염증이 퍼지고 있었다. 씻지도 못하고 이렇게 방치하고 있으니 저절로 나을 리는 없을 것이다. 벽성은 더 해 줄 수 있는 것이 없는데, 움막에 계속 머물 수가 없어 밖으로 나왔다. 그 아이들이 마음에 걸렸다. 아버지마저 몸을 다쳐 일을 못 하니 끼니조차 해결하기 어려울 텐데.

집으로 돌아온 벽성은 영철에게 아이 아버지의 치료를 부탁했다. 마당으로 난 문을 열고 앉아있으려니, 낮에 본 아이들이 눈에 밟혀 일이 손에 잡히지 않았다. 시커먼 그을음이 낀 화덕에 솥을 걸고 나무를 때 저녁을 마련할 아이들이 걱정됐다. 며칠 동안 망설이던 벽성은 영철과 함께 다시 움막으로 가보았다. 아이들의 아버지가 어떤 사람인지 알고 싶었다.

"지게를 지고 있습니다."

벽성의 눈에 그는 성실해 보였다. 성정도 거친 것 같지 않았다. 주변에는 가난을 핑계로 딸들을 돈벌이에 내보내는 부모들이 있었다. 삶의 의욕 없이 세월을 축내거나 노름으로 생을 낭비하며 딸들에 기생하는 가짜 아비들, 주산이 그런 사람이 아니어서 벽성과 영철은 기뻤다. 고통스러운 삶과 싸우다 절망한 나머지 아무것도 하지 않고 아이들을 방치하는 사람이 아니어서 그것도 다행이었다. 건강이 회복되기만 하면 그는 다시 일할 것이다. 돌아오는 길에 벽성은 영철에게 말했다.

"혼자 쓰기에는 과분한 집이니, 정리하고 두 채로 만드는 것은 어떤가?"

벽성은 주산 가족에게 집을 마련해 주고 싶었다. 영철은 벽성의 친절에 대해 생각했다. 잘 알지도 못하는 사람에게 그렇게까지 마음을 쓰는 이유는 무엇일까.

"이유가 묻고 싶은 눈빛이군."

"맞습니다. 왜 그러시는 건지…."

"움막을 들여다보는 순간 얼마나 마음이 조마조마했는지 모르네. 첫째는 딸아이들 안전이 걱정됐고 둘째는 세 식구 모두가 깊은 인연이 있는 사람들로 느껴졌네. 우리가 조금만 도와주면 그 사람들 모두 세상에 필요한 일을 할 좋은 사람들이라는 생각이 들었네."

영철은 자신이 그들을 맡겠다고 했지만, 벽성으로서는 동의할 수 없었다. 덕신을 그 집에 맡겨 신세를 지고 있는데 영철에게 또 다른 짐을 지게 할 수는 없었다.

"안 될 말이네. 너무 많은 짐을 혼자 지고 있네."

영철은 벽성의 말대로 마포 집을 처분해 두 채를 마련하겠다고 했다.

"간신히 추위나 피할 정도면 되네. 하루라도 빨리 그 아이들을 도와주고 싶네."

한 달여가 지나 주산 일가는 경성에 올라와 두 번째 이사를 하게 되었다.

"물기나 피할 수 있는 집으로 구했으니 사양하지 마시오."

주산은 벽성과 영철의 깊은 뜻을 이해하고 받아들였다.

그것이 두 아이를 위해 자신이 할 수 있는 일이었다.

"열심히 일해 두 분 은혜를 갚겠습니다."

주산은 고개 숙여 감사를 표했다.

22

밀양 산골 마을은 새벽어둠에 잠겨 있었다. 소년은 작은 보퉁이 하나를 들고 마당으로 내려섰다. 발소리를 죽인 채 대문을 향해 걷던 소년은 외양간 앞으로가 우뚝 섰다. 구유에는 어제저녁 넣어 준 풀이 남아 있었다. 쇠똥 냄새와 풀 썩는 냄새가 뒤섞였지만, 그 냄새가 싫지 않았다. 아끼는 소는 고른 숨소리를 내며 잠들었고 이따금 꼬리를 들썩였다. 마지막으로 소를 둘러본 소년은 미련 없이 대문을 나섰다. 마을을 겹겹이 둘러싼 산은 푸른 어둠 속에 서서히 윤곽을 드러내고 있었다. 청회색의 높은 산, 그 아래 더 탁한 감청 빛의 산, 그 아래 짙은 물빛 산이 흐릿하게 다가왔다. 드넓은 하늘에는 샛별이 반짝이고 있었다. 서너 채씩 모여 있는 집 둘레에 감나무, 대추나무가 울타리 대신 서 있고 앞 냇둑에는 밤나무 몇 그루가 서 있었다. 소년은 그 풍경들을 뒤로하고 묵묵히 걸었다.

박종인, 올해 열다섯 살이었다. 종인은 자신이 세상에 나갈 때가 되었다고 생각했다. 더 늦으면 기회는 영영 오지 않을지도 모른다. 그는 넓은 세상이 궁금했다. 산속에서 나고 자란 그에게 세상은 온통 산뿐이었다. 당장 올해 가을이면 마을에서 나고 자란 처녀와 혼례를 올리고 가정을 꾸려야 할 판이었다. 어른들끼리는 벌써 약속이 되어 있었다. 그의 조부와 부친, 형님이 그랬던 것처럼. 현실에 만족하며 고향에 주저앉으면 그들의 삶을 복제한 것과 같은 생을 살아야 할 것이다. 산을 벗어나지 않는 한 새로운 삶을 선택할 기회는 좀처럼 없을 것이다. 종인은 운명을 거스르고 싶었다. 이 세상 어딘가에 자신이 해야 할 큰일이 있을 것만 같은데, 아무도 그것에 대해 알려주지 않았다. 아니 알지 못하도록 모든 길을 봉쇄해 버린 건지도 몰랐다. 대대로 물려받은 땅에서 농사를 짓고 자신의 아이를 키워야 할 삶, 하지만 종인이 바라는 삶은 이곳에 있지 않았다. 천자문을 읽다가 나무를 하다가 꼴을 베다가도 종인은 생각했다. 저 산을 넘어 넓은 곳으로 나가면 어떤 세상이 있을까.

종인은 자주 공상에 빠졌다. 그는 어릴 때부터 맥을 놓고 있다가 어른들께 야단맞은 적이 많았다. 할아버지는 종종 그런 종인에게 엉뚱한 생각, 이상한 생각, 불필요한 생각을 한다고 했다. 그러다 어느 순간부터 그의 마음에 바깥세상으로 가는 길이 보였다. 세상을 알기 위해서는 세상으로 나가야지. 넓은 세상은 집 밖에 존재했다.

그는 편지 한 장을 남겼다. 다시 오겠다는 헛된 약속은 하지 않았다. 새벽어둠을 뚫고 마을 밖으로 나가니 길은 조금 더 넓어졌다. 이 길을 따라가면 넓고 큰 세상을 만날 수 있겠지. 길을 따라가니 신작로가 나왔고 자동차가 다니는 도로가 나왔다. 걷다 보니 생각지 못한 두려움이 그의 앞을 가로막았다. 어디로 가야 할지 막막했다. 조부와 아버지를 따라 표충사에 가 본 일 말고는 달리 집을 떠난 적이 없는 그였다. 일찍 들녘을 살피러 나온 사람에게 길을 물었다. 밀양으로 나가는 길은 멀고도 멀었다. 한참을 걸어 나왔는데도 자신의 고향마을과 크게 달라진 풍경이 없었다. 해가 머리 꼭대기에 올라왔을 때 그는 역에 도착했다.

그의 머릿속에서 가장 큰 세상은 경성이었다. 무조건 경성으로 가야 한다는 생각뿐이었다. 계획대로 그는 열차를 탔다. 창밖으로 지금까지 보지 못했던 넓은 들판이 펼쳐졌고 그 가운데로 큰 강이 흘렀다. 말로만 듣던 넓은 세상, 경성을 향해 기차는 달리고 또 달렸다.

열차에 탄 사람들의 모습은 거의 비슷했지만, 그의 눈길을 사로잡은 유일한 다른 모습이 있었다. 교복을 입고 단발머리를 한 여학생이었다. 눈부시게 흰옷, 검은 치마, 찰랑거리는 머릿결과 검고 빛나는 눈동자, 그 눈동자는 그믐밤 하늘을 밝히던 별처럼 보였다. 종인, 자신으로서는 닿을 수 없는 멀고 먼 세상에 존재하는 것만 같은 여학생을 오랫동안 바라보았다. 잠들었다 깨어나기를 반복해도 그는 여전히 달리는 열차 안에 있었다.

23

홍제외동은 삼각산 끝자락 높은 곳에 자리 잡고 있었다. 지대가 높아 사람 살기에 그리 좋은 곳은 아니었다. 그중에서도 밀짚모자를 씌워 놓은 듯한 집들이 계단 모양으로 들어선 동네를 사람들은 부영촌이라고 불렀다. 도심에서 자리 잡지 못한 사람, 부쳐 먹을 농토를 잃고 고향을 떠난 사람, 전국 곳곳에서 제각각의 이유로 일자리를 찾아 경성으로 모여든 사람들이 밀집한 곳이었다. 경성은 초만원이었다. 땅도 집도 물도 모든 것이 모자랐고 어디나 사람이 머물만한 곳은 과포화 상태였다. 이곳 사람들은 어디에서 무엇을 하다 왔는지 서로가 알지 못하듯 지금 하는 일 또한 정확하지 않았다. 그저 하루하루 날품을 파는 사람이 대부분이었다. 그들은 뒤집힌 무당벌레처럼 제 자리를 뱅뱅 돌다가 고향으로 돌아가지 못하고 이곳에 정착했다. 오물청소원, 지게꾼, 날품팔이, 공장 노동자, 운반원, 행상, 넝마주이 비슷한 형편의 군상들이 모여 사는 곳이 부영촌이었다. 골목에서는 하루가 멀다고 싸움이 벌어졌고 사람들 싸우는 소리가 들리지 않으면 동네 개들이라도 짖고 까불어 하루도 조용할 날이 없었다.

부영촌은 일본 동봉원사가 관리위탁을 맡으며 지은 이름이었다. 보통의 마을은 평평하게 옆으로 퍼져나가는 게 일반적이지만, 이곳은 계단식으로 낮은 곳에서 높은 곳으로 올라가며 마을이 확장되었다.

평지인 첫째 줄에서 셋째 줄까지는 보통의 가옥 형태로 비교적 깨끗하고 안정된 중산층이 사는 곳이다. 그곳에서 언덕 위로 올라갈수록 집은 더 좁고 허술한 모습을 하고 이웃과 경계 삼는 울타리조차 없게 되었다. 기본적인 생활편의 시설, 말하자면 변소나 우물도 만들 공간이 없어 마을 중간마다 공동으로 쓰는 곳을 이용해야 했다.

집과 집 사이 골목은 사람 외에 소달구지와 같은 다른 교통수단은 이용할 수가 없을 만큼 좁고 경사가 심했다. 언덕의 가장 위쪽 집들은 땅을 파고 기둥을 세워 거적을 둘렀다. 조금 나은 경우라고 해도 나무 기둥에 이엉을 겹으로 두른 움집 형태가 대부분이었다. 집안에 아궁이가 없는 집도 있어 밖에 화덕을 놓고 취사하는 경우도 적지 않았다. 아침이 되면 공동우물과 공동변소에는 긴 줄이 늘어서 있었다.

그렇게 열악한 환경에 있는 부영촌이지만, 어렵게 집을 받아 들어온 사람들에게는 더없이 고마운 곳이었다. 이마저도 구하지 못하고 거리를 떠도는 사람들이 경성에는 부지기수였다.

아래 평지에는 주민들을 대상으로 한 점포들이 있었다. 식품점, 잡화점, 고리대금업자 사무실, 전당포, 복덕방 등 시내 한복판과 크게 다르지 않았다. 다른 점이라면 규모의 차이가 있을 뿐이었다. 그중 복덕방이 유독 훤하게 불을 밝히고 있었다. 부동산업은 본래 매매 수수료를 받아 생활을 이어가는 곳이지만, 이곳에서는 드러난 거래 보다 밝히지 않는 뒷거래로 돈을 챙기는 일이 더 많았다.

위탁관리를 맡은 동봉원사는 이 거대한 주택 밀집 지역에 관리원이라고는 단 한 명만 배치했다. 그것이 부영촌을 더욱 비참하고 비극적인 곳으로 만드는 원인이었다. 유일한 관리원 박지석은 신이 났다. 자신이 일하는 곳이 황금알을 낳는 땅이라는 것을 알았기 때문이었다. 좀 더 일찍 노다지라는 것을 알았다면 적지 않은 재산을 모았을 텐데. 지금까지 까맣게 모르고 산 것이 억울하기까지 했다. 얼마 전에 거래를 돕고 받은 돈이 자신이 받는 월급의 세 배나 되었다. 알토란같은 뭉칫돈을 손에 쥐고 보니 자신의 앞날에 무지개가 뜬 것 같았다. 월급은 양식에, 부식비에 여섯 식구 생활비를 하고 나면 남는 게 없었다. 거기다 자라는 아이들을 상급학교에 보내려면 지금 형편으로는 턱없이 모자랐다. 그런 상황에서 신세계와도 같은 비밀을 발견한 지석은 매사에 기쁨이 넘치고 살맛이 났다.

그날도 지석은 퇴근길에 복덕방에 들렀다. 대서소를 겸하는 점포에는 주인 영감과 젊은 남자가 앉아 있었다. 짧게 자른 머리를 양쪽으로 넘긴 남자는 사람이 들어가도 궁둥이를 붙인 채 꼼짝하지 않았다. 돈푼이나 있는 사람인가, 어째 사람을 보고도 아는 척을 안 하나 생각하며 지석은 남자의 옆에 엉덩이를 들이밀었다.

"인사하시게, 종로서에 계신 분일세."

"아, 그런데 서에 계신 분이 무슨 일로…."

지석은 말끝을 맺지 못하고 자리에서 일어나 손을 내밀었다. 남자가 손을 내밀어 지석의 손을 잡았다. 억센 손이었다. 남자는 자신의 힘을 과시했다.

"반갑습니다. 박지석입니다."

악수 중에도 지석은 남자가 자신에게 도움이 될 인물인지 해를 입힐 인물인지 파악하느라 머릿속이 복잡했다. 남자는 입을 다물고 복덕방 사장과 지석이 하는 모습을 보고 있더니 휑하니 가버렸다.

"진짜 종로서에 있는 사람이오?"

"딴소리 말고 다음에 나오는 첫 매물은 반드시 저 사람에게 넘겨야 해."

"별 볼 일 있는 얼굴 같지 않은데, 뭣 땜에 그렇게 신경을 쓰시오?"

"곧 경부가 된다는데. 악질로 소문이 자자해. 저 사람에게 찍히면 그날로 이 짓도 끝장이라는 걸 명심해."

지석은 찬란한 무지개 위로 검은 구름이 드리우는 것 같은 불길함을 감지했다. 저절로 헛웃음이 나왔다. 까마귀 날자 뭐 떨어진다더니. 그런 사람이라면 지석 자신의 몫을 확실하게 얻기 위해 철저히 계획을 세워야겠다는 결론을 내렸다. 주인 영감과 지석은 변함없는 협조와 결속을 약속하고 헤어졌다.

마을에 어둠이 내리자 멀리 대곡 학교에서 불빛이 반짝였다.

이 마을에서 학교에 다니는 아이들은 많지 않았다. 대부분은 아래 평지에 사는 아이들이었다. 윗동네 아이가 학교에 가는 경우는 대개 두 가지였다. 아이 부모가 특별히 교육열이 높은 경우이거나 부정 거래로 들어온 여유 있는 집의 아이일 경우였다.

마을에서 조금 떨어진 산 밑에는 마포에서 옮겨온 화장장이 있었다. 도심에 있던 시설이 이곳으로 오게 된 데는 높은 자리에 있는 사람들의 입김 때문이었다. 역한 냄새와 연기가 사람들에게 혐오감을 불러일으킨다는 이유였다. 항간에는 일본에서 오는 방문객들이 그런 혐오스러운 시설을 보고 싶지 않다고 해 옮겼다는 설도 있었다. 그건 그렇고 도심에 사는 사람들만 그 냄새를 싫어한다고 생각한 건지 화장장은 들어서자마자 밤낮없이 굴뚝에서 흰 연기를 뿜어냈다. 비가 오고 바람이 많이 부는 날이면, 축축한 대기 속으로 시체 타는 냄새가 배어들었다. 부영촌은 물론 산 너머 마을까지 그 냄새에 시달려야 했다.

화장은 보통 낮에 이루어지는데 특별한 경우에는 야간에도 이루어졌다. 가까운 서대문 형무소에서 고문을 받다 뜻하지 않은 죽음을 맞이한 경우나 죽은 이의 신분을 감추어야 하는 경우에는 사체를 빼돌려 이곳에서 몰래 화장한다는 소문이 쫙 퍼져 있었다.

24

주산 일가는 전차를 타고와 영천에서 내렸다. 붉은 벽돌이 둘러싼 서대문감옥은 비현실적일 만큼 거대한 모습을 자랑했다. 뒤로는 우거진 산이 있고 찬란하게 쏟아지는 햇빛이 있었지만, 감옥은 음습한 기운이 감도는 듯했다. 희옥은 오래도록 그곳을 바라보았다.

"아버지 저게 뭐예요?"

"감옥이란다. 죄지은 사람들을 가두는 곳."

"저렇게 큰 감옥에 얼마나 많은 사람이 들어 있을까요."

"그야 알 수 없지만, 죄지은 사람들 대부분이 저기로 간다고 하더라."

주산은 희옥의 말에 대꾸하며 지게를 졌다. 누더기에 가까운 이불이며 옷들이 햇빛을 받아 더욱더 초라해 보였다. 희옥은 감옥에서 눈을 떼지 못한 채 한참을 걸었다.

의정부에서 만났던 그 여자도 저곳에 있을까. 만세를 부르다 용수를 쓰고 끌려가던 여자 죄수의 모습을 희옥은 고스란히 기억하고 있었다. 광장에 누런 옷을 입은 경찰이 어깨에 총을 걸고 오가는 모습이 보였다. 자동차 한 대가 그들 앞으로 지나가자 뽀얀 먼지가 일었다. 그들은 입을 다물고 흙먼지를 피해 등을 돌렸다.

"자, 인제 그만 가보자. 짐은 다 들었냐?"

주산이 초옥을 보며 물었다.

"저 언덕을 넘어야 우리가 살 집이 나온다. 서두르자."

주산은 지난번 삐끗한 허리가 완전히 낫지 않았지만, 언제까지 일을 쉴 수가 없어 보름 전부터 지게를 졌다. 그 덕에 모은 몇 푼으로 당장 이사 들어가는 집에 나무도 사고 양식도 살 수 있었다. 없는 살림이었지만 이사라고 하려니 준비해야 할 것이 많았다.

"너희도 머리를 자르는 게 좋겠다. 애비가 돌아다니다 보면 댕기를 두른 처녀는 이제 없더구나."

"아버지, 그래도 저는 이대로가 좋은걸요."

초옥은 걸을 때마다 등 뒤에서 들썩대는 긴 머리채가 좋았다.

"아버지, 저는 자를래요. 그럼 편할 것 같아요."

희옥은 기다렸다는 듯 단번에 마음을 정했다. 긴 머리는 관리가 쉽지 않았다. 지난겨울에도 머리를 거의 감지 못해 머리는 엉망이었다. 희옥은 모든 것을 신식으로 바꾸고 싶었다. 가능하다면 간편복을 사 입고 싶은 마음도 있었다. 낡은 치마는 구멍이

나기 전 초옥이 여러 번 천을 대고 기워 주었다. 새 옷이 한 벌만 있으면 좋겠다고 희옥은 생각했다.

드디어 언덕을 넘었다. 콸콸 물 흐르는 소리가 들리고 언덕 위까지 빽빽이 들어선 집들이 눈을 사로잡았다.

"와, 집이 저렇게나 많아요?"

"저 위에 우리 집이 있다."

주산이 언덕 위를 가리켰다. 초옥은 산 중턱에 들어선 집 위에 또 다른 집들이 들어선 것을 바라보았다. 참으로 높은 곳이었다.

홍제천은 모래내로도 불리는 큰 냇물로 경성부와 경기도 고양군의 경계가 되는 하천이었다. 삼각산, 인왕산 골짜기를 타고 내려온 물길이 만나 맑고 수량도 넉넉했다.

"집이 이렇게 많다니, 우리 집은 어디쯤일까."

"언니, 저기 모퉁이에 낭떠러지가 있어."

희옥의 말대로 깎아지른 벼랑이 눈에 들어왔다. 반대편으로 고개를 돌리니 구불구불 황톳길이 이어져 있었다. 나무도 없이 보이는 것은 오직 집뿐이었다.

"저기 옆에 보이는 곳이 점방들이니 알아 두어라."

길을 따라 몇 개의 점포가 들어서 있었고 그 옆에는 논과 밭이었다. 주산은 착잡한 심정으로 담배 쌈을 풀어 불을 붙였다. 깊이 한 모금을 빨아들인 후 밖으로 뱉어내자 희부연 연기가 허공으로 퍼졌다. 이 빚을 언제 다 갚을까. 과연 갚을 수 있기는 할까, 그는 벽성과 영철의 도움을 받아들이기는 했지만, 마음은 몹시 무거웠다.

아이들은 냇물로 내려갔다. 풀이 우거진 냇가에 창포 몇 포기가 싱싱하게 자라고 있었다. 돌 위에 엉덩이를 대고 앉아 냇물에 발을 담갔다. 엉덩이가 뜨뜻했다. 물속에서는 작은 물고기들이 발 쪽으로 다가왔다 멀어지기를 반복했다.

집으로 가는 길은 높고 멀었다. 주산의 숨소리가 거칠어졌다. 좁은 골목을 걷는 동안 크고 작은 소리가 들려왔다. 그릇 부딪는 소리, 칭얼대는 어린아이 소리, 화가 난 누군가가 내지르는 욕설까지. 울타리도 없이 다닥다닥 붙은 집에서 제각각의 소리가 흘러나왔다.

"자, 여기다."

5-147, 문에 달린 번호를 확인한 주산이 지게를 내려놓고 문을 열었다. 탁, 호롱에 불을 밝혔다. 어두침침한 집안이 모습을 드러냈다.

"와, 여기가 우리 집이네."

희옥이 들뜬 소리로 외쳤다. 좁은 부엌이지만 아궁이가 두 개 있고 방은 하나였다. 세 식구가 누우면 꽉 찰 것 같은 곳이지만 아늑하고 편안함을 느낄 수 있었다. 벽에는 옷을 걸 수 있는 벽걸이가 걸려 있었다.

"우리 집이라 생각해서 그런지 모든 것이 마음에 들어요."

"그렇지 언니? 나도 그래."

두 딸의 좋아하는 모습을 보며 주산이 문 앞에 적힌 숫자를 가리켰다.

"잘 익혀 두어라. 5-147, 우리가 사는 곳이다."

"……이게 주소예요?"

희옥이 숫자가 적힌 나무판을 당겨보았으나 단단하게 고정되어 있었다.

"아버지, 밥을 지어야지요?"

"우물에는 내가 다녀오마."

말은 그렇게 했지만, 막상 물을 길어올 그릇이 없었다. 보리쌀 두어 줌을 옹배기에 담아 초옥과 주산이 공동우물로 향했다. 문을 밀고 나가던 초옥이 돌아서서 일렀다.

"꼼짝 말고 있어."

매사에 궁금한 것 많은 희옥은 벌써 어디를 먼저 염탐할까 궁리 중이었다.

"배고파. 빨리 갔다 오기나 해."

집에 남은 희옥은 새집에 온 기념으로 청소를 하려고 했지만, 어디부터 해야 할지 엄두가 나지 않았다. 아궁이 두 개가 있는 부뚜막은 황토를 발랐지만, 금이 갔고 바닥은 울퉁불퉁했다. 홈이 파인 곳은 검은 그을음이 찼고 아궁이에는 재가 수북했다. 부엌 구석에 장작이 쌓여 있고 쏘시개로 쓸 작은 나뭇조각도 남아 있었다. 방에는 어지럽게 발자국이 찍혀있었다. 물걸레로 닦아야 없어질 것 같았는데 막상 물도 걸레도 없었다. 도대체 할 수 있는 게 없었다. 희옥은 문지방에 걸터앉아 몽상에 빠졌다.

고향에 있는 옥순이와 민자가 생각났다. 지금쯤은 산나물도 뜯고 신이 나서 들판을 뛰어다니겠지. 꼬리가 아주 길었던 민자네 누렁이도 생각났다. 숱이 많은 꼬리를 흔들며 쫓아다니던 개는 여름에 민자네 아버지가 사람들과 함께 잡아먹었다. 그날 고깃국이라고 엄마가 차려 준 밥을 맛있게 먹은 민자는 자기가 누렁이 고기를 먹었다며 울었다.

희옥은 경성에 와서 이렇게 긴 시간 양주를 생각한 적이 없었다. 한번 생각을 하니 끝도 없이 지난 일들이 떠올랐다. 아버지는 진짜 양주에 안 갈 생각일까. 엄마 산소에서 울던 아버지 모습이 생각나자 갑자기 슬픈 생각이 들었다.

부영촌에서의 첫날이 저물었다. 세 식구는 나란히 누웠다. 양주를 떠난 뒤 이렇게 편안하게 누워 보기는 처음인 것 같았다. 어느새 주산은 코를 골았고 아이들도 깊은 잠에 빠져들었다.

25

 종인은 한참을 달려와 마침내 경성역에 내렸다. 사람들을 따라 플랫폼에 내린 그는 육교계단을 따라 올라갔다. 육교 옆에는 순사가 눈을 돌리며 오가는 사람들을 관찰하고 있었다. 그의 눈에 들어온 역 안은 무척이나 신기했다. 기둥도 없는 넓은 실내, 벽에 걸린 커다란 시계, 부인대합실도 있었다. 종인은 사람들에 섞여서 광장으로 나왔다. 돌아보니 반구형 지붕에 뾰족하게 꽂힌 침이 있었다. 오가는 사람들은 복색도 가지가지였다. 바지저고리에 갓을 쓴 사람, 양복을 입고 중절모를 쓴 사람, 긴 서양 치마를 입은 여자들도 있었다. 기모노를 입고 머리에 화려한 장식을 꽂은 일본인들이 종종걸음치는 모습도 보았다. 여러 가지 탈것들이 있었는데 어떤 것은 달려갔고 어떤 것은 자리에 서서 사람을 기다렸다. 인력거꾼은 머리에 수건을 동여맨 채 인력거 앞에서 공손한 자세로 손님을 맞고 있었다. 그의 눈앞에 있는 모든 이들은 분주했다. 한길가에 우뚝 자라는 나무까지도 종인에게는 낯설었다. 산속에서 수없이 보고 자란 나무들인데 이곳에서 보는 느낌은 너무도 달랐다. 촌사람과 대처 사람이 있듯 그의 눈에는 나무도 그런 구분이 있는 것 같았다.

경성 거리는 혼잡하고 활기가 넘쳤다. 사람들은 풀밭에 풀어놓은 염소처럼 이리 뛰고 저리 뛰었다. 전찻길, 상점들, 간판들, 우편국, 약방, 여관, 병원 등 볼 것이 끝도 없이 넘쳐났다. 전차에 사람들이 타고 있었다. 어린 남자아이가 전찻간 기둥에 대롱대롱 매달려 있었다. 종인은 전차 안에 탄 사람들이 자신을 구경하는 것 같았다. 시골뜨기라고 우습게 보는 건가 싶어 고개를 돌렸다. 이곳저곳 구경을 하다 보니 배에서 꼬르륵 소리가 났다. 모아두었던 돈으로 차표를 사고 남은 돈은 얼마 되지 않았다. 전차를 타려면 요금을 내야 했다. 그깟 경성 거리가 넓어야 얼마나 넓다고, 산꼭대기를 무시로 오르내리던 튼튼한 다리로 걸어가면 되지. 종인은 전차 타기를 포기하고 걷기 시작했다. 지게에 짐을 지고 가는 사람, 자기 몸의 두 배가 넘는 짐을 자전거에 싣고 달리는 짐꾼도 보았다. 낡고 구멍 난 옷을 걸친 어린아이들이 거리를 배회하는 것도 보았다. 이 층, 삼 층의 건물과 커다란 글씨가 새겨진 간판이 있는 상회, 조선사람, 일본사람이 뒤섞여 있는 종로 거리였다.

세상에 있는 물건을 다 가져다 놓은 것 같은 만물상 앞에서 종인은 한참 서 있었다. 동그란 알전구와 양말, 고무신과 성냥, 그 옆에 어디에 쓰는지 모를 크고 작은 쇠붙이도 있었다.

큰길을 따라 걸으며 그는 자주 걸음을 멈췄다. 시내 한복판에서 커다란 기와집을 보았다. 돌 위에 올라가 담장 안을 들여다보았다. 기와지붕이 꼬리를 물고 들어선 궁궐이었다. 이렇게 큰 궁궐에 황제가 살았구나. 그는 여기서 무얼 하고 있었기에 일본에 나라를 통째로 빼앗겼을까. 궁궐을 구경하다 보니 허기와 피로가 몰려와 한 발짝도 걷기가 힘들었다. 긴 담장을 따라 한 바퀴를 돌았다고 생각했는데 또 다른 담장이 이어졌다. 종인은 그곳이 어디인지 물었다. 종묘라고 했다. 왕실의 조상을 모시는 곳이었다.

그러고도 한참을 걸은 후에 종인은 국밥집에 들어갔다. 돈을 쓰는 것이 겁났지만, 언제까지 배고픔을 참을 수는 없었다. 그는 밥을 먹으며 일할 만한 곳이 있는지 물어보았다.

"어디서 왔는지 모르지만 다시 돌아가요."

주인은 더 생각할 필요도 없다는 듯 딱 잘라 말했다.

"밥 다 먹으면 그 길로 고향으로 돌아가요. 지금도 경성에는 사람이 넘쳐나니까. 여긴 일할 데가 없어."

주인은 딱한 눈으로 그를 훑어보고는 국물을 한 국자 더 퍼주었다. 하지만 종인은 아직도 경성이 궁금했다. 좀 더 알고 싶었다. 자전거에 짐을 싣고 달리는 사람, 수레와 지게, 헤아릴 수 없이 많은 사람, 넘치는 물건들은 어디에서 어디로 옮겨가는지,

아까 보았던 전차도 타 보고 싶었다.

　해가 질 무렵까지 쏘다닌 종인은 아는 집에 심부름 온 아이처럼 문 열린 절 안으로 들어갔다. 그곳에서 하루만 잘 수 있게 해달라고 간청했다. 그의 부탁을 거절할 수 없었는지 젊은 사무원이 안으로 소식을 전했다. 한참을 기다린 끝에 종인은 작은 방으로 안내되었다. 방은 아무런 장식 없이 소박했다. 낯선 곳을 오가느라 매우 피곤했지만, 그는 밖으로 나와 빗자루를 들었다. 그것은 고향 집에서 보고 배운 것이었다. 할아버지는 다른 사람들이 일할 때 혼자 쉬는 사람은 그 무리에 섞일 수 없다고 했다. 종인의 모습을 보던 젊은 스님이 불러 밥을 주었다. 그는 밥을 먹은 뒤에도 떠나지 않고 흩어진 나무 조각과 재가 쌓인 아궁이를 치웠다. 생각지도 않게 종인의 경성 생활은 절에서 시작하게 되었다.

　부지런한 그의 태도가 마음에 들었는지 더 머물러도 좋다는 허락이 있었다. 종인에게 경성의 하루는 고향의 하루와 크게 다르지 않았다. 부지런히 청소하고 공양간 일도 돕고 눈치 빠르게 행동한 때문인지 그의 행동에 간섭하는 사람은 없었다. 처음 며칠간은 절 밖이 궁금해 한 번씩 나가 주변을 둘러보았다. 점포가 많은 곳에서는 물건을 팔기 위해 소리치는 사람, 시비가 붙어 다투는 사람, 무거운 짐을 나르며 땀을 흘리는 사람들을 보았다.

대장간, 주물공장, 물건을 만드는 골목길에서는 쇠망치 두드리는 소리, 큰소리로 작업하는 사람들 소리가 끊이지 않았다. 시장에는 헐벗은 아이들이 음식을 훔쳐 달아나고 그 아이를 잡으려 뒤쫓는 상점 주인들의 고함이 들렸다. 그런가 하면 큰길에는 번쩍이는 자동차를 타고 다니는 사람, 인력거를 끄느라 숨을 헐떡거리는 사람이 있고 전차를 타려고 기다리는 사람도 있었다. 양복에 멋을 부린 사람이 있는가 하면 구멍 난 무명옷에 간신히 몸을 가린 사람도 있고 때에 전 두 손으로 구걸하는 사람도 있었다.

세상의 신기한 모든 것이 있는 곳, 자신이 생각지도 못할 놀라운 것이 가득하리라고 생각했던 경성의 모습이었다. 그는 경성에 도착한 첫날 국밥집 주인이 어서 고향으로 돌아가라고 충고하던 뜻을 알 것 같았다. 경성은 이런 곳이었구나. 그 밖에도 안 가본 곳이 많지만 굳이 절 밖으로 나가고 싶지 않았다. 처음 고향을 떠날 때는 그렇게 하고 싶은 것이 많았는데, 그 많던 열망들이 푹 주저앉아 버렸다.

종인은 절에 머무는 것이 좋았다. 간섭도 없었고 자기가 할 수 있는 일을 찾아 하다 보면 시간이 잘 갔다. 그래도 그는 아무 때나 눕거나 편한 자세로 있지는 않았다. 누가 일러주거나 강요한 것도 아니었다. 그저 그렇게 해야 한다고 혼자 마음먹었다.

절에는 잔손 가는 일이 많았다. 그런 일들을 도우면서 세상을 향해 왕성하게 가지를 치던 호기심이 스르르 녹아버렸다.

경성이 시시해졌다. 넓은 세상도 다 본 듯싶었다. 절 마당에 있으면 스님들 염불 소리가 노랫소리처럼 듣기 좋았다. 보이지 않는 더 넓은 세상이 절 안에 있을 것이라는 생각도 들었다. 그렇지만 그렇게 좋은 절 생활에서도 힘든 일이 하나 있었는데, 새벽에 일어나는 일이었다. 그렇다고 잠 때문에 도망치거나 절에서 나갈 생각은 들지 않았다. 고향 집이 생각났지만, 누군가가 나를 기다리고 기억해 주는 사람들이 있으니 마음만 먹으면 언제든 가면 된다는 생각에 안심되기도 했다.

경성에서의 시간은 쏜살같이 흘러 몇 달이 지났다. 종인은 절 마당을 쓸고 있었다. 사무원으로부터 어른 스님이 부른다는 말을 듣고 방으로 갔다. 방에는 흰 머리칼이 밤송이처럼 솟은 스님과 주지 스님이 앉아 있었다. 순간 종인은 조부가 찾아온 줄 알고 가슴이 철렁했다. 눈을 크게 뜨고 다시 보니 조부는 아니었다. 절을 하고 무릎을 꿇고 앉았다. 두 사람은 그런 종인을 보고 있었다. 그는 눈을 어디에 두어야 할지 몰랐다. 그렇다고 죄지은 사람처럼 고개를 숙이고 싶지는 않았다. 그런 행동은 잘못을 뉘우칠 때 하는 행동이라고 조부는 말했었다.

"품성이 바른 아입니다. 스님께서 부탁하시니 제가 이 아이를 보냅니다."

"그럼 내가 데리고 가겠습니다."

큰절 주지와 용성은 무슨 말이 더 필요하겠냐는 듯 아무것도 묻지 않았다. 종인은 자신이 선택받았다는 것에 자부심이 들었다. 용렬하거나 비열한 사람은 다른 사람의 인정을 받지 못한다던 어른들의 말이 생각났다. 그러나 한 가지는 마음에 들지 않았다. 자신이 갈 곳을 스스로 결정하지 않았으니 그것은 옳지 않았다. 편안한 집을 두고 세상으로 나온 것도 자유롭게 살기 위해서였다. 그런데 여기까지 와서 알지도 못하는 사람의 선택을 받았다고 그냥 쫓아갈 수는 없었다. 망설이던 종인이 또렷하게 물었다.

"제 의견은 묻지 않으십니까?"

"허허, 그놈. 당돌하구나."

"제가 어디로 누구와 함께 가고 싶은지 제 생각이 중요하지 않습니까?"

"그래. 나와 함께 가겠느냐?"

용성이 물었다.

"네. 그런데 어디로 가는 겁니까?"

"그건 내 마음이다. 가려면 나서고 아니 갈 것이면 그대로 있어도 좋다. 허허허."

종인은 자리에서 일어나 절했다.

"그동안 머물게 해 주셔서 감사합니다."

"그래, 어른 스님 시봉 잘해야 한다."

종인은 그길로 용성을 따라나섰다. 이상한 일이었다. 처음 만난 사람을 따라가는데 걱정되는 일이 없었다. 이 스님이 누구인지도 몰랐고 어디로 가는지도 몰랐는데 그저 마음이 놓이고 기분이 좋았다. 복잡한 도심 골목을 따라 걸으면서 그는 자신에게 새로운 길이 열렸다고 생각했다.

다음날, 종인은 용성의 방에서 낯선 사람과 마주 앉았다.

"벽성, 그대의 첫 상좌일세."

"무슨 말씀이신지요? 제가 무슨 상좌를 받겠습니까?"

"참 좋은 중이 될 아이니 잘 가르치게."

말을 마친 용성이 시자를 불렀다.

"함양으로 가자."

용성은 화과원으로 가기 위해 절을 나섰다. 중도 일하며 수행해야 한다는 선농불교를 주창하던 용성은 함양에 농장을 마련했다. 그 일은 과실수를 심어 절 살림을 늘리는 것은 물론 주변 사람들에게 일할 곳도 만들어 주었다. 생산물이 늘어 수익을 늘리는 일도 중요했지만, 종교가 민중을 위해 할 수 있는 일 중 하나가 그것이었다. 함께 모여 일을 하고 법회를 보는 일은 어둡고 불안한 세상에서 그들을 위로할 방법이었다.

종인은 어안이 벙벙했다. 자신 있게 제가 가고 싶은 길을 선택했다고 생각했는데 이번에도 자신의 의지와는 상관없이 낯선 노인을 따라가야 한다니. 낯선 방에 둘만 덩그러니 남았다.

벽성은 불만스러운 표정이 가득한 종인을 향해 물었다.

"놀랐느냐?"

"화가 납니다. 왜 제 생각은 묻지도 않고 마음대로 가라마라 하는 겁니까?"

"글쎄다. 나도 너처럼 처음 들은 이야기다. 하지만 어른 스님의 뜻은 알겠다. 그래 나를 따라가겠느냐?"

종인은 자신이 버려진 강아지 신세가 된 것 같았다. 서운함과 배신감이 몰려왔다. 내가 이런 대접을 받으려고 이곳까지 왔나. 복잡한 생각으로 머릿속이 혼란스러웠다.

"마음이 내키지 않으면 그냥 여기 있어도 된다. 나는 상좌를 받을 만한 위치에 있는 사람도 아니다. 게다가 나는 팔 병신이란다."

벽성이 빈 왼쪽 옷소매를 흔들었다. 종인은 얼굴이 달아올랐다. 자신이 노인에게 큰 잘못을 한 것 같았다. 화를 낸 것은 노인의 그런 모습 때문은 아니었다.

"어떠냐? 마음의 결정을 내렸느냐?"

"이렇게 빨리 결정해야 한단 말입니까? 왜 자꾸 다그치시는 겁니까?"

"그놈 참, 무슨 저울질을 그리하느냐. 옳고 그른 것을 가름하는 것도 아니고 좋고 싫음을 구분하는 것일 뿐인데. 생각해 보거라. 이 세상이 네가 좋아하는 일만 하고 살 수 있었더냐?"

이건 또 무슨 말인가. 평범한 노인인 줄만 알았는데. 도력이 높은 사람인가, 의문이 들었다. 그러다 노인의 말처럼 자신이 뭔가를 얻기 위해 저울질을 하고 있다는 생각이 들었다.

"좋습니다. 저를 데려가십시오."

종인은 자리에서 벌떡 일어나 벽성이 일어나기를 기다렸다. 그길로 둘은 부영촌으로 향했다.

26

김포 거부 민진홍은 얼마 전 총독부에서 작위를 받았다. 정확히는 부친 때 받은 것을 물려받은 것이었다. 한일병합조약이 끝난 후 일인은 남작, 자작, 백작, 후작까지 조선인 칠십육 명에게 논공행상으로 작위를 주었다. 그의 아버지가 받았던 남작의 작위는 사망으로 소멸하였지만 많은 돈을 써 대물림을 받는 데 성공했다. 진홍의 표현에 의하면 물심양면으로 정성을 다해 얻어낸 것이었다. 그는 속앓이 할 만큼 어마어마한 돈을 쓰고 그 자리를 얻었다. 마음속으로는 한 계단 올린 자작으로 받고 싶었지만 딱 거기까지였다. 김포 너른 들판에 가진 땅이 정확히 얼마인지 모른다는 소문이 돌 정도로 그는 땅 부자였다. 아들 셋에 딸이 둘이니 자식 복은 물론이고 올해 나이 육십에 여색을 밝히니 그만하면 장수복도 있었다. 그의 증조할아버지는 흉년이 들고 전염병이 돌 때 양식을 풀어 인근 주민들을 도왔다. 높은 벼슬을 하지는 못했으나 사람들은 송덕비를 세워 구호에 앞장섰던 그의 가문을 칭송했다. 그런 민씨 집안 인심이 박해진 것은 진홍의 형제들이 일찍 병사하고 서자인 그가 홀로 남겨지면서부터였다.

그의 아버지는 양자를 들이지 않았다. 비록 밖에서 본 아들이었으나 어미가 천한 태생이 아니었다. 자식 없이 일찍 혼자된 여인을 취해 진홍이 태어났고 영특하기까지 했다. 공부도 아쉽지 않게 시켰고 자신의 바람대로 잘 자란 그에게 재산을 물려주기에 이르렀다.

큰 부잣집에 서자가 대를 잇자 넷이나 되는 숙부들과 전쟁과도 같은 재산 다툼이 벌어졌다. 진흥은 넘치는 돈으로 숙부들을 이간질했고 마침내 마지막 승리자가 되었다. 그런 가족사로 인해 어릴 적 그의 설움은 말로 할 수 없었다. 혼례를 치를 때도 핏줄을 문제 삼아 가난한 농부의 딸을 아내로 들였다. 어쨌든 그런 과정을 이겨내며 가문을 이어받은 진흥은 힘을 과시하기 위해 권력을 탐했다. 방법은 하나였다. 일인들과 손을 잡는 것이었다. 남들이 뭐라던 그것은 맺힌 한을 풀 유일한 방법이었다. 그는 경성에 진출하기 위해 애썼다. 마침내 남산 아래 번듯한 기와집을 사고 점포가 있는 건물도 사들였다.

그는 일본인과 좋은 관계를 유지하기 위해 많은 애를 썼다. 일인들과 가까운 사이가 되었다고 안심했지만, 어느새 그들은 진흥의 돈을 노리기 시작했다. 애국 기금을 내라며 성화를 댔다. 할 수 없이 자동차 한 대 값을 냈다. 다음에는 애국 헌금을 내라고 했다. 또 돈을 낼 수밖에 없었던 진흥은 겁이 났다. 하루가 다르게 재산이 줄어들고 있었다. 그는 소작료 올리는 것을 돌파구로 삼았다. 사실 올린 소작료로 잃은 재산을 만회하기에는 어림도 없었지만, 그것으로 마음에 위안이라도 삼으려 했다. 마음에 들지 않거나 불평불만을 일삼는 작인은 떼어버렸다. 오랫동안 땅을 관리하던 마름도 바꾸어 버렸다.

구국단원들은 진홍의 집을 지켜보고 있었다. 사랑채에 불이 꺼지고 얼마 뒤, 총을 든 두 사람이 방으로 뛰어들었다.

"실례하겠소. 민진홍 영감."

승수는 쳐 놓은 병풍 뒤를 살폈고 장학은 신홍을 향해 총을 겨누었다.

"놀라지 마시고 소리도 치지 마시오. 보다시피 총이 있다는 것도 잊지 말고."

"내가 무슨 죄가 있다고 그러나?"

"죄가 없다? 영감은 일본 사람이오? 조선 사람이오?"

"내 어찌 일본 사람이란 말이오."

"그런데 어째서 그 많은 돈을 총독부에 내셨소?"

"그야 총을 들고 위협하니 그런 게 아니오? 당신들처럼 이렇게. 바라는 게 있으면 말을 해야지."

반항하던 그는 늙은 여우만큼이나 침착했다.

"동지가 조선 사람이면 조선의 독립을 위해 마음을 표시해야 하지 않겠소?"

승수가 안주머니에서 명부를 꺼냈다. 자금을 낸 사람의 명단이 적힌 것이었다.

"금액은 자유롭게 정하시오. 자 얼마를 적으면 되겠소?"

진홍은 아닌 밤중에 홍두깨 격으로 찾아와 대뜸 돈을 내라는 사람들이 거슬렸으나 빠져나갈 방법이 없다는 것쯤은 알았다. 그런데 구국단인지 뭔지는 듣도 보도 못한 이름이었다. 임정이나 한인애국단, 무슨 동지회라는 말은 들었지만 말 그대로 처음 듣는 단체였다.

"네놈들이 날강도인지 독립운동을 하는 자들인지 내 어찌 안단 말이냐?"

진홍의 자세가 고압적으로 바뀌었다. 창학은 그를 매섭게 다루지 않으면 일이 틀어질 수도 있겠다는 생각이 들었다. 총으로 그의 이마 정중앙을 눌렀다. 차가운 총구가 이마를 짓누르는 순간에야 진홍은 사태의 심각성을 알아챘다.

"나라를 구한다는 위인들이 숭악스런 물건을 함부로 들이민단 말이냐. 그래 얼마면 되겠나?"

"우리가 원하는 대로 얼마든 상관없다는 소린가?"

"나라고 집에 돈을 쌓아 놓지는 않네."

그는 모든 상황을 예상했던 것처럼 능숙하게 방문자들을 요리하려 들었다. 그가 일어나자 창학이 바짝 붙어 섰다.

"섣부른 행동 했다간 뒤통수가 날아갈 거요."

그가 벽장을 열자 승수가 전짓불을 켰다. 나무로 만든 함, 종이로 싼 물건, 차곡차곡 묶어놓은 책까지 다양한 물건들이 벽장 안에 있었다. 그가 중간 크기의 나무함을 당겨 나선형 잠금쇠를 빼내고 열었다.

"이천 원일 거요."

"이름에 어울리지 않는 약소한 금액이군."

"뒤탈이 없다는 보증을 해주면 내 오천 원은 맞추어 보리다."

내민 돈을 받아드든 창학이 승수에게 등을 돌렸다. 그사이 창학의 등에 총구가 겨누어졌다.

"구렁이 같은 영감탱이. 그 숭한 물건을 다룰 줄은 아는 거요?"

"내가 누구인가. 돈은 그대로 가져가는 대신 발설은 말게. 약속된 돈은 다음에 내겠네. 만약 내 이름자가 일인들에게 새어나가면 그때는 나도 네놈들 이마에 총을 겨누게 될 것이다."

그가 총을 쏠 의도가 없음은 확실했다.

"영감 또한 마찬가지요. 받으시오. 구국단에 독립자금을 냈다는 영수증이오."

승수가 영수증에 이름과 금액을 적고 진홍에게 건넸다. 밖의 동정을 살피던 원백이 서두르라는 신호를 보내왔다. 구국단원이 돌아간 뒤 진홍은 영수증을 나무함에 넣었다. 그는 언젠가 그들이 올 것을 예감했다. 돈이야 목숨을 건지려면 얼마든지 낼 수 있다. 오늘처럼 협상이 제대로 된다면 그리 손해날 일도 아니다. 돈을 냈다는 소문만 나지 않으면 문제 될 게 없으니. 이 종이 한 장이 언젠가 목숨을 살리기도 하고 죽이기도 하겠지. 벽장문을 닫고 자리에 누운 그는 모처럼 달고 긴 잠에 빠졌다.

27

초옥은 당산나무 아래 서 있었다. 나무에는 새끼줄이 둘러쳐 있었다. 붉은색과 흰색 천을 꿰어놓은 그곳에서 손을 모았다. 부디 우리 가족이 무탈하게 살 수 있게 도와주세요. 다른 욕심은 부리지 않을게요. 초옥은 나무 주위를 돌기 시작했다. 겨우 반 정도 돌았을까. 검은 옷을 입은 남자가 그녀를 향해 달려들었다. 당산나무만큼이나 거대한 남자였다. 아악, 초옥이 자지러질 듯 소리쳤다.

"큰 애야, 나쁜 꿈을 꾼 것이냐?"

주산은 초옥을 깨웠다. 꿈에서 깬 초옥은 식은땀으로 젖어 있었다. 아버지가 깨우지 않았더라면 꿈에서 만난 남자가 누구인지 알 수 있었을까. 초옥은 괴기한 꿈이 마음에 걸렸다. 도대체 그 남자는 누구였을까. 그러면서도 남자의 얼굴을 보지 못한 것이 아쉬웠다.

　희옥은 공동우물까지 물을 길러 다니고 공동변소에서 긴 줄을 서야 하는 불편함에도 부영촌이 마음에 들었다. 다리 밑 움막 생활과 비하면 궁전과도 같았다. 주산의 집 옆에는 청소원 신삼덕과 난쟁이 공 씨가 살았다. 삼덕은 지게꾼을 하다 벌이가 더 좋다는 말에 인분을 나르는 청소원이 되었다. 소달구지에 둥근 인분통을 여덟 개 싣고 온종일 남이 싼 똥을 치웠다. 길에서도 집에서도 냄새가 난다며 그를 피하는 통에 화가 났지만, 인제 와서 일을 그만둘 수는 없었다. 소달구지와 인분통을 마련하느라 진 빚이 아직도 남아 있었다.

　난쟁이 공 씨의 키는 희옥의 키와 비슷했다. 머리와 손발은 큰데 키는 작아 몸의 비례가 영 맞지 않았다. 그 때문인지 걸을 때는 머리 무게 때문에 앞으로 엎어질 것만 같았다. 그의 아내는 하나밖에 없는 아들을 데리고 도망갔다. 그는 늙은 아버지와 단둘이 살았다. 정신이 오락가락하는 공 노인을 보고 사람들은 노망이 났다고 했다. 가끔은 집을 잃어버려 아무 집이나 들어가기도 했다.

　도박꾼 장 씨는 도박을 즐기는 사람으로 신기하게도 아내말이라면 껌뻑 죽는시늉까지 하는 사내였다. 처남이 쫓아와 손목을 자른다며 난리를 친 덕에 한동안 잠잠했지만, 도박은 죽어야만 고친다는 말을 증명하듯 여전히 노름판을 전전했다.

부영촌에서 외양만으로 보면 넝마주이 윤 씨를 따라갈 인물이 없었다. 고백에 의하면 용산 철도원이던 그가 어떤 사건에 연루되어 철도국에서 잘린 뒤 일자리를 구할 수 없어 선택한 것이 넝마주이라고 했다. 커다란 대바구니에 끈을 걸어서 지고 다니며 이집 저집에서 넝마를 모아 오는데 가끔은 남의 집 빨랫줄에서 멀쩡한 옷을 걷어오다 잡혀 매를 맞기도 했다. 그에게는 아들 하나에 딸이 둘 있는데 열다섯이 된 큰딸이 북촌 어느 음식점에서 일한다는 소문이 파다했다.

딸 둘을 데리고 이사 온 홀아비 주산은 동네 사람들 입방아에 오르내렸지만, 그저 마주치면 인사나 하는 정도로 그들과는 거리를 두었다. 난쟁이 공 씨는 지게를 지고 나가는 주산의 뒷모습을 보며 혼잣말을 했다.

"그럼 그렇지. 이 동네까지 온 놈이 무슨 대단한 직업을 가졌겠어? 고작 지게꾼이었군."

그는 작은 키를 위장하듯 돌판 위에 올라서서 오가는 사람 평을 하느라 심심할 틈이 없었다.

며칠 뒤 주산 일가족은 벽성에게 인사를 하기 위해 집을 나섰다.

"잘 들어라. 이 집은 할아버지가 사시던 집을 팔아 마련해 주셨다. 앞으로는 그분이 너희 할아버지라고 생각하고 잘해야 한다. 그리고 영철 아저씨는 아버지보다 나이가 많으니 큰아버지라 생각하고 대해야 한다."

마포 집을 처분한 돈으로 한 채에는 벽성이, 다른 한 채에는 주산 일가가 살았다. 안전을 위해 두 집은 적당한 거리를 두고 떨어져 있었다. 벽성의 집은 주산이 사는 집과 거의 유사했지만, 아궁이가 한 개였고 방의 크기는 더 작았다. 방 입구에 작은 물항아리가 있을 뿐 끼니는 어떻게 해결하는지 부엌에 온기가 남아있지 않았다. 벽성은 지난번 다리 밑 움막에서 만났을 때보다 수척해 보였다. 주산이 절을 하고 아이들이 그 뒤를 이었다. 앉은뱅이책상을 앞에 두고 앉은 벽성이 셋을 향해 입을 열었다.

"그래 집은 살 만하신가?"

그는 사는 집에 관해 물었고 주산의 건강을 물었다. 잠시 후 벽성은 두 아이에게 물었다.

"공부를 시작하는 건 어떻겠느냐?"

주산과 아이들은 예상하지 못한 물음이라 답을 하지 못했다.

"공부하면 지금은 보이지 않는 새 길이 나타난다."

이야기는 끝없이 이어졌다. 어려운 형편에도 공부는 왜 해야 하는지, 세상이 어떻게 변하는지. 두 자매는 할아버지의 이야기가 신기하기만 했다.

"언니, 우리가 공부할 수 있대. 정말 신나지?"

희옥은 초옥의 손을 잡고 입을 다물 줄 몰랐다. 딸들이 공부할 수 있게 된 것은 고마운 일이지만, 주산은 걱정이 앞섰다.

"할아버지가 도와주신다고 했잖아요."

희옥은 꿈결인 듯 설렜다. 초옥은 무슨 일이든 해서 살림에 보탬이 되고 싶었다. 집으로 돌아가는 세 식구의 머리 위에 별빛이 부서져 내렸다.

제 3 부

1931년 – 1935년

28

1932년 관동군은 청 왕조의 마지막 황제 부의를 앞세워 만주국을 건국했다. 국제연맹에서 파견한 조사단은 일본의 군사행동이 정당방위가 아니며 만주국은 자발적으로 세워진 게 아니라고 보고했다. 국제연맹이 일본군의 철수를 요구하자 일본은 국제연맹을 탈퇴했다. 그해 1월 한인애국단 소속 이봉창 열사는 도쿄 사쿠라다몬 앞에서 일본 천황 히로히토에게 수류탄을 던졌다. 3월에는 조선 혁명군 총사령 양세봉이 중국의용군과 합작하여 만주 신빈현에서 일본군을 대파했다. 안팎으로 무장투쟁이 활발해지자 일본 경찰은 검문검색을 강화했고 독립운동단체들은 활동에 많은 제약을 받게 되었다. 전쟁이 확대되자 총독부는 불교계 수탈을 강화하고 전쟁에 참여할 것을 강요하였다. 일본은 황민화 정책을 불교계에 적용시켜 황도불교를 주장하였고 조선불교중앙교무원은 종교보국을 내세우며 일제에 협력했다.

우미화랑 골목에 수상한 자들이 서성였다. 필방 골목에도 황급하게 사라지는 그림자가 눈에 띄었다. 영철은 단원들의 화랑출입을 금지시키고 외출을 줄였다. 만약을 대비해 사들인 물건을 정리하고 수색에도 대비했다.

긴장 속에 두 달이 흘렀다. 종로경찰서에서 문창학 수배령이 떨어졌다. 담당 형사는 조선인 정갑술이었다. 창학은 일 년 전에도 작은 사건의 용의자로 며칠 구금된 적이 있었다. 사건은 김포 거부 민진홍 습격사건이었다. 입을 다물기로 했던 진홍이 약속을 깨고 경찰서로 찾아가 사건의 내막을 직접 털어놓았다. 이천 원을 빼앗기고 오랫동안 속앓이를 했다며 그는 억울함을 호소했다.

얼마 전까지 양다리를 걸치고 세상 돌아가는 모습을 살피던 진홍은 최후의 결단을 내렸다. 구국단에 자금을 낼 때는 조선이 다시 설 수 있다는 가능성을 보았기 때문이었다. 그러나 총독부 인사들에 줄을 대고 교류를 갖고 보니 자신의 판단에 오류가 있음을 알았다.

"조선은 절대 일어날 수 없소. 씨눈 없는 맹아와 같단 말이오. 독일과 이탈리아, 우리 일본을 보시오. 이 눈부신 성장을 보고도 모르겠소? 천황폐하께 충성을 맹세하시오."

'그렇지, 뿌리까지 썩어 잎은 떨어지고 가지는 말라비틀어져 곧 불쏘시개로 쓰일 죽은 나무, 그게 조선의 형국이지.' 백년 이백 년이 흘러도 조선이 다시 살아날 리는 없어 보였다. 일본은 구미 열강과 손을 잡고 세력을 확장해 가고 있었다. 그깟 망해가는 나라를 살리자고 애쓰는 조무래기, 구국단 따위를 겁낼 이유가 없었다. 그것이 진홍이 경찰서로 간 이유였다.

"제깟 놈들이 내 돈을 삼키고 살아남을 줄 알았다면 큰 오산이지."

그는 복면강도의 인상착의를 털어놓았다. 얼굴은 자세히 보지 못했으나 말투와 키, 목소리 등 기억나는 모든 것에 대해 말했다.

"자 보시오. 이것이 구국단에서 발행한 영수증이오."

갑술은 영수증을 확인했다.

"영감께서 직접 이것을 받으셨습니까?"

"그렇다니까. 달랑 하나 있는 목숨은 건져야 하니 돈 안 내고 견딜 재간이 있나. 그 돈은 애초에 총독부에 낼 돈이었네.

그놈들을 잡아 꼭 돌려받게 해 주게."

수사는 급진전하였다. 갑술은 검거 기록이 있는 자 중에서 군자금을 모집했던 자들을 걸렀고 비슷한 키를 가진 사람을 또 걸렀다. 일단 잡고 보자는 식의 수사 끝에 창학이 용의 선상에 올랐다.

그 시각 화과원으로 내려간 창학은 이름을 바꾸고 농장에서 일하는 사람으로 위장한 채 생활하고 있었다.

며칠 후 영철은 진홍의 집으로 갔다. 경성으로 거처를 옮긴 그의 집은 남산 신사가 한 눈에 보이는 곳에 있었다. 남산 중턱에 자리 잡은 기와집에는 부속 건물이 다섯 개나 딸려 있었다. 그중에 가장 큰 건물이 진홍의 거처라고 했다. 그 집을 드나들던 거간꾼을 통해 얼마 전 젊은 여인을 들였다는 정보도 들었다. 자신의 집으로 구국단이 또 찾아올 줄은 생각을 못 했는지 별다른 경계는 보이지 않았다. 댓돌에는 남녀 신발 두 켤레가 나란히 놓여 있었다.

영철 일행은 침실로 쳐들어갔다. 원백과 승수가 고이 잠들었던 진홍과 여자의 입을 틀어막았다. 겁에 질린 진홍은 호미에 잘린 지렁이처럼 몸을 요동쳤다.

"약속을 지키지 않았더군. 이런 일이 일어날 것을 예상했겠지."

"제발 목숨만 살려주게. 여기 새 사람을 들이지 않았나."

"약속을 지키지 않은 책임을 져야하지 않소?"

승수는 진홍에게 들이댔던 칼을 여자의 목으로 가져갔다.

"어째 이러시나. 말로, 말로 하시게."

그가 숨이라도 넘어갈 듯 엄살을 떨었다.

"알겠네. 원하는 건 뭐든 말씀을 하시게."

그날 진홍은 가지고 있던 돈 천 원을 내놓았다. 다시는 자신을 찾지 않는 조건으로 한 달 후에 오천 원을 더 내겠다고 했다.

"우리가 원한 것은 돈이 아니오."

"그럼 뭣을 원하는가?"

"참회, 이깟 돈으로 민족과 동포들을 팔지 마시오."

"사람은 그때그때 상황에 따라 사는 거지. 원칙이 어디 있나? 변하고 또 변하는 게 세상 이치인 걸. 그 쉬운 걸 자네들만 모르는군."

"이 자가 여전히 입만 살아서."

"내가 사는 방식이야 내가 정하는 거지. 누가 강요한다고 되는 게 아니야. 그런데 구국단은 누가 만들었나?"

역시 늙은 여우, 진홍이 정보를 캐려 들었다.

"이 자가 아직도 정신을 못 차렸군. 첫 번째 경고요."

영철이 칼을 들어 진홍의 팔을 그었다. 벌어진 옷 틈으로 붉은 피가 배어 나왔다.

"구국단은 이 땅에 사는 모든 사람이 만들었소. 언제 어디서나 우리가 지켜본다는 것을 잊지 마시오."

진홍과 여자에게 이불을 들씌운 뒤 그들은 사라졌다. 흥분한 진홍은 잠들지 못하고 새벽까지 방안을 서성였다.

갑술은 창학의 무리를 체포하기 위해 혈안이 되었다. 여기저기 정보원을 풀어 찾았지만, 그의 행방은 묘연했다. 증거가 없으니 우미화랑을 덮칠 수도 없었다. 어디 두고 보자, 언젠가는 꼬투리를 잡고 말 테니. 그때가 되면 구국단 인지 뭔지 싹쓸이를 해 줄 테다. 갑술은 화랑 주변을 감시하던 정보원을 불러들였다.

영철은 바짝 긴장해 매사에 조심 또 조심했다. 부영촌에 가는 횟수를 줄이고 주산을 통해 벽성을 살폈다.

"초옥이 있어 스승님 걱정을 덜었으니 참으로 고맙네."

"우리 세 식구의 은인이십니다. 아무 걱정 마세요."

"몸이 나아졌으면 우리 운송점에서 일을 하는 건 어떻겠소?"

"염치가 없어 선뜻 가겠다는 대답이 나오지 않습니다만 불러만 주시면 가겠습니다."

"운송점에 일손이 필요하니 당장 내일부터라도 나오겠소?"

"예, 그리고 전부터 생각한 일인데, 형님으로 불러도 되겠습니까? 저를 아우로 생각하고 편히 대해주세요."

영철과 주산은 형과 아우가 되었다.

벽성이 전에 말한 대로 물자를 적재적소에 옮기는 일이 중요해진 시대가 왔다. 유통이 제대로 이루어지는 나라가 부강한 나라가 된다는 그의 말이 들어맞았다.

29

벽성은 종인을 제대로 공부시키기 위해 가야산으로 보냈다. 스승 용성이 편지를 써준 까닭이 거기에 있었다.

"잘 간직하고 가거라."

가슴에 편지 한 통을 품고 종인은 열차를 탔다. 밀양을 떠나오던 날을 생각했다. 가족 몰래 길을 나섰을 때는 대처에 나가 세상 구경을 하고 싶었다. 그런데 결과적으로 자신이 떠나온 산으로 다시 들어가게 되었다. 지금은 확신이 서지 않지만, 자기의 마음을 움직이게 한 두 어른을 만난 것은 결코 우연이 아닌 것 같았다. 꼭 만나야 하는 사람들이었다.

해인사에 도착한 종인은 본격적인 수행자의 삶을 시작했다. 일은 쉴 틈 없이 주어졌다. 부엌과 밭, 도량을 청소하는 것까지. 그는 틈이 날 때마다 손에서 경전을 놓지 않았다. 고단함을 핑계로 몸을 뉘면 다시는 일어나지 못할 것 같았다.

하루는 공양간 일을 마치고 절 마당으로 나가는데, 낯익은 얼굴과 마주쳤다. 너무도 갑작스러운 만남에 종인은 그 자리에 우뚝 서고 말았다. 아버지였다. 석상처럼 멈춰선 그의 눈앞에 검은 두루마기에 갈색 모자를 쓴 아버지가 서 있었다. 그는 주위를 둘러보았다. 어머니는 함께 오시지 않았구나. 가족들이 이곳까지 찾아올 것을 예상하지 못했다. 그런데도 아버지를 보자 어머니를 먼저 찾고 있었다.

"어떻게 여기까지 오셨어요?"

"어찌 이리 먼 곳까지 나왔단 말이냐."

종인은 뭐라 답할지 몰라 허공에 눈길을 두었다.

"못 만나면 어쩌나 했는데, 이리 보니 좋구나."

아버지의 말이 윙윙 소리로만 들렸다. 짧은 한숨이 터져 나왔다. 아버지와 아들은 방에 마주 앉았다. 산에서 함께 내려갈 것을 종용하는 아버지와 거부하는 아들 사이에 합의는 있을 수 없었다. 긴 시간을 낼 수 없는 종인이 자리에서 일어섰다. 아버지는 묵묵히 그런 아들을 바라보았다.

"이 아까운 놈을 절간에 두고 가야 하다니."

아버지의 낙담한 눈빛이 방바닥에 머물렀다. 아쉬움으로 가슴이 시린 아버지는 자리에서 일어서지 못했다. 종인은 부친의 흰 머리칼을 보며 기다렸다. 들일에서 벗어나지 못해 말린 대춧빛이 된 아버지의 얼굴을 보는 것이 마지막일지도 모른다. 아버지가 자리에서 일어나 방문을 열었다.

"제 걱정은 마십시오."

종인은 아버지의 뒤로 한걸음 물러서며 말했다. 몸을 돌려 바라보는 아버지의 눈에 물기가 고였다. 푸르스름한 민머리와 허옇게 말라버린 입술, 아들을 보는 아버지의 얼굴에 낙담한 표정이 역력했다.

"어머니는 어떻게 지내시는지…."

안부를 물었다.

"너로 인해 근심이 크지만 어쩌겠냐. 돌아올 생각이 아니라니. 한번 들렀다 가거라."

그러나 그날의 당부를 종인은 지키지 못했다. 앞장서 걷던 아버지가 돌아서서 조부의 사망 소식을 전했다. 잊고 있던 것이 아니라 망설이고 망설이다 전하는 소식이었다.

"그토록 귀애하던 손자의 인사를 받지 못하고 떠나셨으니, 가시는 길이 편하지만은 않으셨다."

"오랫동안 편찮으셨습니까?"

아버지는 실낱같은 미련을 품은 채 이승을 떠나기 전 조부의 모습을 전했다.

"할아버님의 극락왕생을 빌겠습니다. 더는 나가지 못하니 살펴 가십시오."

아들의 인사에는 망설임이 없었다. 일주문을 넘는 아버지의 다리가 후들거렸다. 옆에 두고 짝을 맺어주고 손자들의 재롱을 볼 수 있기를 꿈꾸었다. 알토란같은 살림을 불리고 조상님을 찾아가 장성한 아들을 자랑하고 싶었다. 오늘 아버지는 그 꿈이 사라졌음을 확인했다. 아버지는 아들을 돌아보았다. 자신을 향해 두 손을 모으고 서 있는 모습이 이방의 사나이처럼 느껴졌다.

그 해가 끝나갈 무렵 종인은 혜득 스님이 되었다. 가야산의 깊은 골을 휘감고 내려온 바람이 절 마당을 스쳐 지나갔다. 처마 끝 풍경은 긴 여운을 남기며 여러 번 울렸다. 죽고 사는 일이 다르지 않다고 선사들은 일갈했다지만 고단한 한 생을 살다간 조부를 생각하며 혜득은 법당으로 갔다. 피어오른 향 연기는 흔적도 없이 허공으로 사라졌다. 조부의 주름진 이마와 일하는 자신을 지켜보던 모습이 떠올랐다. '할아버지, 극락왕생 하십시오.' 절을 했다. 하고 또 하고 절을 하며 고향으로 향했던 마음은 다시 산중 법당으로 돌아왔다.

일하지 않으면 먹지도 말라는 가르침을 새기며 정해진 시간에 수행하고 텃밭에 나가 농사도 지었다. 민초들의 삶이 넉넉하지 않은 때라 절 살림 또한 어렵기는 마찬가지였다. 참선을 마치고 방선을 하는 시간에도 그는 공부를 놓지 않았다. 시간이 날 때면 염불을 하고 의례도 익혔다. 모든 것이 대중을 이끌기 위해 필요한 것이리라.

오래전부터 경남부치안국에서는 해인사 경내에 주재소와 경비 전화를 설치하고 순사들을 상주하게 했다. 소중한 문화재인 팔만대장경을 지킨다는 명분이었다. 일본인 순사부장과 한국인 순사들이 상주하면서부터 경내에서의 활동에도 많은 제약이 생겼다. 그런 가운데도 비밀리에 자금을 모금하는 일은 계속되었다. 모은 자금은 독립단체에 보냈고 혜득을 비롯한 젊은 수좌들은 범어사와 주변 사찰은 물론 지역의 젊은 청년 불자들과도 교류하며 연대했다.

도반들과 포행을 나갔던 혜득은 절 근처에서 일본인 순사부장을 발견했다. 그는 예민한 성격 탓에 절 안에서 일어나는 작은 움직임에도 민감하게 반응하는 사람이었다. 시끄럽게 얽히는 것이 싫었던 혜득은 경내에서 그와 마주치는 것을 꺼려해 가던 길을 돌아가곤 했다.

"저 사람은 규면이 아닌가?"

"총을 겨눈 걸 보니 순사부장이 끌고 가려는 모양인데."

"규면이 잘못되면 안 되는데."

논의 끝에 넷이 순사 부장에게 한꺼번에 달려들어 규면을 도피시켰다. 그들은 경남 경찰서로 넘겨져 재판을 받았다. 공무 집행을 방해했다는 죄목이었다. 판결을 기다리고 확정된 형을 채우기까지 두 달이 걸렸다. 감옥에서 두 달은 나라 잃은 식민지 국민의 설움을 철저하게, 뼛속까지 사무치게 느낄 수 있는 충분한 시간이었다.

규면은 절과 바깥세상을 연결하는 사람이었다. 그날도 긴급하게 연락할 일이 있어 왔다가 일을 당한 것이었다.

감옥에서 나온 혜득은 다시 해인사로 돌아갔다. 산중의 시간은 멈춘 듯 보였지만 찰나처럼 흘러갔다. 날은 양력 이월 하순으로 접어들고 있었다. 북쪽에서 불어오던 찬바람이 누그러지고 가야산을 하얗게 덮었던 눈이 조금씩 녹자 산봉우리의 허연 바위가 얼굴을 드러냈다. 홍류동 계곡 두꺼운 얼음장 밑으로 물 흐르는 소리도 들렸다.

벽성에게서 편지가 왔다. 강사 스님의 안부를 묻는 짧은 문장과 함께 편지를 받는 즉시 경성으로 올라오라는 내용이었다. 절에 들어와 햇수로 5년이 되었다. 공부는 크게 진전이 없었으나 스승께서 부르시니 떠나야 했다. 혜득은 바랑을 메고 일주문을 나섰다. 울창한 소나무 사이를 걸어 내려왔다. 돌아보니 절은 저 멀리 산중에 들어있었다.

30

덕신은 보름 만에 벽성을 만나러 왔다. 고보 마지막 학기 전문학교 시험을 앞두고 있었다. 벽성은 학교생활 전반에 걸쳐 물었다.

"동급생 중에는 전문학교 진학에 회의적인 친구들이 많습니다. 공부를 마치고 나면 어쩔 수 없이 일제가 이끄는 세상과 타협하게 될까봐…"

"너도 그렇게 생각하느냐?"

"전문학교 출신이 일할 만한 곳은 대부분 총독부와 관련된 기관이 아닙니까?"

"그런 고민들을 하고 있었구나. 그것도 틀린 생각은 아니다.

그렇다고 조선 사람 모두가 공부를 멈추고 총을 든다면 나라가 어떻게 되겠느냐? 우리는 교육가, 군인, 법률가, 외교관 등 여러 분야의 전문가가 필요하다."

"독서회에서 만난 친구는 계급투쟁에 나서겠다고 하고 어떤 친구는 안창호 선생이나 이승만 같은 분처럼 미국이나 유럽으로 나가려고 합니다."

"훌륭한 사람을 본보기로 삼고 따르는 일은 필요하지만 중요한 것은 누구처럼 사느냐가 아니라 어떤 삶을 사느냐이다."

"저는 보성에 진학할 생각이지만 무엇을 공부해야 할지는 결정하지 못했습니다."

"교원이 되는 것은 어떠냐?"

"교단에 서는 일이 현실 도피처럼 생각됩니다."

"교육은 세상을 밝히는 등불이다. 무지와 몽매를 넘어 지혜의 눈을 밝히는 일이지. 무력으로 세상을 바꿀 수도 있지만 그것만으로 많은 것을 해결할 수는 없다. 나라를 되찾았을 때를 대비해 사람을 기르는 것이 우리 교육의 목표다. 인재가 없는 나라는 모래위에 세운 집에 불과하다."

벽성은 할 말이 많았다.

"막강한 군사력을 가진 일본에게 대항하는 우리의 현실을 보아라. 저들의 교육은 한국인의 정신 개조에 있다. 정신을 마비

시켜 꼭두각시를 만들려고 한다. 우리는 우리 민족정신을 지킬 아이들을 길러내야 한다. 너와 같은 젊고 유능한 교원이 필요한 이유다. 무기를 들어야 할 사람은 무기를 들고 책을 읽어야 할 사람은 책으로 싸울 길을 찾으면 된다."

그날 덕신은 벽성의 생각을 확연히 알게 되었다. 이야기를 나누는 중에 초옥과 희옥이 벽성의 집으로 왔다. 정성껏 준비한 점심이 초옥의 손에 들려 있었다. 전에도 잠깐씩 셋이 마주할 기회는 있었지만, 긴 시간을 함께 하지는 못했다.

검은 교복을 입은 덕신은 보통의 키였지만 좁은 방 안에서 본 탓인지 키가 훤칠한 장부로 보였다. 짧게 깎은 머리에 눈썹이 검었고 얼굴빛은 누리끼리했지만, 눈가에 미소를 머금은 웃는 상이었다. 초옥은 덕신의 얼굴을 바로 보지 못하고 비스듬히 섰다. 희옥은 들뜬 목소리로 오빠라고 불러도 좋을지 물었다.

"오누이처럼 지내거라. 아이들 공부도 봐주고."

벽성이 당부했다.

셋은 겨울바람을 헤치고 뒷산 거북바위로 올라갔다. 마을 아이 몇이 마른 풀숲을 뒹굴며 놀고 있었다. 덕신은 아까부터 알 수 없는 냄새에 머리가 흔들렸다. 한겨울에 꽃향기가 날 리는 없을 테고, 이렇게 기묘한 향은 맡아본 적이 없었다. 비릿하면서도 가슴을 울렁이게 하는 향이었다. 굳지 않은 선지 그릇을 가슴팍까지 들어 올렸을 때 맡았던 냄새 같기도 했다.

"오빠가 생겨서 좋아요. 덕신 오빠."

덕신은 바람개비처럼 팔랑대는 희옥을 보며 덕이를 떠올렸다. 두고 온 가족들을 생각하면 그리움보다 아픔이 먼저 다가왔다. 그런데도 서릿골에 등을 돌리고 가지 않았다. 아직은 때가 아니야. 마음이 약해질까 두려운 그는 보고 싶은 것도, 돌아가고 싶은 것도 참고 참았다.

"여학교에 갈 계획이라지?"

"공부를 더 많이 해야 한대요. 보통학교졸업은 통과했지만 여학교는 아무나 갈 수 없다면서요?"

진명여자고등보통학교는 1906년 순헌황귀비로부터 교지를 하사받은 엄준원이 창성동에 세운 학교였다. 기존의 사립학교는 선교사에 의해 세워졌지만 진명은 한국인이 세운 최초의 사립여학교였다. 때문에 명망 있는 가문 출신의 아이들이 다니는 학교로 알려져 두 자매에게는 입학자체가 고난이었다.

초옥과 희옥은 야학에 나갔다. 동그란 알전등 아래 다섯 명의 아이가 앉아있었다. 오늘은 결석한 아이가 셋이나 되었다. 돈을 받지 않고 공부를 가르친다고 해도 아이를 보내는 부모는 많지 않았다.

"글자를 익히면 무엇이 달라집니까?"

어차피 공부를 계속할 수 없는데 헛바람이 들어 아이를 망칠 거라고 했다. 그들에게 급한 것은 먹고 사는 일이었다.

열 살 된 아이는 아까부터 머리를 긁적였다. 어제 덕신이 내준 숙제를 해결하지 못한 탓이었다. 그의 부모는 공부를 해본 적이 없으니 누구에게 물을 곳이 없었다. 밤송이 같이 삐죽삐죽 솟은 머리카락을 손가락이 헤집고 다녔다. 옆에 앉은 동생은 어서 우리 형을 구제해 달라는 간절한 눈빛을 보냈다. 덕신을 보는 아이의 눈동자가 빠르게 움직였다.

나무판에 이어 붙인 앉은뱅이책상에 아이들의 책이 올려져 있었다. 아버지가 죽기 전 덕배를 시켜 만들게 했던 그 책상이 생각나 덕신이 만든 것이었다. 책상을 볼 때마다 그날의 풍경이 고스란히 떠올랐다. 홈을 파고 다듬으며 아버지의 얼굴을 살피던 덕배의 슬픈 눈빛과 뭉툭한 손도 생각났다. 편지를 쓰라던 형의 말을 잊은 적은 없었다. 그렇지만 편지를 쓰지는 않았다. 서릿골에 가지도 않았다. 갔다가 셋 중 누구 하나라도 잘못되었을 때는 이곳으로 돌아오지 못할 것 같았다.

"봐라. 여기가 문제다."

덕신이 동그라미를 쳤다. 아이는 숫자에 대한 이해가 더뎠다. 더하고 빼는 것의 개념을 알지 못했다. 곡식의 양이 늘고 주는 것은 알면서 숫자의 변화는 받아들이지 못했다. 실물이 없는 허상, 공간을 갖지 못한 숫자는 빛에 따라 생겼다 없어지는 그림자처럼 아이의 머릿속에 각인되지 않았다.

큰아이들 셋은 일본말을 배우고 있었다. 조선말 아래 일본말을 쓰고 두 나라말을 동시에 익히는 과정이었다. 영철과 벽성 덕분에 덕신도 일본말과 중국말을 공부했다. 그는 아이들이 언제 어디서나 유창하게 일본말을 할 수 있기를 바랐다. 일본말은 침략자의 말이 아닌 혼란스러운 시대를 헤쳐 갈 도구로 가르쳤다. 적의 말 속에 그들의 생각이 들어 있었다. 그러면서도 덕신은 아이들에게 단단히 주의를 주었다.

"일본말을 할 줄 안다고 자랑으로 생각해선 안 된다. 그것은 우리가 나라를 되찾고 세계의 사람들과 어깨를 나란히 하기 위해 필요한 것이다. 남들 앞에 어깨를 으쓱하기 위한 것이 아니고 돈을 많이 벌려는 것도 아니다. 알겠지?"

아이들은 다정했던 덕신이 단호한 표정으로 말할 때면 잔뜩 긴장했다.

"아나 타와도 코까라키마시타카?"

희옥은 같은 문장을 여러 번 반복해 쓴 뒤 소리 내어 읽었다.

"당신은 어디에서 오셨습니까? 아나 타와도 코까라키마시타카? 당신은 어디서 오셨습니까? 아나 타와도…."

읽기를 멈춘 희옥의 시선이 덕신에게 머물렀다. 숙제를 점검

하는 그의 머리칼이 불빛을 받아 잿빛으로 빛났다. 붉은 빛이 도는 귓불과 뾰족하게 나온 턱 때문에 그가 어린 소년 같기도 했다.

할아버지 집에서 처음 인사를 나누던 그때, 얼마나 설렜던가. 덕신이 악수를 청했었다. 새로운 인사법이었다. 태어나서 남자의 손을 잡은 것은 처음이었다. 그는 손을 반만 쥐었다 놓았다. 너무도 빨리 손을 빼는 바람에 그때의 느낌을 제대로 간직할 수 없었다. 그래도 손끝을 스치던 온기는 기억했다. 잠을 잘 때도 물을 길러 갔을 때도 덕신이 생각났다. 우물 속에서 미소 짓는 그의 얼굴을 바가지로 흩어 놓으며 얼굴을 붉힌 적도 있었다.

아야, 희옥이 비명을 질렀다. 초옥이 팔을 꼬집은 탓이었다.

"딴 생각하지 말고 공부해."

몽상에 빠진 동생을 놀리며 초옥이 속삭였다. 덕신은 고개 돌리지 않았다. 그럴 때 그는 무정한 사내였다. 열 살 사내아이가 부족한 수셈을 정복하길 바라는 엄격한 선생님일 뿐이었다.

희옥은 다시 읽기를 시작했다.

"당신은 어디서 오셨습니까? 아나 타와도 코까라키마시타카?"

희옥은 덕신에게 그 말을 하고 싶었다. 차갑고 무정한 당신, 당신은 어디서 오셨습니까. 연모의 감정으로 속이 바짝 타들어 가는 마음을 아는지 모르는지 덕신의 눈은 밖을 향하고 있었다. 남자들의 목소리가 들렸다. 취객인 것도 같고 무엇인가를 놓고 말다툼을 하는 것도 같은, 세 명은 될 것 같았다. 덕신은 잔뜩 긴장해 아이들을 보며 입술에 손을 갖다 댔다. 정지 신호였다.

발각되면 야학은 금지되고 덕신은 잡혀 갈 것이다. 지난번 종로서에서 나왔다는 사람들이 집집마다 수색을 할 때는 쉬는 날이어서 발각되지 않았다. 소란한 것을 보니 수색이 또 시작된 것인지도 모른다. 확인할 수가 없어 속이 터질 지경이었다. 아이들을 내보내면 발각되고 말 테고. 다른 방법은 없다. 숨죽이고 기다릴 수밖에. 덕신의 얼굴은 얇은 살얼음이 낀 것처럼 창백했다.

전문학교에 입학한 덕신은 일주일에 세 번 부영촌으로 와 야학을 계속했다. 두 자매는 진명의 입학조건을 채우기 위해 열심히 공부했다. 한문은 물론 일본어까지 익혔다. 둘의 실력이 검증되자 벽성은 학교사업에 관계했던 사람들에게 도움을 청했다. 둘의 입학시험은 다른 아이들에 비해 엄격하게 치러졌고 드디어 입학허가가 났다.

진명에 들어간 초옥은 학교공부에 중심을 두었으나, 희옥은 외부활동에 적극적이었다. 농촌으로 계몽 활동을 나가고 학생들 사이에 유행했던 연합독서모임에도 참여했다. 희옥이 독서회에 간 날 할아버지 식사를 책임진 초옥은 친구들과 어울릴 시간도 없이 곧장 집으로 돌아왔다. 공동우물 앞을 지나는데 한 남자가 인사를 건넸다.

"안녕하시오?"

얼마 전 일어났던 살인사건을 맡은 경부보였다. 단정하게 가른 머리에 빳빳하게 깃을 세운 윗옷을 입고 오른손에 작은 지휘봉을 들고 있었다. 초옥은 묵례하며 그를 지나치려 했으나 그가 앞을 막아섰다.

"수상한 사람을 보지 못했나?"

"아니요."

"못 보았다?"

초옥에게 턱을 들이대며 묻던 남자가 기묘한 표정을 지으며 눈을 감았다. 그 틈에 초옥은 남자에게서 벗어났다.

"수상한 자를 보면 반드시 신고하도록."

말을 마친 남자가 그녀의 뒤를 따라왔다.

"이곳에 진명의 학생이 있다니, 그것도 한 집에 둘씩이나."

초옥은 목구멍에 마른 가루가 달라붙은 것처럼 갑갑했다.

"제게 하실 말씀이라도…."

"아니, 다른 볼일이 있어서."

그를 뿌리치고 달려갈 수도 그냥 보내 달라고 할 수도 없는 어정쩡한 상태에서 그녀는 앞서 걸었다. 믿을 수 없는 존재가 등 뒤에 있다는 사실 만으로 목이 졸리는 것 같은 압박감이 들었다.

"소식 들었나? 흉악범이 이곳으로 숨어들었다는데."

"아뇨.…언제 그런 일이 있었습니까?"

갑술은 초옥의 목소리에서 천연덕스러움을 느꼈다. 겁먹은 척, 떨고 있는 척 위장한 그녀의 목소리는 침착했다. 그녀에게서 알 수 없는 저항이 느껴졌다. 그녀가 가진 힘은 과연 어디에서 나오는 것일까. 갑술은 생각지 못했던 승부욕이 발동해 숨을 깊이 들이마셨다. 기묘하고 황홀한 향이 온몸 구석구석으로 스며들기 시작했다. 피부를 통과한 그것들은 혈관 구석구석까지 빈틈없이 채우며 배어들었다. 따사로운 온기 속에서 어머니의 젖을 물고 있는 것 같은 비릿하면서도 혼곤한 느낌이 갑술을 감쌌다. 긴장이 풀리며 몸은 뜨겁고 가슴은 환희로 차올랐다.

31

대성운송은 8년 전 설립되었다. 홍영철과 안치영, 장인호 등 뜻을 같이하는 십여 명이 출자해 만들었다. 지게꾼만으로 운영하던 것을 물건의 부피와 중량이 늘어나면서 자전거와 자동차를 사들이게 되었다. 화물차 다섯 대와 짐자전거 이십여 대, 지게꾼 십여 명이 소속되어 있었다. 운송점을 시작할 때만 해도 이런 성공적인 운영은 생각도 못 했다. 그렇게 되기까지는 운영을 맡은 치영의 공이 컸다. 운송회사를 세우기로 했을 때 반대하는 사람이 많았다. 그때 사람들을 설득해 오늘의 대성운송을 있게 한 사람이 벽성이었다.

"물자의 유통이 자유로워야 나라가 골고루 발전할 수 있소. 일본이 우리 대한을 침략할 때 가장 먼저 무엇을 했는지 기억해 보시오. 인천에서 경성을 잇는 철도를 놓았고 지금은 시모노세키에서 배를 타고 부산에 내리면 그 기차가 경성을 지나 만주 땅까지 간단 말이오. 어떻게 해서 그것이 가능해졌겠소. 철도 때문이오. 많은 돈이 드는 철도를 놓는 이유는 물자를 원활히 움직이기 위해서요. 철도는 사람은 물론 쌀과 총과 칼과 필요한 전쟁물품을 싣고 대륙으로 가고 있소. 더 많은 물자가 방방곡곡에 전해져야 우리 대한백성이 고르게 잘 살 수 있게 될 것이오. 또한 운송점은 일자리를 만들어 낼 수도 있소. 우리가 운송점을 세워야 하는 이유가 거기에 있소. 그러니 부디 협조해 주시오."

벽성은 일자리를 늘리는 일이 총칼을 들고 일본군인과 싸우는 것만큼이나 중요하다고 했다.

"당장 끼닛거리가 없는 사람들에게 민족이나 나라가 무슨 도움이 되겠소."

영철은 그때 벽성이 했던 말을 자주 떠올렸다. 유통이 왜 중요한지 기억하기 위해서였다. 운송점에서는 인부들의 임금과 차량 운행비용, 기타 비용을 제외한 이익금은 군자금과 장학금으로 사용하고 있었다. 운송점은 경성역과 가까워 물자와 인력이 드나들기 수월했다. 사무실에는 비밀통로가 있어 긴급한 일이 생기면 안전하게 도피할 수도 있었다.

구국단 정기 회의가 있는 날이었다. 최근에 그들은 여러 작전을 성공적으로 수행했다. 김포 친일거부 민진홍에게서 자금을 거두었고 국내에서 독립단체에 잠입했던 밀정의 정체를 캐내 여러 단체에 통보했다. 임정과 연결된 연통제를 부활해 고립된 활동가와 적극적으로 독립운동에 참여하려는 젊은이들을 모아 만주로 보내는 일도 했다. 영철은 오늘 회의에서 이런 성공적인 결과에 대해 격려하고 앞으로의 계획을 논의할 생각이었다. 대성운송에서 화물차를 운전하는 조순철은 실질적인 행동대장으로 그 역할을 성실히 수행하고 있으므로 찬탄해야 할 단원이었다.

"만주국을 세운 후 러시아마저도 일본을 함부로 하지 못하고 있습니다. 지금 상황에서 효과적인 투쟁방법을 제시해 주시오."

"격문을 만들어 뿌립시다."

"해외에서 전해오는 독립군과 지사들의 성공적인 활동을 사람들에게 알립시다. 우리는 투쟁을 멈추지 않았으며 나라를 찾을 희망이 있다는 것을 전합시다."

"찬성이오. 총독부는 자신들의 정책과 승전소식을 매일신보를 통해 선전하고 있소. 우리는 성공적인 투쟁사례와 독립자금 전달 등을 격문을 통해 알립시다."

"국내의 무장투쟁에는 한계가 있으니, 크고 작은 사건으로 혼란을 주고 경찰력이 분산되도록 여러 곳에서 동시에 뿌립시다."

"여러 사람이 읽고 동조할 수 있는 내용을 정해 인쇄하고 배포하는 일이 효과적일 겁니다."

회의는 성공적이었다. 각자의 역할에 따라 일은 원만하게 진행될 것이다.

주산은 운송점 직원으로 맡은 역할을 잘 처리했다. 그는 구국단의 믿을 만한 새 단원이 되었다. 초옥과 희옥 또한 많은 도움이 되었다. 초옥은 정성껏 벽성을 살폈다. 음식으로 몸을 보하게 했고 빨래며 집안일까지 모두 감당하며 불평 한 마디 없었다. 이웃에게 벽성은 아이들의 할아버지로 통했다. 희옥은 벽성이 그린 태극기를 운반했다. 처음에는 영철이 그 일을 했지만, 갑술의 감시가 시작되자 대신할 사람이 필요했다. 희옥은 자신이 나서서 그 일을 했다. 거절해도 좋다는 영철의 제안을 야무지게

받아들인 그녀는 마포 포교당이나 시내 점포까지 안전하게 태극기를 옮겼다. 나중에는 태극기를 그리는 데 필요한 종이와 물감까지 사 왔다. 그만하면 구국단의 핵심 단원이라 할 만했다.

전문학교 학생이 된 덕신은 벽성의 바람대로 좋은 교원이 되어 아이들을 가르칠 꿈을 키우는 중이었다.

초옥은 저녁밥을 준비해 할아버지 집으로 갔다. 문을 열고 들어서자 낯선 신발이 놓여 있었다. 열린 문으로 할아버지와 젊은 스님이 보였다.

"할아버지, 저녁 준비됐어요."

조심스러운 음성이었다.

"들어와서 인사해라. 혜득 스님이다."

초옥은 방으로 들어갔다. 달빛같이 맑은 얼굴이었다. 크고 둥근 얼굴에 윤곽이 뚜렷했다.

"할아버지, 저녁은 어떻게 할까요?"

초옥은 난감했다. 할아버지 식사를 챙긴 이후에 한 번도 손님을 맞은 적이 없었다.

"미리 알려 주시지 그랬어요?"

초옥이 투정하듯 말했다.

"내 걱정은 말고 여기 스님이 드실 수 있게 해라. 아니다,

두고 가면 알아서 먹을 테니 돌아가거라."

초옥은 마음이 편치 않았다.

"조금만 기다려 주셔요. 더 준비해서 올게요."

벽성의 집을 나온 초옥은 달아오른 얼굴을 연신 손부채로 식혔다. 인사를 하면서 제대로 바라보지도 못했지만, 보름달처럼 환한 그 얼굴이 떠올라 저도 모르게 얼굴이 뜨거워졌다.

그날 저녁 주산 일가는 혜득과 첫 만남을 가졌다. 저녁을 먹고 나서 혜득과 주산은 영철을 만나러 나갔다. 집으로 돌아온 두 자매는 혜득에 대한 이야기로 들떠 있었다.

"언니, 혜득 스님 어땠어?"

"처음 봤을 때 깜짝 놀랐지. 어둠침침한 할아버지 방이 환해 보였거든."

"정말? 덕신 오빠 만났을 때 보다 멋졌어?"

"얘는 별걸 다 물어. 그렇게 비교할 수는 없어."

"치, 그래도 나는 덕신 오빠가 더 멋있어."

"너, 스님이 몇 살인지 아니? 자그마치 나보다 열 살이나 많아."

초옥은 지금까지도 마음이 가라앉지 않았다. 가슴에서 어떤 기관 하나가 떨어져 내린 것만 같았다.

"당장 내일 아침 반찬은 뭘 할까?"

할아버지 밥상을 준비할 때는 이렇게 신경 쓰인 적이 없었다. 잡화점은 이미 문을 닫았겠지. 초옥은 내일 아침 찬거리를 생각하느라 희옥이 자신을 보고 있다는 것도 알아채지 못했다.

32

혜득은 영철과 마주 앉았다. 그가 해인사에 있는 동안 영철은 두 번 내려갔었다. 자금을 받으러 간 영철에게 혜득이 도움을 청했었다.

"믿을 만한 사람이니 가까이 두고 살펴주셨으면 합니다."

혜득 일행이 일본인 순사부장으로부터 구해준 김규면을 부탁하는 말이었다.

"스님께서 부탁하시니 화랑의 사무원으로 써 보겠습니다."

그렇게 해서 규면은 우미화랑에서 일하게 되었다.

"스승님께서는 무슨 일로 부르셨습니까?"

"중요한 일이 있다 하시면서 아직 말씀이 없으십니다."

"요즘에는 그림 그리는 일이 힘에 부치신 듯합니다."

"가까이 계신 홍 선생님께서 고생이 많으십니다."

"초옥이 그 아이 덕이지요. 어여쁜 아이예요. 명고축출 이후에 스님들은 어떤 변화가 보입니까?"

영철은 조심스럽게 물었다.

"혁명으로 모든 것을 뒤집지 않는 이상 묵은 것을 하루아침에 바꿀 수는 없습니다. 일제의 규제와 통제 속에서 자율적인 실천이 더딜 수밖에 없다는 것을 받아들여야지요. 만당의 당원이 늘고 있어 개혁에 동참하는 세력이 커지는 건 확실합니다."

혜득은 차분하게 생각을 전했다.

"한용운 스님은 어떠십니까?"

"주요 사안에 대한 자문은 스님께 구하지만 당수 추대는 말씀드리지 않았습니다. 조직이 발각됐을 때 스님을 보호할 수 있는 방법이 그것밖에 없다는 판단입니다."

"기관지 불청운동이 나왔다고 하던데요."

"맞습니다. 그렇지만 대규모 투쟁은 제약이 많이 따라 크게 활동하지 못하고 있습니다."

혜득의 모습에서 영철은 그의 공부가 깊어지고 있다고 생각했다. 동시에 그에 대한 믿음도 깊어졌다. 혜득은 며칠 시간을 가지라는 벽성의 말에 따라 만당 회원을 만나러 갈 생각이었다.

만당은 개혁승려들이 만든 항일 비밀결사 조직으로 80여

명의 당원이 있었다. 주요 구성원은 기미만세운동에 참여했거나 신식학교에 다닌 사람들로 외국 유학을 다녀온 사람도 있었다. 현실을 보는 눈이 밝고 개혁 의지가 강한 그들은 불교계의 문제해결뿐 아니라 항일투쟁을 주된 목표로 삼았다. 입당을 할 때는 전원 찬성을 얻어야하고 당에 절대복종하며 비밀을 누설하면 생명을 바치겠다는 서약도 했다.

"스님, 도움이 필요하시면 언제든 연락 하십시오."

혜득과 헤어져 집으로 돌아가는 영철의 가슴은 기쁨으로 가득 찼다. 벽성이 받아들인 유일한 상좌, 그의 성장을 확인하며 영철은 친부모와 다름없이 벅찬 기쁨을 느꼈다.

33

주산은 어둠이 내린 길을 걸어 집으로 향했다. 삼월 초의 밤바람이 한겨울만큼이나 차게 느껴졌다. 날씨 탓인가. 공연히 가슴 한편이 휑하고 죽은 아내 생각이 났다. 무슨 주책인지. 그게 언제 적 일인데. 공동우물 가에 종종걸음치는 여인의 모습이 눈에 들어왔다. 긴치마를 동여맨 모습이 물 한 통의 무게보다도 가벼워 보였다. 주산은 여자를 돕고 싶은 충동이 일었다. 그러나 쉽게 나서지는 못했다. 만약 그녀가 계단을 올라 언덕길로 접어들면 그때는 망설이지 않고 달려가 도와주리라. 여자의 뒤를 천천히 따라갔다. 그녀가 계단에 올라섰다. 순간 몸이 앞으로 쏠리는 듯했다. 그는 여자에게 다가갔다. 하지만 거기까지였다. 그녀는 어느새 흐릿한 불빛 속으로 사라져 버렸다. 온몸의 힘이 빠져나간 것 같았다. 야릇한 감정이 거품처럼 사라졌다. 나쁜 일을 하다 들킨 것처럼 죄의식과 함께 아내가 생각났다. 요즘엔 무슨 일로 때 없이 얼굴을 내미는 건지 무안한 심정으로 쩝! 쓴 입맛을 다셨다. 함께했던 시간이 몇 백 년 전의 일 같은데. 이 밤에 어째 그 얼굴이 생각나는지 알다가도 모를 일이었다.

조상님 제사는 고향에서 형님이 지내겠지만, 죽은 아내 제사는 그가 지내야 했다. 그러나 미안하게도 그의 기억에 아내를 위한 제사를 올린 적은 없었다. 산 사람 입에 거미줄 치는데 죽은 사람 제 올릴 여유가 어디 있었던가. 처음 몇 해는 미안한 마음에 물이라도 떠 놓았지만, 그마저도 무슨 의미가 있을까 회의가 들어 치워버렸다. 아직 제삿날도 아닌데, 자신을 찾아온 아내가 불길한 전령 같아 뒷머리가 서늘했다. 딸아이들이 결혼할 때가 다가오니 큰일을 혼자 감당하는 것이 가여워 찾아왔을지도 모른다. 그는 스스로를 다독였다. 그렇다면 고마운 일이시만, 그 동안 메 한 그릇 탕 한 그릇 올려주지 않은 산자에 대한 원망으로 찾아온 것은 아닐까 싶이 마음이 아렸다.

자기 스스로도 믿을 수 없을 만큼 안정된 생활을 하게 되니, 죽은 이에게 미안했다. 제삿밥 한 번을 차려주지 못해 정말 미안했네. 올해부터는 잊지 않겠네. 그는 아내가 옆에 있기라도 한 듯 중얼거렸다.

집은 비어있었다. 시장기가 돌아 초옥이 차려둔 밥상을 끌어당겼다. 광목으로 만든 상보에 작은 꽃들이 수놓아져 있었다. 언제 솜씨를 부렸는지, 보자기 끝을 따라 붉은 꽃이 피고 촘촘한 잎들이 새겨져있었다. 작은 소반에 허연 김치와 콩나물국이 놓여있었다. 아랫목에 이불을 들치고 밥주발을 꺼냈다.

어서 짝을 맺어주면 좋으련만. 인연을 찾는 일이 쉽지 않았다. 일을 나가 젊은이들을 살펴보아도 마땅히 눈에 띄는 사람이 없었다. 형편 맞는 사람끼리 짝을 맞추면 좋겠지만, 이미 양주 땅을 떠날 때부터 그의 형편은 터무니없었다. 밥상 앞에 앉으니 고달팠던 순간들이 스쳐갔다. 따뜻한 온돌방에서 마음 편히 먹고 쉬고 잘 수 있는 이 행복. 고마움에 가슴이 먹먹했다. '저는 더 바라는 것이 없습니다. 다만 아이들이 좋은 사람을 만나 잘 살 수 있게 해 주십시오.' 주산은 오늘도 간절한 마음으로 빌었다.

34

주산과 혜득은 벽성의 방에 마주 앉았다. 벽성이 자리에서 일어나 바닥을 덮은 거적과 나무판을 들어냈다. 움푹 파인 구덩이 안에 큼지막한 나무 궤짝이 있었다. 그는 힘에 부치는데도 도움을 청하지 않고 물건을 들어냈다. 경전 몇 권, 독립신문, 혁신공보 등 다양한 물건이 있었다. 독립군의 승전소식과 해외에서 조국의 독립을 위해 돈을 모금했다는 기사도 있었다. 임시정부에서 만든 소식지와 벽성이 그린 태극기도 있었다. 벽성이 천으로 만든 태극기를 꺼내 펼치게 했다.

"누가 만든 것입니까?"

"신심 깊은 여인이 만들어 보낸 것을 스승님께서 주셨네."

"정성이 지극합니다."

태극기는 천을 덧대어 입체감을 살린 것이 특이했다. 깃발을 한참동안 들여다보던 혜득이 말했다.

"물결이 일렁이는 것 같습니다."

벅찬 감정이 녹아든 음성이었다.

"나 또한 그런 힘을 느꼈다. 파장이야. 깃발에 담긴 힘이 밖으로 쏟아내는 기운."

혜득은 스승이 자신과 같은 느낌을 받았다는 사실이 놀라웠다. 마음 깊은 곳까지 서로 뜻이 통하는 것 같았다. 주산 또한 가슴 한쪽에서 울컥 감정이 솟구쳤다. 태극기 위에 손을 얹었을 때 콧등이 시큰거렸다.

"내가 없을 때 일이 생기면 잊지 말고 이것을 먼저 옮겨야 한다."

벽성은 태극기를 정리하는 두 사람에게 말했다.

"어디로 옮겨야 합니까?"

"홍 처사가 장소를 알고 있지만, 사정이 급할 때는 김 처사가 알아서 결정하게. 한곳에 보관하지 말고 여러 곳으로 나누어 보내는 것도 잊지 말고."

물건 정리가 끝나고 다시 마주 앉았을 때 벽성이 물었다.

"몸은 괜찮은 것이냐?"

혜득은 스승이 일상적인 안부를 묻는 것으로 알아들었다.

"심문받는 동안 몸도 상했을 테고. 두 달이었지만 옥살이가 만만치 않았을 것이다."

"알고 계셨습니까?"

"앉아서 천 리를 본다 하면 믿겠느냐. 허허, 홍 거사에게 들었다."

"김종원은 어찌하기로 했다던가?"

주산이 답할 차례였다.

"처단하기로 했지만 행적을 알 수 없답니다."

"그 방법 말고는 없겠지? 그 사람으로 인해 많은 사람이 다쳤으니."

"형편에 따라 이쪽저쪽 옮겨 다닌다고 합니다."

"그리 충실했던 사람이 왜 그렇게 됐는지…."

중국으로 들어간 종원의 형제들은 뿔뿔이 흩어졌다.

"고생이 오죽했겠느냐. 유복하게 자라 견디기가 쉽지 않았을 테지."

종원은 굶주리는 가족을 보고만 있을 수는 없었을 것이다. 가난, 질병, 차별, 외로움, 두려움 그런 것을 이겨내는 것이 단원이 가져야할 자질이었다. 총칼에 맞서 싸우는 일보다 가족의 아픔과 고통을 지켜보아야 하는 일이 더 힘든 일이었을 것이다. 인정이나 애정 따위는 없는 냉혈한이 되면 그런 아픔을 이겨낼 수 있을까. 인간에게 그것을 이겨낼 방법이 있긴 한 것일까.

35

혜득은 외출에서 돌아와 벽성과 마주했다. 그는 시작할 말을 찾지 못한 듯 한동안 말이 없었다. 저녁을 먹는 동안에도 그는 입을 다물었다. 무거운 분위기를 가라앉힐 비책이 혜득에게는 없었다. 스승의 처분만을 기다렸다. 벽성의 빈 옷소매가 허벅지 위에 떨어져 있었다. 그는 입을 여는 대신 왼쪽 소매를 어깨까지 걷어 올렸다. 간신히 붙어 있던 남은 팔이 혜득의 눈에 들어왔다. 어깨에서 한 뼘 정도. 푸르뎅뎅한 빛이 감도는 가운데에 검은 씨앗 같은 매듭이 있었다. 한 번도 본 적 없던, 옷 속의 팔을 드디어 보았다. 무딘 칼로 자른 왜무처럼 뭉툭한 팔이었다. 스승은 어째서 내게 저 팔을 보이시는 걸까. 혜득은 난감한 표정으로 벽성을 보았다.

"시키실 일이 있으십니까?"

더는 참지 못한 혜득이 물었다.

"아니다. 편히 앉아라. 오늘은 긴 이야기를 하려고 한다."

스승의 말에 따라 혜득은 가부좌했다. 벽성은 또 별다른 말을 하지 않고 벽 어디쯤에 시선을 두었다. 혜득은 자신이 잘못을 저질러 참회를 해야 하는 것은 아닌지, 지난 몇 시간을 찬찬히 돌아보았다. 조바심이 일었다. 그는 묵묵히 다음 말을 기다리며 벽을 타고 이어진 스승의 그림자를 보았다.

"이리 가까이 앉아라."

벽성은 앉은뱅이책상을 혜득 앞으로 밀어주며 준비했던 지필묵을 올렸다.

"오늘이 며칠이더냐?"

"양력 삼월 초하루입니다."

"오늘은 무슨 날이더냐?"

"……특별한 날인 줄 모르겠습니다. 어떤 날인지요?"

또 침묵이 이어졌다.

"오늘은 기미년 만세운동이 있던 날이다."

"미처 기억하지 못했습니다."

"세상이 어수선하니 세상 사람들은 이날을 기억하지 않는구나. 그 일을 벌써 잊었다면 시간이 더 흐른 뒤에는 아무도 기억하지 못하겠구나."

"죄송합니다."

"기미년에 네 나이가 몇이었더냐?"

"열한 살이었습니다."

"벌써 열다섯 해 전 일이구나."

혜득은 할 말을 잇지 못했다. 그토록 중요한 날을 잊은 자신이 부끄럽고 민망했다.

"오늘은 그날 일을 이야기하려고 한다. 누구든 잘 기억했다가 다음 세대에게 전해야 할 이야기 아니냐. 기미년에 온 나라에 울려 퍼진 함성과 그 뜻을 잊지 않으려면 기록이 필요하나."

"무엇을 어떻게 기록해야 합니까?"

"그 일을 이야기하려면 많은 분 중에 적어도 백용성과 한용운, 백초월 스님에 대해 알아야 한다. 보이지 않는 곳에서 대중을 이끌었던 분들 또한 기억해야 한다. 사람들은 겉으로 드러난 것, 보이는 것만 믿으려 한다. 그러니 우선 민족대표로 서명했던 두 스님과 직접 항일투쟁에 나섰던 초월 스님의 기록을 남겨야 한다. 그분들을 알고 있었느냐?"

"예, 전해 들었습니다."

"나는 한용운 선사를 만나지 못했으나 대각사 스님은 나의 스승님이다. 속가에서는 고향 형님이었지. 그분이 출가했다는 소식을 듣고 나는 코웃음을 쳤다. 어리기도 했지만. 한학을 공부한 내게 머리를 깎는 일은 납득하기 힘든 일이었다. 경성으로 이사한 뒤 산으로 갔다는 소식을 들었다. 이절 저절 공부할 곳을 찾아다닌다는 소문을 들었는데, 어느 날 도를 깨쳤다는 풍문이 들리더라. 우스웠다. 마냥 자리를 틀고 앉았다가 말 한마디로 도를 깨우쳤다니 믿을 수가 없었지. 처음에는 가벼이 넘겼지만, 시간이 지나면서 마음 한 편에서는 도라는 것이 무엇인지, 깨우쳤다면 우리와 얼마나 다를지, 의문이 들었다. 그래서 풍문을 따라 용성 스님이 있다는 절을 찾아갔다."

숨이 찬 벽성이 바람 새는 소리를 내며 잠시 쉬었다.

"그런데 멀고 먼 곳까지 어렵게 찾아간 나를 두 번이나 거부하며 만나지 않겠다는 거야. 그중 한 곳이 파주 땅 보광사였다. 심부름 온 이에게 이유를 물으니 아직은 산에서 만날 인연이 아니라고 하더라. 오기가 나서 두어 시간을 기다리며 혹시나 하는 생각으로 기다렸지. 역시 코빼기도 안 보이더라."

"그래서 그냥 오셨습니까?"

쿡쿡, 웃으며 혜득이 물었다.

"그때만 해도 내가 어디 사람 같았겠냐. 학교를 세우네, 강연하네, 잘난 사람이 되어 우쭐댈 때였다. 머리 깎고 산속에 들어앉은 사람이 나 같은 사람을 몰라주는 것이 화가 났지. 그 길로 산에서 내려와서는 생각도 안 했지. 세상이 무서워 산골짝으로 들어간 염세주의자가 나라를 되찾는 일에 관심이나 있겠나, 원망하고 비웃으면서. 돌아오는 내내 속이 풀릴 때까지 별 생각을 다했지.

그 일이 있고 한참 후 소식을 듣고는 커다란 망치로 뒤통수를 맞은 듯했지. 지금도 그렇듯이 민족대표로 서명한다는 것은 죽음을 각오하는 일이었다. 일본인들이 얼마나 폭압적이었느냐. 나는 대각사 스님을 다시 보게 됐지. 서명 사실을 처음 알게 된 것은 병원에서였다. 팔을 잃고 누워있을 때였다. 그토록 기고만장해서 독립을 부르짖던 나였지만, 그런 일을 당하고는 밖으로 나올 수가 없었다. 외팔이 병신으로 무엇을 할 수 있을까? 아무리 생각해도 내 인생은 끝이 났다는 생각밖에 안 들던 때였다. 그런데 그분이 감옥에 있다는 소식을 들었다. 놀라웠다. 세상이 싫어서 신선이 되겠다고 들어간 줄 알았던 사람이. 내가 잘못 생각했다는 것을 그때야 알게 되었다. 부끄러움과 미안한 마음에 선뜻 찾아가지도 못하고 시간이 흘렀다. 외팔이로 어떤 일을 해야 할지 여전히 답이 보이지 않았다. 마흔여덟, 내겐 암흑의 시기였지."

혜득은 모든 것을 다 기록할 수 없어 중요한 낱말들을 적어나갔다.

"경성에 중앙학림을 알고 있겠지? 그곳 학생들은 만세운동에 적극적으로 참여했다. 아니 이끌었다는 말이 맞을 것이다. 한용운 스님은 만세운동을 기획하는 단계부터 함께 했지. 학생들을 불러 인쇄된 독립선언문을 옮기고 각 지역으로 보내 만세운동을 이끌게 했다. 지방으로 내려간 학생들은 장터에서 거사했다. 밀양, 단장, 표충사, 범어사 두 달 가까이 만세운동이 이어졌다."

"그렇게 오랫동안 만세운동이 있었습니까?"

"준비 기간까지 하면 더 긴 시간이었지. 때로는 거사를 실행하기도 전에 발각되어 잡혀가면 다른 사람이 앞장서서 만세를 불렀다. 대한의 백성 대부분이 참가한 거사였다. 죽거나 다친 사람이 너무 많아 수치로 계산하기도 어려웠고. 옥에 갇힌 사람들은 또 얼마나 많았던지 감옥을 새로 지었다."

"예, 대각사 스님도 햇수로 3년을 계셨다고 들었습니다."

"장터에서 만세를 부르는데, 그렇게 많은 사람이 한꺼번에 모인 것은 처음이었다. 태극기를 흔드는데 무서울 것이 없었다. 총에 검을 꽂고 달려드는 일본 경찰 앞에서도 소리쳤지. 어디서 그런 힘이 솟았는지. 지금 생각하면 온전히 내 힘만으로 간 것 같지가 않아. 보이지 않는 누군가가 우리를 도운 거였지."

혁명이라고 할 만세운동, 벽성의 이야기는 경사진 산비탈을 흘러내리는 물처럼 막힘이 없었다.

"강토가 한순간 희망으로 들썩였지만, 우리는 아직 광복의 봄을 맞이하지 못했다. 그러나 그날은 꼭 올 것이다. 의심하지 마라."

벽성은 자신이 보고 듣고 만났던 사람들의 이야기를 담담하게 전했다. 혜득은 한 가지라도 놓칠세라 부지런히 붓을 움직였다.

기미년에 혜득은 열한 살이었다. 깊은 산촌에서는 만세운동을 보지 못했다. 태극기의 물결도, 환호하는 사람도 없었다. 그런 위대한 일이 산 아래에서 일어나 숱한 사람들이 생과 사의 경계를 넘나들 때 나는 무엇을 생각하고 누구와 함께했던가.

몇 날 며칠 긴 이야기를 들려준 벽성은 혜득에게 그것을 정리하라고 했다. 그것은 혜득에게 주어진 운명적 과제였다. 시간과 장소, 사건과 인물, 수많은 이야기가 혜득의 손끝과 머리, 가슴을 통해 세상으로 나와야 했다. 그 일은 시간이 많이 필요했다. 좁은 단칸방에서 혜득은 기록을 시작했다. 의열단, 지방의 작은 모임, 땅을 팔았던 사람들, 한푼 두푼 보태 모금에 참여했던 사람들에 대해서도 기록했다. 국외에서 들여온 임정 소식지와 크고 작은 신문에 실린 해외 소식도 기록했다.

스승에게 들은 고종 황제의 이야기는 새로웠다. 황제는 주권을 빼앗긴 나라의 허약한 군주였으나 나라를 되찾기 위해 노력했다. 그는 비밀결사대인 제국익문사를 조직해 그 일을 하려고 했으나 원통하게도 조선을 지배하려는 일본인과 그들에게 빌붙어 사리사욕을 채우려는 친일세력에 의해 독살되었다. 그를 그저 무능한 군주로만 보아서는 안 된다. 또한 외세에 협력하며 민족에게 등 돌린 사람들, 민족의 재생을 부정하는 지식인들의 실상을 기록해야 한다고 스승은 힘주어 말했다.

경성에 올라와 담장 넘어 보았던 궁궐의 주인, 고종의 이야기였다.

며칠 후 벽성은 부영촌으로 사람들을 불렀다. 영철과 주산, 초옥과 희옥, 혜득과 덕신까지, 벽성과 깊은 인연이 있는 사람들이 한자리에 모였다. 모두가 한자리에 모인 것은 처음이었다.

"우리는 서로에게 도움을 주고받는 좋은 인연으로 만났다. 참으로 복된 만남이다. 여기 모인 사람은 각각의 길을 가지만 필요할 때는 아낌없이 서로를 살피며 가기를 바란다."

영철을 비롯한 모든 이들이 예, 하고 대답했다. 덧붙일 말도 필요 없다는 듯 그들은 조용히 다음 말을 기다렸다.

"안동 사무소는 운영이 어떤가?"

"병덕 그 사람이 썩 잘하고 있습니다. 양행에서 나오는 수입도 점점 늘고 있습니다."

"여럿이 추천한 데는 이유가 있었구면. 그 어려운 일을 잘하고 있다니 대견한 일이네."

안동 신미양행 사장 권병덕을 칭찬하며 벽성은 흐뭇한 미소를 지었다. 구국단의 활동이 물 흐르듯 이어지니 여러 사람이 힘을 얻고 있었다.

"너희들은 학교 공부가 어떠냐?"

"학교도 급우들도 모두 마음에 들어요. 할아버지."

희옥의 명쾌한 대답이었다.

"다행이구나. 공부도 재미있고 학교도 마음에 드니 그 마음은 언제까지 변하지 않겠구나."

"이랬다저랬다 하루에도 몇 번씩 변하는걸요."

초옥이 대답했다.

"마음이란 건 왜 그렇게 자꾸 변하겠느냐?"

희옥은 잠시 생각을 정리했다.

"우리 마음속에는 여러 생각이 있는데 때에 따라 그 힘이 달라져요. 기쁨이 크면 즐거운 마음이 나타나고 슬픔이 크면 우울한 마음이 나타나는 거예요. 억울함이 크면 화를 내게 되는 것처럼 말이에요."

"그럼 자꾸 변하는 마음을 지키려면 어찌해야 하겠느냐?"

"생각하고 참고 또 생각해 봐요."

"그렇게 하면 되겠구나."

벽성은 빙그레 웃으며 고개를 끄덕였다.

어른들은 방 안에 남고 혜득과 덕신, 초옥과 희옥은 뒷산으로 향했다. 뒷산 정상에는 진달래와 싸리나무 떡갈나무 등의 잡목이 남아 있고 그 가운데 거북바위가 있었다. 바위 끝부분이 거북의 머리를 닮아 붙여진 이름이었다.

"야학이 끝나면 가끔 이곳에 올라옵니다."

덕신이 혜득을 보며 말했다.

"야학은 어떻습니까? 감시도 있고 쉽지 않은 일인데."

"불시에 경찰이 들이닥쳐 놀라기도 하지만 아직은 잘 이어가고 있습니다. 워낙 어려운 사람들이 사는 곳이라 글을 모르는 사람이 태반이에요. 아이만이 아니라 원하는 사람은 누구나 오라고 해도 배우려는 사람은 많지 않아요."

덕신은 혜득이 낯설지 않았다. 스님 신분이 아니었다면 여섯 살 많은 그를 형이라 부르며 의지했을 것이다.

"형편이 어려운 사람에게 공부는 쉽지 않은 일이지요."

혜득의 말이 끝나자마자 덕신이 두 팔로 초옥과 희옥을 가리키며 말했다.

"우리 야학의 모범 교원들입니다. 두 사람이 많이 도와주고 있어요."

"맞습니다. 저희가 진짜 모범 교원이에요."

혜득은 경성으로 올 때 열차에서 보았던 여학생을 떠올렸다. 흰 얼굴에 검은 단발을 찰랑거리던 그 모습을. 희옥의 얼굴에 그때의 여학생 모습이 보였다. 혜득은 희옥의 명랑함이 좋았다. 팔랑대는 작은 나비 같은 그 아이의 웃음이 귓가에서 사라지지 않았다.

초옥은 멀리 반짝이는 불빛을 보며 두근대는 가슴을 진정시키려 애썼다. 들판을 고요히 비추는 달빛을 닮은 스님이 이곳에 오래 머물기를 바랐다. 덕신은 이토록 평온한 행복 속에 언제까지 머물러도 될지 고민 중이었다. 학교에서는 졸업을 포기하고 국경을 넘는 학생들이 늘고 있었다.

36

종로경찰서 경부보 정갑술은 몸도 마음도 편치 않았다. 사방에 공산주의자들이 날뛰고 있었다. 삼 개월 전에 있었던 폭파 사건도 아직 해결하지 못했는데 구국단 사건까지 겹쳤다. 지금까지 구국단의 실체는 알려진 것이 없었다. 단순히 삐라나 몇 장 뿌린 것으로 보고를 받았는데 민진홍 영감의 돈을 빼앗아 갔다고 했다.

피해자의 증언 외에 단서가 될 만한 것은 없었다. 속수무책 시간이 흘러가자 서장은 아침저녁으로 회의를 소집했다. 그는 자신의 안위를 걱정했다. 공적 없이 근무 기간이 끝나 본국으로 돌아가게 될지도 모른다는 불안감에 아랫사람들을 닦달하기 시작했다.

"구렁이 같은 영감, 지 목숨 살리자고 돈 내 줄 때는 언제고 인제 와서 잡아들이라 하면 우리가 무슨 수가 있어요? 얼굴도 몰라, 이름도 몰라, 아무것도 모르는데."

갑술의 불만에 보조를 맞추듯 순사보조 조학성이 나섰다.

"게다가 서장도 우리 사정 뻔히 알면서 그 영감탱이 앞에서 그런 개망신을 줄건 뭐예요. 입만 열면 그놈의 조센진 타령, 조선 사람이 동네 강아지도 아니고 나 참, 이제 어떡할 거예요."

"생각 좀 해보자, 생각."

멀끔하게 차려입은 진홍이 들고 있던 지팡이로 탁자를 두드리며 닦달할 때는 달려들어 머리라도 들이박고 싶었다. 하지만 갑술은 공손하게 고개를 숙였다. 김포 거부가 경성으로 입성해 권력에 줄을 대는 중이었다. 그런 인물이라면 앞으로 도움 받을 일이 꽤 있을 듯싶었다. 우선은 그와 가까워지는 것이 목표였다. 갑술은 범인을 체포하는 일보다 진홍의 재산에 더 관심이 쏠렸다. 돈 버는 일이라면 불구덩이라도 마다하지 않을 그였다. 더구나 현 상황에서 진홍은 갑술이 던지는 미끼는 뭐든 덥석 물을 만큼 성미가 급했다. 총독부에 줄을 대며 승진을 기다리는 자신과 똑같은 인간을 만나니 그의 속이 훤히 들여다보였다. 유효한 것은 돈과 정보 두 가지였다.

서장도 갑술도 진홍도 서로의 잇속을 차리기 위해 복잡한 저울질을 히는 사이에 며칠이 지났다. 다시 서장 집무실에서 호출이 왔다.

"폭파 사건이야 헌병대에서 해결할 문제 아니겠습니까? 왜 우리에게 책임을 묻는지 이상합니다."

요시다 경부의 말이었다. 그의 주장은 틀리지 않았다. 하지만 경성 중심에서 일어난 폭파 사고에 종로서가 모른 척할 수는 없었다. 동대문 지서는 인사발령으로 물갈이가 끝났다. 겁도 없이 경축일에 헌병대를 날려버린 사건으로 여럿이 좌천되었고 귀국 조치를 당한 사람도 있다고 했다.

"총독께서는 이번 사건을 주시하고 있다. 범인을 체포하는 자에게는 특별포상이 있으니, 신속하게 사건을 해결할 수 있도록 공조를 하란 말이다. 헌병대와 손을 잡지 않고 독자적으로 해결하려다 사건을 놓치면 그때는 완전히 눈 밖에 날 것이다. 요시다 경부, 명심해라."

서장은 요시다와 갑술을 번갈아 불러 닦달했다. 단순히 헌병대 사건 때문만이 아니라 조선인으로 매우 빠르게 승진하는 그를 경계하는 것이었다. 갑술은 지난 건국일 행사에서도 총독부 인사와 식사를 하고 늦게까지 흥을 즐겼다. 능수능란한 처세와 아낌없이 쓰는 교제비 덕분인지 갑술에게 호의를 베푸는 인사들이 늘어났다. 서장은 그 점이 거슬리는 눈치였다.

종로서장이라는 요직에 있었지만, 종로는 사건 사고가 잦은 곳이다. 큰 사건 하나를 해결하고 나면 또 다른 사건이 터졌다. 서너 개의 커다란 미제 사건은 아직 그의 책상 서랍에 들어 있었다. 처음에는 우습게보았던 촌뜨기 순사 보조가 순사가 되고 경부보조가 되기까지의 모습을 지켜본 서장은 자신의 말이라면 거스른 적이 없던 갑술이 공을 세우며 윗선에 줄을 댄 것이 괘씸했다. 그가 총독부 내의 인사와 가까이 지내며 원하는 자리를 얻기 위해 힘을 쓴다는 소식도 들었다. 제아무리 수를 써도 종로경찰서장 자리가 조선인에게 주어질 리 없지만, 갑술의 탐욕이 서장 자신을 위태롭게 할지도 모른다는 불안한 마음으로 경계하는 중이었다. 미리 준비하지 않으면 뒤통수를 맞는 일이 생길지도 몰라. 서장의 목적은 단순했다. 겁 없이 달려드는 갑술에게 본때를 보여 버릇을 고치고 싶었다.

계속되는 조선인의 항일투쟁으로 일본인들은 잔뜩 독이 올라 있었다. 경성을 비롯한 여러 지방에 조선공산당이 재건되었다는 소식에 대대적인 검거에 나섰지만, 결과는 볼품없었다. 일본과 중국은 물론 경성에서도 사건은 연속해서 일어났다. 거기에 학생들마저 독서회를 빙자해 사회주의 사상을 익히는 등 경찰서 업무는 눈코 뜰 새 없이 바빴다. 모두 다 잡아넣을 수만 있다면 오죽 좋으랴. 뻘건 물이 든 자도, 독립이네 뭐네 하면서 세상을 시끄럽게 하는 자들도, 모두 사라진다면 경성은 얼마나 깨끗하고 살기 좋은 곳이 될까.

몇 달 동안 갑술은 심어 놓은 정보원 덕에 공도 세웠고 부영촌에 투기로 사 두었던 집을 되팔아 돈도 벌었다. 다섯 채 중 두 채는 팔았고 나머지는 임대를 놓았다. 월말이면 꼬박꼬박 돈이 들어왔다. 부영촌 서기 박지석의 말대로 돈 버는 일은 걱정이 없었다. 이렇게 돈 버는 일이 쉬울 줄이야. 구전을 줄 필요도 없이 부정거래자 명단을 들먹였더니, 단 몇 마디에 자신의 몫이 들어왔다. 그렇게 꿀맛 같은 날들이 이어지고 있었는데 날벼락 같은 헌병대 폭탄투척 사건이 터졌다.

먹고 살기 바쁜 사람들에게 나라를 찾는 일은 먼 곳의 이야기였다.

"자식들 먹이고 가르치는 일만으로도 벅찬 세상에 무슨 오지랖이야."

갑술은 이해가 되지 않았다. 만세운동이 일어나고 십수 년이 지났다. 의식주를 해결하기 위해 모두가 정신을 쏟고 있는 때 사건이 일어났다.

주저앉았던 사람들이 바늘에 찔린 것처럼 깨어났다. 활동가를 숨겨주고 모금에도 동참했다. 심지어 충무로 일대를 주름잡는 주먹패들까지도 정보제공에 인색했다. 이 상태로 계속 가다가는 승진은커녕 어디 시골구석으로 좌천되기 십상이었다.

갑술은 답답한 마음으로 책상 앞에 앉았다. 당장은 두 가지 목표가 있었다. 하나는 사건을 해결하는 일이고 다른 하나는 부영촌의 집을 더 많이 사들이는 것이었다. 때맞춰 진흥이 나타났으니 그의 돈을 노리는 수밖에 없었다. 회심의 미소를 지으며 자리에서 일어난 갑술이 거울 앞에 섰다. 기름을 발라 단정하게 가른 머리, 불빛을 받아 매끈하게 빛나는 이마, 홑겹의 큰 눈, 튀어나온 광대뼈와 주먹만 한 코, 깊은 인중 아래 두툼한 입술, 네모난 턱, 고집스러워 보이면서도 썩 마음에 드는 얼굴이었다. 자신의 얼굴을 흡족한 표정으로 보고 있던 그의 입가가 서서히 일그러지기 시작했다.

37

　흐릿하게 불을 밝힌 윗목에 나란히 누운 가족들이 눈에 들어왔다. 한 번도 배불리 먹어본 적이 없는 얼굴들. 자라면서 갑술이 가장 많이 들었던 말은 빚을 갚으라는 독촉이었다. 봄에도, 가을에도 사립문짝을 밀고 들어오는 사람은 똑같았다. 봄에 꾸었던 곡식은 추수를 끝낸 가을에 갚았다. 그 빚을 갚고 나면 추수한 것은 온데간데없었다. 다음날이면 양식을 꾸기 위해 남의 집 대문을 두드려야 했다. 그는 성난 남자들의 목소리를 또렷하게 기억하고 있었다.
　"우린 흙 파먹고 사나?"
　그의 고향은 목천이었다. 갑술이 열다섯이 되던 그해에 가족은 야반도주를 감행했다. 며칠 동안 곡식을 갚으라는 독촉에 견디다 못한 아버지가 다섯 식구를 이끌고 사립문을 나섰다. 그믐밤, 어둠 속을 더듬어 산길을 탔지만, 도주는 실패했다. 잡힌 가족들은 흙 마당에 무릎 꿇렸다. 그의 가족을 둘러싼 횃불 몇 개가 미친 듯이 춤을 추었고 작대기를 든 동네 사람들은 금방이라도 달려들 태세였다. 사람들을 막아선 것은 용철 아버지였다. 그는 동네에서 몇 안 되는 자작농이었다.

"다른 식구들은 다치게 않게 하세. 몸을 놀릴 수 있어야 그나마 일을 할 것 아닌가."

곡식을 빌린 사람이 아버지였으니 책임을 져야 했다. 기름 먹인 솜방망이에서 퍼런 불꽃이 요동쳤다. 흔들리는 불빛과 거친 발소리, 욕설이 사라질 때까지 어머니가 할 수 있는 것은 통곡뿐이었다. 그날 밤, 갑술의 아버지는 멍석말이를 당했다.

"뼈가 부서지는 한이 있어도 빚을 갚을 테니 애들은 건들지 말아 주게."

횃불을 든 사람들이 돌아갔다. 온몸에 피멍이 든 아버지를 방으로 옮기고 어머니는 아궁이에 불을 넣었다. 타닥타닥 불판에 던져진 소금 튀는 소리를 내며 장작이 타고 있었다. 새벽 내 아랫목은 절절 끓었지만, 갑술의 가슴은 냉골이었다. 열기에 잠깐 꿈속으로 떨어졌던 갑술이 눈을 떴다. 아버지의 앓는 소리와 어머니의 울음소리가 기묘한 이중주를 이루며 좁은 방안을 떠돌고 있었다.

아침이 왔다. 앞산에서 해가 떠올랐고 아무 일 없던 것처럼 세상은 똑같았다. 어린 갑술은 어둠 속에 흔들리던 횃불과 횃불 든 사람들의 얼굴을 잊을 수가 없었다. 멍한 눈으로 마당에 나와 섰다. 지우지 못한 어제의 숨 막히는 기억과 아픈 소리가 어지럽게 남아있었다. 발자국, 아버지의 몸을 밟고 그 위를 타고 넘던

발자국들이 어지럽게 찍혀 있었다.

고향 집에 다시 주저앉은 갑술은 땔나무를 하러 산으로 갔다. 아무런 대책 없는 자신과 가족들의 앞날이 답답하기만 했다. 삭정이를 줍고 진달래와 싸리나무 생가지를 쳐내던 그가 낫질을 멈추고 소리를 질렀다. 벗어나고만 싶은 집, 괴로움과 자책감으로 뱉어낸 그의 목소리가 먼 산에 부딪혀 돌아왔다.

나뭇짐을 지고 언덕을 내려오는데 잔뜩 웅크린 어머니가 대문을 벗어나고 있었다. 또 양식을 구하러 가는 거겠지. 동네를 돌아봤자 핀잔이나 듣고 말 텐데. 갑술은 마음이 아팠다. 급한 마음에 지게를 벗어놓고 뛰어나갔다. 먹먹해지는 가슴을 억누르며 따라붙었는데 어머니의 모습이 보이지 않았다. 누구네 집으로 간 걸까. 포기하고 돌아서는데 어머니의 뒷모습이 눈에 들어왔다. 산으로 가는 막다른 길에 어머니가 있었다. 혹시 나쁜 마음을 먹고 가시는 건 아닐까. 뒤를 쫓던 갑술은 잠시 아득해졌다.

어머니는 상여막으로 들어갔다. 마을에 초상이 나지 않는 한 상여막은 열리지 않는다. 생각만 해도 으스스한 그곳에 어머니는 왜 간 것일까. 그는 바위 뒤에 몸을 숨기고 한참을 기다렸다. 가슴이 벌렁거리고 머릿속이 어지러웠다.

저 안에 누가 있는 걸까. 당장이라도 달려가 속 시원하게 문을 열고 싶었지만, 발이 떨어지지 않았다. 어머니에게도 이유가 있겠지. 그럴듯한 생각들을 떠올리며 돌아서려는 순간 문이 열렸다. 낡은 문을 열고 나타난 사람은 용철 아버지였다. 주변을 한 바퀴 살핀 그는 마을 쪽으로 재빨리 걸어갔다. 잠시 뒤 그렇게도 부정하고 싶던 광경이 그의 눈앞에 펼쳐졌다. 아, 어머니. 낡은 문을 열고 나와 휘적휘적 집으로 가는 어머니를 보며 갑술은 마루에 있던 곡식 자루를 떠올렸다.

아, 어째서 나는 이 멀쩡한 몸으로 아무 대책도 없이 있었단 말인가. 갑술은 한동안 바위에 붙어 있었다. 전나무를 흔드는 바람 소리와 돌돌 흐르는 계곡물 소리가 돈, 돈 하고 소리치는 것 같았다. 그는 돌 하나를 들어 올린 뒤, 망설이다 정강이를 내리찍었다.

이를 악물었다. 소리를 내지 않으려 안간힘을 썼다. 아프긴 했지만, 피가 나기는커녕 생채기 하나도 나지 않았다. 이번에는 돌을 더 높이 치켜들어 같은 자리를 내리쳤다. 피가 났다. 조금씩 배어 나온 피가 다리를 타고 내려가 발목에서 땅으로 떨어졌다.

"돈을 벌리라. 아니 땅을 사리라. 무슨 일을 해서라도 나는 땅을 사야 한다."

갑술은 흙 한 줌을 쥐어 정강이에 문질렀다. 모래알갱이가 상처 부위를 지날 때는 죽을 것만 같았다. 집으로 돌아갔다. 아무 일도 없었던 것처럼 어머니는 빨래를 손질하고 있었다. 무명에 솜을 넣은 바지저고리에 핏자국이 그대로 남아 있었다. 갑술은 무슨 말이든 하고 싶었으나 가슴이 꽉 막히고 뜨거운 불길만 타올랐다.

다음날 새벽 갑술은 집을 떠났다. 아무에게도 알리지 않았다. 열다섯 살이 되던 이른 봄이었다. 그는 평택 어느 마을에서 머슴을 살았다. 나무하고 농사일하고 소도 키웠다. 힘들여 일한 만큼 밥은 충분히 먹을 수 있는 집이었다. 운 좋게도 그해에 풍년이 들었다. 단단한 알곡이 고개를 숙인 논둑에서 갑술은 정강이를 타고 흐르던 피를 생각했다. 추수가 끝나면 그때는 더 나은 곳을 알아봐야겠다고 생각했다. 주인은 겨울에 쓸 땔감을 해놓으라며 밖으로 나갔다. 넉넉히 담아준 밥사발을 비우고 지게를 졌다. 날이 추워져 눈이 오면 나무하는 일은 더 고될 것이다. 굵은 나무둥치를 찾아 자르고 차곡차곡 쌓았다. 아침을 든든하게 먹고 나왔는데도 이상하게 허기가 졌다.

나뭇짐을 부리고 부엌으로 갔다. 물이라도 한 바가지 마실 생각이었다. 그런데 아무리 인기척을 해도 대답이 없었다. 들에 나간 것도 아닐 테고 안주인이 집을 비웠다. 없는 것을 뻔히 알면서도 그는 몇 번 더 주인을 불렀다. 울타리 옆 텃밭을 확인하고 나자, 갑술의 머릿속에 이상한 생각이 고개를 들었다.

그는 안방으로 가 옷장을 열었다. 맨 아래 칸에 안주인이 모아둔 돈이 있었다. 붉은 천으로 싸놓은 꾸러미를 풀었더니 누렇고 반짝이는 것이 들어 있었다. 태어나서 처음 보는 것이었다. 반짝이는 것만 골라 허리춤에 단단히 묶었다. 마당을 나올 때는 빨랫줄에 널린 옷도 한 벌 챙겼다. 가슴이 쿵쾅대고 얼굴이 뜨거워졌다. 누군가 자신을 쫓아오는 것 같아 몇 번을 돌아보았다. 다행히 마을을 활보하던 개마저도 보이지 않았다. 그는 뛰기 시작했다. 마을을 벗어나 큰길로 나온 뒤, 목적지를 경성으로 정했다. 한 번도 가 본적 없지만, 경성만 가면 모든 것이 해결된다는 말을 들은 적이 있었다. 걸음을 옮길 때마다 허리춤에 묶어 둔 단단한 물건 때문에 옆구리가 불편했다.

38

야시장이 열린 종로 거리는 휘황찬란했다. 번쩍이는 네온 불빛과 몰려든 사람을 보는 것만으로도 축제 분위기를 느낄 수 있었다. 전선을 길게 늘어뜨린 전등 아래서 희옥은 마냥 즐거웠다. 이곳저곳 고개를 들이밀고 쌓인 물건들을 구경했다.

"선생님, 아니 오빠라고 불러야지. 필요한 거 없으세요? 제가 사드릴게요."

"희옥이가 어디서 횡재를 했나 보다. 선물을 산다는 걸 보니."

덕신은 사람들에게서 두 자매를 보호하느라 아까부터 신경이 쓰였다. 화장품, 철물, 과실, 지물, 포목, 값싼 일용잡화와 생필품이 가득한 노점 앞을 지나며 희옥은 하늘로 떠오를 것만 같았다. 도착하자마자 덕신이 사준 음료를 마실 때만 해도 잘 몰랐다. 입을 꼭 다물고 선생님처럼 근엄한 모습을 한 덕신의 마음을. 가끔 그런 모습이 촌스러워 보이기까지 했다. 그러다 뒤를 보았을 때 자신을 보고 있던 덕신과 눈이 마주쳤다. 당황해 고개를 돌린 그의 얼굴에서 속마음을 보았다.

덕신 오빠도 내 마음과 같은 거야. 날 좋아하는 게 분명해. 만에 하나, 추측이 틀렸다 해도 괜찮아. 내가 좋아하니까. 오빠가 여기까지 함께 와 준 것만 해도 너무 좋은걸. 희옥의 가슴에는 걷잡을 수 없는 감정들이 샘솟았다. 덕신은 누군가가 두 자매와 부딪치기라도 할까 봐 바짝 붙어 걸었다.

종로2가에서 파고다를 지나 종로3가까지 이어진 야시장은 몰려든 사람들로 한 발짝을 걷기도 쉽지 않았다. 싸구려, 싸구려를 외치는 장사꾼의 목소리와 달리는 자동차 소리, 인력거꾼의 고함, 온갖 소리가 뒤엉킨 그곳은 활력이 넘쳤다. 고데한 머리를 올려붙인 신식기생, 남녀학생, 건달패, 젊은 아씨, 망건에 꼬부랑 지팡이를 짚은 노인, 아이 딸린 아낙까지 밤길을 오가는 사람들은 현실을 잊으려는 듯 몽롱한 표정이었다. 그들 대부분은 물건을 사러 왔다기보다 그저 산책 삼아 나온 듯한 모습이었다.

며칠 전부터 종로야시장을 구경 가자던 희옥의 등쌀에 초옥과 덕신은 마지못해 끌려 나왔다. 막상 와 보니 기분이 좋아졌다. 새로운 풍습을 보는 즐거움도 있었다.

"이제 저쪽 골목으로 가 봐요."

둘은 이렇다 저렇다 말도 못 하고 앞장 선 희옥을 따라갔다. 계명 구락부 아래 낙원회관에 불이 환하게 켜져 있었다. 종로의 대표적인 카페답게 유리창 너머로 보이는 실내에 사내들의 검은 머리통이 가득 차 있었다. 그곳에 온갖 단장을 하고 손님을 맞는 여급들의 모습도 보였다. 초옥은 유리창 안으로 파마머리에 뽀얀 얼굴로 손님을 맞고 있는 여급들을 훔쳐보았다. 활짝 웃는 얼굴이 흠잡을 데 없이 고와 보였다.

학교가 끝나면 친구들은 어울려 영화를 보러 간다, 산책을 간다고 했지만, 그녀는 한 번도 어울리지 않았다. 곧장 집으로 달려가 할아버지 댁에 갔다가 야학에 나갔다. 그런 초옥을 친구들은 처녀 귀신이라 놀리곤 했다.

경성에 이런 곳이 있었나 싶게 낯선 풍경들이 눈앞에 펼쳐졌다.

"언니, 저쪽으로 돌아가서 안국동으로 가 봐요."

희옥은 언제 종로를 나와 봤는지 덕신보다 더 막힘없이 방향을 잡았다.

"너무 늦었어. 아버지 걱정하시겠다."

"언니, 오늘 아니면 또 언제 오겠어? 이 길만 가 봐요. 사람들은 이 길을 저녁 산보길이라고 부른대요."

"참으로 맹랑하고 모르는 것이 없구나. 여긴 또 언제 와 봤니?"

"딱 한 번 와보고 오늘이 처음이야."

"얘, 누가 그 말을 믿을까 봐. 집에서 걱정하신다니까."

초옥은 희옥의 팔을 잡고 실랑이했다.

"내가 있으니까 걱정하지 말고 가지."

덕신이 중재에 나섰다.

"아이, 선생님은 애를 좀 말리셔야지요, 그렇게 부채질을 하시면 어째요."

초옥이 배시시 웃으며 말했다. 셋은 한참을 걸었다. 그곳에도 사람이 넘쳐나기는 매한가지였다. 덕신은 불빛 아래 유난히 빨갛게 빛나는 사과를 한 봉지 사서 나누어 주었다. 뽀얗게 가로 등 불빛이 부서져 내리는 길을 걸으며 희옥은 부푼 가슴을 마음껏 내밀고 걸었다.

"오빠, 다음에는 베오개 야시장으로 나가볼까요?"

"희옥인 언제 그렇게 경성 지리를 익혔어? 종로4가에서 경성제대까지 알고 있었단 말이야?"

"친구들에게 들은 거라니까요. 가본 일은 정말 없다구요."

셋의 유쾌한 웃음소리가 밤하늘에 흩어졌다.

제 4 부

1936년 - 1940년

39

　새벽 4시, 주산 일행은 용산역으로 향했다. 용산역에서 일했던 재덕이 길 안내를 맡았다. 그때의 경험으로 대성운송에서 창고관리를 맡은 그는 화물 전반에 대한 것을 알고 있었다. 외부 투쟁에 참여하지 않기로 했지만 그날은 창학의 빈자리를 채워야 했다. 주산 또한 운송 외에는 참여하지 않았으나 힘을 보태야 했다. 구국단에는 많은 변화가 있었다. 경찰의 감시와 압박은 날로 심해졌고 위험을 무릅쓰고 투쟁에 나설 만한 사람을 찾기는 어려웠다. 그나마 혜득의 소개로 화랑에서 일하던 규면이 운송점으로 와 많은 도움이 되었다.

세 번째 선전물을 뿌리는 날이었다. 용산과 마포, 경성역, 제물포항, 수원에서 동시에 진행하기로 했다.

"신속하게 살포하고 현장을 떠나시오. 누구에게도 직접 전달해서는 안 되오."

안전을 위해 영철이 정한 규칙이었다.

경찰에서는 인쇄소를 집중적으로 단속했다. 열악한 노동환경과 노동자에 대한 탄압, 저임금 문제가 불거지자 노동운동이 활발하게 일어났다. 노동자들은 단결을 호소하는 인쇄물을 다량 제작하여 배포하였다. 그것을 이유로 경찰에서는 인쇄소를 급작스럽게 단속하곤 했다.

구국단에서 제작한 삐라도 한 번의 위기를 겪었다. 작업을 끝낸 인쇄물이 쌓여있는 상황에서 경찰이 수색을 나왔다. 인쇄소 사장은 기지를 발휘해 인쇄 중이던 황국신민서사를 삐라 위에 쌓아두었다. 총독부는 학교와 직장에서 하루를 시작하며 황국신민서사를 제창하게 했는데, 주변 학교에서 주문한 것을 인쇄하는 중이었다. 덕분에 구국단도 인쇄소도 위기를 넘길 수 있었으니, 황국신민서사가 대한 사람을 죽이기도 하고 살리기도 했다.

안개가 잔뜩 낀 용산역은 조용히 침입자들을 받아들였다. 재덕이 먼저 이중으로 둘러쳐진 철조망을 통과했고 신호에 따라 주산과 승수가 들어갔다. 종아리까지 자란 풀 때문에 바짓가랑이가 축축하게 젖었다. 바로 앞에 건물이 있었지만, 흐릿하게 윤곽선을 보일 뿐 어디가 어디인지 구분하기가 쉽지 않았다. 머리카락 끝에도 금세 물방울이 달릴 만큼 지독한 안개였다.

어이쿠, 앞서 걷던 재덕이 주저앉았다.

"미끄러우니 조심들 하시오."

세 사람이 걸을 때마다 침목 아래 쌓인 자갈 부딪는 소리가 요란했다. 주산이 시계를 확인했다. 예상했던 것보다 시간이 많이 지나있었다.

화물 운송조가 출근하는 시각은 새벽 다섯 시, 그 이전에 작전을 마치고 돌아가야 한다는 생각에 주산은 마음이 조급했다. 꽤 긴 거리를 이동하고 나서야 외등이 켜진 화물 창고 앞에 도착했다. 창고는 거대한 성체처럼 버티고 있었다. 회칠한 벽에 달린 전등 불빛에 쏟아지는 안개 입자들이 훤히 보였다. 쿵, 어디선가 물건 떨어지는 소리가 났다. 일행은 반사적으로 창고 뒤편에 몸을 숨겼다.

새벽바람이 옷 속을 파고들자 모든 것이 눅눅해졌다. 주산은 그 바람과 안개가 강에서 왔다고 생각했다. 교각 아래 딱정벌레처럼 들어앉았던 움막 옆 그 강에서. 좁은 움막에서 아이들을 부둥켜안고 잠들었다 나가면 머리 위로 무수한 물방울이 쏟아졌었다. 그때 검은 물빛을 바라보며 얼마나 막막했던가. 때로는 그 물속으로 뛰어들고도 싶었다. 혼자였다면 극단의 선택도 했으리라. 주산은 축축한 몸을 떨었다.

재덕이 창고 문을 열었다. 안에는 각종 화물이 산처럼 쌓여있었다. 대부분은 내용물을 확인할 수 없도록 포장이 되어있었지만, 곡물만은 예외였다. 한눈에 보아도 알 수 있게 커다란 글씨가 찍혀있었다.

삐라는 노동자들이 화물을 옮길 때 눈에 잘 띄는 곳에 뿌려야 했다.

"저쪽 벽에도 붙여요."

재덕이 화물 위로 기어오르며 말했다. 승수는 짊어졌던 가방에서 삐라를 꺼내 재덕에게 내밀었다. 주산은 등짐을 내린 뒤 풀을 바르고 창고 벽에 신속하게 삐라를 붙였다. 재덕의 말대로 여러 장을 나란히 이어 붙였다. 승수와 재덕은 화물 더미 위에 우뚝 섰다. 둘은 산 정상을 정복한 등반대처럼 당당하게 서서 마음껏 삐라를 뿌렸다. 나부끼며 떨어진 삐라는 바닥과 화물 위로 흩어졌다.

"놈들이 이 많은 곡식을 다 실어가네. 동지들, 어차피 못 먹는 것, 불이나 확 질러 버릴까요?"

재덕이 말했다.

"불 지르는 거야 쉽지. 그 뒤엔 어떡할 거야?"

"타서 없어진 만큼 또 빼앗아 가겠지."

그날 구국단원들은 기차역, 여객선 터미널, 버스 정차장 등 사람이 모이는 곳을 목표로 했다.

"대한독립만세, 일본은 패망할 것이다.…대한의 국민은 모두 일어나라."

등의 구호를 담은 삐라가 구국단 이름으로 살포되었다. 작전을 마치고 셋은 모두 대성운송으로 출근했다. 대량으로 들어온 면포를 운반하느라 쉴 시간도 없이 오후 늦게까지 작업에 매달렸다. 마무리 작업을 하고 나니, 주산에게 참나무 숯을 배송하라는 업무가 주어졌다. 짐자전거에 숯을 싣고 두 번을 오가고 나니 새벽부터 움직인 몸이 젖은 솜같이 무거웠다.

주산이 퇴근할 무렵이었다. 헌병대에서 폭파범 검거를 위해 대대적인 수색을 시작했다는 정보가 전해졌다. 그날 집으로 돌아오던 길에 주산은 마을에 부는 심상치 않은 바람을 감지했다. 남자 여럿이 마을을 수색하고 있었다. 봉분처럼 자리 잡은 언덕의 집들이 와르르 쏟아져 내릴 것 같았다. 주산은 공동변소로 들어가 주머니 물건을 점검했다. 검문에 대비해 주머니에 넣고 다니던 얼마의 돈과 담배 쌈이 다였다. 자신은 드러나게 하는 활동도 없고 의심을 살만한 분위기도 아니었지만, 영철은 늘 조심하라고 일렀다. 밖으로 나온 주산은 담배에 불을 붙였다. 길 오른편에 집을 수색하던 남자 둘이 있고 그 뒷줄에도 둘이 있었다. 저들은 누구를, 무엇을 찾는 것일까. 지난번에 아이들이 말한 것처럼 야학을 찾는 것일까. 하지만 그런 일이라면 이제 걱정할 이유가 없었다.

얼마 전 덕신이 전문학교를 마치고 이곳을 떠나며 야학은 문을 닫았다. 걱정되는 사람은 단 한 사람 벽성이었다. 태극기 그리는 일을 멈추어야 할 텐데, 워낙 안에만 있는 분이니 직접 부딪치지 않으면 수색을 나온 줄도 모를 것이다. 그러는 동안에도 남자들은 주저 없이 남의 집 문을 열어젖혔다. 놀란 집주인들이 소리를 질렀다. 누군가는 욕설을 퍼부었다. 그러나 무모한 용기는 남자들의 폭력을 불렀다. 대항한 사람은 분풀이 당하듯 뺨을 맞고 발길질에 차이기도 했다.

"협조하지 않는 자는 체포한다. 물러서라."

사내들의 험악한 목소리가 들렸다. 주산은 벽성의 집으로 가려다 위험을 자초하는 것일 수도 있다는 생각에 집으로 향했다. 다행히 아이들이 돌아와 있었다.

"우리 집에도 다녀갔냐?"

"두 사람이 왔다갔어요. 동네에 수상한 사람이 있다는 신고가 있었대요."

"죄를 지은 사람이 숨어들었나 봐요."

"워낙 집이 많으니 숨으려고 들면 이곳만큼 안전한 곳도 없겠지."

"그런데요 아버지, 할아버지는 별일 없으실까요?"

학교에서 돌아오는 길에 두 자매는 잡화점 주인에게 새로운 이야기를 들었다.

"애들이 가지고 놀던 딱지에 독립 어쩌고 하는 내용이 있었대요."

"딱지에 있던 글자 때문에 온 동네를 이 잡듯이 뒤지고 있어요."

희옥은 오늘의 소동이 어이없어 보였다.

"그놈들이 문제 삼았으니 누군가는 잡혀가겠구나."

"아무것도 모르는 애들이 버린 딱지 때문에요?"

"그럼, 그놈들이 맘만 먹으면 그건 일도 아니다. 너희들도 조심해야 한다."

갑술은 초옥을 만난 후 걸핏하면 부영촌으로 들어왔다. 복덕방에 들르려는 목적도 있었지만, 초옥에 대해 궁금한 게 많아졌다. 공동우물가에서 오가는 사람들을 관찰하던 그는 바람에 날아다니던 종이를 집어 들었다. 놀랍게도 종이에는 조선 독립에 관한 열망이 적혀 있었다.

그런 사실을 모르는 주산은 가슴이 벌렁거렸다. 구국단이

하는 일이나 벽성의 일이 경찰서에 신고된 것은 아닐까. 이 넓은 곳을 다 뒤지는 걸 보니 자신들에게 위험이 닥친 것만 같았다. 그런 생각에 접어들자 그대로 있을 수가 없었다.

"이렇게 마음 놓고 있을 때가 아니다. 할아버지 댁에 다녀와야겠다."

"너무 늦었어요. 가셨다가 의심을 사면 어떡해요?"

초옥 또한 불편한 마음을 가라앉히려 애썼다. 학교에서 돌아올 때 마주쳤던 그 남자였다. 머리를 단정하게 넘긴 말끔한 차림이었지만, 거친 숨소리와 음흉한 눈빛이 쉽게 잊히지 않았다. 순사, 그 남자가 잡화점 주인이 말한 종로경찰서 순사였을까. 같이 있던 남자가 윗집으로 향하는데도 그는 붙박이처럼 자리에서 움직이지 않았다. 초옥은 당황스러웠다. 자신을 지켜보는 남자가 신경 쓰여 문도 제대로 열 수 없었다. 남자의 말투에서 예의나 배려를 기대하는 것은 어리석은 생각이었다. 여전히 그는 움막 옆 돌계단을 떠나지 않고 있었다.

"집안을 확인해야겠다."

문을 열자 남자가 초옥을 따라 안으로 들어섰다. 부엌을 채운 작은 물건들, 기름 그릇, 씻어놓은 밥그릇, 설거지용 자박이, 단지 등 오밀조밀 늘어진 살림살이가 갑술의 눈에 들어왔다. 그는 낮은 천장 때문에 허리를 숙여야 했다. 단칸방 한구석에 개어

놓은 이불과 요, 옷가지를 올려놓은 나무 선반, 그 옆에 빈 소반이 놓여 있었다. 뭘 숨기고 할 곳도 없이 한눈에 모든 것을 파악할 수 있는 작은 집이었다. 안을 둘러본 갑술이 무표정하게 돌아섰다.

"불령선인도, 위험한 물건도 없군."

그는 직업상 이런 일은 얼마든지 저질러도 된다는 표정이었다. 자매는 남자가 하는 말에 아무런 대응도 하지 않은 채 멍하니 있었다. 그들로서는 수색을 거부할 도리가 없었다. 그의 마음이 상하지 않게 내버려 두는 것이 더 나은 방법이었다.

"그놈들이 사실과 관계없이 죄목을 만들면 당할 재간이 없다. 무슨 일이 생기면 어설프게 대항하지 않도록 해라."

초옥은 며칠 전 아버지가 했던 말을 기억했다. 문밖으로 나가던 남자가 한발을 문턱에 걸친 채 말했다.

"아, 실례가 많았소. 나는 정갑술이오."

처음의 날카로움은 사라지고 조청이라도 바른 듯 끈적끈적한 말투였다.

정갑술, 지난번 우물가에서 만난 뒤 따라오며 진명여학생 어쩌고 하던 때부터 오늘까지 왠지 모를 불쾌감을 갖게 하는 남자였다.

"그럼 다음에 또 봅시다."

이 밤에 무엇 때문에 그 남자가 생각나는 건지 초옥 자신도 알지 못했다. 그의 집요한 눈빛을 끊어내려 했지만, 어느새 그녀의 머릿속에 각인되었다. 그러다 초옥은 한 가지 결론에 이르렀다. 꿈속에 보았던 거대한 검은 그림자, 진즉부터 불길함을 예견하게 했던 형체없는 검은 덩어리가 갑술을 가리킨 것은 아니었을까. 큰 눈에 주먹코, 각진 턱이 주는 인상적인 강렬함, 단정한 옷차림, 자세히 관찰한 것도 아닌데 남자의 모습이 완벽하게 기억났다.

침묵이 어색한 주산이 입을 열었다.

"학교는 어떠냐? 나이 많은 언니들이 왔다고 애들이 뭐라 하진 않냐?"

"그래 봐야 몇 살 차이가 난다고."

"그 애들은 공부는 잘하지만, 철이 없어."

희옥은 철이 없어, 라는 말에 힘을 주어 말했다.

잠이 올 것 같지 않아 희옥은 책을 펴고 앉았다. 펴 놓은 책에는 덕신의 얼굴만 어른거렸다. 눈을 감아도 책을 보아도 마찬가지였다. 벽성의 움막에서 마주쳤던 열 살부터 덕신은 오빠이자 선생님이었고 짝사랑의 대상이었다.

"언니, 나는 덕신오빠와 결혼할 거야."

희옥의 선언은 단호했다. 초옥은 온몸의 신경 줄이 엉킨 듯했다. 귀에서는 윙 소리가 나고 잠깐 아무것도 보이지 않았다. 들고 있던 책을 떨어뜨릴 뻔도 했다.

"진작부터 알고 있었어. 언니가 돼서 그것도 모를까 봐?"

초옥은 온몸에 가시가 박힌 것 같았다. 이런 날이 올 것을 짐작은 했지만 현실이 되고 보니 어느 한 곳이 무너져 내리는 것 같았다.

희옥은 언니의 속마음을 알고 있었다. 그래서 더 명확하게 마음을 전해야 했다. 잔인할 수도 있지만 서로의 감정 낭비를 줄이기 위해 선택한 방법이었다. 공연히 시간을 끌다 둘 사이에 돌이킬 수 없는 일이 일어날까 봐 겁이 났다. 두 자매와 덕신은 거의 모든 만남을 함께 했다. 할아버지 댁에서도 야학에서도, 야시장 구경을 하러 갈 때도 셋은 붙어 다녔다.

야시장을 다녀온 후, 덕신은 자신이 다니는 학교로 희옥을 초대했다. 독서회를 핑계로 이곳저곳 많이 가보았지만 보성전문을 방문한 것은 처음이었다. 안암정 보성전문학교의 석조전 본관은 화강암으로 지어진 아름다운 건물이었다. 도서관 역시 여태껏 본 적 없는 멋진 외관을 하고 있었다.

"정말 멋져요. 이런 곳에서 공부하면 얼마나 좋을까."

건물을 둘러보고 광장과 오솔길을 오가며 덕신은 많은 이야기를 들려주었다.

"탁지부 대신이었던 이용익이라는 분이 학교를 세웠지. 나중에는 천도교에서 학교를 인수했는데, 3·1 만세 운동 때 손병희 선생과 여기 학생들이 앞장서서 만세를 불렀어."

학교 소개로 시간을 보낸 덕신은 뒷산 작은 숲으로 희옥을 안내했다. 사람들의 발길이 뜸한 동산이었다. 둘은 나무 의자에 앉아 짙어가는 여름을 보았다. 단풍나무 가지에서 포르르 날아오른 새들이 부산하게 옮겨 다니는 동안 둘은 손을 잡았다. 덕신은 그렇게 말이 없었다. 무슨 말을 해야 할지 실마리를 찾지 못한 희옥은 가슴이 뻐근해 숨쉬기조차 힘들었다. 긴장되었지만 달콤했다. 불가능할 것만 같던 둘만의 시간이 찬란한 빛 아래 계속될 듯했다. 쿵쾅대는 심장 소리를 어떻게 숨길까, 두 눈을 뜨고 있었지만, 세상의 모든 사물은 안개에 가려진 것 같았다. 자신만이 환한 세상으로 튕겨져 나온 홀씨가 되어 드넓은 하늘을 떠다니는 기분이었다.

"저 많은 새가 모두 한 가족일까?"

"저렇게 많이요? 엄마아빠 새는 너무 힘들겠다."

"힘들어도 식구들이 모여 살면 좋잖아?"

"당연하죠. 경성으로 왔을 때 저도 그런 생각을 했어요. 아버지와 언니 옆을 절대로 떠나지 않겠다고."

덕신은 서릿골에 남은 가족들을 생각했다. 언젠가 다시 만나 함께할 수 있을까?

"가족, 그 속에 있으면 행복할까?"

"그럼요. 혼자라고 생각하면 모든 것이 두렵기만 한걸요."

"…우리에게도 저런 행복한 시간이 올 수 있을까?"

이해할 수 없었다. 우린 이렇게 가까이, 언제든 함께할 수 있는데. 희옥은 덕신의 속마음을 확인하고 싶은 충동이 일었다. 그때 덕신이 입을 맞추었다. 첫 입맞춤이었다. 요동치는 덕신의 심장 소리를 들으며 희옥은 영원 속으로 들어갔다. 전등 불빛 아래 회색으로 빛나던 머리칼을 보던 그날부터 당신은 어디에서 오셨습니까? 수없이 묻고 싶던 말을 가슴에 품고 지냈다. 과연 당신은 어디서 온 누구입니까? 희옥은 궁금한 것이 늘어갔다. 그의 어린 날, 그의 생각, 그의 미래, 그를 둘러싼 모든 것이 알고 싶었다. 해가 서쪽으로 기울어 새들이 보금자리를 찾을 때까지 두 사람은 작은 동산의 풍경처럼 앉아 서로가 투명해질 때까지 들여다보았다.

이덕신, 희옥은 그의 이름을 나지막하게 불러보았다. 숲속 나무 의자에 앉았던 때처럼 가슴이 뻐근해 왔다. 나뭇잎을 흔들던 바람처럼 그녀의 마음은 벌판을 지나 산을 넘고 강을 건너 덕신이 있을 만주로 향했다. 벌써 한 달이 지나 있었다.

"뭘 그렇게 생각해?"

"그냥 여러 가지, 그만 자야지."

초옥은 희옥의 마음을 알면서도 서운한 마음이 들었다. 덕신을 그리워하는 그 애의 마음을 모르지 않았다. 하지만, 자신 또한 불길한 예감에 잠 못 들고 뒤척이는 중이었다. 지금 초옥은 누군가의 위로를 받고 싶었다. '네겐 어떤 일도 일어나지 않을 거야.' 등을 토닥여줄 사람이 있었으면 했다. '말하지 않는데 어떻게 속마음을 알아?' 희옥은 한심한 눈빛으로 말하겠지. 덧붙여 '그건 망상이야.' 그렇게도 말하겠지. 혜득 스님이 가까이 계셨다면 속마음을 털어놓을 수 있었을까? 아니다. 나의 이 불길함과 두려움을 누구에게도 보여 줄 수가 없다. 덕신을 완전히 떠나보냈다고 생각했지만, 그런 건 불가능했다. 그가 했던 말과 웃음과 표정이 수시로 기억의 수면으로 올라왔다. 거대한 태풍이 불어와 자신 안에 가두었던 덕신을 향한 마음을 휩쓸어 간 것 같았다. 돛이 부서지고 배는 뒤집혀 산산 조각나는 것을 혼자 지켜보는 느낌이었다. 오늘 밤 초옥은 그런 슬픔에 빠져 있었다. 좋아한다고 말할 사이도 없이 그를 보내고 초라해진 자신을 보는 일은 두렵기만 했다. 쓸쓸함과 비참함에 그녀는 지금 어딘가로 사라지고 싶었다.

40

    덕신은 벽성의 뜻대로 학교에서 아이들을 가르치기로 마음먹었다. 마음속에서 불쑥불쑥 튀어 오르던 무장투쟁에 대한 열망을 잠재웠다. 학교에서 아이들에게 바른 정신을 심어주는 것으로 교원의 의무를 다하겠다는 결심도 했다. 스승의 말대로 젊은 인재들이 또 다른 인재를 양성해야 다음에 올 새로운 시대를 이끌어갈 수 있다는 생각에 동의도 했다.

    "저는 스승님이 계신 이곳에서 학교를 찾겠습니다."

    "대구로 가거라. 그곳에서 선배 교원들이 어떻게 학생을 가르치고 어떤 정신을 가졌는지 보고 배우도록 해라."

    단정한 머리, 거울 속 스물다섯 살의 청년 교원은 의젓하고 과묵했다. 하지만 그는 학교로 가지 못했다. 구국단의 연통원 셋 중 제2선을 책임지는 이윤철이 행방불명되었다. 긴급회의를 열었으나 임무를 수행할 마땅한 사람을 찾을 수 없었다.

    "덕신을 보내야겠습니다."

    벽성과 마주 앉은 영철이 사정을 전했다. 벽성은 덕신이 공부를 시작할 때부터 구국단 활동 전면에 나서는 것을 반대했다.

그를 교원으로 만들겠다는 최종목표가 있기 때문이었다. 하지만 이번에는 벗어날 수 없는 사정이 생겼다. 긴 침묵 끝에 벽성은 허락했다. 그것은 많은 사람의 안전이 걸린 문제였고 확보한 자금을 안전하게 옮기는 일이기도 했다.

"덕신의 업이로구나. 그 애가 가겠다하면 철저하게 준비시켜 국경을 넘도록 하게."

일어와 중국어를 능숙하게 구사하는 덕신이니 상대적으로 위험은 덜 했다. 하지만 처음 가는 곳이라 지리를 제대로 알지 못하니 생각만큼 일을 이루기는 어려울 것이었다.

"일차 임무가 끝나면 어렵더라도 이 동지의 행방을 알아봐 주게."

덕신은 이틀 만에 경성을 떠나야 했다. 희옥에게는 너무도 갑작스러운 이별이었다. 어차피 떠나기로 했던 그였지만, 대구와 만주는 하늘과 땅 만큼이나 다른 곳이었다. 말도 음식도 다르다. 목숨을 위협하는 요소들이 셀 수 없이 많은 곳이었다. 남의 땅에서 미치광이와 다를 바 없는 사람들을 만난다면 어떤 일이 생길지 알 수 없다. 근심과 걱정으로 하루를 보내고 둘은 뒷산 거북바위에 올랐다. 짙푸른 여름 하늘에 별이 가득했다.

"이렇게 떠나게 될 줄은 몰랐지만, 걱정하지 마. 나는 중국말도 할 줄 알고 홍 선생님이 필요한 모든 것을 준비해 주셨으니까."

덕신은 걱정스러운 눈빛으로 바라보는 희옥을 달랬다.

"저는요, 저는 아무 준비도 못 했잖아요. 언제쯤 돌아올 수 있어요?"

희옥은 정말 하고 싶은 말은 입 밖으로 뱉지 못하고 하나 마나 한 말만 이어갔다.

"안 갈 수는 없는 거지요?"

"걱정 말라는데도 그런다. 언젠가는 그곳에 가려고 했어. 그 시간이 당겨졌을 뿐이지."

덕신은 희옥을 안아 거북바위 아래 앉혔다.

"진정하고 나를 봐."

희옥의 눈은 여전히 불안감으로 흔들렸다. 눈 속에 작은 불빛들이 아롱거렸다. 더는 얼굴을 마주할 수 없던 그녀는 덕신의 품으로 파고들었다. 셔츠에서 진한 땀 냄새가 났다. 덕신은 얼굴을 묻고 있는 희옥을 일으켜 다시 눈을 맞추었다. 간절함, 두려움, 애달픔이 뒤섞인 눈이었다. 그는 오랫동안 입을 맞추었다. 그러다 어느 순간, 소용돌이에 휘말린 작은 배처럼 둘은 흙바닥에서 하나가 되었다. 오랫동안 바라보며 애태우던 고백의 순간이었다. 가슴을 설레게 할 달콤한 말도, 위장된 아름다움도 없는 솔직하고 뜨거운 고백이었다. 희옥은 아득히 먼 곳에서 전해오는 통증을 느꼈지만 벗어나고 싶지 않았다. 검푸른 하늘 가득

별이 떠 있었다. 땀으로 범벅이 된 덕신을 안으며 희옥이 작은 비명을 질렀다.

거북바위 아래 누운 희옥은 길고 긴 강을 건너 낯선 땅 어디에 자신이 와 있다고 생각했다. 방금 건너온 이 낯모를 세계에 대한 두려움으로 가슴이 떨렸지만 다리를 모으고 옷매무새를 가다듬었다. 검고 푸른 여름 하늘이 두 눈 가득 들어왔다. 온몸은 칼날에 베인 것처럼 쓰라렸다. 가끔 아랫배에 우묵하게 고여 있던 통증이 살아날 때마다 그녀의 몸은 불 속에 던져진 벌레처럼 움츠러들었다.

"걱정하지 마. 나는 오래도록 네 곁에 있을 테니까."

덕신이 말했다.

"두려운 건 당신이에요."

희옥은 처음으로 당신이라 불렀다.

"어째서 내가 무서워?"

"돌아오지 않을까 봐요. 내일 떠나면 그 길이 영영 오지 않을 길이 될까 봐."

덕신은 불안한 눈빛으로 웅얼거리는 그녀를 안아 주었다.

"우리 아버지는 백정이었어. 어릴 때는 동네 애들한테 맞을까 봐 밖에 나가기 싫었지. 조금 더 컸을 때는 밖에 나간 아버지가 돌아오지 못할까 봐 무서웠어. 사람들에게 맞아 죽은 것은 아닐까. 두려움에 떨며 하늘을 보고 빌었어. 아버지가 돌아와야 우리가 살 수 있다고. 그렇게 나를 가슴 졸이게 하던 아버지는 아주 먼 곳에 갔다가 살아서 돌아오셨지. 나도 그렇게 돌아와 너와 함께 행복한 가족을 만들 거야."

약속을 지켜야 할 사람과 믿어야 할 사람, 둘은 다시 한 몸이 되었다. 더 깊은 애정을 담아 출렁이는 강을 건너는 그들에게 등에 박히는 작은 돌멩이는 문제가 되지 않았다.

41

더벅머리 소년의 얼굴은 땟국으로 얼룩져 있었다. 뭉툭한 콧날과 넓적한 뺨, 수없이 무릎을 꿇어 바지는 진창물이 들었고 짚신에서는 걸을 때마다 찌걱대는 소리가 났다. 소년의 둥그스름한 턱에 청년 덕신의 모습이 들어있었다. 놀란 듯 주변을 둘러보던 소년은 순식간에 중앙통로를 달려 열차 밖으로 몸을 날렸다. 덕신은 소년의 뒤를 따라갔다.

소년은 긴 냇둑을 따라 아버지와 형이 있는 도살장으로 달려갔다. 거기 단단한 나무 기둥과 얼기설기 지붕을 올린 움막에 세 명의 남자가 있었다. 또 한 명, 죽은 소의 피를 샘가에 숨기고 돌아오는 덕배가 있었다.

"아이고 야박한 놈들, 선지라도 한 통 남겨주더니. 이제 기름 덩어리 하나 없이 깡그리 거둬가네."

천복과 짝을 이룬 천 씨가 잎담배를 말며 중얼거렸다.

"그래, 언제까지 떵떵거리고 사나 두고 보자고, 드런 놈덜."

천복이 핏물 튄 옷을 손으로 비비며 탄식했다.

"세상 돌아가는 꼴을 보면 우리나 매한가지가 될 건데. 봐라, 일본 놈들이 양반이고 반푼이고 그냥 놔두질 않는다더라. 그놈들 권세도 오래가긴 글렀지. 안 그러냐?"

소 잡기에는 그를 따라갈 백정이 없다고 소문이 자자한 천 씨의 형이 말을 이었다.

그랬다. 신분이 엄격했던 시대에도 풍속이 살아있고 인정이 남아 있어 자린고비도 짐승을 잡고 나면 선지 한 대접, 하얀 기름 덩어리 붙은 껍데기 몇 점은 남겨두고 갔다. 그런데 없어진 신분을 내세워 백정을 사람 취급 안 하더니, 세상 풍속이라는 것이 다 허언증 걸린 반푼이 짓이었다. 양식은 떨어지고 풀칠할 입은 많으니 가장들 가슴 속은 마른 내처럼 쩍쩍 갈라졌다. 소 잡는 날이면 관에서 나와 훑어가고 돈푼이나 있는 영감들은 사람을 보내 부속물까지 쓸어갔다.

산골 샘에서 돌아오던 덕배가 손을 흔들었다.

"덕신이 왔구나. 근데 와도 너무 빨리 왔다. 더 기다려야 해. 가다가 들키면 우리 모두 큰일 나는 거 알지?"

덕배는 공연히 미안한 마음이 들어 말이 많아졌다.

"형, 오늘은 왜 이렇게 해가 더디 가나 몰라. 아까 한낮부터 선지 냄새가 코끝을 맴돌았는데. 해야 빨리 좀 넘어가라."

덕신은 하늘에 대고 애원하듯 말했다.

허구한 날 풀죽을 먹다 겨우 선지 한 통 빼돌린 것을 알고 뱃속에서는 전쟁이 났다. 소가죽을 펴 단단히 고정하고 짚을 덮고 난 어른들이 연장을 정리해 길을 나섰다. 덕배와 덕신은 좀 더 기다려 선지가 굳으면 그때 돌아가기로 했다. 붉은 노을이 옅어지고 그토록 애를 태우던 해가 간당간당 명줄 붙은 노인네 숨결마냥 산봉우리에 걸렸을 때 두 형제는 샘으로 갔다.

"형, 오랜만에 보는 선지다."

덕신이 기쁜 마음에 옹배기를 흔들었다. 찰랑거리던 검붉은 덩어리에서 굳지 않은 피가 올라왔다.

"건드리면 흩어진다. 이렇게 살살 들어야 해."

덕배는 조심스럽게 작은 옹배기를 들어 올렸다. 드디어 해가 완전히 넘어갔다.

"형, 빨리 가자. 집에서 기다린단 말이야."

덕신은 푸성귀를 넣고 푹 끓인 선짓국을 포식할 생각에 벌써 기분이 좋았다. 둘은 어두워진 냇둑을 따라 조심조심 걸었다.

"야, 백정 놈들아, 그거 내려놔라."

용길이었다. 둘이 지나갈 것을 어떻게 알았는지 냇둑 아래까지 와 있었다. 마주치기만 하면 백정 놈을 들먹이며 해코지하는 골치 아픈 녀석이 버티고 서 있으니 오늘도 곱게 집으로 돌아가기는 틀렸다.

"뭐, 뭐를 내려놓으라는 거야?"

"그거, 선지인 거 다 안다. 내려놔라. 그러면 곱게 보내준다."

덕신이 앞으로 한 발 나서 그에게 대거리했다.

"니가 무슨 권리로 내려놔라 마라 하냐."

"여, 콩알만 한 게 나랑 한번 붙어보자는 거냐?"

용길이 덕신을 향해 상체를 들이댔다.

그날, 덕신 형제와 용길은 모든 힘을 다해 싸웠다. 그 싸움 결과에 따라 서로의 위치가 결정되는 순간이었다. 한참 후 둑길에 누운 채 용길이 말을 이었다.

"선지 도둑놈이라고 소문내면 어떻게 될지 알지?"

말이 끝나기 무섭게 덕신이 그의 가슴에 올라탔다. 짚신은 벗겨져 어디로 갔는지 맨발이었다.

"천만에, 니가 그딴 소리 떠들고 다니게 살려 둘 것 같냐? 니 말대로 내가 백정이다. 죽이는 건 누구보다 자신 있지."

멱살을 틀어쥔 덕신이 가쁜 숨을 몰아쉬었다.

"이게 뭔지 보이냐?"

덕배가 자기 머리만 한 돌을 이마 위로 치켜들었다.

"내가 손을 놓을까, 말까?"

겁먹은 용길이 살려달라며 울었다.

"야, 그 아가리 벌리기만 해라. 너와 니네 식구들까지 쇠 대가리 부수는 망치로 다 죽여줄 테니까. 내가 누구라고?"

덕신이 한 번 더 멱살을 흔들며 호령했다. 전의를 상실한 녀석이 항복의 표시로 엉엉 울기 시작했다.

"내가 누구라고?"

덕신은 있는 힘을 다해 녀석의 목을 틀어쥐었다.

"백, 백정."

금방이라도 숨이 넘어갈 듯 용길이 대답했다.

"맞다, 오늘 일 절대 잊지 마라. 니가 입을 벌리는 순간 닭 모가지처럼 멱을 따줄 테니까."

용길은 절대로 안 한다고 도리질하며 형제의 얼굴을 번갈아 쳐다보았다.

"덕신아, 절대루 말 안 한다니까 살려줘라."

덕배의 말을 듣고서야 덕신이 틀어쥔 목을 풀었다.

"약속 지켜라. 두말하기 없다."

멀어지는 녀석의 뒤통수에 대고 덕신이 한 번 더 경고했다. 그날 어둠 속에서 무사히 지켜낸 선지 그릇을 들고 둘은 의기양양하게 집으로 향했다.

열차는 사람들을 태우고 빠르게 숲과 들과 산을 넘어 달려갔다. 긴 머리를 자르고 교복을 입고 학교에 가던 첫날, 덕신은 끝없이 눈물이 났었다. 그토록 원하던 공부, 더는 백정으로 살지 않아도 되는 기쁜 날이었지만, 그는 자신이 무시무시한 미지의 세계에 팽개쳐진 것 같았다. 외로움과 기쁨, 미안함이 뒤범벅되어 눈물이 났다. 어머니와 형이, 덕이가 함께 있었으면 얼마나 좋을까. 잠시 그들을 생각하다 덕신은 머리를 흔들어 그들을 멀리 쫓아냈다.

그에게는 해야 할 일이 너무 많았다. 자신의 삶은 아버지가 죽던 그 순간부터 자기 것이 아니라고 생각했다. 어머니를, 형과 누이를, 아버지를 그렇게 만든 세상과 싸우리라 다짐했다. 아버지의 몸을 짓밟고 부셔놓은 사람들, 그들이 누구든 똑같이 갚아주고 싶었다.

한 해, 두 해, 시간은 걷잡을 수 없이 흘렀다. 어느 날, 덕신은 변해버린 자신을 발견했다. 그런 자신이 한없이 부끄럽고 실망스러웠다. 피가 나도록 입술을 깨물고 이를 악물고 버티며 부숴버리고 싶던 얼굴들이 희미해졌다. 그들의 눈썹이 콧날이 입술이 웃는 얼굴이 어떻게 생겼는지 기억나지 않았다. 둥글고 네모지고 각진 얼굴 윤곽선까지 지워지고 말았다. 부수고 때리고 밟아야만 직성이 풀릴 것 같았던, 당장 목숨을 빼앗아도 분이 풀리지 않을 것 같던 그들을 자신은 잊어버린 것이었다. 그는 머리를 감싼 채 잊었던 모든 것을 기억하려 애썼다. 고통스럽게 상처를 어루만지고 신음하던 아버지와 어머니의 모습을. 그러나 그들 또한 자신의 기억에서 멀어져 있었다. 아, 안 돼, 안 된다. 이렇게 쉽게 잊다니, 그는 자신이 동정도 연민도 받지 못할 몹쓸 인간이 된 것 같았다.

벽성은 말했다. 원한과 복수심은 사람을 용렬하게 만든다고. 원한과 복수는 갚을 수도 없지만, 갚는다고 사라지는 것이 아니라고. 하지만 여전히 그의 머릿속은 복수심을 잃어버렸다는 죄책감으로 괴로웠다.

"아버지, 어머니, 제가 두 분을 배반한 것일까요?"

차창 밖으로 영철의 얼굴이 스쳐 갔다. 흰머리가 생기고 이마에 주름이 잡힌 그의 커다란 얼굴이. 엄격해 보이지만 눈가에

늘 웃음을 띤 얼굴이.

"안동에 도착하는 즉시 신미양행을 찾아가게."

영철은 덕신의 손을 잡고 해야 할 일과 갈 곳을 일러주었다. 덕신은 모금한 자금을 가지고 기차를 탔다. 하루 반나절을 꼬박 달렸으니 곧 안동에 도착할 것이었다. 기차에서 잠깐씩 잠이 들었다. 소스라쳐 눈을 뜨면 여전히 흔들리는 기차 안에 있었다. 희옥에게 큰소리쳤지만 낯선 길에 막중한 임무를 수행해야 하는 긴장감으로 뒷목이 뻣뻣했다.

42

부영촌에는 많은 사람이 숨어들었다. 도둑질이나 살인죄, 사기죄를 저지른 사람들이 몸을 은닉하기에 더없이 좋은 곳이었다. 일제의 수탈로 자작농은 소작농이 되고, 소작농은 농사지을 땅이 없으니 고향을 떠났다. 공장이 많은 곳으로 일자리를 찾아왔지만, 일자리는 턱없이 모자랐다. 반도의 남쪽에서 시작된 이주 물결은 경성의 인구를 폭발적으로 늘렸다. 그에 대한 대책은 아무것도 없었다. 경성으로 몰린 사람들은 강가와 다리 밑, 산 아래 작은 공터에 움막을 짓고 터를 잡았다. 도심에도 예외는 아니었다. 경성부에서는 극빈자를 위한 땅을 마련하고 사람들을 모았다. 대책을 마련했지만 가난한 사람들을 위해서는 아니었다. 도시의 미관을 해치는 부랑자들을 한곳에 수용하는 것이 목적이었다.

더럽고 어두운 곳에 벌레가 끼는 것처럼 극빈자들의 땅에도 기생충 같은 부정거래자들이 모여들었다. 거래는 활발했다. 당장 돈이 필요한 사람들은 복덕방 업자의 농간에 넘어가 집을 팔았다. 부영촌을 떠나면 다시는 집을 소유할 수 없는 사람들이었다. 그들이 내놓은 집은 업자의 손에 넘어가 또 다른 투기꾼을 끌어들였다. 집을 살 수 없으나 필요한 사람들은 집을 빌리기 위해 이곳으로 왔다. 정체를 드러내기 싫은 사람, 잠시 머물다 떠날 사람, 마지막 희망을 걸고 뿌리내리려는 사람, 각각의 사연을 가진 사람들이 몰려들었다.

사건은 따뜻한 봄날 저녁에 시작되었다. 겨우내 두 겹 세 겹으로 쳐놓았던 거적문을 걷어 올리고 이웃들이 모처럼 좁은 골목길에 나와 앉았다. 인분 지게를 지는 사람도 넝마주이도 철도 회사 직원은 물론 지게꾼과 운전사도 있었다. 폭발적인 인기를 얻고 있는 옷 파는 장수도 있었다. 남자들은 고단한 노동 끝에 마신 탁주 몇 잔에 몸이 달아올랐다. 여자들은 그 옆에 삼삼오오 둘러앉아 어느 집 아들이 취직했는지, 좋은 학교에 들어갔는지, 장가를 갔는지 새 소식을 주고받았다. 다른 한 편에서는 일본으로 간 노무자들 이야기가 나왔다. 공장으로 탄광으로 간 사람들이 돈을 보냈다더라, 어디서는 탄광이 무너져 탄부들이 매몰된 채 죽었다더라. 끝도 없는 이야기들이 골목을 흘러 다녔다.

둘러앉은 무리 맨 끝에 얼마 전 이사 온 홀아비가 앉아 있었다. 홀아비가 막걸리 몇 잔에 슬쩍 눈웃음을 치며 옆집 여자에게 수작을 걸다 발각되었다. 이곳 사람들 입성이야 누가 더 나을 것이 없었다. 낡을 대로 낡은 옷 사이로 속살이 나오는 것은 예사요, 공동변소까지 내려가는 것이 귀찮은 남자들은 옆집 여자가 보든 말든 길에서 물건을 꺼내 볼일을 해결하기도 했다. 홀아비가 옆집 여자의 옆구리를 살살 문질렀다. 그녀의 성정 급한 남편과 홀아비의 싸움이 시작되었다. 주먹질 끝에 패색이 짙어진 여자의 남편이 집으로 들어가 칼을 빼들고 나왔다. 농지거리로 웃음이 오가던 자리에서 살벌한 칼부림이 벌어졌다. 쫓고 쫓기는 두 남자를 말리던 또 다른 남자가 팔에 상처를 입었다. 겁이 난 사람들이 한발 물러난 사이 홀아비는 변을 당하고 말았다. 여자의 남편이 가슴 깊숙이 칼을 찔러 넣었고 어이없게도 홀아비는 그 자리에서 숨이 끊어졌다.

이웃 간에 벌어진 살인사건으로 부영촌이 뒤집어졌다. 일은 그것으로 끝나지 않았다. 어떤 일을 하는 사람인지 몰랐지만 남자 집에서 값비싼 물건이 쏟아져 나왔다. 경찰은 그것을 이유로 툭하면 마을을 뒤지러 출동했다. 주민들은 예비범죄자 취급을 받게 되었다.

그 사건으로 불편을 겪게 된 사람은 벽성이었다. 홀아비의 집 바로 옆이 그의 집이었다. 그동안 이웃에 누가 사는지도 모르고 지냈는데 졸지에 모든 활동에 제동이 걸리게 되었다. 벽성은 주산의 식구 외에 아무도 오지 못하게 했다.

벽성은 한동안 태극기를 그릴 수 없었다. 궤짝을 숨겨놓은 바닥에는 요를 깔아 놓았다. 작업을 마친 태극기를 내보내는 일도 잠시 멈췄다. 그 일을 맡은 희옥이 발각되기라도 하면 큰일이었다. 전에는 희옥이 책가방에 태극기를 숨기고 나가 영철이 지시하는 곳에 전달하였다. 장소는 거의 매번 바뀌었다. 이번에는 밀양, 합천, 성주, 거창 등 지방으로 운반할 차례였다. 먼 곳으로 가는 것은 대성운송에서 맡았다. 곡물 자루 속이나 옷감 보따리에 넣어 옮겼다. 불시에 화물을 검색하기도 했으므로 운송 과정을 아는 사람들은 일이 끝날 때까지 마음을 놓을 수 없었다. 태극기는 그리는 일도 그것을 운반하는 일도 수월한 것이 없었다.

경찰은 특별한 사건이 없어도 부영촌을 살피러 왔다. 그들은 이 가난한 사람들에게 왜 관심 두는 것일까. 분명 무엇인가 꼬투리를 잡기 위해 출동하는 것일 텐데. 아무도 그 이유를 알지 못했다.

 어느 날, 긴급 연락이 왔다. 종로경찰서에 분창학이 체포되었다는 소식이었다. 창학은 민진홍 자금 사건 이후 장수에 있는 화과원으로 피신해 있었다. 시간이 많이 흘러 감시가 느슨해졌다고 판단한 그가 경성으로 복귀하던 중 체포되었다. 영철은 이윤철의 잠적과 문창학의 체포에 어떤 연관성이 있으리라는 판단에 따라 조사를 시작했다. 창학을 함정으로 몰아넣은 것은 그의 고향 사람이었다. 그는 다른 사건으로 구금되어 있었다. 일경은 독립 운동가를 밀고하면 감형해 주겠다고 회유했다. 그의 입에서 창학의 이름이 불려 나왔다. 한국인을 서로 이간질하고 분열시키는 일경의 치졸한 수법이었다. 가족이나 친척은 물론 얼굴 몇 번 본 사람을 끌어다 거짓 자백을 강요하거나 회유해 독립운동 관련자를 체포하는 경우는 비일비재했다.

 창학은 쉽게 입을 열 사람은 아니지만, 운송점이 수색당할 것에 대비해 대청소에 들어갔다.

 "제2거점은 오늘로 폐쇄하겠소. 당분간 운송업무 외에 모든 활동은 중단하니 비상연락을 기다리시오."

43

 덕신은 안동역에 내렸다. 압록강을 사이에 두고 신의주와 마주 보고 있는 낯선 만주 땅, 여름의 끝자락에서 반소매와 긴소매를 입은 사람들이 섞여 있었다. 오전 9시를 넘긴 역 앞은 열차에서 내린 손님을 태우려는 자동차와 수레가 뒤섞여 혼잡했다.
 "어디든 말만 해. 조선 사람 사는 곳 알아."
 어디든 싸게 데려다주겠다는 인력거꾼이 따라붙었다. 유창한 중국어에도 그는 쉽게 물러서지 않더니 돈이 없다는 말에 돌아섰다. 덕신은 햇살을 피해 나무 밑으로 들어갔다. 남의 땅이어서인지 햇볕마저도 따갑고 날카롭게 느껴졌다.
 광장 구석에 중절모를 쓴 남자 둘이 서 있었다. 오고가는 사람들을 유심히 바라보는 표정을 보니 영철의 말대로 밀정이거나 일본경찰일 확률이 높아 보였다. 그들은 다른 사람의 시선을 아랑곳하지 않고 집요하게 사람들의 움직임을 쫓았다.
 첫번째 목적지는 신미양행이다. 국내와 만주를 연결하는 주요거점으로 경성에 대성운송이 있다면 이곳에는 신미양행이 있었다. 덕신은 점포가 밀집된 왼쪽 골목으로 들어섰다. 늙수그레한 남자가 솥뚜껑을 열자 하얀 김이 피어올랐다. 국수 다발을 집어넣고 긴 나무젓가락으로 솥을 휘휘 저은 남자가 솥뚜껑을 덮었다. 그 집 옆에도 앞에도 비슷한 규모의 식당들이 들어서 있었다. 만두와 빵을 파는 집, 고기를 잘게 썰어놓은 집, 채소를 파는 집도 섞여 있었다. 한참을 걸어 골목 끝에 닿았다. 거기서 끝나는가 싶던 장터는 모퉁이를 돌아서자 비슷한 크기의 잡화점이 즐비하게 늘어선 또 다른 골목으로 이어졌다.

그 중간쯤에 우뚝 삼층 건물이 솟아 있었다. 붉은색 벽에 여러 개의 간판이 붙어 있었다. 信美洋行 二層, 붉은 글씨가 보였다. 건물 안으로 들어갔다. 멀끔했던 외관과 달리 계단은 귀퉁이가 떨어져 나갔고 난간을 잡자 금방이라도 지지대가 빠질 듯 흔들렸다. 이 층으로 올라갔다. 신미양행은 복도 맨 끝 방이었다. 반쯤 열린 복도 창문 밖으로 무성한 잎을 단 나무들이 서 있었다. 해를 받은 나뭇잎들이 반짝이는 공원에 어린아이들을 데리고 나온 노인들이 가득했다. 뒤뚱뒤뚱 걷던 아이들은 모래밭에 주저앉아 흙장난을 하고 그 모습을 보는 노인 얼굴엔 웃음이 가득했다. 한쪽에는 자전거를 타고 공놀이를 하는 아이들이 있고 체조하는 노인들이 느릿느릿 팔을 돌리는 모습도 보였다. 평화롭고 눈부신 일상이었다. 그는 자신의 일상이 비극적으로 느껴져 가슴이 먹먹했다.

양행 사장 권병덕은 자리에 없었다. 여사무원 송인숙만이 사무실을 지키고 있었다. 그녀는 산달이 가까워 보였다. 뒤뚱이며 걷는 모습이 매우 힘겨워 보였다. 책상에 사장 권병덕이라는 명패가 있었다. 책상이 세 개, 가운데 네모난 탁자와 긴 의자가 있었다.

"멀리 가지 않았으니 곧 오실 겁니다."

그녀는 부산하게 움직였다. 종잇장을 들었다 놨다하며 서류를 확인한 뒤 권병덕의 책상 위에 올려놓더니 자신은 선 채로 무엇인가를 썼다.

"아주 바쁘신가 봅니다."

"보시는 바와 같이요. 경성은 어때요?"

경성의 무엇을 물은 것인지 알 수 없어 덕신은 답을 하지 못했다. 벌써 이십여 분을 넘겼다. 덕신은 책꽂이에서 얇은 책자 하나를 꺼내 들었다. 잡다한 상품들을 소개하는 홍보책자였다. 마지막 장에 실린 글이 눈길을 끌었다.

고향이라는 시의 지은이가 장의환이었다.

"나라를 빼앗긴 마당에 그깟 졸업장이 대수입니까?"

그는 하루라도 빨리 독립운동에 투신해야 한다며 강한 의지를 내보였다. 그런 그가 시를 썼을까?

"여기 장의환이라는 사람 아세요? 시를 쓴 사람이요."

기대 없이 물었는데 뜻밖에도 알고 있다는 답이 돌아왔다.

"그 잡지에 몇 분이 돌아가며 글을 싣고 있어요. 장 선생님도 그분들 중 한분이에요."

"혹시 어디에 머무는지 아시나요?"

"그건 모르는데요. 이 잡지가 양행을 운영하는 사람들에게 많은 도움이 되거든요. 아, 사장님은 알고 계실 거예요."

덕신은 시간이 되면 의환을 찾아보기로 했다.

권병덕은 한 시간 반이 지나서야 사무실로 돌아왔다. 짧게 깎은 머리카락은 하늘로 솟았고 우락부락하고 큰 얼굴에 목소리도 컸다. 거칠어 보이는 외모와 함께 말할 때마다 부산하게 흔드는 양팔 때문에 듣는 사람 정신을 쏙 빠지게 했다.

그의 부모는 초창기 이민자였다. 대대로 상전으로 모시던 주인이 노비 문서를 불태우고 면천을 시켰음에도 가까이 모시겠다며 함께 용정으로 이주했다. 당시 대부분이 그랬듯 말로 다 할 수 없는 고생을 했다. 용정에 정착한 그의 부모들은 어려운 형편 가운데도 넷이나 되는 자녀들을 모두 공부시켰다. 덕분에 병덕 또한 명동학교와 서전서숙을 이끌던 민족지도자들 이야기를 듣고 자랐다. 밀정의 온갖 협잡과 위협, 유혹 속에서도 자신의 신념을 지키며 살아온 부모의 영향으로 그의 뼛속 깊이 새겨진 독립에 대한 열망과 민족성은 투철했다.

"새로 연통을 맡은 이덕신입니다."

덕신은 인사와 함께 영철의 편지와 자금을 전했다. 그의 얼굴에 화색이 돌았다. 그들은 기록장에 자금을 받은 날짜와 금액, 전달자의 이름, 인상착의까지 상세하게 기록했다.

"이런 기록들이 있어야 나중에라도 힘을 보태주신 분들에게 감사의 표시를 할 수 있지요."

"그렇군요."

병덕의 말을 들으며 덕신은 자신이 생각했던 것보다 구국단의 조직력이 탄탄하고 큰 힘을 가진 단체라는 생각을 했다.

"덕분에 명월촌으로 갈 물건들을 준비하기 수월하겠습니다."

"제가 그곳에 가도 괜찮겠습니까? 용성 스님께서 시작한 곳이라고 들었습니다만."

"물론입니다. 대각교당에도 신도들이 꽤 있었지요."

병덕이 흔쾌히 허락했다.

"갈 곳 없는 조선 사람들이 그곳에 모여 들었지요. 국경을 넘은 사람들이 초기에 중국 사람들에게 많이 당했어요. 땅 주인은 따로 있는데 엉뚱한 사람이 나서서 땅을 팔고 돈을 가로챘고 나중에 진짜 주인이 나타나 사람들을 쫓아냈지요. 간신히 그곳에서 살게 해 준다는 조건을 들어보면 그건 계약이라고 할 수도 없는 일방적인 내용이었죠. 그래도 조선인들은 그곳에 남아야 했습니다. 가진 것도 없고 갈 곳도 없었으니. 마적 떼에게 잡혀가지 않은 것만도 다행이라 생각했지요."

"어떻게 시작이 되었는지도 들으셨습니까?"

"나라를 떠나 억울하게 당한 조선인이 많다는 소식을 들었는지 대각교당에서 사람이 왔습니다. 총을 들고 싸우던 사람들이 무기는커녕 먹을 것이 없어서 곤란한 지경에 이르렀을 때였지요. 그 사람들이 들어와 땅을 개간해 농사를 짓고 사람들을 지켰어요. 소식을 듣고 오갈 데 없는 사람들이 명월촌과 봉녕촌으로 몰려들었고요. 부대에 있던 사람들은 신식교육을 받은 이가 대부분이어서 마을에 학교를 만들고 아이들을 가르쳤어요. 우리말은 물론 일본어와 중국어도 조금씩 가르쳤어요. 그런 마을이 지금 심각한 위험에 처했어요."

"어째서요?"

"독립군부대에 물자를 댔다는 것을 빌미로 대대적인 토벌작전이 있을 거라는 소문이 돌아요. 간도특설대가 한번 뜨면 그곳은 완전히 폐허가 됩니다."

다음날 덕신과 병덕, 물자를 준비한 남자, 운전사까지 넷이 차를 타고 연길로 출발했다. 전에도 물건을 실어다주었다는 남자는 중국인 복장을 했는데 자기에게 총이 있다고 했다.

"목숨을 부지하려면 이거 하나는 갖고 있어야 해."

남자의 목소리가 호탕했다. 병덕은 담뱃불을 붙여주고 그가 어떤 이야기를 해도 옳소, 좋소라고 외치며 그의 기분을 맞추려 애썼다. 자동차는 점점 한적한 길로 들어섰다. 자작나무가 숲을 이룬 고갯길을 넘었다. 자동차는 숨이 넘어갈 듯 걀걀 소리를 냈다.

"차가 멈추면 다 같이 밀어야 한다."

운전사의 말을 듣고 물자를 준비한 남자가 조바심을 냈다. 미로처럼 끝이 보이지 않는 산길을 따라 달려온 차가 마침내 좁은 마을길 입구에 멈춰 섰다. 물건을 모두 내리자 자동차가 떠났다. 때맞춰 마을 사람들이 도착했다.

"망루에서 보니 먼지가 뽀얗게 일어나더군요. 고생 많으셨습니다."

육십은 되어 보이는 반백의 남자를 중심으로 십여 명이 짐을 나누어 들었다. 지게를 진 사람, 작은 수레를 끌고 온 사람, 덕신도 커다란 덩어리 하나를 어깨에 올렸다. 좁은 길을 따라 들어가니 명월촌이라고 적힌 나무 표지판이 걸려있었다.

44

 영철은 덕신의 편지를 받았다. 안부 편지 중간에 소식이 숨겨져 있었다. '연길에 도착했으나 보고 싶은 꽃은 피지 않았습니다.' 자세한 내용은 쓸 수가 없었을 것이다. 알고 싶은 것은 더 있었으나 무사히 그곳에 도착했다는 소식을 알게 된 것으로 만족해야 했다. 대부분 밀정은 독립운동가를 체포하는 데 목적이 있었다. 그런 점에서 윤철을 살해했다면 그것은 돈을 노린 자의 소행일 확률이 높았다. 자금을 가지고 떠난 비밀을 알고 있는 자였거나 현지에서 돈 냄새를 맡은 자 둘 중의 하나일 것이었다.
 여러 곳에서 모은 자금은 크게 두 지역으로 나뉘어 건너갔다. 하나는 임시정부가 있는 광저우, 하나는 연길이었다. 연길로 간 자금은 산속 부대에 필요한 물자를 전달하는 명월촌으로 전해졌다. 농장은 곡식 외에 생활필수품, 의약품, 의복 등을 함께 전달했다. 이런 사실을 알고 일본군은 마을에 토벌대를 보냈다. 명월촌을 비롯한 산마을은 위험을 무릅쓰고 그 일을 이어갔다. 그것은 총 없이 치르는 전쟁이었다.
 영철은 소식을 전하기 위해 부영촌으로 갔다.

"덕신이 무사히 일을 수행했다는 연락이 왔습니다."

"기쁜 소식일세."

"스승님 덕분입니다."

"홍 거사 도움이 없었으면 오늘의 덕신이 있을 수 없었지. 고생 많았네."

"대각사 스님께서 전법게문을 전달하고 법맥을 상속하셨다고 합니다."

"나야 그런 건 잘 모르지만 그것이 좋은 소식인가, 아닌가?"

"무슨 말씀이신지."

"스승님이 모든 것을 물려주시는 것은 생을 정리하신다는 의미 아닌가?"

"예. 지난 법문 때도 부지런히 공부하라 강조하셨습니다."

"그분들이야 스승을 따라 원력 참구하셨으니 법맥을 이어갈 만한 분들이지."

승려의 결혼과 육식에 반대하던 용성은 건백서를 제출했음에도 사찰령 폐지는 물론 종단 내부의 자정과 결단력이 보이지 않자 종단을 탈퇴하였다.

일제는 조선사상범 예방구금령을 제정, 실시하여 서대문 감옥 안에 강제수용소를 설치했다. 후에 치안유지법을 개정하여 공산주의자, 아나키스트, 민족주의자, 유사종교인 등을 단속하는 과정에서 대각교를 불교가 아닌 유사종교로 취급하여 강압으로 대각교의 재산 모두를 조선 신탁 회사에 신탁하게 하였다.

"이번에 대각교당과 모든 재산을 범어사 경성포교당으로 이전하고 기부하셨답니다. 앞일이 어떻게 될지 걱정입니다."

"일이 그렇게 되었군, 운송점은 어떤가?"

"단원 한 사람이 체포되어 거점 기능은 일시 폐쇄했습니다."

"고생 많네. 내가 도울 일이 있으면 언제든 말을 하게."

"네. 총독부 규제가 워낙 강한 데다 감시까지 있어 저희도 어려움이 큽니다."

"건강은 어떠십니까? 일이 힘에 부치시지요?"

"나는 이제야 태극기 그리는 일을 제대로 하게 되었네."

"지금까지 보내주신 태극기 모두 훌륭하다고 생각했습니다. 어째서 그런 말씀을 하시는지요?"

"처음에는 아주 쉽게 생각했네. 동그라미나 하나 그리면 된다 생각하고 시작했으니."

"제가 모르는 문제가 있었습니까?"

"원을, 그저 둥근 원을 그리면 된다고 생각했네, 그다음에는 음양을 나타내는 곡선을 양분하기에 바빴고. 그렇게 태극을 그린 다음에 괘를 그리는 일이 쉽지 않았지."

영철은 벽성의 입을 통해 태극기를 완성해 가는 과정을 들었다. 그것은 원을 그리고 색을 칠하는 것만으로 이루어지는 것이 아니었다. 화두를 들고 정좌한 채 잠과 싸우고 망상을 물리치기 위해 일념으로 매달리는 참선 수좌의 고행과 다르지 않았다. 복잡 미묘한 세상의 애착을 끊어내고 쑤시고 결리는 육체의 고통을 받아들이며 수시로 찾아오는 수마를 쫓는 고단하고 끝이 없는 과정과 같았다. 확고한 수행의 결기가 있어야 가능한 일이었다.

"괘의 폭과 길이, 태극에서의 거리를 일정하게 맞추는 일도 쉽게 되지 않았네. 균형이 맞지 않으면 한쪽으로 쏠리거나 일그러져 태극기 본래의 모양이 나오지 않더군."

"그렇게 해서 한 장의 태극기가 완성되는 것을 생각하지 못했습니다."

"깃발의 비밀이 무언지 아나? 자를 대고 맞추지 않아도 마음 가는 대로 그은 획의 균형과 비례가 맞으면 저절로 완전한 모습을 갖는 것이네."

"한쪽 팔로 그 많은 태극기를 그릴 수 있었던 비결이 그것이었군요. 모든 것이 스승님 원력으로 이루신 겁니다."

"이건 누구의 치사를 받을 일이 아니네. 내가 선택한 생이며 염원이고 기쁨이네. 요즘은 부족한 솜씨를 탓하기보다 이런 과정이 있어 고통과 절망을 이겨낼 수 있었음을 감사할 뿐이네."

영철은 벽성의 눈을 보며 생각했다. '저 눈에는 인간에게 주어진 원초적인 감각이 모두 사라진 것 같다.' 벽성의 눈은 한없이 넓은 우주를 비추는 거울 같았다.

45

부영촌에 일본경찰이 오가는 일은 일상이 되었다. 사람들은 주재소라도 하나 차려야 하는 게 아니냐며 비아냥거렸다. 벽성의 집에도 수색을 한다며 몇 번 들이닥쳤으나 지금은 오지 않게 되었다. 그들이 오면 벽성은 허옇게 센 머리채를 흔들며 소리쳤다.

"어디 갔다 이제 왔느냐? 불효막심한 놈, 이놈."

이상한 행동을 몇 번 보이자 사람들은 이 집을 그냥 지나치게 되었다. 엉뚱한 소리로 사람들을 당황하게 하고 주먹질을 하는 노인, 혼자 사는 불구 노인이 무슨 불온한 행동을 하겠느냐는 생각에서였다.

벽성은 대각사에서 계를 받을 때 용성과 약속한 대로 새벽이면 예불을 올렸다. 불상도 모시지 않았고 의례를 위한 불구도 없었지만 스승의 가르침대로 나무아미타불 여섯 글자를 부르기에 힘썼다.

"여섯 자를 부르되, 소리를 내든 안 내든 상관없다. 소리 높여 불러도 좋고 조용히 읊조려도 좋다. 때로는 마음으로 불러도 된다. 그저 나무아미타불을 부르면 된다."

처음에는 약속을 지키려는 마음이었다. 불도를 가겠다는 의식을 치렀으니 그에 맞는 예의를 갖추는 것이었다.

"나무아미타불, 염불은 마음으로 부처님을 관하는 것이다. 마음속 깊이 생각하고 깊이 새기는 것이 관불이다. 또한 염불은 입으로 부처님을 부르는 것이다."

그 말이 무엇을 뜻하든 벽성에게 여섯 글자는 간절하게 부르는 이름일 뿐이었다.

"나무는 귀의함이오, 아미타는 무량수이며 불은 깨달음이다."

명호에 의지해 더 빨리 나라를 되찾을 수 있기를, 이 땅에 평화가 깃들기를 간절히 원하고 원했다.

"중생이 행을 일으켜 부처님을 부르면 이를 들으실 것이며 몸으로 부처님을 예경하면 부처님도 이를 보실 것이며 마음으로 항상 생각하면 부처님은 이를 아실 것이다."

벽성은 방 안에서 염송을 마친 후에 밖으로 나와 새벽도량을 돌 듯 집 주변을 돌며 명호를 외웠다. 그것은 언제 어디서든 보고, 듣고, 알고 계신 그 분에게 간절함을 담아 모든 것을 맡기는 일이었다.

근래에는 태극기 그리는 일이 힘에 부쳤다. 눈이 흐릿해 선이 흔들렸고 붓을 쥔 손에 힘이 빠져 괘의 균형이 무너지기도 했다. 태극기를 그리고 난 뒤의 부끄러움을 겨우 잊을 만한데, 몸이 마음을 따라주지 않았다. 더 많은 태극기를 그리겠다는 욕심이 앞선 까닭일까. 그는 어린 학생부터 노인에 이르기까지 자신이 그린 태극기를 들고 광복의 순간을 맞이하기를 바랐다.

내일은 태극기를 옮기는 날이다. 대성운송까지는 희옥이 운반할 것이다. 자매는 저녁 시간에 맞춰 벽성을 찾아왔다.

"할아버지 눈도 침침하시다면서 이제 좀 쉬세요."

"그렇지 않아도 생각 중이다. 오늘도 저녁 짓느라 애썼다. 고맙구나."

두 자매가 짐을 정리하고 나오려는데 문 두드리는 소리가 났다.

문 밖에 갑술이 있었다.

"여긴 무슨 일로 왔나?"

"할아버지 식사와 빨래를 도와 드리거든요."

"아, 그래서 이 집엘 자주 드나든 거였군."

갑술이 자신을 감시한다는 것은 생각도 못 했던 초옥은 머리카락이 쭈뼛 서는 듯했다.

"거기 누구냐? 큰 놈이 왔냐?"

"아니에요. 할아버지, 그만 갈게요."

갑술은 두 자매를 따라나섰다. 예상하지 못한 동행이었다.

"잠깐, 김초옥 씨에게 할 말이 있는데."

"무슨 말씀인지 모르지만, 오늘은 늦었습니다. 다음에 하십시오."

갑술은 순순히 돌아갔다. 종로경찰서 조선인 순사 정갑술. 독립지사를 체포하고 고문하는 전문가, 서른을 갓 넘긴 그가 종로경찰서에 있다는 것만으로도 그의 행적을 짐작할 수 있었다.

"그 자가 어째서 너를 보자 했는지 이상하구나."

"이번이 처음은 아니에요."

"그렇다면 더 주의를 해야지. 허튼 수작이라도 부리면 곧바로 얘기해야 한다."

주산은 기가 막혔다. 만나자는 말이 한 번으로 끝나지는 않을 텐데. 예감이 좋지 않았다. 초옥에게 함부로 굴면 내가 살려두지 않으리라. 주산은 그를 생각하는 것만으로도 몸이 뻣뻣해지고 마음이 무거웠다.

오래전 머슴 살던 집에서 돈과 금붙이를 훔쳤던 갑술은 그 길로 경성으로 왔다. 그는 날품을 팔며 경성 생활을 꼼꼼하게 익혔다. 양식 한 자루를 얻기 위해 상여막에 갔던 어머니를 생각하며 수단과 방법을 가리지 않고 출세하리라 다짐했었다. 그러다 제 발로 종로경찰서로 찾아갔다. 더러운 조센진이란 욕을 들으면서도 잔심부름은 물론 시키는 일은 모두 했다. 밤길을 가던 사람을 공격했고 남의 재산을 가로챈 일도 있었다. 그의 목표는 한 가지, 부자가 되는 것이었다.

복덕방에서 이십여 분을 기다려도 지석은 오지 않았다. 복덕방 유리문으로 밖의 풍경이 보였다. 홍제천 둑에 커다란 미루나무 세 그루가 있었다. 해를 받은 잎이 은회색 물고기 비늘처럼 반짝였다. 갑술은 초옥을 생각했다. 마주친 순간 얼마나 눈부셨던가. 오색 무지개가 눈앞에 떠 있는 것 같았다. 5-147. 김주산의 딸이었다. 그녀는 기묘한 향을 풍겼다. 그녀를 만난 후 그는 며칠 동안 잠들지 못했다. 수음을 시작하던 무렵부터 자신을 괴롭히던 그 향이 초옥에게서 났다. 밤꽃 향 같기도 하고 식지 않은 짐승의 피 냄새 같기도 한, 그 향을 맡은 순간 허공을 떠다니는 것 같았다. 그것은 벗어나고 싶지 않은 고통이었다. 갑술은 그녀를 생각하는 것만으로도 아찔한 현기증이 일었다.

"무슨 생각을 그렇게 하십니까?"

지석이 도착했다. 복덕방 업자를 가운데 끼고 지석과 갑술의 주택임대 사업은 무르익었다. 열병을 앓다 죽은 노인의 집, 아내가 죽어 실성하듯 고향으로 내려간 영감의 집, 장사 밑천을 만들겠다고 내놓은 집까지 갑술은 모두 사들였다.

"서류도 다 꾸몄고, 이제 술이나 한상 내십시오."

"그러지, 그깟 게 대수인가?"

"혼마치 나비에서 하는 겁니다."

지석의 말에 갑술이 바람 빠지는 소리를 냈다.

"서류는 완벽한가?"

"그러믄요. 약속 꼭 지키셔야 합니다."

"정신 차리시오. 박 선생, 그 집이 한 상에 얼마인지 알기나 알아? 댁 같은 사람 홀리려고 만든 곳이 나비야."

일본인이 운영하는 요릿집 나비는 소문이 자자했다. 일본의 이름난 산 이름을 들여와 꾸민 실내 분위기와 일하는 여성들이 하나같이 경국지색이라는 소문이었다.

갑술은 서류를 챙겨 일어났다. 헌병대 폭파 사건의 진범을 잡는 일은 물 건너갔다. 그렇다고 미제사건으로 묻을 수는 없었다. 범인을 잡을 수 없다면 만들어야 한다. 이 시점에 구국단원 문창학을 잡았으니 그를 활용하면 사건은 한 번에 해결할 수 있을 것이다. 그 다음에는 초옥과 가까워질 방법을 찾을 생각이었다.

어느새 찬바람이 불기 시작하더니 새벽에는 서리가 내렸다. 북쪽에서는 기러기 떼가 몰려왔고 낟알이 떨어진 논에 독수리가 왔다. 겨울 준비가 시작되었다. 이엉을 두르는 집, 거적을 구해 덧씌우는 집, 형편에 따라 겨울을 맞이하는 모습도 다양했다. 더위를 피하려고 뚫었던 움막의 창구멍을 막고 겨울을 버틸 최소한의 땔나무도 들였다.

여자들은 여름내 입었던 홑겹 무명바지저고리에 솜 넣는 바느질을 시작했다. 기껏해야 두 벌, 많아야 서너 벌의 옷이 다인 그들에게 다가오는 겨울은 또 다른 고난의 시작이었다. 푸성귀를 구해 끼니에 보태는 일도 한동안은 불가능할 것이다. 농사가 끝난 밭에는 이삭줍기가 한창이었다. 무청을 줍던 여자들은 시든 줄기나마 서로 갖겠다고 머리채를 잡았다. 고구마 이삭을 줍는 여자와 아이들은 종일 남의 밭을 파헤쳤다. 부모들이야 어떻든 사내아이들은 날이 더 추워지기 전에 모든 힘을 쏟아내려는 듯 공동우물가 옆에서 공을 찼다. 고무신도 신지 않은 새까만 발을 절룩거리면서도 공차기는 계속되었다. 돼지 오줌보를 구하기 힘든 그즈음에는 가는 새끼로 꽁꽁 묶은 공을 찼다. 그나마 그것이 있어 아이들은 때로 행복했다.

날이 구물거렸다. 멀리 화장장 굴뚝에서는 쉬지 않고 연기가 솟았다. 화장터에는 무덤을 쓸 수 없는 가난한 사람들이 몰려

들었다. 여유 있는 사람들은 명당 터를 찾아 자손만대 복덕을 누릴 산소를 썼지만, 부영촌 사람들에게는 두 가지 모두 해당하지 않았다. 그들은 생의 마지막에도 그런 호사를 누릴 팔자가 아니었다.

오래전 혼자 살던 남자를 칼로 찔러 살인자가 된 남자는 감옥에서 풀려난 뒤에도 집으로 오지 못했다. 폐병에 걸린 그는 죽음을 목전에 두고 돌아와 숨을 거두었다. 두 아이를 앞세운 여자가 망자와 함께 화장장으로 떠났다. 이웃 아낙 서넛이 장례행렬에 함께했다.

마을에 갑술이 다시 등장한 것은 첫눈이 내리고도 한참 지난 12월 중순이었다. 불순분자 어쩌고 하며 위협을 가하던 갑술은 멋진 작전을 수행하고 초옥과 담판을 짓기 위해 이곳에 나타났다.

그는 행운이 찾아왔다고 믿었다. 헌병대 사건도 해결했다.

갑술에게 남은 것은 행복한 미래를 위한 결혼 준비였다. 하지만 초옥은 갑술의 구애를 두 번이나 거절했다. 그는 잠깐 화가 났지만 금세 기분이 풀렸다. 정숙한 여자의 어여쁜 모습을 발견한 기쁨이었다. 환상의 세계로 자신을 이끄는 여자, 단번에 결혼을 허락했다면 갑술 자신이 그녀에게서 돌아섰을지도 몰랐다. 그녀는 마음만 먹으면 품에 안을 수 있는 여자가 아니었다. 진명

여학교 출신이 아닌가. 그는 다음을 기약하며 들끓는 욕정을 가라앉히려 경찰서로 돌아갔다. 오늘은 폭발할 것 같은 욕망을 잠재울 무언가가 필요했다. 그는 겉옷을 벗어 책상 위에 놓고 지하실로 향했다. 침침한 방에서 취조하던 남자가 벌떡 일어섰다.

"나가서 쉬어라."

의자에 묶인 남자가 그를 보고는 몸을 움츠렸다. 갑술은 채찍을 휘둘렀다. 답답한 속이 풀릴 때까지 때리고 또 때렸다. 다음에는 물이 담긴 통에 남자의 머리를 집어넣었다. 그는 아무것도 묻지 않았다. 지금 그에게 필요한 것은 뜨거워진 자신의 몸을 차갑게 식혀줄 잔혹함뿐이었다. 정신을 잃었다가 깨어난 남자가 입을 열었다.

"그들을 도와 만주로 보냈다."

남자의 자백에도 갑술은 채찍을 놓지 않았다.

"대성운송 김주산과 함께…"

갑술은 채찍 끝을 말아 쥐었다. 잠자코 남자가 하는 말을 들었다. 조서를 작성하고 밖으로 나왔을 때는 아침이었다. 찬바람에 뼛속까지 시렸지만 그 어느 날보다 상쾌한 아침이었다.

김주산, 운송점, 구국단, 자금모집 등 많은 증거가 있었지만, 한 가지 아쉽게도 자백한 주인공이 죽었다. 갑술이 정리를 끝냈을 때 남자는 숨이 멎어 있었다. 하지만 상관없었다. 이 정도면 충분했다. 모든 것은 아직 비밀에 부쳐야 했다. 갑술은 조사한 자료를 들고나와 아침을 먹은 뒤 집으로 가 새 옷으로 갈아입었다. 자신만이 아는 장소에 자료를 넣어두고 부영촌으로 갔다.

"거짓말, 아버지는 운송점에서 일하는 평범한 사람이에요. 뭔가 착오가 있을 거예요."

갑술의 이야기를 듣고 초옥은 강하게 부정했다. 갑술은 그녀의 말을 조용히 들었다.

"며칠만 시간을 주지. 내 말대로 한다면 아버지와 다른 사람의 죄까지 덮어주겠어. 하지만 그때도 이렇게 나오면 싹 잡아넣어 씨를 말리겠어."

초옥은 불 속에 던져진 것 같았다. 그 자신은 물론 주변에 있는 모든 것이 활활 타 재가 될 것 같았다. 그의 말 한마디 한마디는 잔혹함의 극치였다. 아버지를 살리려면 아니 모두를 구하려면 그가 원하는 대로 해야 한다. 할아버지와 구국단의 운명이 자신의 선택에 달려있다니. 아버지와 희옥에게 사실을 털어놓아야 하는데 망설여졌다. 두 사람은 당연히 갑술과의 결혼을 반대할 것이다. 그런 뒤에 도망친다면 어떤 결과가 벌어질까? 사람들은 잡혀가 고초를 당하고 죽음에 이를지도 모른다.

저녁을 먹은 뒤 초옥이 물었다.

"아버지, 운송점엔 별일 없어요?"

"그럼, 아무 일 없지. 무슨 일이 있냐?"

"우리가 이렇게 편안하게 사는 건 다 할아버지와 영철 아저씨 덕분이지요?"

"그럼, 그분들 덕분이지."

주산은 초옥의 얼굴을 유심히 보았다.

"어떡해야 그분들 은혜를 갚을 수 있어요?"

"큰애야, 그건 내가 할 일이다. 너는 할아버지를 살펴드리는 것으로 충분하다."

"두 분이 아니었으면 우리는 아직도 그 강가 다리 밑에 살았겠지요?"

주산은 지나간 시간들을 되짚었다. 축축한 바닥에 몸을 뉘고 간신히 끼니를 이어가던 날들을. 애국이니 독립이니 하는 말은 알지도 못했다. 두 아이가 잘 자랄 수 있으면 그것으로 충분했다. 밥을 굶지 않는 것은 얼마나 중요한 일이었나. 따뜻한 방에서 달콤하고 긴 잠을 자는 일은 또 얼마나 감사한 일이었나. 그거면 되었다. 개미와 벌레들이 한 식구처럼 잠자던 그 움막을 생각하면 지금도 정신이 번쩍 났다. 스승님과 영철을 만나 운송점에서 일하고 아이들의 배를 불리고 추위를 피할 수 있는 집을 얻었다. 좋아하는 공부도 시켰으니 무엇을 더 바랄까.

"얘야, 너는 그런 데 마음 쓰지 마라. 이제 좋은 짝을 찾아가면 나는 더 바랄 것이 없어."
초옥은 벽에 드리운 시커먼 그림자만 맥없이 바라보았다.

46

벽성은 진관사로 향했다. 그곳 삼각산 작은 암자에 혜득이 머물고 있었다.

진관사에 머물던 초월은 마포 포교당에 주석하고 있었다. 벽성이 마포 집에 살던 때는 가끔 들렀지만 부영촌으로 온 뒤에는 통 찾아가지 못했다. 초월은 그곳에 일심교 사무소를 차리고 활동을 넓혀가는 중이었다. 만법을 통해 한마음을 밝히는 것이 일심교 운동이라고 했다. 청주 용화사에서 그는 일심一心에 따라 독립운동을 추진할 수 있다는 신념으로 활동을 시작했다. 모든 것은 하나에서 시작한다. 하나가 모여 전체를 이루고 전체를 나누면 낱개가 된다. 아무리 작은 것이라도 제 쓸모에 맞추어 작용해야 크고 거대한 우주가 제대로 운행을 하는 것이다. 세상에는 하찮은 것, 보잘것없는 것이 없었다.

삼각산 계곡물은 여진히 맑고 투명했다. 절 뒤에 널찍하게 펼쳐진 소나무 숲에서 진한 향이 퍼졌다. 벽성은 법당에 들어 한 손을 단전에 두고 명상에 들었다. 처음에는 아무 소리도 들리지 않는 고요함이 그를 평안하게 했다. 시간이 흐르자 바람이 지나는 소리, 새가 지저귀는 소리, 보이지 않지만 소용돌이치는 어떤 기운의 움직임이 들렸다.

암자에서 벽성이 들려준 이야기를 정리하던 혜득은 밖으로 나왔다. 좁은 산길을 올라가면 마애불이 있었다. 그것을 처음 발견한 사람은 혜득이었다. 정상에 올라갔다 내려오는 길에 회백색의 바위가 눈에 띄었다. 풀과 잡목을 헤치고 보니 흐릿한 윤곽의 부처님이 드러났다. 연꽃 좌대에 앉은 천진불이었다. 그곳에서 혜득은 날마다 조부의 왕생극락과 조국의 광복을 염원하는 기도를 올렸다.

산에서 내려온 혜득은 암자 마당에 선 벽성과 마주했다. 놀란 혜득이 고개를 숙였다.

"스승님, 어떻게 이곳까지 오셨습니까?"

혜득은 핼쑥한 벽성의 얼굴에서 노장의 고달픔을 보았다.

"감옥살이와도 같은 일을 하느라 진을 빼고 있구나."

"아닙니다. 뜻 깊은 일이라는 것을 잘 압니다."

방 안으로 들어서니 혜득의 작업과정이 한눈에 들어왔다. 벼루와 먹물 통, 가지런히 놓인 붓 몇 자루, 한 장 한 장 써 내려간 글이 쌓여있었다. 방바닥에도 먹물이 마르도록 펼쳐놓은 종이가 가득했다.

"네가 불편해할 것 같아 망설였으나 큰 절에 온 김에 들렀다."

"예. 스승님을 뵈니 저도 기쁩니다."

"홍 거사 말을 들으니 용성 스님께서 계맥을 전수하셨다는 구나. 나야 승려의 세계를 잘 모르지만 누구의 상좌라는 것이 중요하다 들었다."

벽성은 그 자리에서 혜득에게 좋은 법맥을 찾아갈 것을 권했다.

"공부에는 훌륭한 스승과 도반이 필요하다. 깊이 생각하고 참스승을 찾아가거라."

혜득은 스승의 말뜻을 알기에 묵묵히 듣고만 있었다.

"어떤 이가 말하길 정치와 종교는 그 목적이 다르다고 하는데 네 생각은 어떠냐?"

"과정은 다른 듯 보이지만 목적지는 같습니다. 정치도 종교도 사람을 위한 것이 아닌지요. 우리 민족에게는 나라를 찾아야 하는 한 가지 목적이 우선되어야 하고요. 그 후에는 정치도 종교도 진정 사람을 위한 것으로 쓰임을 찾아야지요."

"그렇지. 불법은 평등과 자비를 바탕으로 한다. 한 나라의 정치 또한 그것을 기본으로 해야 하고."

"용성 스님께서 대처와 육식을 반대하고 불교가 일본화 되는 것을 막는 것도 그것이 우리 정신을 지키고 나라를 되찾는 방법의 하나로 생각했기 때문이지요?"

벽성은 산에서 내려오는 발걸음이 가벼웠다. 영철과 주산, 혜득과 같은 사람들이 가까이 있으니, 자신은 참으로 복이 많은 사람이라는 생각이 들었다.

47

1937년 중일전쟁이 시작되었다. 총독부에서는 황제의 신민으로 마땅히 전쟁터에 나가 애국해야 한다며 조선 사람을 전쟁터로 내몰았다. 학교와 관공서, 은행, 회사, 공장, 상점 등에서는 황국신민서사를 제창하게 했고 1940년에 들어서는 창씨개명으로 민족의식을 말살하려 했다. 불교계에도 비행기 헌납을 위한 헌금모금을 강요했고 사찰 입구에는 황군위문금을 모으는 위문함이 놓였다.

임시정부는 항저우, 창사, 광저우 등을 전전하며 피란살이를 했다. 도피와 가난, 굶주림과의 전쟁을 치르는 가운데 내부에서는 좌파와 우파, 각 파벌과의 노선차이로 분열이 일어났지만, 임시정부는 여전히 독립운동의 구심점이었다. 1939년 임시정부는 쓰촨성 치장에 보따리를 풀고 치열하게 항일투쟁을 펴나갔다.

부영촌에서 경찰서로 돌아가는 길에 갑술은 정보원을 불러 대성운송에 대해 조사를 지시했다. 뭐든 빼놓지 말고 철저하게 하도록. 정보원은 그 길로 운송점을 찾아갔다. 일자리를 구한다는 명목이었다. 운송점은 수화물을 운반하느라 정신이 없었다. 곡물 자루부터 농산물, 양말이며 공장에서 나온 옷까지 매우 다양한 물건들이 그곳을 통해 크고 작은 점포와 소비자들에게 전달되었다. 정보원은 의심 가는 점을 발견하지 못했다.

한 해가 저물어 십이월도 하순에 접어들었다. 거리에는 쌓인 눈 위에 또 눈이 내렸고 처마에는 고드름이 주렁주렁 달렸다. 마을에는 아이들이 만든 눈사람이 검은 눈썹을 붙이고 곳곳에 서 있었다. 부영촌 언덕길은 위험천만한 빙판이 되었다. 사람들은 어깨를 움츠리고 신중하게 걸어갔다.

갑술은 의기양양한 표정으로 초옥을 찾아갔다.

"눈이 많이 오고 있소."

갑작스러운 그의 방문이 달갑지 않은 초옥은 그를 문가에 세워 두었다.

"지난번 내 제안 생각해 보았소? 혼례는 서둘렀으면 하는데 말이오."

"저는 어려운 살림에도 진명에 입학해 공부를 마쳤어요. 어려운 공부를 했으니 교원 시험을 보려고 합니다. 좀 더 기다려 주실 수는 없나요?"

그녀는 갑술의 마음을 달래볼 생각이었다.

"살림하고 아이를 낳을 사람이 무슨 교원이오?"

갑술은 냉랭했다. 자신을 멀리하려는 그녀의 속이 훤히 보였기 때문이었다.

"당신에게 시간이 많지 않다는 것을 알려주러 왔소. 내가 가진 증거가 당신의 아버지와 홍영철, 대성운송까지 한 번에 무너뜨릴 수 있다는 것을 알아 두시오."

"그게 무엇입니까? 아버지는 그런 일과는 정말 무관하십니다."

"끝까지 내게 장난을 치겠다 이거군."

"누군가 아버지를 함정에 빠뜨리려는 거예요."

초옥이 거듭 부정하자 갑술이 등을 돌렸다.

"내가 이렇게 시간을 주는 이유를 아직도 모르겠다는 건가? 사실이 어떻든 내 제안을 받아들이면 모든 증거는 없애겠소. 하지만 내 손에서 그것들이 벗어나는 순간 모든 것은 돌이킬 수 없게 될 거요. 마지막 경고요."

"당신이 내게 이러는 이유가 뭐예요?"

"당신을 사랑한단 뜻이지. 내 평생을 당신과 함께 하고 싶은 거요."

갑술은 함박눈이 펑펑 쏟아지는 길로 나갔다. 정말 이렇게 끝낼 수밖에 없단 말인가. 초옥은 가슴이 뛰고 두 다리가 휘청거렸다. 쓰러질 것 같은 몸을 문에 기댄 채 눈 속으로 멀어지는 그를 보았다. 저 사람이 하는 대로 두어도 될까. 아버지와 그 많은 사람이 잘못되면 모든 것이 내 책임 아닐까. 생각이 거기에 이르자 초옥은 더 망설일 수 없었다.

"잠깐만요, 잠깐만 기다려주세요."

그녀는 갑술을 부르며 있는 힘껏 따라 나갔다. 그는 벌써 골목길을 지나 공동우물을 지나고 있었다. 은혜를 갚아야 해. 내 마음만 바꾸면 모두를 구할 수 있다고 했어. 그를 향해 뛰어가는 내내 머릿속은 오직 한 생각뿐이었다. 나만이 그들을 구할 수 있다. 달리면서 몇 번을 미끄러지고 넘어지며 초옥은 갑술을 따라잡았다.

"좋아요. 당신 말대로 하겠어요."

언덕 길모퉁이를 돌아서던 갑술이 그 자리에 멈춰 섰다.

"당신이 원하는 대로 하겠어요."

초옥은 그의 앞을 막아서며 다시 말했다. 눈송이가 두 사람의 머리와 어깨에 어지럽게 내려앉았다. 둘은 서로를 바라보았다. 갑술은 의심 가득한 눈으로 그녀를 보았다. 그는 여전히 믿을 수 없었다. 믿어지지 않았다. 초옥은 이렇게 쉽게, 이렇게 빨리 흔들릴 사람이 아니었다.

"당신을 선택하는 일이 얼마나 어려운 일인지 모르시지요? 당신의 눈빛이 저를 비참하게 하는군요."

초옥의 목소리에 서운함과 불쾌함이 뒤섞여 있었다.

"아직도 절 믿지 않으시는군요."

그녀의 간곡한 목소리에 갑술의 몸은 깨어나기 시작했다. 기묘한 향에 점령당한 폐와 후각이 행복한 순간을 자각했다. 차가운 눈발 속에서도 그의 몸은 활활 타올라 형체를 잃어버릴 것만 같았다. 눈과 귀와 코와 입과 몸이, 머릿속을 어지럽히는 현기증마저도 녹여버릴 듯했다. 비로소 그의 입가에 미소가 번졌다. 환희인지 고통인지 모를 혼곤함에 진저리를 치며 갑술은 초옥을 안았다. 순간의 짧은 꿈이라도 그는 깨어나고 싶지 않았다. 소년처럼 그녀를 향해 다가서는 그는 깊은 황홀경에 빠져들었다. 초옥은 갑술이 다가오는 만큼 뒤로 물러섰다. 한 걸음 다가오면 뒤로 한 걸음, 두 걸음 다가오면 뒤로 두 걸음, 그렇게 뒷걸음질은 몇 번이나 계속되었다. 마침내 그녀의 발은 벼랑 끝에 아슬아슬하게 걸쳐 있었다. 더는 물러설 곳이 없었다. 초옥은 그의 두 눈동자 속에 갇힌 자신의 모습을 보았다. 이럴 수는 없어. 고개를 흔들던 초옥은 두 눈을 감은 채 갑술을 힘껏 안았다. 탐스러운 눈송이들이 그녀의 슬픈 얼굴을 스쳐갔다. 잠시 후 초옥은 허공으로 힘껏 날아올랐다. 아악, 비명과 함께 일그러진 갑술의 얼굴이 희옥의 두 눈에 들어왔다.

크고 탐스러운 눈송이가 갑술의 얼굴에 내려앉았다. 그는 자신에게서 벗어난 초옥이 낙하하는 모습을 바라보았다. 그녀의 얼굴 위로 상여막을 나서던 어머니의 누렇게 뜬 얼굴이 겹쳐졌다.

"어머니!"

그는 자꾸만 멀어지는 초옥을 향해, 아니 어머니를 향해 팔을 휘저었다.

초옥은 자신이 마지막으로 보았던 눈송이에 눈을 맞추고 눈 쌓인 대지에 내려앉았다. 그녀가 도착한 곳은 여름이면 메밀꽃이 눈처럼 피어나던 밭이었다. 눈을 떴을 때 저편 둑에 희옥과 아버지가 서 있었다. 쏟아지는 눈 때문에 두 사람의 표정이 보이지 않았다. 그녀의 뺨에 두 줄기 눈물이 흘러내렸다.

그날 허공을 날아오른 둘을 본 사람은 없었다. 축대 아래 밭에는 메밀 줄기처럼 붉은 피가 번졌다. 두 사람의 주검은 며칠이 지나서야 발견되었다. 그들의 죽음은 누군가에 의해 아름다운 사랑 이야기로 각색되었다. 누구도 그것이 거짓이라고 말할 수 없었다. 세상에는 밝힐 수 없는 일들이 있기 마련이었다.

초옥은 화장되어 거북바위가 있는 뒷산에 뿌려졌다.

48

명월촌에서 첫날밤이 지났다. 덕신은 산으로 떠나는 사람들을 배웅했다. 권병덕은 양행을 오래 비워둘 수 없다며 내려갈 채비를 했다.

"일이 생기면 양행으로 오시오. 경성에 연락을 해놓겠소."

그는 마음이 놓이지 않는 듯 덕신에게 말했다.

"이 동지도 함께 내려갑시다. 소문으로만 끝날 것 같지는 않단 말이오."

"하루 이틀 상황을 지켜보다 내려가겠습니다. 조심해서 가십시오."

그는 여전히 토벌대가 움직일 것이라는 소문이 마음에 걸렸다. 덕신은 함께 산으로 가려했지만 제지당했다. 겉으로는 남자들이 없는 마을을 부탁한다고 했지만, 이들에게 덕신은 낯선 이방인으로 검증이 필요한 존재였다.

불쾌하다는 생각은 들지 않았다. 도처에 밀정이 날뛰는 현실을 생각하면 그들이 걱정하는 것이 무엇인지 충분히 이해할 수 있었다. 그는 마을을 둘러보기로 했다. 제천댁이 차려준 아침을 먹고 마당으로 나갔다. 북방의 추위가 뼛속까지 파고들어 온몸이 시렸다.

"아직 시월인데 이렇게 춥군요."

"그럼요. 여기는 겨울이 반년이에요."

잠시 기다리라며 방으로 들어갔던 제천댁이 옷 한 벌을 가지고 나왔다.

"이걸 입어요."

"고맙습니다만 아직 새 옷 같은데요."

"아들이 돌아오면 주려고 했는데… 새로운 임자가 나타났네요."

덕신은 그녀가 내민 옷에 팔을 끼며 아들에 대해 물으려다 그만두었다. 그녀의 아들 또한 산으로 들어갔거나 토벌대의 공격 때 잘못되었으리라. 산속 생활도 잘 모르면서 몇 마디 말로 위로할 수 있는 일이 아니리라. 고맙다는 인사를 하다 머리에 꽂힌 나무 비녀를 보았다. 덕신의 가슴 깊이 숨어있던 슬픔이 되살아났다. 누렇게 말랐던 어머니 머리에도 저런 비녀가 꽂혀 있었지.

"마을 좀 둘러보고 오겠습니다."

"고뿔들기 쉬우니 오래 있지 말아요."

그녀는 덕신보다 먼저 대문을 나섰다.

집들은 넓은 지역에 흩어져 있어서 전체 호수가 얼마나 되는지 헤아리기 어려웠다. 작은 산막에 가까운 집들이 서너 채씩 있었다. 집이 밀집된 지역은 두 곳으로 나뉘어 있었다. 산 바로 밑에 비교적 촘촘하게 들어선 윗마을과 평지에 일정한 간격으로 들어선 아랫마을이 있었다. 마을은 처음부터 계획하고 지어진 듯 크기와 모양, 집과 집 사이의 간격이 엇비슷했다. 외톨이처럼 혼자 떨어진 집이 없고 지나치게 가까이 붙은 집도 없었다. 거의 모든 집에는 닭을 키웠고 드물게 돼지를 키우는 집도 있었다. 돼지는 덕신이 다가가기도 전에 위협하듯 끽, 소리를 질렀다.

드문드문 빈집이 있었다. 허물어진 흙벽 너머로 남루했던 살림을 추측할 수 있었다. 부서진 문틀과 무너진 부뚜막, 토방 아래 쥐들이 물어다 놓은 곡물 껍질이 수북하게 쌓여 있었다. 마을을 돌아다니다 공터에서 노는 아이들과 마주쳤다. 낯선 사람에 대한 경계심 때문인지 아이들은 흘깃거릴 뿐 다가오지 않았다. 덕신이 아이들 곁으로 가까이 갔다.

"아, 어제 온 아저씨다."

키 큰 남자아이가 말했다.

"맞다, 나한테 마을 구경 좀 시켜줄래?"

아이들이 그를 따라붙었다.

"저기 종은 뭐지?"

덕신이 언덕 위에 있는 망루를 가리켰다.

"토벌대나 화적떼가 나타났을 때 치는 종이에요."

마을이 내려다보이는 북쪽 언덕에 작은 망루가 있고 그곳에 누군가 올라가 있었다.

"오늘은 함남 아주머니 순서예요."

아이들이 망루에 선 여인을 향해 손을 흔들었다.

"그럼 아주머니가 망을 보고 계신 거구나?"

"맞아요. 다들 산에 갔으니까요."

덕신은 긴장이 됐다. 이렇게 아이와 여자들만 남은 곳에서 일이 벌어지면 꼼짝없이 당할 수밖에 없을 텐데.

망루 아래 펼쳐진 넓은 밭은 수확이 끝난 뒤였다. 마른 채소 잎이 떨어져 있고 이삭만 잘라내 앙상한 줄기만 남은 조와 수숫

대가 있었다. 밭고랑에 낟알을 찾아 내려온 새가 땅을 헤집고 있었다.

"저 밭 끝에는 낭떠러지예요. 엄청 높은 절벽 아래 강물이 흘러요."

"그렇구나, 거기도 가봤니?"

"못 가요. 까마득한 절벽인걸요."

"밭둑에 서 있으면 물소리만 들려요. 큰 강으로 가는 물줄기인데 사람들은 배를 타고 간대요."

"강 이름이 뭐니?"

"부르하통하, 버드나무 우거진 강이래요."

절벽 아래를 흐르는 부르하통하는 동쪽으로 흘러 해란강과 만나 두만강이 된다. 어쩌면 이곳을 흐르는 물은 상류의 작은 지류에 불과하고 아이들이 말하는 그 강은 더 먼 곳을 흐르고 있는지도 모른다.

보성전문에서 몇 사람이 모여 역사를 공부할 때 이름을 들은 적이 있다. 의환이 어렵게 구한 책이라며 부여와 고구려 이야기를 들려주었다. 부르하통하, 목구멍 깊숙이 울리는 소리가 좋았다. 아득한 신화 속 해모수와 유화부인 이야기가 그쯤 어디서 시작되었다고 했다. 이 아이들은 그런 이야기가 이 강에 숨어있다는 것을 알지 못하리라. 한때 드넓은 이 땅에서 조상들이 말을 타고 사냥을 하고 농사를 지으며 살았다는 사실도 알지 못하리라. 덕신은 아이들을 가르치고 싶은 욕심이 생겼다. 좋은 교원이 되라던 벽성의 음성이 귓가를 스쳤다. 스승님이 어째서 그렇게 교원이 되기를 강조했는지 이곳 명월촌에 와서야 알 것 같았다. 그래. 때가 오면 아이들에게 조상들의 이야기를 실컷 들려주리라. 그들이 어디서 무엇을 했고, 어떤 존재였는지 속속들이 알려주리라.

"근데요, 아저씨는 어디서 왔어요?"

"안동에서. 그건 왜?"

"경성에서 온 거 아니에요?"

"왜 그렇게 생각했니?"

"그냥요. 여기 오래 있을 거예요?"

덕신은 잠시 대답을 미루었다.

"전에는 여기도 사람들이 많았는데, 이제 얼마 안 남았어요."

아이들은 말머리를 빙빙 돌렸다.

"근데, 내가 여기서 할 수 있는 게 있을까?"

"선생님이요. 우리 선생님은 지난번에 토벌대 총에 맞아 죽었어요. 그전 선생님들은 산으로 갔고요."

아이들은 덕신에게 보여 주고 싶은 것이 많았다.

"저기로 가요."

아이들이 안내하는 곳으로 갔다. 자세히 들여다보니 퐁퐁 솟는 샘터를 확장해 만든 우물이었다. 샘물과 작은 계곡에서 흐르는 물을 모아 농사에 쓰는 모양이었다.

"물이 필요할 때는 여기 둑을 열어시 내보내요."

척박한 땅에서 농사를 지어 식량을 해결하고 산속 사람들에게 필요한 물자를 마련해 주는 힘의 원천이 이곳에 있었다.

우물 앞에 선 덕신은 희옥을 생각했다. 공동우물에서 길어 올린 물을 쏟지 않으려 애쓰며 언덕길을 오르던 모습을. 한겨울에는 물장사를 부르라는 주산의 말에도 희옥 자매는 말을 듣지 않았다. 그녀와 헤어진 시간이 전생의 일처럼 느껴졌다. 빛을 받아 윤기 나던 단발머리가 눈앞에서 어른거렸다.

방금 전까지 눈부시게 파랗던 하늘에 잿빛 구름이 끼기 시작했다.

"눈이 올 거 같아요."

순식간에 마을이 어둑해졌다.

"얘들아, 그만 집으로 가자."

"내일은 저쪽 산으로 가요. 거기 방공호도 있어요."

덕신은 아이들을 양쪽에 거느리고 마을로 향했다. 마른 들판에 매서운 바람이 휘몰아쳤다. 급하게 걷느라 발끝에 돌멩이가 자꾸 채였다.

그때 땡땡땡, 종이 울렸다.

"토벌대가 와요."

평화는 사라졌다. 멀리 언덕 아래서 제천댁이 소리치며 팔을 흔드는 모습이 보였다.

"산으로 가야 돼요."

아이들이 먼저 뛰기 시작했다. 함남댁이 몇 번 더 종을 치더니 망루에서 내려와 바위산 쪽으로 향했다. 덕신은 아이들과 함께 달리다 제천댁이 생각나 돌아보았다. 그녀는 아직도 멀리 있었다.

"너희들 먼저 가라."

덕신은 그녀를 향해 뛰었다.

"일본 놈들이여. 어서 가, 어여."

마른 풀을 휘어잡으며 산을 오르는 제천댁 손에서 피가 났다. 덕신은 그녀의 손을 잡아끌었다.

"저기 바위 뒤로."

방공호는 큰 바위 뒤쪽에 있었다. 안에는 추위를 견딜 이불 몇 채와 물이 있었다. 추위와 두려움에 떨며 그 밤이 지나갔다. 죽음은 너무 가까이 있었다. 오늘이나, 내일, 혹은 며칠 후에라도 죽음이 자신들을 덮칠 수 있다는 것을 어른은 물론 아이들도 알고 있었다. 마을 사람들은 그것을 운명으로 받아들인 것 같았다.

그래서 아직 그곳에 남아있는 것일지도 모른다.

"다른 마을이 결딴났을 거야. 분명히 누런 군복을 입은 일본군들이 새카맣게 몰려왔거든."

함남 아주머니는 그때까지도 긴장이 풀리지 않은 듯 말했다.

"어제 오지 않았으니 오늘 올지도 모르지."

"산으로 간 사람들은 언제쯤 올까요?"

"오늘 저녁에는 오겠지. 중간 접선지에서 돌아오는 중일 테니까."

제천댁과 함남 아주머니는 불길하다며 큰아이 둘을 망루로 올려 보내고 저녁밥을 지었다.

"제가 같이 올라갈게요."

덕신이 나서자 두 사람을 고개를 저었다.

"길도 모르고 방향도 잘 모르잖아요. 이곳을 잘 아는 아이들이 훨씬 나아요."

저녁을 먹고 두 사람은 짐을 챙기라고 했다. 아무래도 예감이 좋지 않으니 오늘 밤은 방공호에서 보내자고 했다. 잘 걷지 못하는 신철 할아버지는 마을에 남겠다고 했다.

"이래 죽으나 저래 죽으나 매한가지야. 나는 살 만큼 살았으니 올라들 가."

설득하던 두 아주머니는 포기하고 방공호로 올라갔다. 어른들은 세 시간씩 망을 보기로 했다. 다행히 밤은 무사히 지나갔다. 아침 햇살이 고루 퍼져 들과 산을 비추었다. 뼈를 시리게 하던 추위도 햇살 아래서는 잠시 주춤했다.

불길한 예감을 떨쳐버리지 못한 제천댁이 망루로 올라갔다. 덕신은 아이들과 함께 산으로 향했다. 제천댁은 망루에서 빈 수수밭을 쪼는 새의 움직임을 따라가고 있었다. 까마귀 같기도 하고 떠날 때를 놓친 철새 같기도 한 시커먼 새가 밭고랑을 헤집고 있었다. 한동안 망중한을 즐기듯 앉았던 그녀가 망루 난간을 짚고 일어섰다.

마른 억새 사이로 누런 점들이 꼬물거렸다. 작은 벌레가 움직이는 것처럼, 처음에는 잘못 본 것인가 싶어 눈을 비비고 다시 보았다. 점들은 조금씩 커지더니 어느 순간 큰 덩어리가 되어 움직이기 시작했다.

땡땡땡! 땡땡땡!

"도망쳐, 도망쳐."

땡땡땡, 땡땡땡, 어지럽게 종이 울렸다. 아이들은 방공호를 향해 달렸다.

탕, 총 소리가 났다. 단 한 발, 명월촌의 운명을 결정짓는 총소리였다. 제천댁은 망루에서 내려와야 했지만 계속 종을 쳤다. 덕신은 뛰던 것을 멈추고 망루를 보았다. 어느 순간 제천댁의 몸이 망루 난간에 걸렸다. 그와 때를 같이해 종소리도 그쳤다.

　마을 입구로 진격한 토벌대는 서두르지 않았다. 속도와 간격을 일정하게 유지하며 서서히 불을 질렀다. 사람들이 떠난 빈집까지, 집이란 집은 한 채도 남김없이 태웠다. 검은 연기와 불덩어리가 이글거리며 공중으로 솟았다. 토벌대를 막을 것은 아무것도 없었다. 집들은 흔적 없이 사라졌다. 제천댁이 살던 집도 순식간에 재가 되었다. 불길은 밭둑을 따라 까맣게 타들어가는 쥐불놀이처럼 퍼져 나갔다. 덕신과 아이들은 방공호 안에서 마을이 타는 냄새를 맡았다. 기둥과 지붕을 엮은 짚이, 마른 흙과 손때 묻은 물건들이 그리고 마을의 큰 나무들이 불길 속에 사라지는 냄새였다.

　탕, 탕, 탕! 세 발의 총성이 들렸다. 그리고 한참이 지났다. 덕신과 함남 아주머니가 밖으로 나갔다. 마을은 흔적 없이 사라졌고 검은 터로 변해 있었다. 여기저기서 흰 연기가 솟아올랐다.

　덕신은 망루를 향해 달려가다 멈춰 섰다. 망루 난간에 제천댁의 주검이 사지를 묶인 채 매달려 있었다. 함남 아주머니가 그 자리에 주저앉았다. 제천댁을 그렇게 둘 수는 없었다. 덕신이 망루로 올라가 시신을 수습하려 했지만 혼자서는 어림없었다. 손목과 다리를 묶은 줄을 풀자 시신이 망루 아래로 떨어졌다.

　산으로 갔던 사람들이 돌아왔다. 그들은 울 힘도 원망할 시간도 없었다.

"이제 남은 것은 아무것도 없소. 한겨울을 이 많은 식구가 산에서 날 수 없으니 각자 원하는 곳으로 떠나시오."

사람들은 언 땅을 파고 제천댁과 신철 할아버지를 묻었다.

1939년 간도 토벌대의 대대적인 습격 이후, 명월촌에는 사람들이 살지 못했다. 마을을 떠난 사람 중 일부는 광복군을 따라 산으로 들어갔고 일부는 다른 곳으로 이주했다. 또 일부는 관동군사령부가 있는 신경으로 가 온갖 인종들이 뒤섞인 빈민가를 전전하기도 했다.

49

용성은 대중을 바라보았다. 모든 이승의 인연을 정리할 시간이었다. 벽성은 스승에게 천천히 다가갔다. 백발의 긴 머리와 누더기 옷, 외팔이가 큰스님의 상좌였다니, 대중 사이에서 잠시 소란이 일었다. 그 뒤를 혜득이 따랐다. 그는 벽성 뒤에 무릎을 꿇고 앉았다.

"남쪽으로 가 몸을 쉬려 했는데 마땅한 곳이 없었다."

용성의 음성은 파고 없이 잔잔했다. 많은 대중이 있었음에도 그 자리 역시 적요에 가까웠다. 그는 자신이 정진하던 해인사와 범어사, 내원사 등으로 가고자 했지만 뜻대로 되지 않았다. 절의 정치적 입장 때문인지 입적 뒤에 있을 번잡함을 우려한 때문인지 입산은 거절되었다. 그 소식에도 그는 별말이 없었다. 그러하냐? 알겠다, 라는 말이 다였다. 벽성은 그런 사연을 알고 있었기에 섣불리 할 말이 없었다. 용성은 벽성을 보며 웃었다. 젊은 혜득에게도 눈을 맞추며 고개를 끄덕였다. 혜득은 큰 스승의 마음을 헤아린 듯 앉은 채 합장했다. 후우, 용성은 긴 숨을 내쉬었다. 그리고 또 한 번 숨을 고른 용성이 대중을 향해 말했다.

"시자여, 대중이여, 그동안 수고했다. 나는 간다."

1940년 용성은 대각사에서 입적했다. 한국 불교의 정통을 지키고 민족정신을 지키기 위해 평생을 바친 그였다. 문도 대중이 용성과의 마지막 인사를 마쳤다. 입관 마지막 절차로 보공의가 시작되었다. 벽성은 준비했던 태극기를 꺼내 스승의 관 속에 넣었다.

"스승님, 천지사방 높은 산, 맑은 강, 너른 들 지나시는 길에 마음껏 흔드십시오."

벽성은 향을 사루고 돌아섰다.

벽성과 희옥은 홍제천 둑길을 걸었다. 산에 들에 봄기운이 가득했다. 멀리 황톳길 가운데 아지랑이가 피어올랐다. 흙냄새와 풀 향기를 따라 걷는 동안 지게를 진 농부와 마주쳤다. 주둥이에 그물을 쓴 소가 거친 숨소리를 냈다. 고단한 노동을 마친 서로를 위로하듯 농부와 소가 느릿느릿 걸어갔다.

"잠은 좀 잤느냐."

벽성은 구물거리는 아지랑이에 눈을 두고 물었다.

"야학도 다시 나가고 운송점 일도 하니 전보다는 많이 좋아졌어요."

희옥은 초옥의 죽음 이후 잠을 잘 수 없었다. 밤마다 높은 벼랑 끝에서 떨어지는 꿈을 꾸었다. 손가락만 한 가시가 솟은 밭으로 떨어지는 그녀를 잡아주는 사람은 늘 초옥이었다. 그때마다 살려달라 외치는 자신의 목소리에 놀라 눈을 떴다.

"아버지는 곧 돌아올 게다. 너를 두고 멀리 갈 수가 있겠느냐."

벽성은 슬픔을 견디는 희옥을 그저 묵묵히 보고 있었다.

"할아버지, 사람은 죽으면 어디로 가요?"

곤두박질치듯 허공에서 나풀대는 흰나비를 보며 희옥이 물었다.

"네 생각에는 어디로 갈 것 같으냐?"

"잘 모르겠어요. 언니는 착하게 살았으니 밤하늘에 별이 되었을까요?"

"네가 그렇게 믿으면 그런 거다. 별이 되고 꽃이 되는 것은 모두 사람 마음에 달렸지."

"할아버지, 마음이 그렇게 중요해요? 모든 것이 마음에 달렸다는 거예요?"

"그렇지. 초옥이 벼랑에서 뛰어 내린 것도 마음이 한 일이지."

"저한테라도 말했으면 언니가 그런 결정까지 하지 않았을 거예요."

"물론, 그랬겠지. 언니는 희옥이 마음을 다 알고 결정했겠지. 다른 사람을 힘들게 하고 싶지 않아서 혼자 지고 갔겠지."

둘은 말없이 걸었다. 희옥은 덕신을 생각했다. 거북바위에 걸터앉아 여름 하늘을 보며 그가 말했었다.

"별은 사람들의 소망이 모여서 만들어진 거야."

"정말요?"

"그래서 별들은 제각기 다른 빛깔을 가지고 있지. 새로운 소망이 가득한 별은 파란빛, 소원을 들어주고 나이 먹은 별은 다홍빛, 소원을 모두 들어줘서 남은 게 없는 별은 해처럼 붉은 빛을 갖게 되지."

"그 다음은요?"

"소원을 들어줄 수 없는 별은 소멸되지."

"어째서요?"

"자기만의 빛깔이 사라지면 반짝일 수 없으니까."

"죽지 않고 영원히 사는 별은 없어요?"

"없지. 세상에 영원한 것은 없으니까."

"소멸, 끝이군요."

"끝이 아니지만 우리는 그것을 끝이라고 생각하지. 보이지 않으면 없다고 생각하니까."

희옥은 메밀밭에 떨어져 있던 언니의 꽁꽁 언 몸을 떠올렸다. 겉옷도 입지 못하고 쏟아지는 눈 속을 걸어가는 동안 얼마나 추웠을까. 그곳까지 가면서 한 가지만 생각했겠지. 우리를 살려야 한다고.

"할아버지, 소멸은 끝이지요?"

"소멸은 흩어지는 거지. 구체적인 사물 하나가 눈에 보이지 않는 작은 알갱이들로 나누어지는."

"그럼 끝이 아니에요?"

"그렇지. 땅이, 물이, 불이, 바람이 모였다 흩어지는 것이 생성이고 소멸이다. 어느 때는 큰 덩어리로, 어느 때는 작은 알갱이와 알갱이로. 소멸은 생성되기 위해 다른 알갱이를 기다리는 시간이지."

할아비지의 말을 들으며 희옥은 오래전 자신에게서 떨어져 나간 어떤 알갱이가 또 다른 누군가가 되어 자신을 만나러 왔다는 생각을 했다.

"희옥인 뭐든 잘 견디는 사람이지."

"아버지와 언니가 없으니 아무 것도 못 하겠어요."

"운송점 일도, 야학 일도 잘 하고 있더구나."

"할아버지는 늘 칭찬만 하시잖아요."

"네가 화나고 억울한 마음에 원망만 했다면 이 자리에 있을 수 없었다. 타인을 생각하며 고통을 견디고 일한 덕에 여럿이 편안하니 모두가 너의 희생덕분이다. 다른 사람의 고통을 알아차리고 돕는 것. 지혜의 큰마음이고 그것을 행동으로 실천했으니 지혜의 완성이다."

"사람들이 언니를 비난하고 조롱했을 때 저는 아무 것도 못 했어요. 그냥 모른 척한 걸요."

"그것이 지혜로움이다. 준비되지 않은 사람들은 어떤 것도 받아들일 수 없다. 때를 기다리면 잘못된 것을 바로잡을 기회가 오게 되어있다."

희옥은 그때를 생각하면 언니에게 죄를 지은 것 같았다. 진명의 요조숙녀가 종로경찰서 형사와 눈이 맞았다는 이야기가 마을을 떠돌았다. 소문으로부터, 사람들로부터 달아나고 싶었지만, 아버지가 먼저 떠나버렸다. 아버지는 벽에 머리를 찧으며 탄식했다.

"운송점에 아무 일 없느냐고 물었을 때 알아채야 했는데. 아비가 돼서 그것도 헤아리지 못했다. 눈치도 없는 놈, 쓸모도 없는 놈 이러고도 아비라고…."

자책하던 주산은 집을 나간 후 연락이 없었다. 희옥은 벽성의 식사를 챙기고 언젠가는 돌아올 아버지와 덕신을 기다리며 아랫목에 밥주발을 묻어 놓았다.

두 달이면 돌아올 수 있다던 덕신은 반년이 넘도록 오지 못했다. 신미양행에서 보낸 전보에서 무사하다는 소식을 들었을 뿐 새로운 소식은 없었다. 희옥은 집과 운송점을 오가는 것 외에 다른 일은 아무것도 하지 않았다.

이렇게 오랫동안 소식을 전할 수 없는 곳, 그곳은 분명 위험한 곳이겠지. 봄풀이 돋아난 둑길을 걸으며 희옥의 마음은 국경을 넘어 봉천, 연길, 눈 쌓인 골짜기, 황량한 빈 들판, 덕신이 걷고 있을 중국 땅 어딘가를 떠돌고 있었다.

제 5 부

1941년 – 1946년

✷

50

 일본은 서태평양지역을 차지하기 위해 미국의 해군 기지인 진주만을 공격해 제2차 세계대전의 핵심 국가로 부상했다. 한반도에서는 조선인을 일본인화하는 황국신민화정책을 폈다. 그것의 최종 목적은 조선인을 전장으로 내모는 것이었다. 아시아-태평양 전쟁 수행에 필요한 인적 물적 자원을 최대한 동원하기 위해 청년학생들을 전장으로 내몰았다. 여자근로정신대를 만들어 십대 소녀들을 공장으로 보내 집단노동을 강요하고 젊은 여성들은 군위안소로 보내 일본군 성노예 생활을 하게 했다.
 신경에는 만주국 정부가 들어섰다. 일본은 오족협화정책을 내세워 한족, 만주족, 몽골족, 한국인, 일본인이 단합하여 서양 패권주의에 맞서자고 주장했다. 신경에는 새로 지은 콘크리트 건물이 들어섰고 도로는 방사형으로 뻗어 나갔다. 일제가 일본인과 조선인을 개척민으로 이주시키면서 인구 8만 명에 불과했던 신경은 인구 55만이 생활하는 대도시가 되었다. 일제의 새로운 대륙정복 기지가 만들어진 것이다.

김종원은 부영촌 언덕 길모퉁이에 서 있었다. 갑술이 좋아하던 여자와 뛰어내렸다는 축대 위였다. 검은색 가죽점퍼에 수염을 기른 모습은 온 가족이 독립운동에 헌신하던 때의 모습과는 많이 달라져 있었다.

그의 어린 아들은 만성질환에 시달렸지만, 약 한 첩 먹일 돈이 없었다. 뼈만 남은 아이를 안고 아내는 차라리 죽자고 했다. 종원은 그날 처음으로 아내의 눈에서 살기를 보았다. 일본 경찰은 끊임없이 회유의 손짓을 보냈다.

"애국이 뭐란 말인가. 처자식조차 돌보지 못하는 애국은 허상에 불과하다. 집안이 일어나야 나라도 일어나지 않겠나?"

일경의 끈질긴 설득에 아이의 약값을 받았다. 필요한 정보를 전달하며 치료를 진행했다. 밀정 활동은 곧 들통이 났다. 그는 자신을 처단하려는 사람들을 피해 낯선 곳으로 옮겨 다녔다.

그럴 때마다 더 중요한 정보를 제공했다. 임시정부와 안동을 연결하던 그가 가진 정보의 가치는 높았다. 그의 손에서 체계화된 정보는 일경에게 넘어갔다. 받은 돈으로 아내와 아들을 중국인 마을에 숨겼다. 최상의 정보와 맞바꾼 마지막 거래는 흡족했다. 아내를 경성으로 보내 집을 마련했다. 그리고 몇 달 후, 그는 종로경찰서 경부보조로 부임했다.

갑술이 여자와 함께 절벽에서 뛰어내렸다는 소식을 들었을 때 그는 음모가 있다고 확신했다. 그가 아는 갑술은 치정으로 목숨을 끊을 사람이 아니었다. 인생의 목표인 부자가 되기 위해 얼마나 애썼는지 그는 알고 있었다. 절벽 끝에 서서 아래를 보았다. 그곳은 생각했던 것보다 훨씬 높아 잠시 어지럼증이 일었다. 이곳에 자신의 앞날을 좌우할 만한 비밀이 숨겨져 있으리라. 그날부터 종원은 부영촌을 들락거렸다.

영철과 구국단원은 종원이 경성으로 오면서 두 가지 곤란한 문제에 맞닥뜨렸다. 그가 벽성 외에도 몇몇 단원의 얼굴을 알고 있다는 점과 부영촌에서 갑술의 죽음에 대해 재수사를 시작한 점이었다.

"그를 진작 죽이지 않은 것이 실수였네. 지금이라도 그를 처단해야 하지 않겠나?."

운송점 사장 안치영이 말했다. 하지만 그렇게 간단하게 처리

할 수 있는 일이 아니었다.

"그지가 죽으면 마을에 집중적인 수사가 진행될 텐데. 우리에게 불리합니다."

이번에도 더 지켜보자는 원론적인 결론으로 회의를 끝냈다. 갑술이 사라진 자리에 종원이 왔듯 그가 사라지면 또 다른 사람이 그 역할을 할 것이었다. 그때마다 사람을 죽일 수 없는 노릇이니 이것이야말로 심각한 딜레마였다.

주산은 집을 나갔다가 반년이 넘어서 돌아왔다. 돌아온 후에는 집과 운송점을 오고 갈 뿐 다른 활동은 일체 하지 않았다.

희옥은 모처럼 친구들을 만나고 집으로 돌아오는 길이었다. 가까이 지내던 진명의 동기생 중 결혼을 하지 않은 사람은 셋뿐이었다. 그중 정숙이 결혼을 앞두고 있어 얼굴이나 보자고 나갔던 길인데, 정작 주인공이 나타나지 않았다. 그녀들은 종로거리의 와이엠시에이를 지나 화신백화점으로 갔다. 찬란한 조명등 아래서 아이 엄마가 된 친구들의 소식을 들었다.

"이런 게 시간의 힘이니? 정숙이가 얼마나 계몽 정신이 투철한 애국자였니. 그런 애가 일본 황제의 작위를 받은 집안 며느리가 된다니. 정말 오래 살고 볼 일이다. 안 그러니?"

학교 다니는 내내 정숙과 경쟁하던 진이의 폭로였다. 정숙이 학교행사 때마다 앞장서서 애국을 외치던 모습이 생각났다.

"정숙이 많이 괴롭겠구나."

"얘는, 모르는 소리 말어. 지난번 모임에는 양장에 캡까지 쓰고 나와 얼마나 우아한 척하던지. 괴롭기는커녕 자랑만 늘어놓더라. 시어른에게 큰 선물을 받았다며."

이야기가 사실이든 아니든 희옥에게는 중요하지 않았다. 그녀는 온통 국경을 넘을 생각에 빠져 있었다.

"너는 언제 시집갈 거니? 아, 언니가 먼저 가야겠구나?"

진이는 무엇 하나 잊은 게 없었다.

"초옥 언니가 왜 아직도 결혼을 안 하는지 이해가 안 간다. 남자들은 눈이 어디에 달린 건지."

진희의 수다는 끝이 없었다. 백화점에서 무슨 이야기를 했는지 기억에 남는 게 없었다. 희옥은 언니 이야기가 시작된 후 참을 수가 없어서 자리에서 일어났다. 더 있어봤자 시시콜콜 남의 이야기뿐일 테니.

돌아오는 길에 공 씨 노인을 만났다. 오늘도 그는 하늘을 향해 삿대질하고 있었다. 어둠 속에 무슨 형상이라도 보이는지 일관된 몸짓이 줄을 매단 인형 같았다. 그의 아들 공 씨는 아내가 도망간 뒤 거의 날마다 술을 마셨다. 취한 공 씨가 노래를 흥얼대며 걸어 다니면 노인은 그 뒤를 따라다녔다. 노인이 이상 행동을 보이기 시작한 것은 며느리가 손자를 데리고 집을 나간 그즈

음부터였다.

"하나밖에 없는 손자를 잃었으니 얼마나 충격이 크겠어."

"더는 자손을 볼 수도 없고. 쯧쯧"

공 씨는 처가는 물론 갈만한 곳을 죄다 찾아다녔으나 아내 코빼기도 못 봤다고 했다. 언제부터인지 아내를 찾는 일도 포기했다.

희옥은 신문을 꺼냈다. 약속 장소에 일찍 나와 시간 때우려고 샀다며 진이가 주고 간 것이었다. 기사는 일본군의 승전 기사로 도배되어 있었다. 1면 하단에는 황국신민으로 이적행위를 한 스파이를 다섯 명이나 처단했다는 기사가 있었다.

그녀는 덕신을 찾아갈 생각이었다. 아무 일도 생기지 않았다면 이토록 연락을 끊지는 않았을 것이다. 희옥은 자신을 향한 후회와 원망으로 속이 터질 지경이었다. 처음부터 운송점에는 나가지 말았어야 해. 그때 국경을 넘었으면 지금쯤 덕신과 함께 있을 텐데. 나는 뭣 때문에 그렇게 겁을 냈을까? 그녀는 자신의 우유부단함을 자책했다.

희옥은 진명을 졸업하면 만주로 가겠다는 계획을 세웠지만, 실행에 옮기지 못했다. 영철의 권유로 운송점 일을 보게 된 것이다. 사업이 확장되자 규면 혼자 모든 일을 처리하기에는 무리가 있었다. 거기다 초옥이 없는 상황에서 아버지만 두고 집을 떠날 용기도 없었다. 그녀는 가슴속에 묻어두었던 생각들을 흔들어 깨웠다. 그래, 지금이라도 용기 내서 떠나야 해. 내가 알지 못하는 세계가 분명 그곳에 있을 거야. 양행에서는 덕신 씨 행방을 알고 있겠지. 오늘은 아버지가 일찍 돌아와 이 일에 대해 의논할 수 있으면 좋으련만. 희옥은 아버지를 기다리며 신문을 뒤적였다.

벽성은 짐을 정리했다. 눈도 흐려지고 기력이 떨어져 태극기를 그리기가 쉽지 않았다. 자칫 민첩하지 못한 행동으로 일이 발각되면 다른 사람들에게 피해가 갈 것도 염려스러웠다. 초옥의 죽음을 받아들이지 못하고 방황하는 주산과 희옥에게 더는 큰일이 생기지 않게 해야 하는데. 내일은 영철을 불러 짐 정리를 하기로 마음먹었다. 짐을 옮기고 나면 동네 아이들을 찾아다니며 옛날이야기나 들려주리라.

며칠 후 벽성은 부영촌 골목에서 사람들 앞에 나섰다. 일거리를 찾지 못해 주저앉은 남자들과 천방지축으로 뛰는 아이들, 여자들이 옹기종기 모여 있는 공터에서였다. 그날은 난쟁이 공 씨와 청소원 신 씨도 일을 나가지 못해 그곳에 있었다. 사람들은 얼굴을 잘 보이지 않던 외팔이 노인이 앞으로 나서자 호기심에 차 그의 행동을 기다렸다.

"일본은 전쟁에서 패하고 말 것입니다. 그날이 가까워오고 있습니다. 우리는 하나로 뭉쳐서 저들과 싸우고 되찾은 나라를 자손들에게 물려줘야 합니다. 아이들을 교육하고 ….”

놀라서 주춤거리는 사람, 벌떡 일어서 자리를 뜨는 사람, 옳소, 손뼉을 치는 사람도 있었다. 이죽거리는 사람, 큰일 낼 사람이라며 혀를 차는 사람, 반응은 여러 가지였다. 매사에 조심하며 자신을 드러내지 않던 벽성은 작정하고 나섰다. 그는 자신에게 주어진 시간이 많지 않다는 것을 알았다. 쓰러져 죽을 때까지 태극기를 그릴 수도 있다. 하지만 신체의 변화 앞에 무력감을 느꼈다. 붓을 잡았지만, 선이 제대로 그어지지 않았다. 원을 그리는 일은 더 어려웠다. 그는 새로운 역할을 할 때가 왔다고 생각했다.

“전쟁은 곧 끝날 겁니다. 일본은 물자도 부족하고 군인도 모자라니 우리 아이들을 전쟁터로 끌고 가는 겁니다. 아들뿐 아니라 딸들까지 데려가고 있습니다. 학도병으로 끌려간 아이들이 먼 섬나라에서 총알받이로 죽어가는 사실을 여러분은 알고 있습니까?”

그의 확신에 찬 연설에도 불구하고 사람들의 눈빛은 흐리멍덩했다. 담배 연기를 뿜어내는 사람, 서커스를 보듯 웃는 사람, 엉덩이를 들썩이는 아이들, 도무지 알 수 없는 말이라는 듯 지루한 표정을 한 여인도 있었다.

"외팔이 양반, 말 참 잘한다."

앞줄에 앉았던 노인이 손뼉을 쳤다.

"일본이 망할 리가 있나. 전쟁에서 죄다 이겼다고 하는데."

"그러게 말이야. 중국도 러시아도 꼼짝 못 하는데…."

벽성의 연설은 조금 더 이어졌다. 사람들은 탄식했다. 말이 끝날 때마다 그렇지, 하며 추임새를 넣는 사람도 있었다. 시간이 얼마나 흘렀는지 몰랐다. 사람들은 벽성의 말이 완전히 헛말은 아니라고 생각했다. 그렇지만 경찰들이 뻔질나게 드나드는 곳에서 대놓고 환호하고 동조할 엄두는 나지 않았다. 청소원, 넝마주이, 행상, 운송원처럼 겉으로 내보이는 직업 말고 다른 어떤 일을 하는 사람이 있을지 몰랐다. 도둑인지, 밀정인지, 독립군 연락책인지.

삼십 년이 넘는 세월을 억압받고 통제받으며 살아온 사람들은 지쳤다. 더는 희망이 없어 보였다. 살 길은 오직 일본 사람들에게 협조하는 것뿐이라고 생각하는 이도 있었다. 그들의 비위를 거스르지 않고 시키는 대로 하는 것이 목숨을 부지하는 길이었다. 적극적인 친일부역자가 늘었다. 산 사람은 살아야 하니까, 라는 말이 모든 것을 무마시켰다. 죄스러움과 모욕감과 수치심까지.

물자는 나라 밖으로 빠져나갔다. 헐벗은 민중에게는 의식주를 해결해 주는 사람이 구세주였다. 그들에게는 나약해진 마음을 다잡아 줄 누군가가 필요했다. 끼니를 때우는 일만큼이나 나라를 되찾는 일이 중요하다는 것을, 그것이 공허한 메아리가 아니라는 것을 알려줄 사람이 필요했다.

그날 오후, 거북바위에서 내려오던 벽성은 종원 일행에게 붙잡혔다. 주민을 선동했다는 죄목이었다. 그는 자신의 옛 스승 벽성을 알아보지 못했다. 단정한 양복에 하이칼라로 다니던 그의 모습은 어디에도 남아 있지 않았다. 벽성은 종로경찰서로 끌려갔다.

아침에 눈을 뜬 주산은 벌컥벌컥 물을 들이켰다.
"어제도 늦으셨어요? 이젠 술 좀 그만 드세요."
주산은 희옥의 타박에 입맛을 다셨다. 벽성이 끌려갔다는 소식을 들은 주산은 가슴이 덜컥 내려앉았다.
"여든이 다된 분이 고문을 견뎌낼 수 있을지 걱정이구나."
"정신이 이상한 분이라고 알고 있으니 빨리 나오시지 않을까요? 할아버지 댁 짐은 영철 아저씨가 정리했어요."
잠시 침묵이 흘렀다.
"아버지, 저는 만주로 가야겠어요."
주산은 망설이다 물었다.

"덕신일 찾아가는 것이냐?"

그는 가지 말라고, 안 된다고 말리고 싶지만 차마 그 말을 하지 못했다. 초옥에게 일어난 일이 희옥에게도 일어날까 두려웠다. 덕신을 사위로 생각한 것은 오래전부터였으니 만나는 것 자체를 염려하지는 않았다. 다만 그곳까지 가서 만나지 못하면, 낯선 땅에서 그때는 어쩌나 걱정이 됐다.

"네가 마냥 기다릴 수만은 없겠지만, 할아버지 일이 해결될 때까지 기다려보는 건 어떻겠냐?"

"선생님을 만나는 일도 있지만 다른 세상, 이곳과는 다른 세계를 보고 돌아올 거예요. 전부터 말했잖아요. 넓고 큰 세상을 보고 싶다고. 만주나 중국은 물론이고 갈 수만 있다면 유럽, 아메리카에도 가보고 싶어요."

"또 그 소릴 하는구나. 경을 칠 것 같으니라구."

주산에게 그 모든 곳은 지구상에 존재하지 않는, 아니 결코 닿을 수 없는 멀고 먼 세상일 뿐이었다. 그런 곳에서 희옥이 돌아오지 못하면 어쩐단 말인가. 주산은 그것이 마음에 걸릴 뿐이었다.

51

토벌대의 공격에서 살아난 덕신은 산으로 들어가는 길을 택했다. 두 눈으로 목격한 간도 특설대의 잔혹성은 상상을 초월했다. 그들은 돌멩이 하나도 원래의 자리에 남겨두지 않았다. 폐허가 된 마을은 다시 살아날 수 없으리라. 버드나무 강이 흐르던 절벽 위의 마을, 독립군의 식량을 대고 의복과 의료품을 지원하던 명월촌은 완전히 사라졌다.

덕신은 제천댁의 무덤을 오랫동안 다졌다. 그녀의 아들은 산으로 들어간 지 넉 달 만에 죽었다고 함남 아주머니가 알려주었다. 망루 난간에 걸려 있던 그녀의 주검을 생각하며 그는 진저리쳤다. 그녀가 조금만 늦게 종을 쳤다면 자신은 물론 아이들까지 목숨을 잃었을 것이다. 생살을 찢는 아픔을 견디며 살았던 이유가 많은 사람의 목숨을 지키기 위한 것이었나 보다.

산속 부대로 가는 길은 험난했다. 쌓인 눈을 헤치고 가느라 앞으로 나가는 속도는 느렸다. 일행이 주둔지에 도착한 것은 저녁이 다 되어서였다. 어찌나 추운지 차라리 죽고 싶다는 생각이 들 정도였다. 막사라고 할 만한 시설도 없는 그곳에서 사십여 명의 부대원이 일행을 맞이했다.

날이 밝자 부대는 이동 준비를 했다. 출발하기 전 부대장이 앞에 나섰다.

"우리는 집결지에 도착하기 위해 서둘러야 합니다. 걷기에 서툰 분들이 있겠지만, 참고 잘 따라와 주기 바랍니다."

시간을 맞추지 못하면 다음 작전에 문제가 생길 것이라고 했다. 그들은 걷고 또 걸었다. 식사는 하루에 두 끼였다. 소금을 잔뜩 넣은 주먹밥과 삶은 감자, 그마저도 땡땡 언 것을 녹여가며 먹었다. 갈증이 날 때는 쌓인 눈을 퍼먹었다. 이가 시리고 입 주위가 얼얼하도록 눈을 먹어도 갈증이 가라앉지 않았다. 이틀째가 되자 발가락이 동상에 걸렸다. 부풀어 물집이 생겼고 감각이 사라졌다. 헝겊으로 감싸고 걸어도 나아질 기미는 보이지 않았다. 산을 두 개나 넘었다. 산 중턱에서 바라보는 만주 땅은 끝도 없는 벌판으로 이어져 있었다. 아득한 곳에 지평선이 있었다.

부대장이 다시 앞으로 나섰다.

"이곳은 적의 주력부대에서 멀지 않은 곳이다. 밤에도 적의 침투가 가능한 지역이므로 개인 행동을 자제하고 큰소리를 내지 않도록 한다."

부대원들은 두 개 중대로 나뉘었다. 반원형의 대형을 짜고 앉아 저녁을 먹었다. 그들은 불을 피울 엄두도 내지 못하고 그 자리에 누웠다. 덕신은 하늘을 보고 싶었으나 눈을 뜨지 않았다.

별을 보면 마음이 약해질 것 같았다. 언 발가락이 너무 가렵고 화끈거려 동여맨 천을 풀고 신발을 벗었다. 부풀어 오른 물집은 말간 물주머니가 되었고 주변 살은 붉게 성이 나 있었다. 한 번 양말을 벗고 나니 다시 묶을 엄두가 나지 않아 그것을 한참 들여다보고 있었다.

"당장 묶지 않으면 내일은 걷지도 못할 거요."

수염이 덥수룩한 남자가 말했다. 얼른 신발을 신고 천으로 칭칭 동여맸다. 발가락은 불길에 댄 것처럼 열이 났다. 자리에 누워 있으려니 졸음이 시작되었다. 그토록 추운 곳에서도 잠이 오는 것이 놀라웠다. 누군가는 벌써 코를 골기 시작했다. 경계를 서는 부대원들의 눈 밟는 소리를 들으며 덕신은 아득한 잠속으로 빠져들었다.

52

간도 특설대는 1939년 3월에 창설되었다. 그들은 관동군 산하의 조선인으로 구성된 부대였다. 조선인을 잡기 위해 만든 일본군 휘하의 조선인 부대가 그들이었다. 관동군사령관 하타는 분노했다. 자신의 안방인 사령부에 불령선인이 침투했다. 그것도 대낮에. 사령부 건물 삼분의 일이 주저앉고 사상자도 나왔다. 그나마 열도에서 시찰을 온 황실 친인척 경호 인원이 밖으로 나가 있어 피해가 적었다. 그 일은 명예로운 전역을 준비하던 군인 생활에 지울 수 없는 치욕이었다.

"모든 조선인을 폭사시켜라."

첫 번째 명령은 산속 조선인 마을을 초토화하는 것이었다. 개척 이민으로 들어온 조선인들은 산마을에서 광복군에 필요한 보급품을 마련하고 지원했다. 자신들의 식량을 해결하기에도 벅찬 조선인들은 양식과 의약품, 옷, 소금 등을 끊임없이 산으로 보냈다. 광복군을 괴멸하는 방법은 보급품을 끊는 길밖에 없었다.

"돌무더기 하나도 원상태로 남기지 마라."

하타는 모든 것을 철저하게 죽였다.

두 번째 작전은 팔로군 괴멸을 목적으로 한 일본군부대에서 특별히 선발한 부대원들에게 맡겼다. 천황의 훈장을 받은 뛰어난 전략가까지 동원했다.

"다케야마, 귀관의 명예를 위해 모든 것을 걸어라."

"하이."

그의 대답은 언제나 명쾌했다. 반듯하게 생긴 이목구비, 유난히 흰 피부, 작은 키, 맑게 퍼지는 울림이 좋은 음성까지, 하타는 그를 볼 때마다 미소년을 보는 것 같았다.

다케야마는 부대원에게 충성맹세를 하게 했다. 머리카락을 자르고 손톱을 깎아 유서와 함께 봉투에 넣도록 했다. 자신도 그들과 똑같이 했다. 손가락에 피를 내 '천황폐하 만세'라고 썼다. 여섯 글자를 쓰는 동안 상처는 커졌고 피는 충분히 흘렀다. 저녁을 양껏 먹이고 여자들에게 보냈다. 한 명의 위안부당 군인 다섯 명이었다. 부족한 여자는 시내에서 데려왔다.

"천황폐하의 선물이다. 여자는 마음껏 다루어도 좋지만, 다음 전우를 위해 목숨은 살려 놓아야 한다."

산을 넘어 이동하는 광복군이 있다는 첩보가 있었다. 다케야마 부대는 차량을 이용해 산 아래에 도착했다.

"조선인은 산을 넘어온다. 우리는 밤까지 기다린다."

토벌대 삼십 명은 대기했다. 작전명은 '달맞이'였다. 다케야마의 눌러쓴 방한모 속으로 바람이 파고들었다. 총을 잡은 손끝이 시렸고 군화 속에서 발가락은 감각을 잃어갔다. 더는 기다릴 수 없었다.

"자, 달맞이 가자."

다케야마의 명령이 떨어졌다. 군홧발이 마른 잎과 언 흙을 짓이기며 산을 올랐다. 제1열이 앞으로 나아갔다. 검을 꽂은 총과 최소한의 물건을 담은 배낭, 천황의 훈장을 받기 위해 번뜩이는 눈, 밀림의 움직임에 집중한 귀가 그들이 가진 전부였다. 제2열, 제3열, 마지막 열까지 모든 부대원은 질서정연하게 전진했다. 드디어 산 중턱에 은신한 광복군이 눈에 들어왔다. 다케야마는 제1열에 병사들과 같은 복장을 하고 있었다. 이 밤이 지나면 그들은 영웅이 될 것이다.

모든 부대원이 도착해 열을 지어 앉았다.

"오제키, 시간은?"

"21시 25분입니다."

다케야마가 긴 칼을 빼 들었다. 푸르스름한 칼날이 빛을 뿌렸다. 검은 옷을 입은 토벌대원들이 달려나갔다. 땅이 파이고 부엽토가 밀려났다. 숨을 쉴 때마다 흰 입김이 뭉텅뭉텅 쏟아졌다. 그들은 닥치는 대로 베었다. 그것이 무엇이든, 움직이는 모든 것을 베었다. 총을 쓸 필요도 없었다. 칼을 든 자들은 온 힘을 다해 베었고 도망하는 자는 속수무책으로 쓰러졌다. 피가 튀었다. 신음하는 자들은 두 번 세 번 더 베었다.

제3열, 기무라는 부하들을 불렀다.

"숨이 붙어 있는 자를 찾아라."

통역하던 병사가 다케야마의 얼굴을 한번 보고는 고개를

저었다

"다른 놈은 없나?"

끌려온 남자는 제 몸 어디가 잘려나갔는지 알지 못했다. 온 몸을 바들바들 떨며 그가 말했다.

"살려…주세요."

"묻는 말에 대답하란 말이다."

떨고 있던 남자의 고개가 뒤로 젖혀졌다. 세 번째, 네 번째 사람도 그렇게 죽어 나갔다. 몰살이었다. 불과 이십여 분만에 작전은 성공했다. 아니 절반의 성공이었다.

다케야마는 지휘관들을 불렀다.

"반경 오십여 미터를 수색한다."

각 지휘관은 토벌대를 이끌고 맡은 구역으로 나갔다. 거미가 줄을 치듯 포획물을 기다리는 토벌대의 그물이 범위를 넓혀갔다. 그들은 번득이는 눈으로 풀 속과 바위 뒤를 뒤졌다. 작은 토끼굴이라도 놓치지 않으려 검으로 땅을 찔렀다. 나뭇잎들이 부드럽게 군홧발을 받았다. 그들이 지나간 자리가 움푹 파였다. 다음 생을 기다리던 포자들이 허공으로 떠돌았다. 멀지 않은 곳에서 피비린내를 맡고 깨어난 짐승들의 울음이 들렸다.

"사격개시."

동쪽에서 불이 튀었다. 토벌대는 일제히 그쪽으로 달렸다.

누가 적인지 아군인지 구별할 수 없었다. 토벌대는 준비했던 기름 방망이에 불을 붙였다. 급습을 당한 광복군이 우왕좌왕했다. 토벌대의 총은 쉬지 않고 불을 뿜었다. 비명이 난무하고 화약 냄새가 천지에 흩어졌다. 고통에 찬 신음과 단말마의 외침이 뒤섞였다.

부대장 이동호는 뒤로 물러섰다. 퇴각하라는 그의 명령은 공허했다. 물러서려 했지만, 물러설 곳이 없었다. 그는 자신을 보좌하던 부하들에게 퇴각을 명령했다. 자신은 여기서 끝을 내야 했다. 젊은 부하들이 한 명이라도 더 살아나갈 수 있도록 도와야 했다.

"퇴각하라. 모든 대원은 퇴각하라."

검은 그림자 몇이 뒤로 물러났다. 총소리가 멎었다.

다케야마는 한쪽 팔에 총상을 입었다. 통역을 맡았던 가노는 죽었다. 오른팔이었던 제1열 혼마도, 야마구치도 죽었다. 양쪽 군사 모두 움직임이 없었다. 다케야마는 시계를 보고 싶었으나 불을 밝힐 수 없었다. 어둠 저편에서 알아듣지 못하는 조선말이 들렸다. 누군가의 생사를 확인하는 듯 울음 섞인 목소리였다. 이대로 날이 밝기를 기다릴 수는 없었다.

동호는 총 맞은 다리를 끌며 기어갔다. 겨드랑이가 불에 닿은 듯 뜨거웠고 살이 찢겨 나가는 것 같았다. 누군가 살고 싶다고 했다. 손을 내밀었다. 진득한 피 때문에 손이 미끄러졌다.
"걱정 마라. 금방 끝난다."
병사는 자신을 위로하는 사람이 누구인지 알지 못했다.
"많이 다쳤나?"
"그런 것 같소. 동지는 어디를."
"다리."
동호는 통증을 참으며 말했다.
"나는 어깨와 복부를 맞았소. 놈들은 다 뒈진 건가. 왜 총소리가 멈춘 거요?"
동호는 마땅히 해줄 말이 떠오르지 않았다.
"고향은 어디요? 나는 회령이오."
그가 또 물었다.
"무산, 나는 이동호다. 이름이 무엇인가?"
동호는 낮고 부드러운 음성을 내려 애썼다.
"부대장님이십니까? 이동석입니다."
가쁜 숨을 몰아쉬며 그가 말했다.
"목소리가 젊은 것을 보니 내가 형이겠다."
둘은 쇠털같이 많았던 날에 맺지 못한 형제의 연을 임종을 앞두고 맺었다. 동석의 가쁜 숨소리가 동호의 귀를 파고들었다. 피를 많이 흘린 탓인지 동호도 정신이 혼미해졌다. 그는 고개를 들어 동석의 얼굴을 더듬었다.

"아우, 먼저 가는 건가?"

"먼저 갑니다. 천천히 오십시오."

동호의 손가락을 타고 눈물이 흘렀다.

탕, 탕, 탕, 다시 총소리가 났다.

"모두 일어나라."

다케야마가 큰소리로 외치자 검은 그림자가 일어섰다. 몇인지 알 수 없었다.

"기무라, 후방으로 퇴각하라."

그날 다케무라는 달맞이를 끝내지 못하고 산에서 내려갔다.

흐릿한 어둠 속에서 적들이 뛰었다. 동호는 적을 향해 권총을 들었다. 몇 놈이나 잡을 수 있을지 몰랐다. 남은 총알을 허투루 쓰지 않으려면 자세를 다시 잡아야 했다. 그는 나무에 몸을 기대고 오른 다리를 앞에 놓았다. 탕 탕 탕, 딸깍. 총알은 세 발뿐이었다. 어둠 속을 날아간 총알이 누구의 몸을 뚫었는지 그로서는 알 수 없었다. 이제 그가 할 수 있는 일은 나무에 기대 어둠 속에서 멀어지는 적의 뒷모습을 보는 일뿐이었다. 동호의 눈앞에 잊었던 얼굴들이 나타났다. 오래전 집을 떠날 때 손을 내밀었던 아내가 보였다. 그는 빈총을 내려놓고 허공으로 손을 뻗었다.

덕신은 가슴을 짓누르는 갑갑함에 눈을 떴다. 먹물을 풀어 놓은 것 같은 어둠 속에서 역한 비린내가 났다. 그는 버둥거리며 자신을 짓누르는 것에서 벗어나려 애썼다. 고막을 찢는 듯한 소리와 함께 매캐한 흙먼지가 입안으로 밀려들었다. 덕신의 몸 위로 군홧발이 지나갔다. 숨이 턱 막혔다. 놈들이 온 거야. 나는 여기 누워 무엇을 하는 거지? 누군가의 발이 그의 머리를 짓밟고 갔다. 어둠 속으로 가라앉으며 그는 생각했다. 움직이면 안 된다, 절대 안 된다. 그 말은 정신이 온전히 돌아왔을 때도 가장 먼저 생각났다.

그는 눈을 감고 참았다. 더는 참을 수 없을 때 몸을 흔들어 보았다. 헛일이었다. 묵직한 것이 그의 몸을 덮고 있었다. 나는 죽은 것일까. 살아남은 사람은 아무도 없는 것일까. 이렇게 조용한 것을 보니 모든 것이 끝장난 모양이었다. 몸이 떨리기 시작했다. 딱딱 이가 마주치고 머리가 흔들렸다. 제발, 이 끔찍한 곳에서 벗어날 수만 있다면.

"아무도 없어요?"

겁먹은 목소리가 울려 퍼졌다.

"도와주세요, 아무도 없어요?"

그러다 한순간 덕신은 자유로워졌다. 그를 누르고 있던 시신이 미끄러져 내렸다. 고개를 돌리자 움푹 파인 땅에 얼굴을 박은 시신이 있었다. 그는 천천히 일어나 사방을 둘러보았다. 흐릿하게 어둠이 남아있는 새벽이었다. 하늘을 보고 누운 사람, 달리다 고꾸라진 사람, 뒤틀리고 꼬인 자세로 절명한 사람, 시체가 흩어진 산 중턱에서 그는 소리쳤다.

"아무도 없어요?…아무도 없습니까?"

덕신은 두려움을 잊으려 더 크게 외쳤다.

"꼼짝 마."

등 뒤에서 소리가 났다.

"누구냐?"

자신을 누구라고 대답해야 할지 생각나지 않았다.

"이름은?"

"이덕신, 이덕신이오."

"소속은?"

그는 또 말문이 막혔다. 자신이 어떻게 이곳에 있게 되었는지 말할 방법이 없었다. 그렇게 버티던 덕신은 무너지듯 주저앉았다.

생존자는 열두 명이었다. 죽은 사람의 무덤을 만들 수는 없었다. 살아남은 자들이 할 수 있는 최소한의 예의로 시신을 한곳에 모았다. 언 돌들을 몇 개 캐내 시신 옆에 쌓아두었다. 그들은 동북쪽으로 침묵의 행군을 이어갔다. 일행이 광복군 집결지에 도착한 것은 사흘 뒤였다.

53

 1943년 11월 22일부터 26일까지 이집트의 카이로에서는 미국, 영국, 중화민국 세 연합국 수뇌가 모여 회담을 열었다. 제2차 세계대전에서 일본에 대한 연합국의 대응과 아시아의 전후처리 문제에 관해 협의하기 위해서였다. 회담 후 발표된 카이로선언에서 연합국은 "한국인의 노예 상태에 유의하여 일정한 과정 뒤에 한국을 자유 독립케 한다."고 선언했다. 연합국에게도 한국의 독립은 당연한 것으로 받아들여졌다.
 회담이 열린 이후에도 전쟁은 계속되었다. 인력과 물자 부족이라는 위기 상황에 몰린 일본은 조선에서 수탈을 강화하였다. 부족한 전쟁 인력은 지원병제와 강제 징용을 통하여 해결하였고 물자 부족은 국방헌금 강요와 각종 금속류를 거둬들이는 것으로 해결하려 했다.
 불교계는 총독부의 수탈정책에 순응하여 불상을 제외한 각종 불구 용품을 헌납하기에 이르렀다. 경성과 경기 지역에서 모아진 범종과 기타 금속류를 태고사에서 모아 헌납하였고 조선불교근로보국대를 조직하여 승려들을 농사일에 동원하기도 하였다.

1943년 7월 총독부는 총본사 주지의 임기를 삼 년에서 오 년으로 연장하였다. 이는 후방에서 전쟁을 지원하는 체제가 흔들릴 것을 걱정해 내린 조치였다.

서대문 형무소로 창학을 면회 갔던 규면이 영철을 찾아왔다.

"연화사 범종을 떼어간답니다. 총독부에 헌납하려고."

"언제 들은 소식인가?"

"내일 인부들이 온다는데. 이대로 놔 둘 수는 없지 않습니까?"

"물론이지. 연화사는 구국단이 처음 발기모임을 했던 절인데."

영철은 비상연락망을 가동하고 긴급회의를 열었다. 논의 끝에 연화사 범종을 지키기 위해 모이기로 했다.

"우리가 잊지 말아야 할 것이 있습니다. 무력충돌이 일어나면 경찰에서 나설 것이고 그것을 빌미로 사람들을 잡아들일 겁니다. 우리는 어떤 무기도 소지해서는 안 됩니다."

"그놈들을 상대로 맨몸으로 막자는 겁니까?"

"어렵지만 그래야 합니다."

다음날 이십여 명의 청년이 연화사 일주문 앞을 막아섰다.

오전 9시 인부들이 왔으나 청년들과 대치 끝에 세 시간 만에 돌아갔다. 주지는 경찰을 부르겠다고 엄포를 놓았지만, 실행하지는 않았다.

"난들 범종을 내놓고 싶겠는가? 어쩌나 사람을 괴롭히는지 방법이 없어. 정해진 양을 채우지 못하면 계속 찾아올 것인데."

"어떤 협박이나 위협이 있어도 할 수 없다고 저항해야 합니다."

"나 혼자 살자고 이러는가? 여럿이 편하자고 하는 일이지."

"스님, 힘들더라도 거부해야 합니다. 나라를 잃었고 불교 정신까지 훼손당했는데 편히 살겠다는 생각이 가당키나 합니까?"

"스님은 국방헌금이나 헌납이 무엇인지 아십니까?"

"이 사람들이 남의 절에 와서 왜 이러는 거요. 당장 돌아들 가시오. 아니면 내일은 정말 경찰을 부를 테니."

"이렇게 거둬들인 철과 금속을 녹여 총을 만들고 그 총에 우리나라 사람이 죽어 나갑니다."

다음날도 청년들이 물러나지 않자 주지는 사람들을 동원했다. 몽둥이를 든 사람들이 몰려왔지만, 청년들은 꿈쩍하지 않았다.

"이곳에서 피를 볼 작정이오?"

영철이 물었다.

"그것을 원하지 않는다면 당장 사람들과 함께 돌아가시오."

인부들도 호락호락 넘어가지 않았다. 사흘째 되던 날, 인부들은 청년들에게 몽둥이를 휘둘렀지만, 그들은 아무런 저항도 하지 않았다. 무차별 구타를 당하면서도 그들은 손에 손을 잡고 범종을 에워쌌다. 인부들은 물러갔고 연화사의 범종은 자리를 지켰다. 여기저기 다친 사람들이 서로를 부둥켜안고 환호했다.

54

희옥은 안동행 열차를 탔다. 아버지에게는 간단한 편지를 남겼다. 목적지는 신미양행이었다. 떠나기 전에 영철을 만나려고 생각했지만 새로운 거사를 준비 중이라 만나기 어려웠다.

얼마 전 부영촌에는 징용을 거부하는 남자들을 찾는다며 경찰이 마을을 뒤졌다. 몇 명의 남자들이 전쟁터로 끌려갔다. 종원은 정신대에 나갈 여자들을 모으느라 혈안이 되었고 갑술과 초옥의 죽음을 조사한다는 핑계로 주산의 집을 들락거렸다.

"낮에는 사람이 없으니 밤에 올 수밖에 없지 않은가?"

불길한 예감은 들어맞았다.

"희옥인 아직 결혼 하지 않았으니 열도에 가서 교원이 되거나 기자가 되는 건 어떻겠나?"

종원은 대우 좋은 일자리가 많다며 선전했다.

"저는 어학교를 졸업했고 이미 직업이 있습니다."

"알고 있지. 하지만 더 좋은 일자리가 있다면 마땅히 새로운 곳으로 가는 것이 좋지 않나? 일본은 조선과는 비교할 수 없단 말이야."

시내에는 여자들을 강제로 끌고 갔다는 소문이 파다했다. 정신대니 간호병이니 하는 근사한 이름을 제안하니 잘 모르는 사람들은 그 말에 현혹되어 가는 경우도 있었다. 희옥은 그의 방문을 막을 방법이 없었다. 늦은 저녁, 그의 방문이 심상치 않았다. 때를 놓치면 후회할 일이 생길 수도 있다는 생각이 들었다. 더는 망설일 이유가 없었다.

희옥은 그렇게 급작스럽게 집을 떠나게 되었다. 안동에서 내리면 곧장 양행으로 가리라. 낯선 중국 땅으로 향하는 초행길, 긴장한 탓에 잠은 오지 않았고 배도 고프지 않았다. 경성 사람들은 상상할 수 없는 추위가 몇 달 동안 지속된다는 말에 겨울옷을 준비했고 여비는 그동안 모아둔 것이 있었다.

"돈은 한곳에 넣지 말고 꺼내기 편한 곳에 적은 금액을 준비해 둬."

희옥은 새삼 원백에게 고마운 생각이 들었다. '아저씨는 내가 안동으로 갈 것을 미리 알고 있었던 것일까. 그래서 묻지도 않은 말을 세세하게 일러주었던 것일까.'

"안동에 가면 요상한 옷을 입은 사람들이 있다. 서양 여자들은 커다란 모자를 쓰고 신발도 한 뼘은 되는 구두를 신는다. 몽글몽글 구름 덩이 같은 드레스를 입기도 하고. 그런데 거기서 제일 무서운 건 인력거를 끄는 왕 서방이다. 되놈들은 이놈도 왕 서방, 저놈도 왕 서방, 죄다 왕 서방이라고 한다."

"왜 모두 왕 서방이에요?"

"왜겠어? 무슨 일이 생기면 서로 왕 서방 탓을 하려는 거지. 특히 너처럼 이쁜 처자들이 혼자 오면, 그것도 조선 처녀들이 오면 인력거에 태워 돈을 받고 마약 소굴에 판다. 그러면 죽을 때까지 빠져나올 수 없으니 아무도 믿으면 안 된다."

희옥은 원백의 말을 떠올리며 가방을 다리 아래에 밀어 넣었다. 코를 고는 남자, 징징대는 아이를 달래는 여자, 양복을 빼입은 신사, 허름한 옷차림을 한 일가족 등 기차간은 사람들로 넘쳤다.

아버지는 편지를 읽으며 경을 칠 년이라고 욕을 하겠지. 언니가 떠난 뒤 아버지는 내 걱정뿐이지만, 그대로 있다가는 종원에게 끌려갈 것만 같았다.

단 하룻밤이었지만 경찰서에 다녀온 벽성은 매우 쇠약해졌다. 그들은 벽성이 제정신이 아니라면서도 고문을 했다.

"바람에 날려갈 것 같은 노인을 이렇게까지 고문하는 게 말이 되냐구? 말해봐야 입만 아프지. 야차 같은 놈들이여."

안타까운 마음에 주산이 말했었다. 할아버지는 홍제천을 따라 걷는 일도 힘에 부칠 것이다. 하루 종일 누워 있는 할아버지를 보살펴드리지 못하고 떠나는 것이 죄송했지만 희옥은 냉정해져야 한다고 자신을 설득했다.

"이제 가겠다는 말이구나."

"할아버지, 죄송해요. 근데 어떻게 아셨어요?"

"뭘 말이냐?"

"선생님을 좋아하는 것 말이에요."

"나를 눈뜬장님으로 본 것이냐? 네 얼굴에 큰 글씨가 씌어있었다."

"맞아요, 할아버지는 진짜 신식이시라니까."

"사람 마음은 약하지만 누군가를 믿는 만큼 강해진다. 서로를 믿고 행복하게 지내거라."

할아버지는 지금쯤 기운을 좀 차리셨을까. 기차는 철커덕 소리를 내며 북쪽을 향해 달렸다. 평양을 지날 때는 눈이 내렸다. 기차에 오른 사람들이 머리에 쌓인 눈을 털었다. 통로로 찬

바람이 밀려 들어와 기차간이 서늘했다. 신의주를 지난 열차가 철교 위를 달리고 있었다.

"드디어 조선 땅을 벗어났군."

누군가의 말을 듣는 순간 희옥은 온몸이 떨렸다. 겁도 나고 집 떠난 것이 잘한 일인지 자신감도 없어졌다. 창밖에는 아무것도 보이지 않았다. 깊은 밤 잠들지 못한 그녀만이 어리둥절한 눈빛으로 자신이 맞이할 미지의 세상을 그리고 있었다.

기차가 안동역에 멈추었다. 희옥은 사람들을 따라 개찰구를 나왔다. 밖에는 아침 햇살이 퍼지고 있었다. 광장 건너편에 흰색의 서양식 건물들이 늘어서 있었다. 원백 아저씨 말과 달리 서양 여자도, 왕 서방들도 보이지 않고 매서운 바람만이 얼굴을 할퀴었다.

그녀는 조급한 마음으로 신미양행을 찾아 나섰다.

덕신을 찾아왔다는 말에 남자가 의자를 내주었다.

"하필이면 명월촌으로 들어간 날 토벌대의 공격이 있었소. 이 동지는 별일 없이 산으로 들어갔다는 연락을 받았으니 틀림없이 돌아올 거요. 언제 오느냐가 문제지만."

희옥은 확신에 찬 그의 말이 무엇보다 고마웠다.

"인숙 씨가 돌아오면 머물 곳을 찾아봅시다."

사무실로 돌아온 인숙은 희옥의 사정을 듣고 제안했다.

"위험한 곳이니 따로 방 얻을 생각은 말아요."

그녀가 해산 차 친정에 가 있는 동안 희옥이 인숙의 집 작은 방을 쓰기로 했다. 그녀의 친정은 봉천이었고 남편은 산속 어딘가에 있다고 했다. 그녀와 남편은 모두 봉천에서 태어나 그곳에서 학교를 나왔다. 병덕도 마찬가지였다. 희옥은 초옥과 나이가 같은 그녀를 언니라고 불렀다.

"어쩌면 이렇게 보드랍죠?"

"봉천 어머니가 만들어 주신 거야."

아가 옷을 어루만지던 희옥은 자신에게는 없는 존재, 까맣게 잊고 있던 어머니의 부재를 자각했다. 새삼스럽게 허전함이 몰려왔다. 그녀의 기억 속에 어머니는 시커먼 얼굴로 갓 태어난 남동생에게 젖을 물리던 모습뿐이었다.

"봉천에서 학교 다닐 때는 어땠어요?"

"우리는 경성으로 공부하러 가는 것이 꿈이었어. 유학! 동경으로 가는 아이들도 있었지만, 우리 형편엔 꿈도 못 꾸었지. 이화여전으로 가는 것이 소원이었지만 못 갔지. 봉천에서 대대적인 항일 투쟁이 일어났는데 그때 아버지가 돌아가셨어."

항일의 바람은 나라 안과 밖을 가리지 않고 거셌다. 당시 봉천 의거로 수많은 사상자가 났고 가혹한 일경의 횡포는 학교까지 폐교하기에 이르렀다.

안동에서의 시간은 하염없이 흘렀다. 덕신으로부터는 여전히 소식이 없었다. 밤이 되면 희옥은 자신의 선택이 얼마나 무모했는지 실감했다. 희옥은 인숙이 떠난 뒤 양행에 나가 일을 도왔다. 양행은 무역업을 하는 한편 단원들의 편의와 안전을 책임지고 있었다. 당연히 보이지 않는 곳에서 활동하는 사람들도 있었다.

하루는 젊은 남자가 찾아와 여비를 부탁했다.

"이곳은 무역사무소입니다. 잘못 찾아오셨습니다."

병덕은 능숙하게 그를 대했다. 남자는 의자를 당겨 앉으며 속삭였다. 자신을 임정 외무국 소속의 하 모라는 자로 소개했다. 희옥은 서류를 작성하며 무심한 척 상황을 살폈다.

"주석 동지께서 연통을 주지 않으셨습니까? 일에 착오가 있는 모양입니다."

돌아보니 병덕의 얼굴이 시뻘겋게 달아올라 있었다. 말도 안 되는 행동을 하는 이 자를 어떻게 쫓아낼까 생각 중인 듯했다. 연통을 책임지는 사람은 각각의 표식을 가지고 있었다. 더구나 떠벌리며 자신이 누구인지 내보이지도 않는다.

"젊은 선생이 어디서 못된 짓을 하오? 여기는 물건을 사고파는 양행이란 말이오."

남자는 버릇없는 소년처럼 몇 번을 더 떠보고는 문을 박차고 나갔다.

"아무래도 느낌이 좋지 않소. 밀정일지도 모르고."

병덕은 정리된 거래 명세와 물품 장부 등을 서랍에 넣었다. 누가 언제 살펴보아도 완벽한 서류였다.

"희옥 씨는 내일 나오지 마시오."

"이런 일이 자주 있습니까?"

"몇 번 있었지요. 너무 걱정은 마시오. 혹시 일이 생기면 누군가 희옥 씨를 찾아갈 거요."

퇴근 시간까지는 아무 일도 일어나지 않았다.

희옥은 불현듯 아버지 생각이 났다. 너무 오랫동안 소식을 전하지 않고 있었다. 마음이 불안할 때면 아버지 생각, 경성 생각이 많이 났다. 오늘은 편지를 써야겠다고 생각했지만, 덕신의 이야기를 어떻게 전할지 막막했다.

며칠 후 젊은 방문객 사건은 어이없는 사기극으로 끝이 났다. 큰일로 번지지 않은 것은 다행이었지만, 그 사건으로 희옥은 적잖은 실망감과 허무감에 빠졌다.

"좋은 경험 했다고 생각해요."

병덕의 말대로 희옥은 복잡 미묘한 세상에 단련되어 가는 중이었다.

55

 덕신은 집결지에서 빠져나왔다. 큰일을 두 번이나 겪고 보니 시간이 어떻게 흘렀는지 무감각했다. 그에게는 아직 완수하지 못한 임무가 남아있었다. 발은 물론 온몸이 엉망진창이어서 걷는 것조차 힘이 들었지만 돌아가야 했다. 그것도 하루라도 빨리. 경성에 소식을 보낼 방법이 없었다. 전신국이 어디 있는지도 알지 못했고 간신히 여비만을 구해 나온 길이었다. 우선은 안동까지 무사히 돌아가는 것이 목표였다.
 그로부터 닷새 만에 덕신은 안동행 열차를 탈 수 있었다. 작은 산골 마을을 지날 때는 일본인으로 오해받아 고초를 겪었다. 기차에 오르고 나니 긴장이 풀린 탓에 졸음이 쏟아졌다. 기차가 출발하고 삼십여 분쯤 달렸을 때 검문이 시작되었다. 역에서도 검색이 있었는데 무슨 큰 사건이 일어났는지 또 검문한다고 했다. 검색원은 덕신의 몰골이 형편없어서인지 서둘러 신분증을 돌려주고 다른 객차로 건너갔다.
 이틀을 꼬박 달린 기차가 안동역에 도착했다. 이대로 간다면 신의주와 평양을 거쳐 경성에 닿을 수 있으련만. 덕신은 자리에 앉아 남쪽을 향해 달려가는 환상에 빠졌다. 보고 싶은 얼굴,

궁금한 얼굴들이 눈앞에 스쳐 갔다. 희옥은 무엇을 하고 있을까.

덕신이 기차에서 내렸을 때 양행은 이미 문을 닫을 시간이었다. 긴 플랫폼을 걸어 개찰구를 나왔다.

희옥은 오늘도 역으로 나갔다. 언제 올지 모르는 덕신이지만, 돌아오기만 한다면 그는 안동역을 통해 올 것이다. 인숙이 봉천으로 떠난 후부터 그녀의 일과 중 마지막은 안동역에 들르는 것이었다. 한번은 엉뚱한 사람을 쫓아갔다가 무안을 당했고 어느 때는 부랑자의 위협을 받은 적도 있었다. 그러나 덕신을 기다리는 동안은 행복했다. 언젠가는 그가 꼭 올 것을 믿기 때문이었다. 이렇게 기다리다보면 어느 날인가는 익숙한 웃음을 지으며 자신의 앞에 우뚝 설 것이었다. 기차가 도착하고 사람들이 모두 나올 때까지 설렘과 두려움이 교차하는 심정으로 서 있는 동안은 어떤 것도 그녀를 방해하지 못했다. 오직 덕신을 생각하고 그리워할 수 있는 순간이었다. 양행에서 퇴근해 좁은 시장 골목을 지나 광장까지 오면 본토에서 출발해 하얼빈과 봉천을 통과한 기차가 도착할 시간이었다.

오늘도 광장 입구에 늘어선 노점상들이 환하게 불을 밝혔다. 붉은색 모자를 쓴 샤오화 할머니는 과자봉지를 나란히 세우고 있었다. 비가 오는 날이나 유난히 쓸쓸한 기분이 들 때면 이곳에서 과자를 샀다. 날마다 같은 자리에 나오는 그녀와 할머니는 인사를 주고받는 사이가 되었다.

"할머니, 안녕하세요?"

"행운이 아가씨에게 있기를."

샤오화의 인사에 희옥은 기분이 좋아졌다. 지금까지 그런 식의 인사를 한 적은 없었다. 희옥은 그녀의 예언이 적중하기를 바라며 과자를 한 봉지 샀다.

"할머니에게도 행운이 있을 거예요."

노파는 사뿐사뿐 걸어가는 그녀를 향해 한 번 더 외쳤다.

"모든 행운이 아가씨에게 있기를."

플랫폼으로 들어온 기차가 뽀얀 수증기를 뿜어내고 요란하게 울리던 경적마저 사그라질 때쯤 그녀는 광장 가운데로 걸어 나갔다. 역사를 빠져나온 사람들이 분주하게 길을 찾아 떠났다. 그녀는 두 손으로 과자봉지를 든 채 광장으로 나오는 사람들을 보고 있었다.

덕신은 천천히 역사와 광장을 이어주는 통로에 섰다. 동상 걸린 발은 욱신거렸고 어디로 가야 할지 막막한 심정이었다. 사람들이 빠져나가면 그때 천천히 갈 곳을 생각해 보리라. 그는 안동에 도착한 지 이틀 만에 이곳을 떠나 명월촌으로 갔었다. 어디에 무엇이 있는지 둘러볼 기회도 없었다. 양행 외에는 어느 곳도, 누구도 알지 못했다. 안동에만 도착하면 모든 것이 해결될 것 같았는데, 양행이 문을 열지 않는 지금은 이곳 또한 낯선 타지일 뿐이었다. 조금은 한산해진 광장으로 걸어 나갔다. 그 많던 사람들은 다 어디로 갔을까. 덕신도 어디든 가야 했으므로 우선은 불 밝힌 노점을 향해 걸었다.

광장 한가운데 여자가 있었다. 정물처럼 서 있던 그녀는 누군가를 기다리는 듯 보였다. 덕신이 몇 걸음을 옮기는 동안에도 그녀는 한결같은 자세로 서 있었다. 그러다 덕신은 헛웃음을 웃었다. '큰일을 겪고 나니 정신이 이상해진 모양이야. 정신 차리자. 희옥이 여기에 있을 리는 없잖아.'

희옥의 눈에 한 남자가 들어왔다. 사람들이 빠져나간 광장을 터덜터덜 걸어오는 그는, 어디에서 돌아오는 길일까, 아니면 떠나오는 길일까. 어디가 불편한지 남자는 약간 뒤뚱거리며 걸었다. 그를 보며 생각했다. 모든 여행자의 어깨는 외로워 보인다. 그녀는 상관도 없는 사람을 향한 덧없는 연민을 끊으려 시선을 돌렸다. 역사 정문에는 이미 사람들의 발길이 뜸했다. 오늘도 이대로 돌아가야할 시간이었다. 그녀의 시선은 다시 광장으로 돌아와 있었다. 한쪽으로 몸이 기울어진 남자는 여전히 희옥이 서 있는 쪽으로 다가오고 있었다. 한동안 그 모습을 바라보던 희옥은 언뜻 낯익은 모습을 발견했다. 돌아왔어. 덕신 씨가 돌아온 거야.

두 사람의 시선이 마주쳤다. 확신에 찬 덕신은 뛰었지만 희옥은 한 발짝도 움직일 수 없었다. 머릿속에서 너무도 많은 말들이 맴돌았지만 이름조차 부를 수 없었다. 덕신은 전력질주 했지만 속도는 그다지 나지 않았다. 얼마가 지나서야 둘은 서로를 힘껏 안을 수 있었다.

"어떻게 된 거야. 여기서 희옥일 만나다니. 꿈은 아니지?"

"돌아온다면 꼭 이곳으로 올 줄 알았어요."

드디어 희옥의 말문이 트였다. 어둠이 내린 광장에서 둘은 하염없이 서로를 안고 있었다.

56

기록을 완성한 혜득은 짐을 꾸려 암자를 떠났다.

"참으로 고생 많았다."

마주 앉은 벽성의 얼굴은 초췌했다. 양 볼은 푹 꺼지고 노르스름한 피부에는 검버섯이 퍼져 있었다. 처음 완성된 글을 보였을 때 벽성은 글자의 뜻이 명확하지 않다고 했다. 두 번째는 혼이 들어있지 않은 글이라고 했다. 뜻과 혼이 들어있는 글이 어떤 글인지 그는 막막했다. 다시 암자로 돌아간 그는 어려운 한자어를 누구나 이해할 수 있는 쉬운 우리말로 바꿔 썼다.

"누군가의 설명이 필요한 글은 읽는 사람의 흥미를 떨어뜨린다."

스승의 말을 기억하며 몇 번을 다시 생각해 문장을 적어나갔다.

벽성은 물었다.

"묘목을 심을 때 어떻게 심더냐?"

"좋은 토양을 고르고 충분히 물을 줍니다."

"글 또한 그렇게 생각하고 살펴서 써야 한다."

그는 일 년이라는 시간을 글을 쓰며 보냈다. 좁은 방에서 정좌하고 글 쓰는 일은 쉽지 않았다. 먹을 갈고 붓으로 한 자 한 자 기록하는 동안 혜득은 몇 번을 앓아누웠다. 여름에는 흐르는 땀에 먹물이 번질까 주의해야 했고 겨울에는 방안에서도 붓 잡은 손끝이 시렸다.

그런 일을 겪은 뒤 혜득은 태극기를 그리는 일이 얼마나 힘들었을지 이해하게 되었다.

이번에도 부족하다고 하시면 몰래 도망을 가리라. 해인사나

금강산으로 들어가 화두를 참구하며 부영촌과는 발을 끊으리라.

벽성은 표지는 붙였으나 제목이 없는 책을 한동안 바라보았다. 첫 장을 넘기고 또 한 장을 넘겼다. 잠자코 몇 장을 더 넘겼다. 목숨을 걸고 이름을 적은 사람들, 태극기와 선언문을 인쇄하고 날랐던 사람들, 장터에서 만세운동을 이끌고 감옥에서 돌아오지 못한 사람들. 살아남았으나 불구가 된 사람들, 재산을 처분해 독립자금을 대고 군복과 양식을 마련해 산속으로 보낸 사람들, 가족은 굶어도 병사는 먹여야 한다던 사람들, 적의 총탄 앞에서 아무런 대가도 바라지 않고 이름 석 자조차 남기지 않고 죽어간 사람들의 이야기가 혜득이 완성한 책 속에 들어있었다.

벽성은 앉은뱅이책상에 종이를 한 장 올리고 글자를 썼다.

"자력의 길은 무슨 뜻입니까?"

"자기 힘으로 운명을 개척해 나가는 것이다. 누구에게도 기대지 않고 자기 의지로 실천해 가는 삶을 말한다."

"나약한 사람은 도움이 필요하지 않습니까? 용기를 주고 격려해 주는 손길 말입니다."

"스스로 나서지 않는 이에게 도움은 독이 될 뿐이다. 위로는 달콤하지만 씨앗을 갖지 못한다. 싹을 틔우지 못하니 꽃을 피울 수 없고 다음 세상도 없다. 싸울 힘은 단단한 씨앗을 스스로 품었을 때만 얻을 수 있다."

말을 마친 벽성은 앉은뱅이책상에 놓인 세 권의 책을 혜득 쪽으로 돌려놓았다.

"시작했으니 끝내는 것도 너의 일이다. 제목을 쓰도록 해라."

"점검이 필요하지 않으십니까. 표지 또한 스승님께서 쓰셔야 마땅합니다."

"더는 볼 필요가 없다. 책의 주인 또한 내가 아니다."

잠시 망설이던 혜득은 벽성이 보는 앞에서 자력의 길, 이라 써넣었다. 붓끝이 부드럽게 마지막 획을 완성하였다.

"해방되면 이것을 김 처사와 희옥에게 전하여라."

"어떤 이유에서입니까?"

"지금 가지고 있다 발각되면 자칫 목숨을 잃을 수도 있지 않겠느냐? 초옥을 잃은 김 처사에게 더는 아픔을 겪게 할 수 없다. 또한 세 권의 책을 온전하게 전할 사람은 희옥뿐이다."

'스승님의 마음이 거기까지 닿아 있었구나. 참으로 어여쁜 사람이었지.' 초옥을 생각하니 혜득은 솟아오르는 연민으로 콧등이 시큰했다.

"이곳에서 네가 할 일은 다 했다. 지금부터는 부지런히 공부해서 인천의 큰 스승이 되어라."

느닷없는 스승의 말이 혜득의 가슴에 서늘하게 와 닿았다.

"내일은 삭발해야겠다."

혜득은 때가 왔음을 알았다. 한 번도 삭발하지 않던 스승이었다. 그는 벽성이 입적을 준비한다고 생각해 사람들에게 알렸다. 다음날 영철과 주산을 비롯한 구국단원들이 벽성의 집에 둘러앉았다. 혜득은 벽성에게 다가갔다. 대야에 반쯤 담긴 물이 파르르 떨렸다. 그는 가위를 들어 스승의 긴 머리칼을 잘라낸 다음 칼로 밀었다. 정수리에서 이마 쪽으로, 다시 정수리에서 측면으로, 마침내 삭발이 끝났다. 민머리를 손으로 문지르며 벽성이 자리에서 일어났다. 준비해 둔 옷을 갈아입은 그가 한 손을 단전에 놓고 앉았다.

"머리를 깎는 일은 몸의 자유를 얻는 일인가 보다."

벽성이 말끔해진 머리를 문지르며 농담을 했다.

"진작 깎으실 것을 그랬습니다."

영철의 농담에 모인 이들은 웃음을 터뜨렸다.

"나는 이 자리에 모인 여러분을 존경합니다. 이런 말을 하면 저 늙은이가 갈 때가 되니 이상한 소리를 다 한다고 할지 모르지만 진심입니다."

자리에 모인 사람들은 벽성의 고백에 숙연해졌다. 한편으로는 그가 정말 떠날 준비를 하는 것인가 생각하며 마음이 무거웠다.

"나는 오늘 숨이 멎을지 내일 멎을지 모르지만 이왕 왔으니 못한 이야기나 하고 헤어집시다. 여러분은 목숨을 내놓고 독립운동을 합니다. 수많은 사람들이 여러분과 같은 마음으로 싸웠습니다. 그 가운데는 느닷없이 마음을 바꾼 사람도 있었습니다. 어떤 이는 우리가 나라를 빼앗긴 것이 타락한 민족성 때문이라고 했습니다. 여러분은 그의 말을 어떻게 생각합니까?"

생각지 못했던 질문에 사람들은 잠시 침묵했다.

"그자는 제국의 열강들이 자기 민족의 우수성을 강조하고 침략을 정당화하는 논리를 비판 없이 받아들인 기회주의자입니다."

"일시적 힘을 믿고 우리 민족을 침탈하여 평화주의와 인본의 질서를 무너뜨린 일본제국주의와 손잡은 패배적 민족주의자입니다."

"무엇을 근거로 우리가 게으르고 나태하다는 것인지 묻고 싶습니다. 그는 지식인을 자처하며 개인의 안위를 지키려는 이기적인 인간입니다."

"한편으로 그의 말에 일리가 있지 않습니까? 조선의 역사만 보아도 당파싸움으로 나라를 어지럽히고 임금을 흔들어 정치를 혼탁하게 만든 경우가 얼마나 많습니까. 양반입네 하며 실속 없는 체면치레를 일삼고 탁상공론을 일삼다 제대로 된 전쟁 한번 못하고 임금이 적장 앞에 무릎을 꿇은 적도 있지 않습니까?"

엇갈린 생각을 주고받는 단원들의 얼굴이 상기되었다.

"우리는 한 부분으로 전체를 판단하는 오류를 범합니다.

여러분에게 질문한 까닭은 도드라진 한 부분에 집착해 다른 곳을 보지 못하는 오류에 빠지지 말자는 뜻에서입니다. 어떤 일을 도모할 때는 믿음을 가져야 합니다. 여러분은 불법을 믿기에 원수 같은 일본인의 목숨을 함부로 빼앗지 않는 것이지요. 또한 우리나라가 독립할 것을 믿기에 운동에 참여하는 것이지요. 여러분은 대한의 독립을 믿습니까?"

"믿습니다. 확고하게 믿습니다."

"그 믿음 하나면 제 민족이 타락했다 웅변하는 궤변이 얼마나 무용한 말의 농간인지 알 것입니다. 그는 대한의 독립을 믿지 못했기에 변절했고 그에 대한 변명으로 장황한 궤변을 늘어놓은 겁니다. 일본의 일시적인 군사력을 믿고 가야마 미쓰로가 되어 자신은 물론 자손까지 천황의 신민이 되겠노라 했습니다. 그는 믿음의 대상을 잘못 선택한 겁니다. 믿음은 용기 낼 힘을 줍니다. 총과 칼로 위협하고 힘으로 억눌러도 싸울 용기를 줍니다. 용성, 만해, 초월 스님 또한 강한 믿음이 있었기에 당당하게 앞장선 것입니다. 민족의 광복이 우리 곁에 바짝 다가와 있다고 나는 믿습니다. 여러분은 어떻습니까?"

"그렇게 믿습니다."

잠시 침묵이 이어졌다. 그것은 동조의 침묵이며 긍정의 침묵이며 신뢰의 침묵이었다.

"그럼 됐습니다. 우리는 서로를 믿으며 대한이 새 나라로 태어날 그날을 맞을 준비를 합시다."

말을 마친 벽성은 자리에서 일어나 모든 사람과 손을 잡았다. 좁은 방안에 열기와 전율이 흘렀다. 자리로 돌아와 앉은 벽성이 입을 열었다.

"무거운 몸뚱이를 오래도 끌고 다녔다. 대우받을 만한 일을 하지 못한 볼품없는 몸뚱이니 죽거든 한 줌 재로 뒷산에 뿌려주면 그것으로 족하겠다. 모두 연화장세계에서 다시 만나자."

1942년 초여름, 벽성은 입적했다. 그의 유언대로 부영촌 화장장에서 그를 화장했다. 스승을 보내고 돌아와 앉은 사람들 앞에서 혜득이 떠날 것을 알렸다.

"스승님께서 만드신 책입니다. 광복되는 날까지 잘 보관해 주십시오."

혜득은 자신이 완성한 세 권의 책과 편지를 궤짝에 넣고 잘 지켜달라고 했다.

그로부터 2년 후인 1944년 6월 평생을 나라의 독립을 위해 싸운 만해 한용운이 성북동에서 입적했다. 많은 지식인 심지어 민족대표로 기미만세운동에 서명했던 사람들까지도 일제의 압력과 회유에 굴복했으나 그는 끝까지 일제가 내민 손을 잡지 않앉다. 이광수, 최남선, 박영희 등이 조선의 청년들을 전쟁터에 보내야 한다고 떠들고 일본을 찬양하는 글을 썼지만, 한용운은 신사참배도 일장기 게양도 하지 않았고 창씨개명 반대운동도 했다. 일경의 감시와 가난에 시달리며 냉방에서 생활하던 그는 중풍과 영양실조에 걸린 상태에서도 일제와 타협하지 않았다.

한용운이 입적한 해 같은 날, 청주 교도소에서는 백초월 스님이 입적했다. 그는 군용 열차 낙서 사건으로 2년 6개월의 징역을 구형받고 수형생활을 했다. 모진 고문으로 후유증에 시달리던 그는 1944년에 다시 독립운동 군자금 사건으로 붙잡혔다. 그 후 견디기 힘든 고문으로 건강이 악화되었고 결국 안타깝게도 광복을 보지 못하고 69세로 입적하였다.

소식을 들은 영철은 슬픔에 북받쳤다. 벽성과 함께 진관사 좁은 방에서 태극기를 펼쳐 보여주던 그의 모습이 잊히지 않았다. '스승님들이 모두 떠나셨으니 우리는 누굴 의지해 살아야 합니까?'

용성과 만해, 초월, 벽성을 모두 떠나보낸 구국단원들은 자신들을 이끌어 주었던 스승들과의 이별에 막막해졌다.

57

작은 창에 아침 햇살이 가득 비쳤다. 희옥은 소스라치며 옆자리를 확인했다.

"이대로 시간을 묶어 두면 좋겠어요."

희옥은 부지런히 아침상을 차렸다.

"오후에 양행으로 나오셔요."

덕신은 황홀한 눈빛으로 그녀의 모든 움직임을 눈에 담았다. 그러다가 지옥과도 같았던 그 밤들을 떠올리며 자신이 있는 곳을 확인했다. 따뜻한 이불 속, 온기 가득한 방 안에 사랑하는 그녀가 함께 있다는 사실을 확인할 때마다 그는 감사한 마음뿐이었다. 전신국으로 향하는 희옥의 발걸음은 날아갈 듯 가벼웠다. 경성 운송점으로 전보를 보냈다. 좀 더 자세한 이야기는 아버지에게 편지로 썼다.

기적같이 살아 돌아온 덕신은 초옥의 죽음을 듣고도 믿을 수가 없었다. 희옥을 어떻게 위로해야 할지 암담했다. 어머니와 같은 초옥을 잃고 그녀가 어떤 심정으로 버텼을지 생각만 해도 가슴이 미어졌다. 희옥은 그 상실감을 무엇으로 어떻게 견뎠을까.

"혼자 있는 저녁이면 거북바위에 올라갔어요. 별을 보고 멀리 있는 당신을 그리워하면 언니를 잊을 수 있을 것 같아서요. 소용없었어요. 한참을 앉아서 이런저런 생각을 했지만 결국 언니가 내 곁에 없다는 사실만 남았어요."

"아버지와 구국단에 대한 수사는 조여오고 모든 증거는 갑술이 갖고 있었으니, 모두를 구할 방법은 그것밖에 없었겠지. 내가 경성에 있었다면 다른 결과가 있었을까. 우리 언제까지나 고마운 마음으로 초옥을 생각하며 살자."

덕신은 그 말밖에 해 줄 수 없었다.

저녁에는 병덕이 덕신의 귀환 축하 자리를 만들었다며 식당으로 초대했다.

"친구 한 명이 더 오기로 했으니 양해해 주시오."

병덕은 허락 없이 사람을 부른 것에 대해 사과했다. 그곳에서 덕신은 의환을 만났다. 천도교에서 인수한 보성전문은 사회 참여적인 분위기가 강했다. 3세 교주 손병희와 학생들은 기미만세운동을 이끌었고 후에는 졸업에 연연하지 않은 많은 학생이 독립운동에 투신하였다. 의환도 그런 사람 중 하나였다. 그를 포함한 다섯 명은 학교를 떠나기 전 대자보를 붙였다.

항전에 앞서 전하는 글이라는 부제가 붙은 글은 많은 학생에게 지지를 받았다.

"우리는 떠난다. 젊은 피로 흉악한 일본 제국주의자들을 무찌르고 우리가 원하는 나라 대한을 기필코 되찾기 위해……펜을 놓고 총을 들기 위해 우리는 떠난다."

덕신은 대략 그렇게 기억했다. 그들이 떠난 후에도 여러 명의 학생이 그들과 유사한 모습으로 학교를 떠났다. 의환은 역사를 공부하는 모임을 주도했는데 덕신도 그 모임의 일원이었다. 그가 떠난 후 모임은 방향을 잃었고 몇 번을 살려보려 애썼으나 결국 흩어지고 말았다.

"이 동지가 두 번이나 토벌대의 공격에서 살아왔소. 참으로 놀랍지 않소?"

"여기서 만날 줄은 상상도 못 했는데. 언제 온 거야?"

"지난번 잡지에서 장 선배의 시를 봤어요. 고향 이야기."

"심심풀이로 끼적인 것이니 잊어버려."

"그런데 다른 사람들은 어떻게…."

덕신의 물음에 의환은 머뭇거리다 답했다.

"그들은 제대로 싸워 보지도 못하고 첫 전투에서 목숨을 잃었지."

그는 한국독립당에 대해 이야기했다.

"나는 그곳에 민족의 희망이 있다고 생각하네."

독립운동을 하던 많은 군소정당은 각자 주창하는 바에 따라 사분오열되었다. 1939년 재건한국독립당의 조소앙과 조선혁명당의 이청천, 한국국민당의 김구 등은 3당 통합을 논의했다. 3당은 정치이념과 노선에서 큰 차이가 없던 민족주의 세력이 주도한 정당들이었고 임시정부를 옹호하고 유지해야 한다는 생각도 같았다.

중국에서는 중일전쟁이 확대되었고 유럽에서는 2차 세계대전이 일어나 일본과의 결전 시기가 다가오고 있었다.

"이런 때야말로 임시정부의 지지기반 확보가 중요하지 않소?"

"우리 모두 민족의 앞길만을 생각합시다."

"작은 당파의 입장을 버리고 합당을 제안하는 바요."

1940년 5월, 마침내 3당은 해체를 선언하고 통합된 한국독립당을 창당했다.

"이로써 한국독립당으로 대한민국임시정부는 새롭게 태어났소. 내각을 구성하고 충칭으로 청사를 이전합시다."

임시정부는 합당 과정이 진행되는 동안 좌파 진영 인사들을 받아들여 의정원은 물론 내각에도 참여할 수 있게 했다. 이와 같은 결단은 세계대전 이후를 준비하는 연합국의 움직임을 발 빠르게 간파한 덕분이었다.

"우리가 국내에 진입할 수 있는 작전을 수립해야 합니다."

"찬성합니다. 연합국의 신탁통치 가능성도 있다고 합니다. 세계정세에 대해 세심하게 살펴 주시오."

"대내·외적으로 일어날 수 있는 비상사태에 대해 다시 한번 검토가 필요합니다."

그와 같은 과정을 거쳐 통합된 당이 만들어진 것이었다. 의환은 그동안의 과정을 상세하게 전했다.

"그렇다고 모든 것이 해결된 것은 아니야. 통합당으로 힘을 모으긴 했지만, 여전히 간극이 남아있지. 덕신이 너도 힘을 보탰으면 한다."

덕신은 의환의 말에 고개를 끄덕였다. 현실적인 문제를 적극적으로 도울 수 있다면 마다할 이유가 없었다.

"독립을 앞당기는데 필요한 일이라면 어떤 당이든 단체든 힘을 보태야지요."

저녁 모임이 끝난 후 덕신과 희옥은 안동 거리를 구경했다. 그녀는 오래전 종로 야시장을 거닐 때처럼 들떠있었다. 이곳에 온 뒤 혼자는 엄두가 나지 않아 집과 양행을 오갔을 뿐 시내 구경은 생각도 못 했었다.

사흘째 되던 날 저녁, 덕신은 희옥에게 경성으로 돌아갈 것을 권했다.

"나는 할 일이 남아 있으니…."

"같이 할게요. 혼자보다 둘이 수월하지 않겠어요? 어디서든 가족이 함께 있으면 경계심도 덜 할 테고."

덕신은 희옥을 이기지 못했다. 다음날 둘은 신경으로 향했다. 영철의 부탁 한 가지를 아직 해결하지 못했기 때문이었다. 희옥은 기차를 타고 달리며 끝없이 펼쳐지는 들판을 보았다. 광활하다는 말은 이럴 때 쓰는 말이었다. 가도 가도 끝이 없는 벌판이 이어졌다.

기차가 신경 역에 멈추었다. 역사를 빠져나올 때까지 발 디딜 틈이 없을 만큼 신경역은 혼잡했다. 희옥은 사람들과 부딪히고 들고 있는 물건에 무릎이 부딪혀 아파도 힘든 줄 몰랐다. 새로운 도시에 대한 기대로 잔뜩 흥분한 탓이었다. 높이 솟은 건물들, 넓은 도로와 달리는 자동차들, 그곳은 신세계였다. 둘은 조선인 마을로 들어가기 위해 버스 정차장에 서 있었다. 뒤엉켜 있는 여러 나라 사람들의 말을 알아듣기는 어려웠지만, 그 속에 서 있는 자신이 무척이나 신기했다. 버스 안은 몽골사람, 러시아사람, 중국사람, 일본사람 등이 뒤섞여 있었다. 누린내, 먼지와 땀 냄새, 기름 냄새, 마늘 냄새까지 차 안의 공기는 숨쉬기도 어려울 정도였다.

가난한 조선 사람들은 일본인이 거의 살지 않는 관성자와 팔리보 거리에 모여 살았다. 그곳에는 땅 투기꾼, 고리대금업자, 밀정, 기생, 도박꾼, 가족 없는 홀아비, 독립군연락책, 시인, 소설가, 아나키스트, 공산주의자까지 온갖 사람들이 모여 살았다.

그렇기에 신분이 쉽게 노출되지 않는 이점이 있었다.

그곳에는 쥬니카이라 불리는 집이 밀집해 있었다. 쥬니카이는 처음에는 일 층으로 지었던 집을 내부에서 이 층으로 개조한 집을 말했다. 말이 이 층이지 위층에서는 고개를 숙이고 다녀야 할 정도로 천장이 낮아 불편하기 짝이 없었다. 신경의 인구가 폭발적으로 늘자 부족한 주택문제를 해결하고자 찾아낸 방법이 그것이었다.

이곳의 중국인들은 한국인을 얼꾸즈라고 불렀다. 식민지 백성으로 남의 땅 만주까지 쫓겨 왔으면서도 일본인에게 아부하고 중국인에게 함부로 행동하는 한국인을 조롱할 때 부르는 말이었다. 심하게는 개보다 못한 인간을 얼꾸즈라고 했다. 그것은 반성과 속죄를 모르는 인간, 당장 앞에 닥친 문제를 해결하기 위해 거짓말을 하고 남을 속이는 사람을 가리키는 말이었다.

관성자에서 덕신과 희옥은 작은 쥬니카이를 얻었다. 덕신은 곧바로 연락책을 만났다.

"이윤철 동지는 도착하자마자 미행을 당한 끝에 당한 것 같습니다. 자금의 행방은 알 수 없습니다."

"큰돈이 풀렸으면 소문이 났을 텐데요."

"그 모든 것을 예상한 계획적인 범행 같습니다. 좀 더 찾아봐야지요."

여러 곳을 수소문 한 끝에 닷새 만에 윤철의 사체를 발견했다. 외딴 농가에서 멀리 떨어진 수로에 버려진 시신을 중국인 농부가 발견했다. 그동안 날이 추웠기 때문에 시신은 온전하게 보존되어 있었다. 덕신 일행은 비밀리에 그를 매장했다. 범인을 찾아낼 단서도 없었고 그의 억울함을 밝히기 위해 들쑤시고 다닐 형편도 아니었다. 윤철은 구국단원 중 다섯 번째 희생자가 되었다.

경성에 연락하고 소식을 기다렸다. 신경에서 새로운 세상을 본 희옥은 미래의 경성을 상상해 보았다. 높은 건물이 들어선 도시, 커다란 운동장에 활짝 웃는 얼굴로 오가는 학생들, 막힘없이 큰길이 뚫리고 사람들을 가득 태운 자동차가 꼬리에 꼬리를 물고 거리를 달리는 풍경을, 남자들도 여자들도 각자의 일터에서 당당하게 어깨를 펴고 일하는 세상을 그려보았다. 꿈만 같은 그 일이 이루어진다면 그 세상에서 마음껏 꿈꾸었던 일을 하리라.

58

　1945년에 이르자 독일군의 전력은 크게 약화되었다. 이탈리아에서는 무솔리니가 처형되었고 히틀러는 베를린 지하 벙커에서 자살했다. 일본은 오키나와를 빼앗긴 후 고전을 면치 못하고 있었다.

　경성에서도 전쟁이 막바지에 이르렀으며 일본이 패망할 것이라는 소문이 돌았다. 단파 라디오를 들었다는 원백과 몇 사람이 희망적인 소식을 전했지만, 당장에 큰 변화는 보이지 않았다. 희망적인 소식은 소문에 불과한 가운데 일경의 억압과 감시는 계속되었다. 크고 작은 저항이 경성에서 있었지만 이렇다 할 성공은 거두지 못했다.

　7월 24일 경성부민관에서는 아세아민족분격대회가 열렸다. 친일파 박춘금 등이 초대한 동아시아 여러 나라의 대표적 친일 인사들이 한자리에 모였다. 이들은 일제에 충성을 맹세하고 미국에 대한 결사 항전을 선동하기 위해 모인 것이었다. 박춘금이 강연을 위해 무대에 서자 폭탄이 터졌다. 이날 의거에 나선 것은 대한애국청년단원 류만수, 강윤국, 조문기 등이었다. 이 사건은 해방이 되기 전 마지막 독립투쟁으로 기록될 만한 것이었다.

이틀 후인 26일에는 미·영·중 수뇌의 포츠담선언이 발표되었다. 8월 11일 일본은 연합국 측이 제안한 포츠담 선언을 수락한다는 의사를 전달하였다. 소식을 들은 조선의용군은 옌안을 떠나 만주로 이동하였으며 88여단이 소련군을 따라 원산으로 입국하였다. 하지만 광복군은 그 후에도 오랜 시간 중국 땅에 머물러야 했다.

영철은 대성운송을 경성운송으로 바꾼 뒤에 더 많은 영업이익을 내기 위해 애썼다. 한편으로는 구국단 총궐기를 선언했다. 정신적 버팀목이던 용성과 벽성, 두 분 스승이 떠났지만, 그들에게는 여전히 싸울 이유가 남아있었다. 구국단은 일본인의 상점이 많이 있는 충무로 일대와 남산 중턱의 신사 앞에서 삐라를 뿌렸다. 대한이 일본으로부터 독립을 해야 하는 당위성을 적고 그를 위해 총궐기할 것을 선언했다.

종원은 종로경찰서에 부임한 뒤 여러 명의 독립 운동가를 체포하였다. 경찰서 밖에서는 거짓말과 회유로 여자들을 정신대로 보냈다. 그는 자신의 공을 앞세워 승진을 요청했지만, 결과는 무응답이었다. 그는 갑술이 어떻게, 왜 죽었는지 의문을 해결하고자 했으나 실패했다. 정신병자 노인이 세상을 떠났고 김희옥도 사라졌기 때문이었다. 사건의 열쇠라고 생각했던 그녀가 없어졌으니 잔뜩 기대했던 일에 김이 빠진 꼴이었다.

신경에서 안동으로 돌아온 덕신과 희옥은 경성으로 가지 못했다. 뜻하지 않은 사고로 병덕이 세상을 떠났다. 작은 사건에 휘말린 그가 상대방이 휘두른 칼에 찔려 죽었다. 둘은 졸지에 신미양행 운영을 맡게 되었다. 덕신은 안동과 신경, 봉천을 오가며 바쁜 날을 보냈다.

아이를 낳은 인숙이 봉천에서 돌아오자 둘은 인숙의 집 근처에 방을 얻어 나왔다. 급변하는 세계정세에 따라 미리 계획했던 일은 무산되기 십상이었다. 뭔가 손에 잡힐 듯했지만 잡을 수 없는 불안한 나날이 이어졌다. 외신을 들으면 당장 내일이라도 해방이 될 것 같았으나 다음날에는 또 판세가 바뀌어 있었다. 그런 나날이 이어지자 덕신은 가위에 눌리는 꿈을 꾸곤 했다. 제천댁의 뭉개진 얼굴이 자신을 따라다니는 꿈이었다. 새벽녘에 비명을 지르고 깨어나면 온몸이 땀으로 젖어 있었다.

희옥은 자기 몸에 변화가 왔음을 알았다. 밤낮없이 졸음이 쏟아지고 음식을 먹어도 소화가 되지 않았다. 몸이 불편하다는 그녀를 유심히 관찰한 인숙이 임신 사실을 알려주었다. 덕신은 아이가 생겼다는 소식에 매우 감격했다. 둘은 저녁마다 앞날을 위한 설계에 시간 가는 줄 몰랐다.

어느 날 양행 사무실로 의환이 찾아왔다.

"임정은 그동안 놀라운 외교성과를 거둔 덕분에 광복군과 연합군이 합동훈련을 시작하게 되었네. 외국 군인들과 어깨를 나란히 하게 되었단 말이지. 덕신이 자네가 필요하니 꼭 참가해 주었으면 하네."

의환은 통역할 사람이 급히 필요하다며 이야기를 전했다. 덕신은 양행의 업무를 보며 배운 영어가 이렇게 중요한 곳에 쓰일 줄은 몰랐다.

"여러 방면으로 사람을 찾았으나 자네만 한 사람이 없었네. 오죽하면 나한테까지 추천요청이 들어왔겠나. 통역이라고 해도 기본 군사훈련은 함께 받아야 한다네."

덕신은 오랫동안 고민했다. 우리의 아이가 생겼는데, 초옥과 아이를 두고 가야한다니, 군사훈련은 언제 끝이 날지 모른다, 훈련이 끝나고 연합작전에 들어가면 집으로 영영 돌아갈 수 없을지도 모른다.

덕신은 희옥과 마주앉았다.

"당신 먼저 경성으로 돌아갔으면 좋겠어. 나는 일이 언제 끝날지 알 수 없으니."

"혼자서는 가지 않을래요. 양행을 맡을 사람이 필요하잖아요."

"사실은 연합군과 합동작전을 수행할 군사훈련에 통역이

필요하다는 연락을 받았어."

"…다른 누군가가 있지 않을까요? 당신을 대신할 사람이."

희옥의 눈에 눈물이 차올랐다.

"위험한 그곳으로 당신을 보낼 수 없어요. 보내고 싶지 않아요."

"나는 우리 아이가 경성에서 태어났으면 해. 일을 마치면 당신과 아이를 찾아갈 거야. 생각해 봐. 나는 군인이 아니잖아."

"그렇지요? 훈련을 돕는 통역일 뿐이지요?"

"맞았어. 합동 훈련이 끝나면 나는 다시 돌아올 거야. 그때 내가 경성으로 가지."

덕신은 떠나기 전 희옥에게 마음을 전하고 싶었다. 여러 사람 앞에서 그녀가 자신의 아내이며 그들에게 아이가 생겼다는 사실도 알리고 싶었다.

덕신은 작은 식당으로 사람들을 초대했다. 인숙과 의환, 양행을 오가며 친분을 맺은 여덟 명이 모였다.

"여러분, 우리는 부모가 되었습니다."

두 손을 잡은 덕신과 희옥에게 박수가 쏟아졌다.

"태어날 아이는 해방된 우리 땅에서 자랄 겁니다. 지금은 함께 가지 못하지만, 저는 반드시 돌아가 아이와 함께 우리 땅 구석구석을 누빌 겁니다."

그 자리에 있는 사람들 모두 같은 미래를 꿈꾸고 있었으므로 벅찬 감정을 어쩌지 못해 끝없이 박수를 쳤다.

"나의 아내, 김희옥과 평생을 함께할 것을 여러분 앞에 약속합니다."

또다시 환호와 박수가 터져 나왔다. 희옥 또한 그런 날이 올 것을 의심하지 않았다.

"자, 분위기를 좀 바꾸는 게 어떤가? 희옥 씨를 사랑한다고 했으니 입맞춤으로 증명하게."

의환의 말에 한바탕 웃음으로 소박한 언약식이 끝났다. 희옥은 자신과 아이의 존재를 여러 사람 앞에서 증명해 준 덕신의 마음 씀씀이가 고마웠다. 또한 둘의 분신인 아이가 세상에 올 때 그 누구보다 자랑스러운 아버지로 돌아올 그의 모습을 그리며 행복했다.

"자, 다함께 기념사진을 찍겠습니다."

나란히 선 그들의 등 뒤에 저녁하늘이 감빛으로 물들고 있었다.

59

 덕신은 시안으로 출발했다. 임정의 계획대로 된다면 연합군의 도움으로 독립을 앞당길 수 있을 것이다. 자유와 평등을 기본으로 하는 서구의 제도에 많은 민족지도자들이 힘을 합하면 새로운 나라, 우리가 원하는 나라를 완성하는 일도 어렵지만은 않을 것이다.
 백정으로 태어나 뼈가 부러지고 살이 흩어지는 고통을 겪으며 평생을 살다간 아버지 또한 자신과 같은 꿈을 꾸며 형평운동에 참여했으리라. 덕신은 오랜만에 아버지를 생각하며 가슴이 뻐근했다. 우물에서 숭늉 찾는 격이라고 할지도 모르지만, 세상은 급격하게 변화하고 있고 자신은 그 변화의 중심에 다가서고 있다는 확신도 들었다.
 의환의 말대로 광복군은 중국내에서 뿐 아니라 연합군의 일원으로 활동하고 있었다. 1943년 10여 명의 광복군은 이미 미얀마 전선에 파견되어 있었다. 그들은 일본군 포로를 심문하고 정보를 수집하는 등의 활동을 했다. 또한 시안에 주둔중인 광복군 제2지대는 1943년 봄부터 미국 전략첩보국(OSS)의 지원 아래 국내 침투 공작 훈련을 받게 되었다. OSS와 광복군은 독수리 작전 계획을 세우고 60명의 요원을 선발했다. 3개월 동안 훈련병은 정보수집과 보고, 통신 훈련을 수료하고 그 중 45명을 1945년 초여름에 국내의 5개 전략지점에 나누어 침투시키기로 결정했다.

하늘에는 쌕쌕이가 자주 날아갔다. 일본 열도를 향해 날아가는 폭격기라고 했다. 도시를 폐허로 만든 전투기가 돌아올 때 부대원들은 걸음을 멈추고 손을 흔들었다. 전투기가 지나간 하늘에 목화솜 같은 비행운이 뽀얗게 피어났다. 합동훈련은 고됐지만, 대원들은 희망과 기대감으로 힘든 줄을 몰랐다. 덕신은 통역과 함께 필요한 일을 돕는 군무원 역할을 맡았다. 일과를 마친 저녁이면 자리에 누워 언약식 때 찍은 사진을 들여다보았다. 활짝 웃는 희옥과 조금은 묵직한 표정으로 그녀의 어깨에 손을 얹은 자신의 모습이었다. 사진을 보면 자신도 모르게 가슴이 따뜻해지고 잠이 잘 왔다.

1945년 제1기생 50명은 7월 말에 훈련을 마쳤다. 8월 4일에는 38명이 수료했다. 특별 훈련을 마친 광복군은 고국으로 돌아가 작전을 수행할 생각에 부풀었다. 훈련병 중에는 일본 학도병에서 탈출한 장준하도 끼어 있었다. 그는 민첩했고 상황에 대한 판단이 빨라 사람들은 그를 따랐다. 그들은 한반도에 지하군을 조직하여 파괴 공작을 진행하고 비행대를 편성하는 계획도 수립했다. 미군 잠수함을 타고 한반도에 들어가 일본군 거점을 파괴하거나 점령하고 미 공군의 지원을 받아 무기를 국내로 반입하여 전면전을 벌일 계획도 세웠다.

"드디어 우리 땅에서 일본 놈들을 몰아내고 새로운 나라를 세울 수 있는 날이 다가오고 있소."

대원들은 시간이 날 때마다 모여 앉아 영광된 날이 오면 어떤 일을 해야 할지 의논했다.

"놈들만 몰아내면 우리가 원하는 나라를 만들 수 있겠지요?"

그러나 사람들의 기대와 열망은 하루아침에 물거품이 되고 말았다.

1945년 8월 6일 히로시마에 원자폭탄이 투하되었다. 일주일이 지나자 일본은 연합국에 항복을 통고함으로써 우리 광복군은 꿈꾸었던 전투를 시작도 못하고 해산명령을 받았다. 모든 군사작전 계획은 없던 일이 되었다. 조국 광복은 이루어졌지만, 광복군은 기뻐할 수 없었다. 일본은 패망했지만 우리는 승전국의 권한을 갖지 못했다. 광복군은 무장해제를 당했고 그들은 이제 군인 신분이 아니었다.

60

 희옥은 덕신이 떠나고도 한동안 안동에 머물렀다. 입덧이 시작되자 겨우 물이나 삼킬 수 있는 정도여서 양행에도 나가지 못했다. 입덧이 가라앉았고 어느새 여름이 오고 있었다. 하늘에는 중국 본토로 날아가는 비행기 소리가 요란했다. 미군 폭격기 B-29가 일본 본토를 공습했다는 소문이 파다했다. 며칠 후면 연합군이 일본을 총공격해 괴멸시킬 것이라는 소문도 들렸다.
 "일본사람들 움직임이 심상치 않아."
 며칠 전부터 인숙은 희옥에게 경성으로 돌아갈 것을 권했다. 안동역에는 기모노를 입은 일본인들이 몰려들었다. 커다란 짐을 들고 가는 그들의 모습이 여행을 가는 것으로 보이지는 않았다. 그들은 대이동을 시작하고 있었다. 더위가 시작되어 조금만 움직여도 땀에 전 옷에서는 쉰내가 풍겼다.
 1945년 8월 9일 일본과의 전쟁에 침묵하던 소련이 만주에 주둔한 일본군을 공격했다.
 "때를 놓치면 기차를 타기 어려울 거야. 어서 경성으로 가야 한다니까."

인숙은 희옥에게 강력하게 경성행을 권했다. 이번에는 돌아가야 한다는 것을 희옥도 알고 있었다.

"겨우 구했어. 망설일 시간 없으니 어서 떠나."

사흘 만에 구했다며 인숙이 기차표를 내밀었다. 희옥은 최소한의 짐만 챙겨 집을 나섰다. 집주인에게 덕신이 돌아오면 전해 달라며 짧은 편지를 써서 남겼다.

1945년 8월 12일 희옥은 집을 떠난 지 3년 만에 부영촌으로 돌아왔다. 주산은 그날 저녁 불이 켜진 집으로 들어서며 희옥을 불렀다.

"작은 애야, 네가 돌아온 것이냐?"

마치 아침에 나갔던 딸이 외출에서 돌아온 것처럼 주산은 희옥을 불렀다.

"경을 칠 것 같으니. 어디 아픈 곳은 없는 게냐?"

희옥은 아버지에게 절을 했다. 주산의 놀란 눈길이 희옥의 배에 머물러 있었다.

"잘 왔다. 잘 왔어. 덕신이 오지 못한 것은 아쉽지만 곧 돌아오겠지."

"아버지, 손자가 생겼어요."

"나에게도 이런 기쁜 일이 생겼구나. 잘했다 잘 했어. 이런

경을 칠 일이 있나."

주산은 희옥이 내민 사진을 보며 눈물을 보였다.

희옥은 할아버지 집으로 갔다. 주인 없는 집은 낮 동안 갇혀 있던 열기로 후텁지근했다. '돌아와서 할아버지를 뵙고 싶었는데. 제가 너무 늦게 왔어요.' 그녀는 앉은뱅이책상을 어루만지며 벽성을 생각했다. 완성한 태극기를 옮길 때마다 할아버지가 일러주던 말이 생각났다.

"위험하다 싶을 땐 망설이지 말고 버리거라. 깃발보다 중한 것이 사람이다."

종로 경찰서는 며칠 전부터 분주했다. 서장은 매일 비상 회의에 불려가더니 오후에는 서류파쇄 명령이 내려졌다. 일본인 직원들은 저희끼리 모여 수군거렸다. 종원은 사태가 심상치 않음을 알고 총독부로 향했다. 그곳은 이미 철수를 시작한 후였다. 짐과 사람을 실은 트럭 몇 대가 꼬리를 물었고 거리에는 짐을 진 일본인의 행렬이 끊이지 않았다. 미국에서 원자폭탄을 떨어뜨렸고 일본은 벌써 항복했다는 소식도 들렸다. 그런데도 일본인들은 종원에게 정확한 정보를 주지 않았다.

무엇을 어떻게 해야 하지? 그는 잠시 아무 생각도 떠오르지 않았다. 이런 날이 오리라고는 꿈에도 생각하지 못했다. 일본이

망하다니. '집으로 가 식구들을 피신시켜야 해.' 종원은 집으로 향했다.

1945년 8월 15일 오전 10시 항복을 선언하는 일본 천황의 목소리가 라디오를 통해 들렸다. 사람들은 밖으로 뛰쳐나와 만세를 부르고 춤을 추었다. 드디어 그토록 기다리던 광복이었다. 일본 경찰은 무장해제 되었다. 거리는 태극기를 든 군중들로 들썩였다.

누가 어디서 그 많은 태극기를 만들었을까. 그 많은 태극기는 어디에 숨겨져 있다가 거리로 나온 것일까. 군중들은 흐르는 강물처럼 한 방향으로 흘러 다녔다. 그러다 골목이 합쳐지는 곳에서 다른 군중들을 만나면 와, 하는 함성과 함께 더 많은 무리를 이루어 큰길로 쏟아져나갔다. 종로와 광화문, 인사동과 안국동, 충무로고 어디고 할 것 없이 사람들이 가득했다.

"해방이에요. 드디어 해방이 됐습니다. 형님."

주산은 영철의 손을 잡고 외쳤다. 뜨거운 눈물이 쏟아졌다. 그들은 인파를 뚫고 마포로 갔다. 벽성이 그린 태극기를 꺼내야 할 시간이었다. 그의 혼과 염원이 깃든 깃발을 마음껏 흔들 시간이 찾아온 것이다. 드디어 거대한 태극기가 거리에 펼쳐졌다. 몰려든 사람들이 대형 태극기를 잡고 앞서 나갔다. 소식을 듣고 단원들이 몰려왔다.

"대한독닙만세,"

선명한 여섯 글자가 드러났다. 그 뒤로 작은 태극기를 든 사람들이 따랐다. 앞에도, 뒤에도, 사방이 태극기의 홍수였다. 목이 쉬도록 발에 물집이 잡히도록 사람들은 종일 도시 곳곳을, 마을과 마을을 훑고 다녔다.

어떤 말로도 표현할 수 없는 광복의 그 날로부터 일주일이 지났다. 누군가는 심판관이 되어 분주했고 다른 누군가는 적당한 거리를 유지하며 살 길을 찾고 있었다. 겉으로 보기에 거리는 안정을 되찾았고 사람들은 각자의 일터로 돌아갔다.

그때 허름한 옷을 걸친 종원은 좁은 골목길을 걷고 있었다. 순사 복장에 오만하게 턱을 들고 걷던 모습은 찾을 수 없었다. 그의 걸음걸이는 밤도둑이 야경꾼을 경계하듯 조심스러웠다. 어느 집에서 풍겨 나오는 된장찌개 냄새가 코를 자극했다. 저 구수한 국물을 한 숟가락만 맛볼 수 있다면, 근심과 허기가 모두 사라질 것 같았다. 괴로운 듯 얼굴을 찡그린 그가 몇 걸음을 내디뎠다.

해방의 그날, 경찰서에서 나온 그는 숨을 곳을 찾아 헤맸다. 그러나 갈 곳이 없었다. 태극기 물결을 뚫고 집으로 갔을 때 집은 불타고 있었고 아이와 아내는 찾을 수 없었다. 아이가 놀라 병이 도졌을지도 모른다. 아내는 아이를 데리고 어디로 갔을까.

종원은 그들이 갈 만한 곳을 뒤졌으나 만나지 못했다. 빈집에 숨었던 종원은 거리로 나왔다. 자신에게는 돈이 있었다. 숨겨둔 돈만 찾으면 어디든 갈 수 있으리라. 들뜬 사람들도 며칠만 지나면 광복이 아무짝에도 쓸모없다는 것을 알게 되겠지. 광복이 되었다고 하루아침에 먹을 것이 생기나 입을 것이 생기나. 그저 돈만 움켜쥐고 있으면 모든 것이 해결될 것이다.

그는 수첩에 빼곡하게 적어놓은 이름을 읊조렸다. 마지막으로 중개소가 남았다. 지석에게 집을 처분해 돈을 마련하라고 일렀다. 돈만 나오면 모든 것을 옛날로 돌이킬 수 있을 테니까.

지석은 약속 장소에 나오지 않았다. 돈은 통째로 사라졌고 모든 것은 물거품이 되었다. 그는 처음으로 자신이 이루었다고 생각한 모든 것이 사라졌음을 인정했다. 돈을 바치고 귀한 물건을 구해 친분을 맺었던 사람들이 자취를 감추었다. 운 좋게 만난 경우에도 사람들은 그를 외면했다. 어떤 이는 신고를 하려고도 했다. 남의 집 빨랫줄에서 훔친 옷을 입고 한참을 걷던 종원은 회한에 젖었다. 나는 어디로 가야 하나.

61

영철을 비롯한 구국단원과 주산, 희옥, 혜득이 벽성의 집에 모였다. 영철이 입을 열었다.

"전쟁은 끝났지만, 우리 민족에게는 전쟁과도 같은 상황이 다시 찾아왔습니다. 모스크바 3상 회의 결과 다른 나라가 우리를 통치하게 되었답니다. 임시정부도 인정하지 않겠답니다. 이 통탄할 결정에도 우리는 할 수 있는 일이 없습니다. 저들이 우리나라를 마음대로 끌고 가고 있습니다."

사람들은 이런 복잡한 국제정세를 이해할 수 없었다. 해방이 되었으니 새 나라를 만들 수 있다고 믿었다. 그런데 안개 속에 갇힌 것처럼 앞날은 불투명했다.

"덕신이 아직 돌아오지 못하는 것도 중국에서 발이 묶였기 때문입니다. 다행히 협의가 되어 미국 수송선을 타고 돌아올 것이라고 하니 안전하게 돌아오기를 기다립시다."

희옥은 불안한 마음을 억눌렀다. 기차만 타면 오가던 곳을 마음대로 올 수 없다니 생각지 못했던 일이 일어났다. 사람들은 광복을 보지 못하고 입적한 벽성과 아직도 대륙의 산속에서 풍찬노숙하고 있을 덕신을 생각했다. 눈송이와 함께 스러져간 초옥과 병원에 있는 창학, 그 밖에 함께 하지 못한 많은 사람을 떠올렸다.

혜득이 세 권의 책과 편지를 꺼냈다.

"스승님께서 남기신 물건입니다. 이 책을 희옥 씨에게 전하라 하셨습니다."

일행은 의아한 눈빛으로 서로를 보았다.

"제게요? 할아버지가 남기신 이 책을요?"

"그렇습니다. 이 물건을 맡을 사람은 희옥 씨라고 하셨습니다. 안에 스승님의 당부가 있습니다."

책을 받아 든 희옥의 눈이 촛불처럼 흔들렸다. 조심스럽게 첫 장을 펴자 편지가 나왔다. 그녀는 그것을 읽지 못하고 물었다.

"지금 읽어야 할까요?"

"아니다. 마음의 준비가 되었을 때, 읽어도 된다."

영철이 거들었다.

"이것은 김 처사께 드리는 것입니다."

주산은 혜득이 내민 종이를 펼쳐 들었다. 원오圓悟 단 두 글자가 적혀 있었다.

"스승님께서 원오라는 법명을 남기셨습니다. 지금까지 해오신 모든 일이 충분히 그 법명을 받으실 만합니다. 부디 슬픔이나 마음의 원한은 녹이시고 복되게 사십시오."

주산은 다정한 아버지 같던 그분, 자신의 삶을 송두리째 바꾸어준 고마운 그분이 자신의 곁에 있는 것 같았다. 그는 두 글자를 가슴에 품고 부영촌 언덕길을 오르던 초옥을 생각했다. '오늘 이 자리가 초옥이 네 덕으로 만들어졌구나. 가여운 것.'

주산은 시큰거리는 두 눈을 감고 딸의 얼굴을 그렸다. 그는 함박눈이 쏟아지던 날 허무하게 죽어간 초옥을 생각할 때마다 끓어오르는 분노를 잠재울 수 없었다. 며칠을 괴로워하다가 집을 나갔던 그는 영철을 찾아갔었다.

"형님, 내게 이 꼴을 보이려고 집을 주고 공부를 시키고 일자리를 주었습니까?"

영철은 핏발선 눈으로 다가서던 주산을 보고 아무 말도 하지 못했다. 자식을 가슴에 묻은 부모 심정을 헤아리지 못할 그가 아니었다. 동지들의 죽음을 볼 때마다 그 또한 누군가를 향해 수없이 묻던 질문이었다.

"이 꼴을 보이려고 여기까지 오게 한 것입니까?"

영철은 부처님께 묻곤 했다. 나라에 어려운 일이 생긴 것은 모두가 특정한 업을 함께 받는 것이니 받아들이고 감내해야 한다. 누군가 그에게 말하는 것 같았다. 그는 또 물었다.

"모두가 고통 받는 현실이 당연하다는 겁니까. 당신의 자비심이란 무엇입니까, 그것은 어디에 있습니까."

업은 일상의 굴레로 순환하고 있었다. 혼자는 감당 못할 큰 짐을 나누어졌다고 생각했다. 그런 만큼 고통의 크기도 처음보다는 줄었을 것이다. 그것은 수없이 많은 의문과 질문 끝에 영철이 얻은 결론이었다.

반년 만에 돌아온 주산은 영철 앞에 고개 숙였다.

"형님, 용서하십시오."

그때도 영철은 말없이 그를 바라보기만 했었다.

스승이 없는 집에 모인 사람들은 앞으로 펼쳐갈 새날을 궁리하느라 분주했다.

"혜득 스님께서는 어디로 가실 생각입니까?"

영철은 혜득의 거취를 물었다.

"스승님께서는 부지런히 정진하라 하셨지만 아직은 남아서 해야 할 일이 있습니다."

"불교계에 할 일이 많으니, 스님께서 힘을 보태셔야지요. 뿌리째 흔들린 불교가 제대로 서게 해야 합니다."

혜득은 광복 후 몇 달 동안 불교계의 동정을 살폈다. 모든 것이 한꺼번에 변화하길 바라는 것은 욕심이었지만, 당면한 과제들을 해결할 기미는 어디에도 보이지 않았다. 개혁파에서 내놓은 친일파 청산과 사찰령 철폐, 적산재산 처리, 자주적인 개혁성취 등의 개혁안은 잠을 자고 있었다. 친일 본사 주지부터 교계

언론사의 주요 간부들에 이르기까지 새로운 인물로 교체하는 일 또한 변화가 보이지 않았다.

"작은 힘이지만 개혁에 보태고자 합니다. 홍 선생님께서는 어떤 일을 계획하셨습니까?"

"저는 열심히 경영을 해야지요. 운송점은 물론이고 앞으로는 운수업과 제조업을 할 생각입니다. 우리나라는 첫째도 부강, 둘째도 부강해야 합니다. 그러기 위해서 교통시설과 생산설비를 갖추어야 합니다. 앞으로는 물건을 대량으로 생산해 팔고 사는 무역의 시대가 올 겁니다."

일본인들이 운영하던 공장은 시설을 관리할 사람이 없이 버려진 경우도 있고 제대로 인계받지 못한 경우도 있었다. 실업을 일으키는 일이 나라를 살리는 일이라는 것이 영철의 생각이었다.

그때 희옥이 말했다.

"여러분 계신 곳에서 저도 읽어볼게요."

그녀는 벽성의 편지를 꺼내 들었다.

"이 책은 혜득 스님이 기록하였다. 내가 보고 듣고 했던 일, 독립을 위해 이 나라 사람이 어떤 시간을 살아왔는지 기록한 책이다. 부디 잘 지키고 더 많이 만들어 다음 세상을 살아갈 자손들에게 남겨 주길 부탁한다. 이 일을 할 수 있는 사람은 오직 너뿐이라고 믿는다. 지혜롭게 판단하고 그것을 실천할 수 있는 큰 용기를 가진, 보살의 마음으로 이것을 지키기 바란다. 김희옥에게 이 일을 부탁한다."

희옥은 편지를 끝까지 읽지 못했다.

"할아버지는 왜 제게, 보잘것없는 제게 이렇게 소중한 기록을 맡기셨는지… 제가 할아버지의 뜻을 잘 이어갈 수 있을까요?"

편지를 읽는 동안 희옥은 뱃속 아이의 힘찬 태동을 느꼈다. 있는 힘껏 발길질하던 태아는 잠시 숨을 고르는 듯 잠잠했다. 그녀는 자신의 작은 몸속에 어떻게 이렇게 거대한 생명력을 가진 아이가 살고 있는지 불가사의했다. '그래, 이 아이가 나의 힘이 되어 줄 거야.'

"여자는 자손만대 건강한 생명을 이어갈 힘을 가졌다. 아내가 되고 어머니가 되어 이 땅에 아이들을 안전하게 키울 의무가 있으며 그것을 완수할 능력도 갖추었다. 그러니 두려워 말아라. 어머니란 자연과 사람을 두루 살피고 지키는 보살의 화신이다. 상처를 치유하고 고통을 덜어주며 가진 것을 기꺼이 내어주는 큰 보살이다."

희옥은 할아버지가 자신에게 그 일을 맡긴 이유를 알 것 같았다. '네, 할아버지 뜻대로 제게 맡겨진 일을 해내겠습니다.

더 많은 사람에게 기록을 알리고 대대손손 이어가겠습니다.'

"여러분, 우리 구국단은 이 자리에서 해산할 생각입니다. 여러분의 의견을 듣고 싶습니다."

구국단은 다수의 결정으로 해산되었다. 누군가는 혼란한 정치를 바로잡고 싶다고 했지만 그것은 구국단의 임무는 아니었다. 원백은 정치를 선택했고 승수는 무산자계급 혁명에 투신하겠다고 했다.

"불법을 믿고 따르는 정신을 간직하고 생활을 이어갈 기술을 익히고 열심히 일해야 할 때입니다. 말씀드린 대로 저는 실업을 일으킬 생각입니다. 뜻이 같은 분들은 저와 함께 해 주십시오."

어떤 사람은 죽고, 어떤 사람은 살아 돌아왔다. 사랑하는 사람들 사이에서 잉태된 새 생명은 어둠을 뚫고 세상으로 왔다. 첫눈이 내릴 무렵 덕신과 희옥의 아이는 자신의 존재를 세상에 알렸다. 아이는 외할아버지의 팔에 안긴 채 우렁찬 울음을 울었다.

62

전쟁은 끝났다. 중국 땅에 있던 모든 조선인에게 귀환 명령이 내려졌다. OSS와 특수훈련을 받고 국내로 진입하려던 광복군의 독수리 작전은 없던 일이 되었다. 광복군으로 당당하게 조국 땅에 진입하려던 그들의 꿈은 무산되었다. 그들은 해산되어 각자 소속부대를 찾아갔다.

"소속부대가 없는 군인은 있을 수 없소. 당신을 일반한교로 분류하겠소."

중국인 사무원이 냉정하게 말했다. 덕신은 다음 질문을 할 엄두가 나지 않았다.

"어서, 다음 사람 오시오."

중국인들은 한국인을 한교, 일본인을 일교로 불렀다.

처음에 덕신은 안동으로 돌아가려고 했으나 철도가 막혔다. 의환과는 훈련소에 들어간 후 연락이 끊겼다. 경성으로 돌아갈 방법은 귀환선을 타는 수밖에 없었다. 그는 천진으로 갔다. 그곳에서 일본인을 수용하는 일교집중관리소에 수용되었다. 그날의 당혹스러움을 덕신은 말로 표현할 수 없었다. 잠시도 같이 있고 싶지 않은 일인들과 먹고 자는 일을 함께해야 했다. 그들이 걸을 때마다 내는 게다짝 소리는 유난히 귀에 거슬렸다.

"한국인과 일본인을 함께 수용하는 일은 있을 수 없는 일이오. 우리의 심정을 이해해 주시오."

수차례 건의 끝에 한국인만을 수용하는 곳으로 옮길 수 있었다. 귀환을 기다리는 사람들을 수용하는 시설을 집중관리소라 불렀다. 그곳에 들어가기 위해서는 명단을 확인하고 범죄 여부를 조사받아야 했다. 마지막에는 질병 유무를 판단하기 위한 위생검사도 받았다. 한교관리소에 들어간 뒤에도 걱정거리는 있었다. 일본인에게 악감정을 갖고 있던 중국인들이 친일과 부일을 일삼던 조선인들이라며 학대하는 일이 자주 일어났다. 광복은 되었으나 나라 밖을 떠돌던 조선 사람들에게 조국의 품은 너무나 멀리 있었다.

귀환선은 광복군, 정치가, 전쟁포로, 일반한교 순서로 탈 수 있었다. 단, 광복군은 무장해제 후 개인 자격으로 탈 수 있었으며 일반인은 빈곤자, 전쟁으로 재난을 입은 사람, 기타의 순서로 타도록 했다.

"여러분 모두 귀국 전 허가증을 받아야 합니다. 남으로 갈지 북으로 갈지 선택하시오."

그것은 북위 38도선을 경계로 남쪽에 미군이, 북쪽에 소련군이 들어와 있었으므로 내려진 결정이었다. 귀환선을 타면 며칠 동안 배를 타고 가야 했으므로 식량과 위생상태가 문제였다.

"식량은 7일에서 10일 치를 배급합니다. 각자 잘 관리하기 바라오."

1946년 5월 덕신은 천진 한교집중관리소에서 나와 탕구항에 서 있었다. 귀환선을 탈 사람들과 함께였다. 앞바다에는 미군함 LST66호가 거대한 선체를 드러내고 떠 있었다. 구불구불한 행렬 속에서 얼마나 시간이 흘렀는지 온몸의 감각은 물론 고국으로 돌아가는 기쁨까지도 무감각해질 지경이었다. 기다리다 지친 사람들은 자리에 앉아 서로 등을 대고 잠을 청했다.

덕신은 꿈속에서라도 아이를 만나고 싶었으나 한 번도 얼굴을 보이지 않았다. '지금쯤은 세상에 나와 희옥의 품에 안겨 있겠지. 아들일까 딸일까.' 새까만 눈동자를 굴리며 생글생글 웃고 있을 아이 얼굴을 상상했다. 지루한 시간을 언약식 사진과 아이 생각으로 채울 수 있어 위로가 되었다.

행렬 앞에 있던 한 무리의 남자들이 웅성거리기 시작했다.

"나라를 둘로 쪼개는 게 말이 됩니까? 우리가 어떻게 찾은 나라인데."

"나라를 되찾았다고 좋아한 일이 섣부른 일이었나 보오. 그래 앞으로 어떻게 될 것 같소?"

"소련과 연합군이 남과 북으로 나누어 신탁통치라는 걸 한다니, 사실 우리는 아무 힘이 없다는 뜻 아니겠소?"

의환이 말했던 강대국의 선택이란 것이 이런 것이었구나.

덕신은 탕구항의 해풍을 맞으며 불길한 예감에 몸서리쳤다. 해방된 나라에 또 다른 억압과 원치 않는 지배가 있을 수 있다는 말인가? 그런 일은 용납할 수 없다. 얼마나 많은 사람이 목숨을 바치고 피를 흘려 되찾은 나라인가. 나라를 다시 잃는 잘못은 저지르지 않아야 한다.

우리 힘으로 자유롭고 평등한 나라, 함께 잘 사는 나라, 부강한 나라를 만들 수 있다. 누가, 무슨 권리로 우리의 행복을, 미래를 도둑질하려 하는가. 나는 돌아가 스승님이 당부한 대로 울창한 인재의 숲을 만들리라.

덕신의 머리와 가슴에는 새 나라를 향한 이상과 포부가 샘솟고 있었다.

"이 배를 타면 어디로 가는 거요?"

앞에 있던 백발의 남자가 물었다.

"인천이요."

"인천이라면 거기서도 한참을 더 가야 고향 땅을 밟을 수 있을 텐데. 다리도 시원찮은 이 양반은 어떻게 가야 하나."

남자의 아내가 보퉁이를 당겨 안으며 말했다.

"거기에도 자동차가 다니고 갈 방법이 있을 겁니다."

덕신은 아낙에게 말해 주었다.

"12년 만에 고향 땅을 밟게 되었는데 기어서라도 가야지. 내 걱정은 하지 말어."

부우웅, 길고 큰 뱃고동 소리가 항구에 울려 퍼졌다.

"드디어 승선이 시작된 모양이야."

땅바닥에 엉덩이를 대고 앉았던 사람들이 일제히 일어섰다. 구불구불 늘어선 줄은 일순간 생명을 얻은 것처럼 꿈틀거리기 시작했다. '드디어 돌아가는구나.' 덕신은 식량 주머니를 앞가슴에 단단히 매고 행렬을 따라 앞으로 나갔다.

요란한 뱃고동 소리가 한번 더 울리자 갈매기 떼가 일제히 하늘로 날아올랐다.

심사평

※

　1919년 독립운동이 일어난 100년 후인 2019년, 불교계의 독립운동을 소설로 조명한 최초의 작품 〈푸른 별의 노래〉가 나와 의미가 깊다. 이 소설을 탄생시켜 준 〈법계문학상〉 제정자 법계 명성 스님께 감사드린다.

　〈푸른 별의 노래〉의 주인공은 벽성 스님이다. 벽성 스님은 용성 스님의 고향 후배로 두 소년은 어린 시절을 고향마을에서 함께 보냈다. 서당도 함께 다니고, 소도 함께 먹이고, 언덕을 먼저 오르는 놀이도 함께 하면서. 그러면서 자신보다 월등히 나은 용성 스님에 대해 은연중 마음의 공경심을 키워갔다. 두 소년은 많은 농토를 가진 부농의 후예들이었지만 그들 주변으로도 암울한 구름이 몰려오고 있었다. 그건 풍전등화와 같았던 국운과 무관할 수 없는 백성들이 짊어진 운명이었다.

　몇 년 후 용성은 출가로, 벽성은 경성으로 와 백성들의 무지를 깨우쳐주는 교육에 전력한다. 그러면서 두 사람의 길은 갈라진다. 그렇게 서로 다른 길에서 긴 세월을 보내던 두 사람이 재회한 곳은 서대문 형무소다. 용성 스님이 민족대표 33인 중의 한 분으로 독립운동에 참여했다는 사실을 알고 나서 벽성이 서대문 형무소로 면회가서였다. 〈푸른 별의 노래〉는 여기서부터 시작한다. 백발이 성성한 용성 스님과 독립운동에 참여하다 한 팔을 잃어버린 벽성이 마주 앉아 서로의 얼굴을 바라보는 감격의 순간. 그것은 법연法緣의 끈으로 두 사람을 다시 묶는 운명의 순간이기도 했다.

　벽성碧聖은 용성 스님이 고향 후배를 자신의 상좌로 받아들이면서 내린 법명이다. 벽성은 은사의 권유를 받아들여 태극기 그리는 일로 독립운동을 계속한다. 그러면서 백정의 후예인 넉신과 거지와 진배없는 희옥을 국가의 동량으로 키워낸다. 이 소설의 주제는 여기에 맞춰져 있다. 외팔이 노인이 산등성 움막에 둥지를 틀고 앉아 몰래 태극기를 그리면서도 그는 실제적으로 민초들의 독립운동을 지휘한다. 그의 지휘봉 아래서 각각의 역할을 맡은 민초들의 독립운동이 박진감 넘치게 펼쳐진다. 그러면서 불교계 전체의 독립운동이 헤드라이트를 받은 것처럼 넓게 조명된다.

　이 소설의 무대는 한반도는 물론 만주까지 확대된다. 그래서 〈푸른 별의 노래〉를 다 읽고 나면 불교계가 독립운동에 어떻게 참여했는지의 전모를 알게 된다. 그러면서 가슴을 채우는 뿌듯한 성취감도 느끼게 된다. 〈푸른 별의 노래〉는 덕신과 희옥이 낳은 아이가 독립된 한반도를 이끌어갈 주인공임을 암시하고 끝난다. 그것은 모두가 평등한 나라, 모두가 주인공이 되는 나라가 바로 독립된 대한민국임을 예시하고 있다. 책을 놓으면서 벽성이 덕신과 희옥을 동량으로 키워냈듯 버려진 생명을 동량으로 키워내는 일, 그 일이 우리 모두가 해야 할 일이 아닌가, 하는 생각을 해보게 된다. 그것은 모두가 주인공이 되는 나라를 만들어 갈 의무가 모두에게 있다는 자각 같은 것인지도 모르겠다.
  앞으로도 좋은 작품을 계속 집필해 주기를 바라며 작가의 건필을 축원한다.

2019년 5월
남 지 심

작
가
의
말

※

　언젠가는 꼭 쓰겠다고 생각한 소설이 있었습니다. 거창하게는 나의 뿌리를 찾아서와 같은 맥락이었는데, 아주 우연한 기회에 시작하게 되었습니다. 이년 전쯤이었습니다. 가족관계 증명원을 뗄 일이 있어 자치센터에 들렀다 나오는 길에 덩굴장미가 가득 핀 집 앞을 지나게 되었습니다. 붉은색도 분홍색도 아닌 어중간한 빛의 장미 넝쿨 위로 작은 새가 날고 있었습니다. 종종거리는 새의 비상과 착지는 한동안 이어졌습니다. 잠시 한눈을 파는 사이에 새는 사라져 버렸습니다.
　새는 내 기억 속 친정엄마입니다. 쉰여덟에 쓰러져 두 달 반 만에 세상을 떠난 엄마의 후생은 새였습니다. 자리걷이를 행한 큰 무당의 전언을 스물 초반의 나는 믿었습니다. 아니 믿고 싶었습니다. 자유를 찾아 이산 저산 훨훨 나는 새가 되었다는, 쌀 위에 찍힌 새 발자국이 진짜인지 그렇지 않은지는 중요하지 않았습니다. 흥이 많아 어디서든 어깨를 들썩이던 엄마가 다음 생에서는 걸림 없이 자유롭기를 바라는 마음으로 나는 새를 좋아하기로 했습니다. 친정 부모님이 돌아가신 지 벌써 삼십여 년이 넘었습니다. 스물 초중반에 곁을 떠나셨으니 두 분의 어릴 적 이야기도 우리를 키울 때 이야기도 들을 수가 없습니다. 어릴 적에는 엄마의 이야기가 하나도 중요하지 않았습니다. 두 분의 이야기는 엄마가 병원에 계신 동안에 들은 것이 다였습니다. 흘려들었을 때는 매우 짧았던 이야기가 곱씹을수록 길고 길어 나의 상상만으로는 꿰맞출 수 없는 이야기로 느껴졌습니다. 며칠 후 나는 본적지로 가 호적증명을 뗴었습니다.

어릴 적 큰댁으로 차례를 지내러 가던 마을도 들러 보았습니다.

　외가댁은 서울 남산골이었습니다. 딸만 넷이던 외가댁에는 일본인순사가 문턱이 닳도록 들락거렸습니다. 교류하던 이들의 발길이 끊기고 고립무원에 이른 외조부는 야반도주를 감행했습니다. 타향받이가 된 그 어른은 흙과 볏짚을 섞어 집을 짓고 산비탈을 개간하며 살았고, 지금은 사라진 용인의 그 흙집에서 나는 스물 중반까지 살았습니다.

　소설을 쓰는 중에 3·1운동 100주년이라는 기념비적인 시간과 맞닥뜨렸습니다. 소설은 처음으로 돌아갔습니다. 고난의 역사를 견디며 살아온, 표나지 않지만 침략자를 몰아내기 위해 저항했던 평범한 사람들, 형평운동을 이끌었던 사람들 또한 그 거대한 혁명 속 주인공들이었습니다. 소설은 역사 속으로 한

발 더 들어갔습니다. 내 소설 속 인물들은 운명처럼 용성과 만해, 초월 스님을 만나게 되었습니다.

이 소설을 쓰며 많은 자료의 도움을 받았습니다. 김순석의 『백년 동안 한국불교에 어떤 일이 있었을까?』, 박찬승의 『한국독립운동사』, 박영규의 『일제강점실록』, 박현숙 옮김의 『토막민의 생활과 위생』, 고숙화의 『형평운동』, 김광식의 『백초월』, 김호성 번역의 『나무아미타불』, 한보광 논문 『백용성스님과 연변 대각교당에 관한 연구』도 큰 도움이 되었습니다. 그밖에도 수많은 분의 자료와 도움말이 있었습니다. 거듭 모든 분께 감사의 인사를 드립니다. 백지와도 같은 상태에서 부족하나마 소설을 완성한 모든 것이 그분들의 도움이 있었기에 가능했습니다.

부족한 작품을 뽑아주신 남지심, 장영우 선생님께 고개 숙여 감사드립니다. 서대문형무소와 독립기념관 그 외의 필요한 모든 곳을 동행해준 남편이 없었다면 훨씬 못 미치는 소설이 되었을 것입니다. 오랜 시간 함께 공부하며 힘들 때마다 칭찬과 격려로 용기를 주는 서재의 불빛 문우들, 교정에 많은 시간을 내주고 힘써준 전현서에게도 고마운 마음을 전합니다. 부족한 점은 더 나은 소설을 기약하는 것으로 대신합니다. 소설을 완성하여 많은 분께 감사한 마음을 전할 수 있어 다행입니다.

2019년 5월
서재의 불빛에서

이종숙